中国婚姻调查

黄传会 ◎ 著

中国言实出版社

图书在版编目(CIP)数据

中国婚姻调查 / 黄传会著 . -- 北京 : 中国言实出版社 , 2021.2
ISBN 978-7-5171-3778-8

Ⅰ . ①中… Ⅱ . ①黄… Ⅲ . ①纪实文学 – 作品集 – 中国 – 当代
Ⅳ . ① I25

中国版本图书馆 CIP 数据核字 (2021) 第 024052 号

出 版 人　王昕朋
责任编辑　霍　瑶
责任校对　史会美

出版发行　中国言实出版社

地　　址：北京市朝阳区北苑路 180 号加利大厦 5 号楼 105 室
邮　　编：100101
编辑部：北京市海淀区花园路 6 号院 B 座 6 层
邮　　编：100088
电　　话：64924853（总编室）　64924716（发行部）
网　　址：www.zgyscbs.cn
E-mail：zgyscbs@263.net

经　　销　新华书店
印　　刷　三河市华东印刷有限公司
版　　次　2021 年 3 月第 1 版　　2021 年 3 月第 1 次印刷
规　　格　710 毫米 × 1000 毫米　1/16　18.25 印张
字　　数　286 千字
定　　价　78.00 元　　ISBN 978-7-5171-3778-8

黄传会，1949年9月出生，浙江苍南人。中国报告文学学会常务副会长，中国作家协会会员，海军政治部创作室原主任，享受国务院政府特殊津贴。

著有长篇报告文学《中国海军三部曲》《托起明天的太阳——希望工程纪实》《我的课桌在哪里》《国家的儿子》《大国行动——中国海军也门撤侨》等；中短篇报告文学精选集《站在辽宁舰的甲板上》。

其报告文学作品有着广泛的社会影响。曾获"庄重文文学奖"；"全军文艺新作品一等奖"；第十三届"中国图书奖"；"新中国60年优秀中短篇报告文学奖"；第一、三届"徐迟报告文学奖"；第六、九、十三届中宣部"五个一工程"奖；第六届"鲁迅文学奖"等。

目 录

引子

说不完的婚姻故事

一位哲人说："我们每时每刻都在法律的监视下生活着。"

然而，每时每刻都在法律的监视下生活着的我们，却往往忽视了法律的存在。就如同《婚姻法》一样，尽管它与我们每个人的生活都密切相关，但又有谁会整天去琢磨《婚姻法》？

我想，整天琢磨《婚姻法》的，除了少数专业人士，比如《婚姻法》研究者、专门承接离婚案的律师外，恐怕就只剩下准备离婚的当事人了。

我的一位朋友2000年开始闹离婚，吵吵闹闹，打打停停，一直到2008年才把婚给离了。

我开玩笑说："你离婚正好用了打一场抗日战争的时间啊！"

朋友苦着脸说："不离婚，不知道离婚的难啊！"

朋友告诉我，离婚不仅涉及感情是否真正破裂的问题，分居时间长短问题，还涉及婚前婚后财产、子女抚养等等一系列问题。

也是从朋友那里，我听说了最典型的中国式的离婚案——

1980年，北京曾发生过轰动一时的遇罗锦离婚案。

遇罗锦出生于北京一个知识分子家庭，其哥哥遇罗克是北京人民机械厂青年工人。遇罗克于"文革"初期写出《出身论》，因反对血统论，反对林彪、陈伯达、"四人帮"的封建主义倒行逆施，而遭逮捕，并于1970年被处以极刑，死时年仅27岁。受其哥哥影响，遇罗锦也被定为"思想反动分子"，送劳改农场教养三年。1970年3月，劳改农场解散，遇罗锦又被转到河北临西县插队落户。那里的工分值多年没超过一天一毛钱，迫于生活，她嫁到黑龙江省一个条件好些的村子，与一个素不相识的农民结婚。由于没有感情基础，四年后离婚。

此后，她种过地、干过临时工、做过保姆，也当过无业游民（从东北回到北京）。1978年7月，经人介绍，她与北京某厂工人蔡某结婚，户口转回北京，并找到了工作。两年后，遇罗锦以"继续维持没有爱情的婚姻是最不道德的"为理由，起诉离婚。而蔡某却认为遇罗锦"是在自己的环境、地位、条件发生变化后，变了心。这是过河拆桥，忘恩负义。考察她的几次婚姻状况，她实际上是想把婚姻当作实现自己目的的一个个跳板"，坚决拒绝离婚。

遇罗锦离婚案披露后，在司法界、妇女界、新闻界引起了强烈反响。意见分歧不一，支持者有，反对者众。尽管后来双方同意法庭调解离婚，但道德的天平基本向蔡某倾斜。一时，遇罗锦成为忘恩负义的"女陈世美"，"一个堕落的女人"。

更有甚者，20世纪90年代初，京城还曾出现过一个耸人听闻的"秦香莲上访团"。

一面红色的小旗上，写着"秦香莲上访团"六个字，小旗旁簇拥着十几个脸色憔悴、神情忧悒的女人。今天到全国妇联，明天又去最高人民法院……

上访团的"团长"薛某，是北京一家服装厂的女工。22岁那年，由父母包办嫁给同厂工人黑某。二十多年了，日子虽过得平淡，两口子却也相安无事。

谁料，年过半百，黑某却在外头有了相好的。薛某的火爆脾气上来了，先是将娘家人召来把黑某揍了个鼻青脸肿，然后再把家里值钱的东西一裹而尽，自己搬到厂里住了。

不久，黑某以性格、感情不和为由，向法院起诉，要求离婚。离婚！薛某一听，火冒三丈：你在外头搞女人，还要跟我闹离婚，没门！我非把你"搞臭"不可。

薛某开始告状，法院、妇联、公安局到处都有她的足迹。慢慢地，薛某发现，每天到法院、妇联、公安局告状的，还有不少同她一样命运的女人。大家在一起交流，泪是同样的泪，仇是同样的仇，都是因为丈夫有了"花心"，或在外面拈花惹草，或已另建"爱屋"。说到伤心处，一个个哭得比"秦香莲"还凄惨。哭，哭能救得了自己？薛某最瞧不起眼泪，于是，她提议姐妹们团结起来，组织一个"秦香莲上访团"，联合上访，以壮声势。同是天涯沦落人，姐妹们一致推选薛某为"团长"。

薛某义不容辞地举起"秦香莲上访团"小旗，肩负着为自己讨个"说法"、同时也为与她同样遭遇的姐妹们讨个"说法"的神圣使命，又踏上漫长的上访路……

朋友感慨道："怎么样，她们是不是折腾得比我还厉害？"

我有些不解："这也怪了，按说《婚姻法》对离婚条件已经作了明确规定，这离起婚来为什么还是如此之难？"

朋友说："这你难道还不明白吗？法律条文是死的，但人是活的，生活是在变化的，社会是在发展的。1950年，我国颁布了第一部《婚姻法》，为什么1980年、2001年又要重新修改，颁布了第二部、第三部《婚姻法》。因为生活变化了，社会发展了，婚姻家庭领域又出现了新问题、新情况。就说离婚吧，20世纪50年代，曾经发生过'理由论'和'感情论'之争。'理由论'主张，离婚必须有正当理由，而'感情论'认为夫妻感情破裂就应允许离婚。正因为'理由论'占了上风，尽管当时一些夫妻关系已经破裂、感情已经恶化，却因拿不出所谓'理由'，失去了离婚的自由权。1980年《婚姻法》明确规定了'感情确已破裂'可作为判决离婚的理由。但后来又有专家提出应以'婚姻关系破裂'替代'感情破裂'，主要理由是，感情是一种意识形态，具有不确定性，法律很难确认；感情破裂不能反映离婚的全貌；世界上多数国家都是以'婚姻关系破裂'作为离婚的条件。2001年修正后的《婚姻法》虽然维持了'感情破裂'说，但又结合'婚姻关系破裂'等一些情况，使得离婚增加了可操作性。"

没有想到，打了一场离婚官司，我的朋友差不多成为半个婚姻法学专家！

由此，我也开始关注起了《婚姻法》。

这一关注，我才知道新中国成立以后，我国一共有过三部《婚姻法》——1950年《婚姻法》、1980年《婚姻法》、2001年修正的《婚姻法》。

我才知道，《婚姻法》所包含的内容，绝不仅限于离婚，它是婚姻家庭关系的基本准则，包括结婚、家庭关系、离婚、救助措施与法律责任等。

《婚姻法》被认为是社会转型的晴雨表。

透过这个晴雨表，可以看到时代的变迁、社会的变革以及民众思想观念的嬗变。

《中国婚姻调查》是一部有关《婚姻法》的书。

《中国婚姻调查》是一部有关婚姻故事的书。

这里面写到的每一件事，尽管不是发生在你的身上，但它或许与你息息相关，或许能给你以启示，或许能给你以警戒，或许能给你以思考……

第一章

——

共和国的厚礼

寻找起草者

1950 年 5 月，中华人民共和国颁布实施第一部《婚姻法》。让我感到有些不解的是，新中国成立后颁布的第一部法律，为什么不是《宪法》而是《婚姻法》？

时间毕竟有些遥远了。为了感受一下半个世纪前的历史风尘，我打开了厚重的《20 世纪中国全记录》。

这是 1949 年和 1950 年的有关备忘录：

◆ 1949 年 9 月 21 日中国人民政治协商会议开幕；

◆ 10 月 1 日中华人民共和国成立；

◆ 10 月 24 日叶飞指挥的解放军第 10 兵团进攻金门受挫，经 3 昼夜苦战，解放军 3 个团 8700 人与船工 350 人，大部分牺牲，一部分被俘；

◆ 11 月 21 日为清除社会毒瘤，北京市人民政府下令：干部、公安人员共 2400 多人出动，将全市 237 家妓院全部封闭，1286 名妓女被收容；

◆ 12 月 16 日中共中央主席、中央人民政府主席毛泽东出访苏联；

◆ 1950 年 1 月 2 日毛泽东命令邓小平、刘伯承、贺龙向西藏进军；

◆ 1 月 6 日—25 日台湾国民党军连番派遣轰炸机轰炸大陆东南沿海城市；

◆ 2 月 14 日中苏两大国缔结了《中苏友好同盟条约》，毛泽东、周恩来访苏获得成功；

◆ 2 月 28 日政务院指示在新解放区施行土地改革和征收公粮；

◆ 3 月 1 日据守台湾的蒋介石，宣布"复任""中华民国总统"；

◆ 4 月 29 日中共中央决定，解放军由 530 万人精简为 400 万人，后因抗美援朝而停止，只精简了 37 万人；

◆ 5 月 1 日中共中央要求在全党全军开展整风运动；

◆ 5 月 20 日毛泽东在沈阳市政府要求为他在市中心纪念塔上铸铜像的报告上批示："铸铜像影响不好，故不应铸。"

◆ 7 月 5 日淮河干流在河南省阜南县境内决堤，洪水一溃千里，灾民达 1300 万；

◆ 8 月 20 日政务院公布《关于划分农村阶级成分的决定》，全国农村开始划分成分；

……

对于刚刚崛起于战火之中的新中国来说，清理废墟、荡涤尘埃、百业待举，有多少天下大事，有多少棘手的难题，等待着新的人民政府去解决、去处理。它何以能在那么短的时间内，拿出一部关系到 5 亿中国人民婚姻家庭生活的法律？

当时，起草这部《婚姻法》的都是些什么样的人？在起草这部法律的过程中，又发生过什么样的故事？

或许，这便是报告文学作家的"特殊爱好"，越是不明白的，越是想去弄明白。我开始收集有关婚姻法、特别是有关 1950 年第一部《婚姻法》的资料。

我以为，既然结婚和离婚都得要经过民政部门批准，婚姻法的制定一定同民政部门有关。于是，我首先把电话打到国家民政部。果然，民政部社会司有个婚姻处。赶到婚姻处，说明来由后，处长告诉我，婚姻处的主要工作是管理婚姻登记，与婚姻法的制定无关。我询问 1950 年《婚姻法》的有关情况，年轻的处长笑了："1950 年我还没有出生呢！"

我跑到中国人民大学、中国政法大学，向专门讲授婚姻法的教授请教，他们告诉我，他们主要是研究和讲授婚姻法的立法精神和本质特点，解释有关具体条文，尽管有些人曾经参与了 1980 年和 2001 年两部《婚姻法》的制定过程，但对于 1950 年那部《婚姻法》是如何产生的，他们也说不清楚。

我又去了全国妇联妇研所、中国婚姻家庭研究会等专门研究机构，请教一些研究婚姻法问题的专家，他们告诉我：新中国成立前夕有关部门已经着手在制定《婚姻法》了，至于具体情况，他们也说不出个所以然来。

我禁不住有些吃惊，我们中华民族五千年的文明史，都有文字可查。然而，对于这部曾经对中国人民的婚姻家庭生活产生过广泛和深远影响的《婚姻法》，它是如何制定出来的，竟然已经成为一个谜！那么再过 50 年、再过 100 年，还能揭开它的谜底吗？

突然间，我有了一种强烈的欲望——去揭开这个谜底。

同时，我还有一种创作冲动——写写 1950 年、1980 年、2001 年三部《婚姻法》制定过程中发生的一些故事，以及三部《婚姻法》对中国社会所产生的广泛影响和发挥的巨大作用。

我相信，这是一件值得做的工作，它是会有读者的。只是到哪里去寻找知情者？从哪儿去打开采访的突破口？我陷入了茫然之中……

也正在这时，我意外看到《人民日报》（海外版）2001 年 8 月 24 日第 7 版上的一篇文章：

毛泽东指定王明起草《婚姻法》

毛泽东对王明可谓仁至义尽，在中共"七大"上，亲自提议让他继续担任中央委员。终于，王明在 44 名当选中央委员中，以选票倒数第一当选。这再一次说明毛泽东一以贯之的思想与气度：惩前毖后，治病救人。

新中国成立后，毛泽东团结一切可以团结的力量，建设新中国，决定让王明担任政务院法制委员会主任。王明并不是学法律的专才，但当年他在延安分管妇女工作，后来又担任过中共中央政治研究室主任、中央法律问题研究委员会主任，做过一些法律草案起草工作。

王明干妇女工作还是颇有一套的。中央十分重视妇女工作，专门成立了女子大学，创办了《中国妇女》杂志，这两件事全由王明办。毛泽东认为把妇女工作交给王明来抓，由他来领衔起草《婚姻法》的草案，是一个很好的思路，当然，王明上面还有科班出身的董必武挂帅，这《婚姻法》的工作交王明去具体操作，还是可以放心的。

王明是属于学院派的理论家，要办什么事，先得找理论依据，他要求法制委员会的工作人员必须很快熟悉这一方面的马列论著；同时，与同志们一条一条地审理中共在战争年代制定过的有关婚姻的法规和条例。中共在夺取全国政权前的 20 多年里，对婚姻问题向来重视，制定过一系列有关法规条例。这些都成为王明起草新中国婚姻法的基础。同时，也借鉴苏联、东欧等社会主义国家的《婚姻法》。

据说，初稿是由王明口述的，秘书记录。那天，王明一口气述了 17 个小时，边述边改，17 个小时一气呵成，形成了 23000 字的初稿，显示了王明的才气。在起草《婚姻法》的工作中，王明是特别"顺"，一是对工作非常投入，二是对中央领导言听计从，表现出很好的合作态度。

历经 41 稿，新中国第一部《婚姻法》颁布了。1950 年 4 月 1 日，在中央人民政府第七次会议上，王明代表法制委员会向会议提交了《中华人民共和国婚姻法》草案，并作了"草案"起草经过和起草理由的报告。会议通过这部八章 27 条的《婚姻法》。

毛泽东主席随即发布中央人民政府主席令，《婚姻法》自 1950 年 5 月 1 日起在全国施行。这部《婚姻法》一直使用了 30 年，到 1980 年才修改。

这部《婚姻法》，本应该成为王明进入新的政治生命的开端。党的七届二中全会有一个明确的决议，要求王明对自己的错误有一个书面检查，但王明始终没有作出书面检查，他企图以起草《婚姻法》之"功"来抵销错误。但中央不允许，工作是工作，错误是错误，两者不可相抵。党的七届三中全会作出了《关于王明同志的决定》，要求王明对自己的错误"作一次深刻的反省"，在"思想上行动上真正有所改正"。毛泽东在一份指示中写道，"王明的声明书应在 11 月上旬七届四中全会开会以前写好，并送交政治局"。王明根本就不想回应，一旦要他作检查，他就推说自己有病，要求去苏联治病。中央政治局很重视，得到肯定的答复后，批准了王明的赴苏请求。谁知，王明竟一去不复返……

踏破铁鞋无觅处，得来全不费功夫！

我感到非常兴奋，这篇文章为我深入采访提供了重要线索。特别是"王明一口气述了 17 个小时，边述边改，17 个小时一气呵成，形成了 23000 字的初稿"那段文字，交代得如此之具体，十分难得。只是文中的"据说"两个字，让我有所警惕。"据说"？据谁所说，可信性如何？"17 个小时一气呵成一部 23000 字的法律的初稿"，是否有夸张嫌疑？毕竟是半个世纪以前的事情了，王明已经作古，当时在王明身旁的工作人员都是些什么人？当时为王明作记录的那位秘书是否还健在？凭我的经验，这种事情采访起来是要费一番周折的。

遗憾的是《人民日报》（海外版）发表的这篇文章没有署名，只是注明摘自《信息参考报》。打了一圈电话，北京没有《信息参考报》，最后好不容易在浙江找到了它。又好不容易找到这篇文章的责任编辑，人家告诉我，文章不是他们原发，他们是从《情系中华》杂志上选摘来的。又与《情系中华》杂志联系，一位热情的编辑告诉我作者的姓名和通信地址，我去了两封信，都没有回复。

此事拖延了两个月。

11 月的一天，我在翻阅《人民日报》（海外版）时，又被一封读者来信所吸引：

《人民日报》海外版总编同志：

您好！

今年 8 月 25 日我阅读了你报 2001 年 8 月 24 日发表的《毛泽东指定王明起草〈婚姻法〉》一文，后来询问你报一位同志稿件来源，他又帮助我找到《情系中华》杂志上"毛泽东指定王明起草《婚姻法》"的原文。读了这篇稿子后，我认为文中有一部分是事实，但关于"毛泽东指定王明起草《婚姻法》"部分不是事实。本着对历史负责的态度，我作为原中央妇委委员、当时参与起草工作的成员之一，有责任将我国第一部婚姻法起草过程作出说明，以还历史本来面目。

对于起草第一部婚姻法，虽然已过去五十多年了，但这部法律的诞生过程，却仍深深留在我的记忆里。大约是在 1948 年秋冬，刘少奇同志在河北平山县西柏坡村，和在该村的中共中央妇女运动委员会的委员们谈话，布置起草婚姻法的工作，为建国后颁布法律做准备。当时，中央妇委副书记邓颖超同志和大部分妇委委员刚刚从农村开展土地改革回来，深切了解农村青年男女迫切要求婚姻自由的愿望。党中央的想法与群众的愿望正相吻合，中央妇委的同志很乐意地接受了这项任务。

在邓颖超同志主持下，由中央妇委秘书长帅孟奇同志、委员康克清、杨之华、李培之、我和曾在上海复旦大学学习法律的王汝琪（即王里）等同志组成了起草小组，由王汝琪同志执笔，婚姻法的起草工作就开始了。为了做好婚姻法的起草工作，当时中央妇委指定几个地方妇联作婚姻问题专题调查，起草小组当时边调查，边学习，主要学习了1931年毛泽东亲自签发的《中华苏维埃共和国婚姻条例》，调查研究了当时解放区群众的婚姻家庭生活状况、解放区政府颁发的婚姻条例、实施经验、农民的觉悟程度等等，经过激烈争论，反复讨论修改。在起草过程中，邓颖超同志提出了极为宝贵的意见，对婚姻法初稿的拟定，起了非常重要的作用。

经过几个月的努力，中央妇委拟定出了婚姻法初稿。大约1949年3月初稿即从西柏坡带进了新解放的北平。建国后，邓颖超同志把初稿送交党中央。经过中央书记处讨论修改后，由党中央转送中央人民政府。

中央人民政府为了广泛征求各民主党派、各人民团体、司法界及其他有关方面的意见，曾举行了多种多样的座谈会，对婚姻法初稿的内容和文字作了反复修改。此后又经过中国人民政治协商会议全国委员会常委、中央人民政府委员、政务院委员三方面的两次联席座谈会，作了两次讨论修改，于1950年4月13日提交中央人民政府委员会第七次会议讨论通过，并经过毛主席签署，明令公布，于1950年5月1日起施行。这是新中国成立后颁布的第一部法律。

第一部婚姻法的起草过程就是这样。当时王明是政务院法制委员会主任，他看过这个稿子是事实，但没有参与起草，也没有参与讨论，送中央政府之前，有没有提意见，我不了解，但绝不是他起草的。

我希望对你们所发表的《毛泽东指定王明起草〈婚姻法〉》一文中不符合事实部分，在适当时候，采取适当形式，予以更正，我将不胜感激。如有不清楚的地方，可与我的秘书卢正珉联系，电话 ×××××××。

　　谢谢！

罗琼

2001 年 10 月 22 日

我的两眼一亮，只觉得这个"罗琼"像是突然从天而降似的。

两个版本，截然不同的两种说法。

仅就两篇文章来看，罗琼是亲自参与者，应该说更可信一些。

我立即与罗琼的秘书卢正珉取得联系。据卢正珉介绍，罗琼大姐是中国妇女联合会原副主席、书记处第一书记，我国老一代的妇女活动家。她在青年时代就投身抗日救亡运动，后来长期从事妇女工作，几十年来为妇女解放事业殚精竭虑，作出了重大贡献。1948 年，她进入中共中央妇女运动委员会（简称中央妇委），从此成了妇女解放运动决策层的一名成员。自 1949 年中国妇女"一大"开始，她就在全国妇联工作，并担任重要职务，直至 1989 年，她以 78 岁的高龄离休。在广大妇女群众和妇女工作者的心目中，她是位受人尊重、和蔼可亲的老领导、老大姐。卢正珉告诉我，罗琼大姐是在病中写这封信的。她还透露了一个信息，为了慎重起见，此信在发表前，全国妇联办公厅专门呈文中共中央文献研究室，中共中央文献研究室审定后，批复：罗琼同志的文章属实。

我向卢正珉谈了自己想写一部与《婚姻法》有关的报告文学，并提出采访罗琼大姐的请求。她说，当年《婚姻法》7 人起草小组中的其他 6 位大姐邓颖超、帅孟奇、康克清、杨之华、李培之、王汝琪都已经去世，唯有罗琼大姐还健在。你想了解当年有关《婚姻法》的起草情况，只有她本人才能说得清楚。只是，罗琼大姐正在住院治疗，需要采访要由医院和罗琼大姐的身体状况确定。

几天后，接卢正珉电话，说因为健康原因，院方不同意罗琼大姐接受采访，婉言谢绝了我的请求。

是的，按情理讲，我实在是不应该打扰一个年已九旬且正在病中的老人，但罗琼大姐对于我准备写的这部报告文学真的是太重要了。为了表示我的诚心和热切，我专门给罗琼大姐写了封信，介绍了自己的初衷和设想，一并附列了采访提纲，托卢正珉转捎给她，还给她捎去一本我前几年创作的反映希望工程的报告文学《托起明天的太阳》。

很快卢正珉告诉我：信和书一并转交，不过，罗大姐的病情一直不稳定，采访之事还得再耐心等待一段时间！

我只能耐心等待。因为我知道，如果采访不到罗琼大姐，这部报告文学也只好是搁浅了……

时代的镜子

我在等待。

我是在等待中走进中国婚姻家庭史的。

我没有想到，关于婚姻，竟然有这么多的定义——

《礼记·昏义》："合二姓之好，上以事宗庙而下以继后世。"

《辞海》："男女结合成为夫妻。"

恩格斯："当事人双方的相互爱慕应当高于其他一切而成为婚姻基础的事情，在统治阶级的实践中是自古以来都没有的。"

爱伦·凯："恋爱是结婚的唯一前提，没有恋爱的结婚是没有道德的、堕落人格的。"

陈独秀："凡是有怕老婆故事的国家都是自由民主的国家，凡是没有怕老婆故事的则一定是独裁或极权的国家。"

毛泽东："讨老婆不要钱。"

费孝通："男女相约共同抚育他们所生孩子的责任就是婚姻。人类有孩子才有婚姻。"

……

家庭是社会的细胞，婚姻是时代的镜子。婚姻家庭的历史，实际上是一个社会、一个时代的缩影。

而用于记载婚姻家庭制度变迁的便是《婚姻法》。

婚姻家庭的立法，在我国古代是伴随着"礼"的形成而逐步产生的。

一夫一妻制的婚姻家庭制度，诞生于公元前两千多年，距今已有四千多年的夏代，那正是中国由原始社会向奴隶社会过渡的时期。奴隶主阶级为了维护自己的统治地位，一方面通过血缘纽带将同姓贵族联合起来，以天子为大宗，以诸侯为小宗，大宗、小宗合成一个庞大的宗族体系；另一方面，又通过异姓贵族间结婚，组成一个广泛的亲属网络。这种宗族体系和亲属网络结合在一起，形成宗法家族组织，也是宗法国家组织。这时候，还没有法律可言，维系这种宗法制度的是名目繁多的"礼"。"礼"的内容包括："家礼"和"婚礼"。"家礼"是指冠、丧、祭等礼；"婚礼"是指嫁娶之礼。"礼"虽然本身不是法律，却是带有国家强制性质的行为规范，用以明确社会所有成员的权利和义务。

从春秋战国开始，我国从奴隶社会开始向封建社会转化。"礼崩乐坏"，旧制度在新的经济关系和社会生活中已不能维持。这个时期郑国的《刑书》、晋国所铸的"刑鼎"、李悝所著的《法经》等，都是我国历史上最早公布的成文法，其内容主要为刑法和相应的惩罚。随着社会生活的变化，民事立法，包括婚姻法规应运而生。如我国封建社会最完整的法典——《唐律》，把调整户籍、婚姻家庭关系等的规范列为第四篇，名曰：户婚。对于户籍、土地、纳税以及婚姻家庭方面的如主婚权、结婚条件、程序等，都作了具体的规定。此后产生的《明律》《清律》，基本内容均集中于婚姻关系的成立和禁忌、婚姻关系的解除、夫妻双方的地位等方面。每一项规定大都随着时代的演进而变化。

清朝后期的 1851 年，爆发了太平天国农民运动，以洪秀全为首的农民英雄在建都天京后，即颁布了《天朝田亩制度》，提出了革命军的政治和法律制度的设想。其中关于婚姻制度的思想，具有明显的反封建色彩。《天朝田亩制度》规定，"凡分田照人口，不论男妇"，一定程度上明确了在经济上男女平等；"凡天下婚姻不论财"，意味着开始废除买卖婚姻。同时，太平天国禁止娼妓、纳妾、买卖奴婢、缠足、溺婴等陋习，严格保护妇女和儿童利益。但是，受农民阶级局限性制约，太平天国虽有"一夫一妇，理所当然"的明文规定，却只适用于低级军官和一般的贫民，东王、西王仍是妻妾成群，洪秀全更是广蓄嫔妃。叫见在婚姻制度上，他们仍局限于封建帝王的眼界。他们对妇女的重视，主要是出于军事斗争的需要。太平天国的妇女政策以及由此给妇女带来的政治、经济和社会地位的变化，至多也只能算是近代中国妇女运动的前奏。

1930 年，国民党政府颁布《中华民国民法》第四篇《亲属》中有关婚姻家庭关系的法规，包括通则、婚姻、父母子女、监护、抚养、家、亲属会议等七章。尽管《中华民国民法》产生于辛亥革命之后，统治中国几千年的封建王朝已经被推翻，但该法在婚姻家庭方面依然维护着封建婚姻家庭体系，实际上是封建婚姻家庭制度的延续。

纵观封建婚姻家庭制度，有以下三个基本特征：

一是包办强迫。"父母之命，媒妁之言"是包办强迫婚姻的合法形式。在以男子为中心的宗法社会里，"父母之命"，实际上是男系尊长之命；"媒妁之言"，是指婚姻的缔结过程完全要通过媒介，结婚男女双方丝毫没有什么自由可言。这种完全由第三者包办强迫，而不许婚姻当事人在婚前建立任何相互了解、相互爱情的不自由的婚姻结合，不仅是不合理的，也是不道德的。

二是男尊女卑。我国古代自从进入父系社会以后，女子一直处于卑下、屈从的地位。男尊女卑、男主女从、男外女内。"夫为妻纲"成为封建伦理纲常的重要组成部分。在旧中国，丈夫有休妻的权利，而妻子只能"从一而终"。按照封建法律的规定，妻子无人身权，无财产权，完全处在依附于丈夫的无权地位之中。妻子虽然只有一个，但纳妾却不受限制（纳妾不算结婚）。所以，封建社会的一夫一妻制，实际上是一夫多妾制。

三是漠视子女利益。封建家长制是封建婚姻家庭制度的核心。"父为子纲"、"父叫子死，子不得不死"。按照封建礼教的规定，一家之内，妻必从夫，子必从父。子女成为封建家长蹂躏的对象，根本没有利益可言。

童养媳、干涉寡妇再嫁、借婚姻关系索要财物等野蛮现象，是这种婚姻制度必然的副产品。

作为封建主义国家制度的派生物的封建婚姻家庭制度，在旧中国延续了几千年之久，它不知葬送了多少男女——尤其是妇女的幸福和生命，同时也严重地妨碍和束缚了生产力的发展。

近一个世纪以来，废除旧的婚姻家庭制度，倡议新的婚姻家庭关系，建立科学的婚姻家庭制度，成为仁人志士、成为革命的先驱者们孜孜以求的目标！

我在等待。

我在等待中翻阅了中国婚姻家庭史。

20世纪一些重量级人物的婚姻，引起了我的关注和兴趣。他们演绎出的关于婚姻与家庭的精彩故事，在当时来说，是何等的时尚与超前；在今天看来，依然充满了激情和生命力。

蔡元培，中国近代史上著名的教育家、思想家，曾被毛泽东誉为"学界泰斗、人世楷模"。他所倡导的"思想自由，兼容并包"，曾影响了那个时代几乎所有的知识分子。然而，后人看到蔡元培的往往是"教育家"和"思想家"的一面；很少有人知道既中过进士、被点为翰林院庶吉士，又出任过南京临时政府第一任教育总长的蔡元培，曾引领过那个时代的婚姻时尚。

1900年，尽管晚清的大厦已经摇摇欲坠，但封建礼教依然像浓雾似的弥漫在这个古老王国的上空。这一年的暮秋，时任绍兴中西学堂监督的蔡元培，不幸丧妻。当时的社会，男人丧偶再娶，名正言顺，而女人丧夫却不得再嫁。蔡元培才32岁，丧事刚刚办完，说媒者便踏破门槛。对于再娶，蔡元培心中已有主意。某日，朋友聚会，席间，他公开宣布自己再娶的5项原则：1.女子须天足；2.女子须识字；3.男方不娶妾；4.男死后女可再嫁；5.男女双方意见不合可离婚。

蔡元培这5项再娶原则一经宣布，不亚于在绍兴城施放了一颗"原子弹"。应者有之，骂者倍之。有人骂他"白读了那么些的经书"、"至为可骇"；有人赞他"为令人窒息的绍兴城带来了一股春风"。

一年后，蔡元培与"天足、识字"，且精通书画的黄仲玉，在杭州喜结良缘。按地方习俗，婚礼之后要"闹洞房"。蔡元培坚决反对旧俗，以举行演说会来代之。当着前来贺喜的亲朋好友，他发表了关于夫妻平等、男女平权的慷慨激昂的演说。

一个名叫宋燕生的朋友当场向蔡元培"发难"："倘黄夫人学行高于蔡先生，则先生须以师礼视之，何以平等？倘黄夫人学行不及蔡先生，则蔡先生当以弟子视之，又何以平等？"

蔡元培当即回答道："就学行言，固有先后，就人格言，总是平等！"

1920年底，黄仲玉因病去世，54岁的蔡元培时任北京大学校长。出于工作和家庭的需要，蔡元培不得不再次续娶，他再次提出自己的择偶条件：文化素质好；年龄略大；熟谙英文。

这时候，他原来在上海爱国女校的学生周峻，走进了他的生活。周峻对蔡元培一直抱有一种崇敬与热爱的情感，她一直到33岁还没有结婚，这在当时的社会是难以想象的。尽管他们年龄相差24岁，但共同的志向，使他们走到一起。1923年7月10日，蔡元培和周峻在苏州留园举行了隆重的婚礼。这次婚礼完全是现代文明式的，蔡元培西装革履，周峻身披白色的婚纱。在婚礼上，蔡元培向来宾讲述了他们的恋爱经过。婚后第10天，蔡元培和周峻携子女赴欧洲学习。

　　蔡元培以自己的言行，向封建旧婚俗发起了勇敢的挑战，开一代婚姻之新风！

　　有人把孙中山与宋庆龄的结合，称作 20 世纪最伟大的一桩婚姻。

　　1911 年孙中山领导的辛亥革命爆发时，宋庆龄正在美国威斯里安女子学院求学，获悉这个消息后，她心潮澎湃，万分激动。

　　由于父亲宋耀如是孙中山的挚友，宋庆龄从小就认识孙中山，对他的人品和事业都非常敬佩。1913 年，宋庆龄获得文学学位后来到日本，同她的到海外避难的父母团聚。而这年，孙中山因发动讨伐袁世凯的"二次革命"失败，被迫再次流亡日本。这期间，宋庆龄的姐姐宋霭龄曾一度担任孙中山的秘书。后由于她与孔祥熙结婚，婚后不久便回上海。宋霭龄在行前向孙中山推荐，由宋庆龄来接替她的秘书工作。

　　这个时期是孙中山革命生涯中最困难的一个时期。长期的挫折失败、颠沛流亡，加上繁重的工作，孙中山的身心受到严重的损害。就在这时，宋庆龄来到他的身边，成了他有力的助手，特别是使他精神得到极大的慰藉。一年多的密切接触，他们从相敬到相亲，终于点燃了爱情之火。

　　那一天，克制不住自己激动心情的宋庆龄，走到孙中山的身边，红着脸轻声地说："先生，我们结合在一起吧，让我们共同献身于革命事业。我们结婚后，我会更好地照料你，会使你更幸福！"

　　孙中山沉默了片刻，说："这件事你可要慎重考虑，你只有 22 岁，而我正在流亡之中，革命不知道何时才能成功，我的生命也时时处于危难中……"

　　"这一切我都考虑过了。"宋庆龄坚定地说。

　　孙中山："年轻人容易激动。"

　　宋庆龄："不，这个问题我是深思熟虑的。只有与先生在一起，我才感到幸福。"

　　孙中山说："你再好好想一想吧，你还得回上海征求父母的意见，最后再作决定。"

　　回到上海，当宋庆龄把自己准备与孙中山结婚的想法告诉父母后，遭到了父母的强烈反对。这里面既带着世俗的偏见，又包含着父母的担忧，宋庆龄陷进了矛盾和苦恼之中。她敬重自己的双亲，然而，她又挚爱着孙中山，向往着革命……

1915 年 10 月 25 日，宋庆龄第一次违背父母的意愿，在东京宣布与孙中山结为夫妻。而在这一个月之前，孙中山已经妥善地办好了与原配夫人卢慕珍的离婚手续。

从此，孙中山不仅有了一个生活的伴侣，而且又有了一个志同道合的战友；宋庆龄则一方面继续接受孙中山革命思想和革命行动的熏陶，同时又积极协助孙中山发展革命理论。他们同生共死，相濡以沫。

1922 年，广东军阀陈炯明突然发动叛乱，叛军包围了总统府。情况万分危急，孙中山临危不惧，要卫队带着夫人先突围，宋庆龄则执意要孙中山先撤，自己留下作掩护，她深切地说："逸仙，中国可以没有我，不可以没有你。危难之际，你要以国家为重！"面对宋庆龄的深情大义，深深被感动了的孙中山，登上"永丰号"军舰，指挥平息了叛乱。第二天，宋庆龄历经磨难，终于又回到孙中山的身边。

在"永丰号"上重逢时，这对患难与共的夫妻紧紧相拥。宋庆龄说："逸仙，真好像是死别重逢！"孙中山怜爱地抚摸着妻子的肩膀说："夫人，为了革命的事业，让你受苦了！"最为遗憾的是宋庆龄在突围时不幸流产，这是她一生中唯一的一次妊娠，他们夫妇为此付出了一生都无法补偿的代价。

孙中山与宋庆龄的婚姻，影响了中国半个世纪的历史进程……美国作家斯诺认为："在世界各国中，恐怕没有比红色中国的情况是更大的谜，更混乱的传说了。"原因是"九年以来一直遭到铜墙铁壁一样严密的新闻封锁而与世隔绝"。那么，人们不禁要问：这样一批被蒋介石的宣传工具说成是"知识匪徒"的中国共产党人"究竟是什么样的人？他们是不是留着长胡子，是不是喝汤的时候发出咕嘟咕嘟的响声，是不是在皮包里夹带土制炸弹"？

其实，这些"知识匪徒"诚如斯诺所说的那样，"他们都是一些最热情、勇敢、真诚、优秀的极为普通的热血青年。他们对于理想大胆地选择，对于自己的婚姻与恋爱的选择也采取如此明朗的态度。"

1924 年 11 月某日，上海的《民国日报》刊登了瞿秋白、杨之华、沈剑龙三人的三则启事。一则为沈剑龙、杨之华声明脱离夫妻关系，一则为瞿秋白、杨之华宣布结为百年之好，一则为瞿秋白、杨之华、沈剑龙三人结成朋友。

三则启事一时成为美谈。

1923 年底，瞿秋白从苏联回国后，就任上海大学社会学系主任。上海大学名义上是共产党和国民党联合创办的，实际上是共产党的一个据点，一座锻炼革命青年的熔炉。此时，浙江的进步女青年杨之华，正在该系学习。瞿秋白讲授的课程是社会科学概论和社会哲学。杨之华曾经在回忆录里写道："在学校里，秋白是一位有威信的导师，也是党组织的负责人之一。追求进步的同学们，都愿意和他接近，把自己的希望、苦闷、困难和问题告诉他，希望得到他的帮助。他也经常主动地找同学谈话，了解他们的思想、学习、工作以至生活情况，帮助解决问题。"共同的理想，加上共同的情趣，瞿秋白和杨之华不知不觉地陷入了师生恋。其时，瞿秋白的妻子王剑虹已因病去世，麻烦的是杨之华三年前已与沈剑龙结婚。

那天夜晚，瞿秋白对杨之华说："我们不能再这样爱下去了，在你和沈先生的婚姻没有解除之前，我们再这样爱下去是不道德的。"

杨之华说："爱，是阻挡不住的。我们何不光明正大地与沈先生把问题挑明了？"

次日，瞿秋白与杨之华主动约见沈剑龙，一番开诚布公地交谈，终于找到解决问题的办法。这里没有情敌之间的决斗，只有对爱的真心倾诉和正人君子坦荡胸怀的交流。

于是，便有了《民国日报》上的三则启事。

据说，为人大度的沈剑龙对瞿秋白的人品、才学极为佩服，与杨之华解除婚姻后，他还特地手捧鲜花，照了张相片送给瞿秋白——意为借花献佛。"花"即杨之华，"佛"当然是瞿秋白了。

作为共产党人的瞿秋白和杨之华，在婚姻问题上，表现出何等的真诚与坦荡！

还是两位共产党人的婚姻故事：

1919年12月25日下午1时，法国"央克来蓬"号邮轮慢慢驶离上海杨树浦码头。搭乘该船的蔡和森、向警予、蔡畅等32位青年，满怀着救国救民的雄心壮志，前往法国勤工俭学。

一年前，蔡和森和毛泽东一起在湖南发起成立进步青年团体——新民学会。这些热血青年经常就"个人及全人类的生活向上"的问题进行讨论，他们认为要改造中国，不能靠一个人或几个人摸索，必须有一大帮志同道合、坚定不移的同志，结成一个团体，向外发展。

毛泽东极力促成此行。在遥远的欧洲，那个"正在徘徊的共产主义的幽灵"对于当时的中国革命者有着何等的吸引力啊！出国前，他勉励这批青年精英："努力学习为救国！"蔡和森则当着毛泽东的面，就个人的婚姻发誓：中国革命一日不成功，就坚决独身不结婚。

向警予是新民学会最早的女会员之一，"五四"运动爆发后，身为湖南溆浦县立女校长的向警予，便在家乡组织当地的群众运动。当时，驻扎在溆浦的湘西镇守副使兼第五区司令周则范，被向警予的美貌和学识所倾服，要娶她为妻，向警予的后母也逼她去做"将军夫人"。向警予只身闯进周公馆，当面向周则范表示："以身许国，终身不婚。"令周则范无计可施。

大海滔滔，行程漫漫。蔡和森和向警予很快便双双"违约"了——在"央克来蓬"号的甲板上，他们产生了恋情。蔚蓝的大海，让这两位志同道合者的爱恋变得格外的烂漫。他们对于共同理想的憧憬，又使得这场恋爱更具理想化的色彩。当35个日日夜夜的旅程结束时，他们合写了一首《向上同盟》的诗歌，表示在革命征途中，要相互勉励、共同向上。

1920年5月，他们在法国的蒙达尼结为夫妻。当天，他们还拍了一张独特的结婚照：两人肩并肩地坐着，共同捧着一本打开的《资本论》，以表明他们的结合，是建立在马克思主义共同信仰的基础之上的。他们自由恋爱结为伴侣的消息传到国内，毛泽东甚为赞扬，声称在婚姻问题上"奉向蔡为首领"。

1922年初，蔡和森和向警予在蒙泰恩因领导"二八示威"，被迫离开法国。回国不久，夫妇双双当选为中央委员，向警予同时当选为中央妇女部第一任部长。

1925年6月，蔡和森和向警予被派往莫斯科。蔡和森是作为中国共产党派驻第三国际的代表，向警予则进了莫斯科中山大学读书。让人料想不到的是，由于对中国革命的一些具体方法问题发生分歧，这两位个性倔强的职业革命家的婚姻也发生了危机。革命是革命，感情是感情。既然感情已经破裂，婚姻便也走到了尽头。他们开诚布公，友好地分了手。这时候他们已经有了一个在法国出生的女儿蔡妮和一个在中国出生的儿子蔡博。不过，尽管解除了婚约，他们还是亲密的战友，在生活上依然互相关怀帮助。

蔡和森首先回国，两年后向警予也回到中国。当他们第一次在汉口相见时，向警予颇有些忧伤地对蔡和森说："和森，你现在又有了一个新的家庭，而我什么都没有，不过，我真心地祝你幸福！"蔡和森关切地说："警予，你现在一个人生活，更要知道关爱自己，多多保重。"

1928 年 4 月，听到向警予被捕的消息，正在上海的蔡和森心急如焚。他和战友们倾尽全力营救，却未能成功。5 月 1 日，33 岁的向警予在赴刑场的途中，一边向群众发表演说，一边高唱《国际歌》，并高呼口号。宪兵们殴打她，往她的嘴里塞石块。围观的群众越来越多，形成了悲壮的送别场面。

向警予的牺牲，使得蔡和森悲痛欲绝，他为此撰写了情真意切的悼念文章。

两年后，蔡和森也在广州被捕，壮烈牺牲……

还有那留下"秋风秋雨愁煞人"名句，堪称中国近代史上最奇的奇女子秋瑾；

还有那在刑场上高呼"我们要举行婚礼了，让反动派的枪声作为我们结婚的礼炮吧"的周文雍和陈铁军；

还有那用自己手中的"解剖刀"对封建礼教进行了无情抨击的鲁迅；

……

这些仁人志士，这些革命的先驱者，他们是封建礼教的叛逆者，他们最先向封建的婚姻家庭制度发起挑战，并用自己的一段段让时人景仰不已的经典婚姻，引领了那个时代婚姻自由的红色时尚！

我在翻阅中国婚姻家庭史时发现，毛泽东从走上革命道路开始，便为妇女的解放运动而呐喊，便与封建的婚姻制度进行不屈不挠的斗争！

1919 年 11 月 14 日，古城长沙霪雨霏霏。在欢快的吹打声中，一乘抬着新娘的花轿从南阳街出发。由于这桩婚事的迎亲队伍显得十分阔绰、有气魄，引得路人纷纷驻足观望。但是，人们没有发现，在花轿经过的地方，路面上留下了一滴滴殷红的鲜血。当轿子抬到男家，女宾掀开轿帘时，禁不住惊呆了：只见新娘"血满衣襟，昏倚轿侧。轿底现新剃刀一柄，浸血泊中。喉管有一伤口，宽寸余，血流不止"。待将新娘送至医院，终因伤势过重，"随即丧命"。

自尽女子赵五贞，年方 22 岁，上过新学。经父母包办，赵五贞被许配给开古董店的吴凤林为妻，赵对吴一无所知，且吴已四十余岁，赵自然不满意这桩婚事。但迫于社会风习和父母之命不许违抗，赵五贞不得不走上自尽之路。

"赵五贞血染长沙城"的惨案，震动了长沙和湖南。

青年毛泽东拍案而起，12 天里，连续在《大公报》发表九篇文章，对这一事件进行剖析。在《对于赵女士自杀的批评》一文中，他指出："一个人的自杀完全是由环境所决定，赵女士之死是环境逼着她求死的，其环境是：一、中国社会，二、长沙南阳街赵宅一家人，三、她所不愿意的夫家长沙柑子园吴宅一家人。这三件是三面铁网，可设想作三角的装置，赵女士在这三角形铁网当中，无论如何求生，没有生法。生的对面是死，于是乎赵女士死了。"这社会"可以使赵女士死，它又可以使钱女士、孙女士、李女士死，它可以使'女'死，它又可以使'男'死"，因此"就不能不高呼，'社会万恶'"。毛泽东还一针见血地指出赵五贞自杀的社会根源"是婚姻制度的腐败，社会制度的黑暗，意志的不能独立，恋爱的不能自由"。

毛泽东将婚姻问题与社会机制有机地联系在一起，既击中了封建婚姻的要害，道破了造成种种婚姻悲剧的社会根源，又将婚姻问题作为发动思想革命，营造攻击旧制度强大舆论的一个重要主题。

对待自己的婚姻问题，毛泽东更是婚姻自由的勇敢实践者。

毛泽东在自述里谈道："我14岁的时候，父母给我娶了一个20岁的女子，可是我从来没有和她一起生活过——后来也没有。""从来没有和她一起生活过"，即结婚不同房，这已经属于"抗婚"性质。在那个时代，作为一名农村少年，敢于公开向封建婚姻挑战，其胆魄实在令人惊叹！16岁那年，毛泽东离开家乡，先是在省立第一中学学了半年，后又考入湖南第一师范学校。就是在这所学校，毛泽东结识了他老师杨昌济的女儿杨开慧。1918年，杨昌济应聘到北京大学任教，杨开慧随全家北上。8月，毛泽东为组织赴法勤工俭学也来到北京，杨昌济推荐他到北大图书馆当了助理员。毛泽东与杨开慧在北国相逢，自然情愫暗生。次年4月，毛泽东回到湖南，杨开慧给他的信，称呼已是一个字：润。而毛泽东回信，称呼也是一个字：霞（杨开慧号霞）。

1920年初，杨昌济去世后，杨开慧扶柩南下，将父亲安葬于长沙板仓。

这年冬天，毛泽东与杨开慧宣布结婚。他们相约，不做嫁妆，不坐花轿，不举行婚礼，用他们两人的话说，就是"不做俗人之举"。婚后，杨开慧一边在校学习，一边协助毛泽东开展革命活动。

1923年6月，毛泽东到广州参加中国共产党第三次全国代表大会，婚后辗转别离，平添了毛泽东的离愁别绪，这一年，他写下了著名的《贺新郎·别友》一词：

挥手从兹去。更那堪凄然相向，苦情重诉。眼角眉梢都似恨，热泪欲零还住。知误会前番书语。过眼滔滔云共雾，算人间知己吾和汝。人有病，天知否？

今朝霜重东门路，照横塘半天残月，凄清如许。汽笛一声肠已断，从此天涯孤旅。凭割断愁丝恨缕。要似昆仑崩绝壁，又恰像台风扫寰宇。重比翼，和云翥。

秋收起义后，毛泽东带部队上了井冈山。他用暗语给杨开慧写了封信，说离开家后，开始"生意"不好，亏了本，现在"生意"好了，兴旺起来了。这封信历经周折，直到1928年初，才送到杨开慧手中。

杨开慧带着孩子在板仓坚持地下革命，关山远隔，音讯不通，一首《偶感》写下了她的思亲之情：

天阴起朔风，浓寒入肌骨。

念兹远行人，平波突起伏。

足疾已否痊？寒衣是否备？

孤眠谁爱护，是否亦凄苦？

书信不可通，欲问无人语。

恨无双飞翮，飞去见兹人。

兹人不得见，惆怅无已时。

1930年，杨开慧不幸被捕。反动派扬言只要她公开声明与毛泽东解除关系，便可保全生命，遭到杨开慧的严词拒绝。她对前去探监的亲友说："死不足惜，但愿润之革命早日成功！"又嘱托说，"我死后，不要做俗人之举。"

1930年11月14日，杨开慧在长沙英勇就义，年仅29岁。

从报上得到噩耗的毛泽东，悲愤万分，他在给杨开慧亲属的信中说："开慧之死，百身莫赎。"

患难相交，生死与共。失去了爱妻，毛泽东那割舍不断的情感，27年后，在他的那首广为人知的《蝶恋花·答李淑一》中，达到高潮：

我失骄杨君失柳，

杨柳轻飏直上重霄九。

问讯吴刚何所有，

吴刚捧出桂花酒。

寂寞嫦娥舒广袖，

万里长空且为忠魂舞。

忽报人间曾伏虎，

泪飞顿作倾盆雨。

1927 年元月，为了回答党内右倾机会主义者对农民运动的指责，毛泽东以省委特派员的身份，深入到湖南乡村调查研究。他把自己的家乡韶山作为此行的第一站。韶山农协会员、自卫队员、妇女会员、儿童团员五六百人，在陈公桥聚会欢迎他。中午在毛震公祠吃饭，毛泽东提议喝酒时妇女坐头席。他说：过去不许妇女进祠堂喝酒，今日妇女解放了，应该请她们坐头席。妇女们破天荒地坐到祠堂的头席上喝起酒来。

3 月，毛泽东发表著名的《湖南农民运动考察报告》。在谈到旧的封建主义婚姻制度产生的根源时，毛泽东说："中国的男子，普遍要受三种有系统的权力的支配，即：（一）由一国、一省、一县以至一乡的国家系统（政权）；（二）由宗祠、支祠以至家长的家族系统（族权）；（三）由阎罗天子、城隍庙王以至土地菩萨的阴间系统以及由玉皇大帝以至各种神怪的神仙系统——总称之为鬼神系统（神权）；（四）至于女子，除受上述三种权力的支配以外，还受男子的支配（夫权）。这四种权力——政权、族权、神权、夫权，代表了全部封建宗法的思想和制度，是束缚中国人民特别是农民的四条极大的绳索。"

毛泽东还指出："地主政权，是一切权力的基干。地主政权既被打翻，族权、神权、夫权便一概跟着动摇起来"；"要是地主的政治权力破坏完了的地方，农民对家族神道男女关系这三点便开始进攻了"；"家族主义、迷信观念和不正确的男女关系之破坏，乃是政治斗争和经济斗争胜利以后自然而然的结果。"

毛泽东的精辟论说，奠定了废除封建婚姻家庭制度和建立新民主主义婚姻家庭制度的理论基础！

难忘西柏坡

12月8日下午3点，盼望已久的、令人激动的电话铃声终于响起来了。

卢正珉在电话中告诉我，罗琼大姐的病情稳定了一些，医生准许她回家休养一段日子。老人同意接受我的采访。

我的等待终于有了结果。

9日上午9时，我应约前往罗琼大姐在木樨地的寓所。

罗琼大姐端坐在客厅的一张藤椅上，91岁老人，上背微驼，身材削瘦，不过气色还算不错。卢正珉把我介绍给她，说："罗大姐，这就是一直想采访您的那位海军作家。"

老人示意我坐下，和蔼地问："你一个军人，怎么会关注起《婚姻法》来了？"

我说："婚姻法关系到千家万户，关系到每一个人。但是，对于几部《婚姻法》是怎么制定出来的，特别是对1950年那部《婚姻法》的起草过程，基本没人知道。还有，《婚姻法》是一个时代变迁和社会转型的晴雨表，通过对《婚姻法》制定和贯彻过程的研究，可以涉及到更多的内容，我对这些问题很感兴趣，我觉得也应该让更多的读者了解。"

老人说："我佩服你们军人的执着精神……有关第一部《婚姻法》的起草过程，参与的几位大姐都走了，我要再不说，了解真实情况的人就没了。从这个角度讲，我也有这种责任。"

罗琼大姐打开了记忆的闸门，缓缓为我们讲述了半个世纪前的那段历史……

1948年初秋，西柏坡。

塘沱河两岸的高粱熟了，酱红色的高粱穗子，组成了满山遍野的红色"火炬"。红色"火炬"倒映在清澈见底的河水中，整条河都泛着红波。这个原先非常不起眼的小山村，如今却成为世界注目的中国革命的总指挥部。

毛泽东、周恩来、任弼时开始指挥决定中国命运的辽沈、淮海和平津三大战役。刘少奇、朱德则主要负责解放区的土改和挺进北平的准备工作。

去年，也是这样的金秋时节，罗琼来到西柏坡。在她的眼中，西柏坡是世界上最令人神往的地方。

1911 年，罗琼出生在江苏省江阴一个暴发、暴落的商人家庭。从青年时代开始，便投身于妇女运动。她作过农村调查，参与发起上海各界妇女的救国会。抗战爆发后，罗琼与人合著了《战时妇女工作》一书，动员更多的妇女群众投入到抗日第一线。她还参加上海妇女抗敌后援会，组织各界妇女到医院慰劳伤兵，到难民收容所组织教育难民。1938 年，她参加了新四军，奔赴抗日前线。在军部直属教导队，罗琼为来自 8 省坚持游击战争的红军班排干部和来自城市的工人、知识青年讲课。她讲授社会发展史、抗日民主统一战线和妇女解放问题。由于工作出色，1940 年，罗琼当选为新四军出席中国共产党"七大"的候补代表（后补为正式代表，是新四军唯一的女代表）。4 月从皖南出发，跨过重重封锁线，历尽坎坷，10 月抵达延安。

由于"七大"延期召开，在延安期间，罗琼参加了整风运动、边区大生产，编辑《中国妇女》副刊。

"七大"结束后，罗琼被派往山东解放区。她最先办起了生产推进社，既解决群众的生活问题，又支援前线作战。

罗琼是 1947 年接到中组部的调令，来中央妇委工作的。从山东渤海区出发，经河北南部平原，急匆匆赶到西柏坡，到中组部报到时，她问："中央妇委在哪里办公？"人家笑着告诉她："在'土改'里。"

从韶山冲走出来的农民儿子毛泽东，深懂得"土地是中国农民的命根子"这一真理。在延安，毛泽东专门研究过中国农民的出路问题。他坚信，在中国，哪一个政党解决了农民问题，哪个政党就能得天下以治之，而要解决农民问题，最关键的是要解决农民的土地问题。1947 年 10 月 10 日，中共中央正式公布《中国土地法大纲》。毛泽东指出："全党必须明白，土地制度的彻底改革，是现阶段中国革命的一项基本任务。如果我们能够普遍地彻底地解决土地问题，我们就获得了足以战胜一切敌人的最基本的条件。"

按照中央的部署，中央妇委委员们都去农村参加土地改革运动了。当时，中央妇委书记蔡畅在东北解放区，副书记邓颖超在阜平县，秘书长帅孟奇及委员康克清、张秋琴、杨之华、李培之等分别在晋察冀解放区的农村蹲点搞土改。

罗琼热切地要求马上到土改第一线去，中组部将她安排到离西柏坡 10 里地的夹峪村。

对于当时参加土改的情景，罗琼依然是记忆犹新，她告诉我一件发生在她自己身上的事：

我去夹峪村时，土改已经开始，我参加了发动群众、斗争地主、平分土地等几个阶段的工作。地主剥削农民，尤其是超经济剥削，如果不是亲耳倾听苦主的痛诉，就没有那么深的认识，农民需求土地的迫切心情，不是亲眼所见，也是难以相信的。举一个例子：按当时土地法规定，不分男女按实际人口可平分一份土地。有位贫农老大爷，常到我住的老乡家来和我聊天，谈心事。他非常喜欢我的二女儿小沂，常笑眯眯地说："你这个小闺女多好！"有一天，他自言自语："要是我家有这么个闺女，就可以多分1亩9分2厘地（当时这个村每人分配土地的数量）。"我随口说笑话："那就把孩子送给您吧！"

谁知老大爷当真了，第二天一大早，我还没有起床，老大爷便来敲门要孩子。一见面，他满脸喜悦地说："这下好了，下午平分土地，我就可以多得1亩9分2厘地了。"

这玩笑开大了，我连忙诚恳地对他说："大爷，昨天我说的是玩笑话。我的大女儿在国统区，11年没见面，什么时候能见到还不知道。我身边只有这么一个女儿，是在战火纷飞中生的，您想我能送人吗？"老大爷不说话了，默默地蹲在地上。我觉得挺对不住人家的，请他进屋，让他喝了一碗棒子面粥，吃了一头，他不好意思地笑了笑，走了。

这件小事说明，农民是多么迫切地需要土地，土改确实是大大地提高了女性的地位，旧社会历来把女孩儿叫"赔钱货"。而今，女孩儿也成了宝贝了。

接着，罗琼又向我介绍了当时的一些情况：

那年7月，完成土改任务后，中央妇委的委员和工作人员们，先后从晋察冀、晋绥解放区回到中央妇委机关所在地东柏坡。也是在这时候，中央正式任命罗琼为中央妇委委员。当时，中央妇委书记、副书记和委员，都是大革命时期、土地改革时期的老党员、老领导干部。罗琼是当时中央妇委中唯一的抗战时期入党的党员，她先任资料组组长，后又负责宣传工作。

从9月开始，解放战争进入了全面战略反攻。如何抓住时机，加强党对妇女工作的领导，更进一步发动妇女群众，为决战胜利，为建立新中国贡献更大力量，同时又为妇女自身解放创造根本条件？中央妇委认为有必要召开一次解放区妇女工作会议，这一建议很快得到中央的批准。

出席这次会议的有陕甘宁边区、晋绥解放区、晋察冀解放区、晋冀鲁豫解放区的妇委、妇联的负责同志，还有华东野战军，三、六纵队，二纵队，两广的妇女代表，共85人，再加上党中央有关单位的列席代表，总计一百余人。过去长期被战争隔离，各解放区及军队从事妇女工作的同志，只能神交，未能谋面。如今欢聚一堂，大家有说不尽的话，唱不完的歌。

9月20日，会议开幕，朱德代表党中央致开幕词，周恩来作政治报告，邓颖超代表中央妇委作工作报告。

会议期间的一天傍晚，邓颖超对妇委会的同志们说："少奇同志让咱们过去一趟，要布置新的任务。"

从东柏坡到西柏坡也就二三里地，转过一个小土坡转眼间就到了。

刘少奇与王光美那时刚刚结婚不久，住在两间土墙瓦顶房里。

刘少奇热情地把大家迎进屋里，请大家吃花生和红枣。

"会议开得不错吧？"刘少奇问。

邓颖超说："太好了！大家认真总结了过去的工作，讨论了当前的方针任务，而且还要研究制定今后妇女运动方针。"

刘少奇说："党中央已讨论了你们的会议及提出的问题，中央将给予圆满的答复。关于妇女工作，一方面各级党委应当重视，加强领导；另一方面，妇女干部自己也应努力工作，创造性地工作，主动争取党委的重视。你们不是要党委撑腰吗？首先你们得有'腰'，党委才好撑，要是自己没'腰'，别人怎么撑也撑不起来。"

刘少奇风趣的话语把大家都说笑了。

"革命的形势发展很快，党中央领导的伟大的战略反攻已经开始，中国人民的革命战争很快就要在全国范围内取得胜利，再有一年左右时间，我们就能从根本上打倒国民党反动统治，建立起一个新民主主义的国家。"稍停片刻，刘少奇习惯性地点燃一支烟，接着说，"新中国一成立，你们妇女工作者的任务更重了。有些工作现在就要开始着手准备和研究。今天，找你们来，想交给你们一项任务，现在先吹吹风。"

听说有新的任务，大家都很高兴，邓颖超连忙说："少奇同志，请给我们布置吧！"

刘少奇说："新中国成立后，不能没有一部婚姻法，我们这么个五亿多人口的大国，没有一部婚姻法岂不乱套了？这个任务交给你们中央妇委了，你们马上着手，先做些准备工作。"

说罢，刘少奇转身从那只从延安转战带出来的写着"奇字第3号"的小书箱里，取出一本已经发黄的小册子："这本《中华苏维埃共和国婚姻条例》，是1931年毛泽东同志亲自签发的。这是从封建婚姻制度中解放妇女群众，实行真正男女平等、婚姻自由的条例，体现了婚姻法的基本原则，你们还要深入调查研究解放区的婚姻状况，总结解放区这些年来执行婚姻条例的经验教训，反复讨论，再动手起草。"

邓颖超兴奋地说："太好了！这些日子，大家通过在农村蹲点搞土改，更加深切了解贫苦农民，特别是妇女们深受封建婚姻的压迫，他们迫切要求婚姻自由。"

10月5日，会议闭幕前一天，刘少奇到会作重要报告。他在报告的最后部分专门讲到婚姻法问题。他说："婚姻问题是妇女工作的重要组成部分。最近我查阅了一些解放区政府颁布的婚姻条例，均不同程度地保留了封建婚姻的旧传统。新中国即将成立，我们这么大的一个国家，要有一部统一的婚姻法，现在的时机已经成熟了，你们现在就要组织力量起草新婚姻法，建立新民主主义的婚姻制度。先准备一个草案，新中国成立后，由党中央送交中央人民政府，广泛征求意见，修改审定后公布施行。"

解放区妇女工作会议结束后，中央妇委立即成立了《婚姻法》起草小组。由邓颖超主持，成员有帅孟奇、杨之华、康克清、李培之、罗琼、王汝琪。

东柏坡是个群山环抱、只有十几户人家的小山村。中央妇委借用了老乡前后两个小院，前院两间土屋，一铺土炕，几张桌子，办公用。几位大姐和工作人员，住后院两间土屋。

起草一部体现新民主主义婚姻制度的《婚姻法》，对于这些妇女领袖来说，是一项崭新的工作，也是一场新的考验。起草小组成员中，真正学过法律的只有毕业于上海复旦大学法律系的王汝琪。但是，这些妇女领袖有着长期革命斗争的经验、有着长期做妇女工作的经验，对于广大群众特别是广大妇女渴望废除封建婚姻制度，建立新民主主义婚姻制度，感受极深。

她们派出工作组对婚姻问题进行专题调查。据调查材料表明，当时在山西、河北、察哈尔等省的解放区农村中，婚姻案件占民事案件的比例，少的占33.3%，最多的达99%；在北平、天津、西安、哈尔滨等已解放的城郊中，婚姻案件少则占民事案件的 11.9%，多的占 48.9%；在婚姻案件中离婚及解除婚约的，在上述农村中平均占 54%，城市或城郊中少则占 51%，多则占 84%。离婚原因主要是包办、强迫、买卖婚姻、虐待妇女、重婚、通奸以及遗弃等，女方是原告，提出离婚的占 58%—92%。

由于刚刚从土改第一线回来，大家相互提供了许多新的情况、新的问题。

邓颖超说，土改在改正成分时，有些农村拿"破鞋"作为帽子加在一些妇女的身上，或者拿"破鞋"做借口剥夺她们应得的土地权，甚至作为打击妇女的口舌，向妇女进行斗争。比如有一个不大的村子，就有 80 多个妇女被划为"破鞋"，加上这个帽子剥夺了她们应得的权利，甚至连她们的婚姻自由、选举权、被选举权都被剥夺。可怕的是，我们的一些干部在这个问题上也不加区别。究竟什么样的叫"破鞋"呢？只有专门以卖淫为自己生活来源的少数妇女，才能称为"破鞋"。至于在农村中，贫雇农娶不起老婆，靠上一个女人；有的妇女守寡多年，靠上一个男人帮助干活，因而发生生活上的"互助"等，这些应加以具体的区分。产生这种特殊情况的根源，一方面是因农民没有翻身、受经济压迫；另一方面是因婚姻不自由的制度所造成的。女人嫌男人丑，或男人嫌女人丑，愿意靠一个年轻漂亮一点的，或者一方是瞎子……这些都是因为封建婚姻制度所造成的，但我们有些干部没有认清这个问题的根源，把农村中的男女关系问题不加本质的、轻重的区分，一律加于"破鞋"帽子，这是非常错误的。

有些同志谈到，一些地方在土改中，以各种方式干涉群众婚姻自由，统治妇女，不准出村，甚至命令所有寡妇一定要嫁贫雇农光棍，有的还把地、富成分的妇女当成胜利"果实"来分配。

还有关于抗属 [1] 的离婚问题，有些地方抗属提出离婚，没有经得前方军人的同意，便批准离婚，影响了军心。

……

当时，起草小组主要的参考资料是刘少奇送的那本《中华苏维埃共和国婚姻条例》。1931 年 12 月 1 日，中华苏维埃政府颁布《中华苏维埃共和国婚姻条例》，中华苏维埃共和国中央执行委员会主席毛泽东在颁布令中指出：

在封建统治之下，男女婚姻，野蛮到无人性，女子所受的压迫与痛苦，

---

[1] 抗日战争时期在抗日根据地坚持抗日的工作人员的家属。

比男子更甚。只有工农革命胜利，男女从经济上得到第一次解放，男女婚姻关系才随着变更而得到自由。目前在苏区男女婚姻，已取得自由的基础，应确定婚姻以自由为原则，而废除一切封建的包办、强迫与买卖的婚姻制度。

但是女子刚从封建压迫之下解放出来，她们的身体许多受了很大的损害（如缠足）尚未恢复，她们的经济尚未能完全独立，所以关于离婚问题，应偏于保护女子，而把因离婚而起的义务和责任，多交给男子负担。

小孩是新社会的主人，尤其在过去社会习惯上，不注意看护小孩，因此关于小孩的看护有特别的规定。

中国共产党人在领导工农革命时，一直在关注工农民众的婚姻问题。许多根据地在创建之初，便提出了"解除封建婚姻"、"婚姻自由"的口号，其中：

1928年1月，在中共江西遂川县委拟定的《施政大纲》中即有"废除聘金聘礼，反对买卖婚姻"的规定。后来，毛泽东亲自改为"讨老婆不要钱"，使其更加通俗易懂，深入人心。1928年7月，中国共产党第六次全国代表大会关于《妇女运动决议案》中，明确指出："在农妇中之宣传与暴动工作，应直接提出关于农妇本身利益的具体要求，如继承权、土地权、反对多妻制、反对年龄过小之出嫁（童养媳）、反对强迫出嫁、离婚权、反对买卖妇女、保护女雇农的劳动。"

1929年7月，中共闽西第一次代表大会关于妇女问题决议案中，专门强调："婚姻问题，党不应单纯站在某一方面。不要制止妇女离婚，使妇女失望，也不要鼓动妇女离婚，使农民恐慌。党在此时特别向妇女群众宣传，使妇女彻底明白，压迫妇女自由的不单是妇女的家庭，而是整个封建阶级。妇女要彻底解放，应与男子一致参加革命，彻底地从旧礼教束缚之下解放出来。妇女或男子有提出离婚者，党及政权机关应根据下列两个原则判决之：（1）妇方愿意。（2）丈夫有强迫妇女的事实。"1930年11月，中央在《关于劳动妇女斗争的纲领》中，已经提出"苏维埃就要立即废除宗法封建关系的法令习惯，订立新的婚姻家庭法律"。

对于1931年《中华苏维埃共和国婚姻条例》，后人给予了极高的评价，称它是以毛泽东为首的中国共产党将马克思、列宁主义关于婚姻、家庭和社会发展问题的学说，具体运用来解决中国婚姻、家庭制度问题的最初法律文献。它标志着中国婚姻、家庭制度大革命的开端！

《中华苏维埃共和国婚姻条例》的基本原则是：废除封建的包办强迫和买卖婚姻制度，实行男女婚姻自由、一夫一妻、男女权利平等，保护妇女和子女的利益。起草小组在讨论中，一致认为这个《条例》的基本原则是符合人民群众的要求的，法律基础也比较成熟。

罗琼在介绍了当时的一些情况之后，告诉我："在起草过程中，大家对一些条文仍有不同的看法，每次讨论都要发生争论。"

我问："当时争论的主要问题是什么？"

"争论最大的是有关离婚自由的问题，1931年颁布的《中华苏维埃共和国婚姻条例》第9条规定：'确定离婚自由，凡男女双方同意离婚的，即行离婚。男女一方坚决要求离婚的，亦即行离婚。'新的《婚姻法》要不要写进去，大家争论激烈。有的同志反对离婚自由，一种顾虑认为婚姻是人生大事，怕离婚太自由了不利于社会稳定。特别是在农村，离婚自由了，必定要触动到一部分农民的切身利益，他们必然将成为反对派，另外一种顾虑是当时形势发展很快，马上就要进城了，怕进城以后，一些干部以'离婚自由'为借口，另有新爱，把农村的原配抛弃了。"

邓颖超作为一名妇女运动领袖，一直在关注着民众的婚姻问题。1926年5月14日，在何香凝、蔡畅和邓颖超的领导下，广东妇女解放协会召开了第一次代表大会。大会特别通过了《援助被婚姻压迫女子的议决案》，强调要充分重视妇女的切身利益和要求，尽力帮助受婚姻压迫的女子。1930年，时任中共中央机关直属支部书记的邓颖超，在《苏维埃区域的农妇工作》一文中指出："尤其是当斗争起来以后，农妇中的婚姻问题，童养媳问题，成为普遍的严重的问题，而对于这些问题又很少有适当的解决办法，由此引起纠纷与一些农民的反对，是极值得我们注意的问题。"对于离婚问题她阐述了自己这样的观点："在全国苏维埃婚姻法未产生以前，对于婚姻问题的解决，只能有原则的决定。最近的期间，可用以下各点：一、离婚，必须经双方的同意；二、由一方提出离婚而对方不同意者，得提交苏维埃解决……"

结合长期的革命实践，这一次重新起草《婚姻法》，邓颖超态度鲜明，主张写上"一方坚持离婚可以离婚"这一条。

全国妇联档案处保存着一份珍贵的资料：

在中央妇委会议发言摘要

邓颖超同志对于婚姻法内"一方坚持离婚可以离婚"一条的意见：我主张这一条。理由是中国社会最受压迫的是妇女，婚姻问题上妇女的痛苦最多，很多材料可以说明。早婚、老少婚、买卖婚是普遍现象，如不根绝就谈不上婚姻自由。妇女要求离婚，往往不允许，即在党内也如此。所以"一方坚持要离就让离"是主要根据妇女利益提出的。如果加上很多条件，基本上要离的还是要离，反而给下边的干部一个控制的借口。过去没有这一条，曾发生很多悲剧。今天规定婚姻法是原则性的规定，破坏旧的，建立新的，就必须针对男女不平等现象，给妇女以保障。

有的同志怕这一条实行起来下边会乱。我认为：

一、过去十年没有这一条，下面照样发生两种乱：一种因所谓自由离婚所引起的，一种是不让自由离婚，特别是一方坚持不能离婚发生的乱，而后者比前者乱得更多。

二、过去有一个时期，妇女工作把离婚作为口号，干部鼓动离婚，这个偏差已纠正。我们不能因执行有过偏差而放弃原则。把旧社会推翻，乱是不可免的，群众起来革命，其行动总会有些偏差，这个不用害怕，何况革命的本身就是秩序的建立。要婚姻自由，特别是一方坚持离婚的自由，老区群众觉悟高，有些要求，没有这一条就不能适合群众要求，特别是妇女的要求。新区群众也有此要求。

三、自由是否妨碍生产呢？我认为离婚不自由才会妨碍生产。如果家庭和睦，也不会由于这一条而闹起离婚来。在新的政治经济基础上来看这个问题与过去又有不同，过去贫雇农娶妻不易，现在则不然。

四、现在各地各级政府法院所积压的婚姻案件，及发生自杀惨剧的，多因一方坚持离婚不能离婚所造成的。证明几个解放区现行的婚姻条例没有规定"一方要求坚持离婚者可以离婚"的一条，已不能适应群众的需要。故在修改新的婚姻条例上必须加上这一条件。培之等同志所提出说明其意见的某些材料，亦正好是成为我的意见的根据哩。

总之我是坚持不加条件"一方要离即离"。至于某些地区不同情况与执行方法上须经过一些必要的步骤等，可以在说明书上加以解释。

妇女同志考虑婚姻条例每条内容，必须从最大多数妇女利益出发，不能从一部分妇女的利益出发，更不能有为了限制或照顾少数男人的观点。其结果，反而对多数妇女不利的。

罗琼介绍说："当时无论在城市和农村，提出离婚要求的或解除订婚婚约的，主要是妇女。这是由于一部分妇女在家庭中遭受非人生活，所逼迫出来的不得已的结果。所以，从这个角度讲，'一方坚持离婚可以离婚'，实际上是反映了绝大多数受迫害的妇女的意愿，保护了她们的利益。"

在自己半个多世纪的革命生涯中，参与起草《婚姻法》这段经历，给罗琼大姐留下了难以磨灭的印记，她告诉我："那时候的风气非常好，讨论问题时，大家开诚布公，畅所欲言。因为这是为新中国和五万万同胞起草的《婚姻法》，大家都意识到它的分量。光是框架就推倒重起好几次，每章、每条都是经过字斟句酌的。每次讨论都是大家先发表意见，王汝琪作记录，然后她再拿出新整理过的稿子，又供大家讨论。七八个人紧挨着围坐在坑上，西柏坡的冬天还是挺冷的，窗外寒风呼啸，屋里却讨论得热火朝天……"

由于当时中央妇委人手少，还要承担其他大量工作，《婚姻法》整个起草过程，断断续续，大约花了半年时间。

……

在我采访完罗琼大姐后不多久，这位革命老人便永远地"走"了。老人健在时，我有幸"挖掘"到这段极其珍贵的史料。否则，当事人都不在了，又有谁能说得清楚当时的真实情况？

1949年3月23日，100辆卡车和20辆吉普车，载着中共中央机关离开西柏坡，离开了夺取全国胜利的最后一个农村指挥所，迎着还带着些寒意的春风，向着千年古城北平挺进。

毛泽东谆谆告诫他的战友和部下：这次进京，我们是去赶考，千万不能当李自成。

中央妇委随中央机关一起进京。

《婚姻条例》草案，又经过一番修改，1950年1月21日，由中央妇委呈送党中央，并附邓颖超亲笔信一封：

毛、刘、朱、任、周并王明同志：

送上中央妇委修改的婚姻条例草案最后稿，请审阅！

这个婚姻条例草案，曾经过妇委正式讨论过五次，会后交换意见多次，并另邀请了中组部、中青委、法委等几方面同志共同座谈过一次，历时二月有余。几经争论，几度修改，有些问题，已经得到解决，但争论的主要问题，即一方坚持离婚，即可离婚，不附任何条件一则。至今仍意见分歧，尚未能取得一致。对于此点反对者是较多数人，赞成者包括我及少数人。

现为了应各地的急需，且有关广大群众切身迫切的利益，不能再拖延不决。故大家商定，一致同意先以现在的草案，虽然我仍不完全同意，已经妇委多数同意了最后稿，并将我们不同的意见一并附上，请中央参阅作最后决定。另送了一份婚姻条例草案给法委，请法委将意见提交中央。

此外，对送上之婚姻条例中之第三条，我不完全同意。可保留原条文之前半至"纳妾"二字为止，其余指出的兼是个别的少数人，且有"实行一夫一妻制"，均可解决了。至原文规定禁止"及其他违反一夫一妻制的婚姻"，是不必要亦不妥当的。

对第十条中"经调解无效"，仍是属于执行离婚条款时，采取的方法和步骤，可放在解释的文件中说明，不须写入条例条文中。至该款规定"确因思想感情根本不和"字样，从文字和形式来看，仍为附加条件，而实际则等于无条件的。那么又何必不干脆地明确简单规定哩。

我们争论之是非，要求中央给予指示！妇委同志希望中央审阅后能和妇委同志一谈，或中央讨论时，允许妇委同志参加，究如何？由中央决定。

对该草案用何名义发表，写说明书着重哪些问题，以及写社论的主要内容，亦请中央指示！

总政主张把革命军人婚姻条例，包括在一般婚姻条例内，我们不赞成，因为那是属于暂时的局部的问题，应分开补定为好。此事亦请中央决定通知总政。

专此，敬礼！

邓颖超

1950.1.21

中央立即将该《婚姻条例》草案分别送各民主党派、中央人民政府、全国政协、法制委员会、政法委员会，以及政务院政务委员会，各有关司法机关、群众团体征求意见。

一个星期后，法制委员会便向中央呈报了修改意见：

主席及书记处各位同志：

对于妇委起草之婚姻法条例，我们有下列意见，提供参考：

一、关于离婚问题的意见：

对此问题有两种意见，一种意见主张离婚自由，即如双方愿离或一方坚持离婚者，即得离婚，不附什么条件；另一种意见，主张一方提出离婚者，须附有条件合某一条件者，始得离婚。我们同意第一种意见，因为离婚结婚自由，是反对封建的新民主主义革命对解放妇女的一个基本要求，我们人民民主政权的立法，应以进步的合乎新社会发展的原则为出发点，不应以过去的、需要改革掉的旧社会遗迹为根据。中国社会中还有离婚结婚不自由的现象存在，这只能证明婚姻条例须有彻底解放的性质，才能冲破根深蒂固的旧社会枷锁，才能创造合于新的生产关系新的社会制度的家庭关系，而不是相反。以无产阶级为领导的工农联盟为主体的人民民主专政政权的法律，与这个政权本身是过渡到社会主义国家的过渡性政权一样，是一种过渡性的法律，它本身应该具有引导人民前进的极大教育性质和解放性质，婚姻条例的立法精神，也应如此。

二、四章的两点意见：

建议将"离婚前所生子女之抚养、生活费之负担，长成后，从男从女，有约定者从约定，无约定者由政府或法院按以下原则处理"这段文字去掉，因为：A. 这是多余的解释，不仅第十四条至第十九条应成为政府或法院解决婚姻问题之法律依据，其他各条均为政府或法院解决婚姻问题之法律依据；B. 与全条例之体裁及结构不合。

三、文字上的几点修改意见：

1. 第一条……将"禁止早婚、重婚、童养媳"改为"禁止早婚、禁止童养媳"。

2. 第三条……将"兼（一子两不绝）"或者去掉（因为兼并不等于一定娶

两个老婆）或者改为："兼婚（即以所谓一子两不绝的理由，一人娶二妻者）"，似以去掉为好，因这是个别现象，且既已规定一夫一妻制，则"兼"也不能"二妻"了。

　　3. 第二十六条将"未登记所生之子女享受同等权利"改为"未登记结婚所生之子女，与登记结婚所生之子女享受同等权利"。

　　4. 第二十七条"养子女享受同等权利"改为"养子女与亲生子女享受同等权利"。

　　以上意见，是否有当？请予指示。

　　敬礼！

法委会

1950 年 1 月 28 日

　　1950 年 4 月 13 日，《中华人民共和国婚姻法》（草案）提请中央人民政府委员会第七次会议通过公布。

　　中央人民政府法制委员会主任委员陈绍禹（王明），代表中央人民政府法制委员会，向中央人民政府委员会第七次会议报告《中华人民共和国婚姻法》起草的经过和起草的理由。

　　《中华人民共和国婚姻法》（草案），自中央妇委着手准备至此时，历经一年半时间，其间：

　　曾经政务院政治法律委员会第四次会议修改通过；

　　又经政务院第二十二次会议讨论；

　　并经由毛泽东主席亲自主持，有中央人民政府委员会副主席、委员、政务院总理、副总理和委员以及政协全国委员会常务委员会委员等参加的联席座谈会讨论两次；

　　草案的各章、各条，都经过反复研究、讨论和修改，除少数条文外，多的曾修改三十至四十次以上，少的也修改十至二十次以上；

　　1950 年 5 月 1 日，中央人民政府正式颁发了《中华人民共和国婚姻法》。

新中国第一部《婚姻法》

我们不妨先来看看 1950 年的北京社会各界是如何评价《中华人民共和国婚姻法》的:

> 史良(政务院司法部长):新《婚姻法》经过一年半的准备,和几十次的讨论,这一立法是很慎重的。
>
> 王斐然(北京市人民法院院长):随之新《婚姻法》的颁布,解除了妇女们思想上的束缚,将要产生新型的女性。
>
> 萧明(北京市总工会副主席):美满的家庭生活是会鼓舞生产热情、提高生产积极性的,我们工人同志将用实际行动来拥护它。
>
> 柴泽民(北京市农会筹委会主席):《婚姻法》公布后,我和农民们谈话,他们都很拥护。妇女更是特别的兴奋。使农民家庭的美满生活更有保障了。
>
> 张晓梅(北京市妇联主任):新《婚姻法》是中国人民革命的成果,只有在毛主席的领导下才能产生这种进步的革命的婚姻法。我特别代表本市妇女和儿童感谢中央人民政府和毛主席。
>
> 杨伯箴(北京青年团市工委负责人):婚姻问题在目前的青年中,还是一个很重要的问题,那便是在婚姻自由程度较大的青年学生中,也还有为封建婚姻所苦恼,或受着封建思想所束缚的,《婚姻法》对于城市和农村的青年,都是同等重要的。
>
> 王亚平(北京大众创作研究会副主席):《婚姻法》将使广大劳动人民的感情得到解放。

中央人民政府法制委员会主任委员陈绍禹是这样阐述新中国第一部《婚姻法》的意义的:

> 婚姻制度是社会细胞的家庭制度的基础,是整个社会制度的一个组成部分。它随着社会的变化而变化,伴着社会整个经济基础和上层建筑的发展而发展。在它的基础上建立起来的作为社会经济单位和社会文化教育单

位的家庭制度，在一定程度上也严重地影响到社会生产力的发展。中国人民解放战争和人民革命的伟大胜利，中华人民共和国的光荣诞生，中国人民政治协商会议共同纲领的实施，尤其是土地改革的实行，使中国社会发生了一个根本的变化——由半封建半殖民地社会发展为新民主主义社会的变化。这个呱呱坠地的新社会，迫切地要求用一切力量和一切方法去进行政治的、经济的和文化的建设工作，以便最后地完全地战胜中国革命的敌人，并使贫困的农业社会转成为富强的工业社会，进而向更高级更进步更繁荣的社会发展。作为半封建半殖民地的旧中国社会组成部分的旧婚姻制度，不但成了家庭痛苦的一种根源，而且成了社会生活的一条锁链；它不但把占人口半数的绝大多数的妇女投入奴隶生活的深渊，而且也使大多数男子遭受无穷的痛苦。它真正成了新生的社会肌体上已经衰败的细胞，阻碍着新社会健全有力的发展。为着新社会在政治上、经济上和文化上建设力量的增长，特别是为着解开一切束缚生产力发展的枷锁，随着全部社会制度的根本改变，必须把男男女女尤其是妇女从旧婚姻制度这条锁链下也解放出来，并建立一个崭新的合乎新社会发展的婚姻制度。

几千年前开始而至今在不少地方依然流行的中国旧婚姻制度，主要是野蛮落后的封建主义婚姻制度。伴随着中国人民解放运动发展和新社会诞生过程而生长起来的新婚姻制度，则是进步的新民主主义婚姻制度。前者的衰败和死亡，后者的兴起和发展，正如同全部半封建半殖民地社会经过革命让位于新民主主义社会一样，是必然的。以教育和强制相结合的武器——法律，来加速旧的封建主义婚姻制度的没落和死亡，同时保护新的新民主主义婚姻制度的生长和发展，以利于建立新家庭和建设新社会事业的发展，特别是促进具有决定意义的社会生产力的发展。这就是《中华人民共和国婚姻法》草案的意义。

《婚姻法》，分原则、结婚、夫妻间的权利和义务、父母子女间的关系、离婚、离婚后子女的抚养和教育、离婚后的财产和生活、附则共八章二十七条。

废旧立新是《婚姻法》的基本精神。

《婚姻法》的第一条就开宗明义地宣告："废除包办强迫、男尊女卑、漠视子女利益的封建主义婚姻制度。实行男女婚姻自由、一夫一妻、男女权利平等、保护妇女和子女合法利益的新民主主义婚姻制度。"

包办强迫、男尊女卑、漠视子女利益是封建主义婚姻制度的三个有机组成部分，而重婚、纳妾、童养媳、干涉寡妇婚姻自由等，则是这种封建主义婚姻制度的必然的副产品和补充物。废除封建主义婚姻制度必须要将它的三个组成部分全部废除，并将这种婚姻制度的各种副产品和补充物全部禁止。

《婚姻法》是在封建政权被推翻，族权、神权和夫权发生动摇衰败的基础上产生的。因此，它必将有着新婚姻制度鲜明的时代特点：

一、男女婚姻自由。任何包办强迫的办法，任何第三者的人或"神"的干涉行为，都不应有存在的余地。男女结婚，只能是双方本人完全自愿的夫妻关系的自由结合。同时，任何财物的多寡，任何门第的高低，都不应再成为男女结婚关系的基础。在这种婚姻自由的前提下，男女离婚自由，也受到国家法律的保护。结婚自由和离婚自由成为婚姻自由这个统一物的两个对立部分的具体体现。

二、一夫一妻制。为奴隶主和封建阶级所公然实行的一夫多妻制，以及资本主义社会必然产生的以通奸、卖淫作补充的虚伪的一夫多妻制，从来就为劳动人民所不取。但劳动人民已经成为国家主人翁的时候，他们必定会通过国家法律的权力，来扫除旧社会遗留下来的罪恶渣滓。

三、新的婚姻制度，当然应该保护几千年来受尽剥削压迫而刚刚取得某些与男子平等权利的妇女。

四、新社会，子女已经不再是家长任意处置的"私有财产"，他们不仅是家庭的成员，更是社会的成员，他们的合法权利将受到国家的保护。

由此可见，男女婚姻自由、一夫一妻、男女平等、保护妇女和子女合法利益，是社会主义婚姻家庭制度四个有机组成部分。这种制度与封建主义婚姻家庭制度有着根本上的区别，而且与资产阶级的婚姻家庭制度也有原则的差别。

《婚姻法》还对最低婚龄作了规定："男20岁，女18岁，始得结婚。"

社会学学者李超然说："1950年的《婚姻法》，对结婚的最低年龄作了规定，这是有着历史性意义的。翻开历史我们可以发现，历代封建王朝和国民党政府，都是提倡早婚的。比如，后周武帝规定，男子十五、女子十三，为娶嫁之期；唐朝开元间规定，男十五、女十三以上，听婚嫁；清《通令》规定，男十六岁、女十四岁以上，可以娶嫁。国民党政府民法亲属篇婚姻章，虽然形式上规定了男未满十八岁女未满十六岁者，不得结婚，但实际上对于早婚现象，从未加以制止教育。因为婚龄降低，可以增加丁税的收入，可以增加劳役人员的人数，所以他们提倡早婚，甚至强制早婚。而广大的人民群众，由于受经济贫困和文化落后的影响和制约，对于早婚的恶劣习俗也熟视无睹。历史已经证明，早婚不仅对于结婚双方本人的健康，而且对于子女的健康和整个民族的发展，都是有害的。新《婚姻法》将最低婚龄定为男子20岁、女子18岁，是有科学根据的，同时符合当时的国情，最重要的是它体现了党和政府对人民群众切身利益的关注，对国家发展的负责。"

《婚姻法》规定："男女双方自愿离婚的，准予离婚。男女一方坚决要求离婚的，经区人民政府和司法机关调解无效时，亦准予离婚。"

男女婚姻自由，既包含着结婚自由，又包含着离婚自由。建立在封建特权财产基础上的包办强迫性婚姻，结婚是不自由的，离婚也同样不自由。据从当时城乡人民法院和妇女团体有关婚姻案件的材料上看，离婚自由已经成为一部分感受婚姻痛苦的男女，尤其是妇女的迫切要求。满足他们的这一要求，如同坚持结婚自由一样，是反对封建制度残余的一种特殊形式的革命表现。

有人评价，正是因为《婚姻法》有了这条规定，才使众多的妇女，从不幸的婚姻家庭中摆脱出来。

《婚姻法》根据当时的国情，对于夫妻间的权利和义务、父母子女间的关系、离婚后子女的抚养和教育、离婚后的财产和生活，都制定了比较科学的条文。

《婚姻法》的最后一章"附则"是关于婚姻法施行问题的规定："违反本法者，依法制裁。""凡因干涉婚姻自由而引起被干涉者的死亡或伤害者，干涉者一律应并负刑事责任。"

当时在征求意见时，有人对这一条提出疑义：现在中华人民共和国还没有民事和刑事的成文法典，对违反本法者，如何依法制裁？而对干涉婚姻自由且又引起被干涉者的死亡或伤害者，又将如何确定干涉者应负的民事或刑事的责任？起草者是这样解释的：二十多年来，各解放区人民法院和中华人民共和国成立以来的各级人民法院，以自己的工作实践已经回答了这些问题。尽管各级法院暂时还没有成文的民事和刑事的法律条文作为判案的依据，但是，他们依据人民政府、人民解放军和中国共产党的各种纲领、决议、条例、命令和其他有关文件的规定，依据中国人民政治协商会议的共同纲领，以及新民主主义的政策，都基本上合情合理地审判和处理了各种各样的民事和刑事的问题。在有关违反婚姻法的制裁法令暂时未颁行之前，各级法院一定会给违法者以应有的制裁的。

1950 年颁布实施的《婚姻法》，是中国人民在婚姻家庭问题上反封建斗争的经验总结；是几千年来中国婚姻家庭制度上一次伟大而深刻的革命！

作为中华人民共和国成立后制定的第一部国家大法，它以博大的内容和深远的意义，实际上已经揽括了 30 年后、50 年后重新修订的 1980 年《婚姻法》和 2001 年《婚姻法》的基本精神和主要内容。

《婚姻法》是年轻的共和国送给共和国公民、特别是年轻男女公民的一份厚礼。

第二章

——

较量

"婚姻自由了，天下会大乱"

想象力是个好东西，但是，对历史能作想象吗？

我曾经有过这样的想象：《婚姻法》的公布，对于共和国的公民、特别是年轻的男女公民来说，是何等的幸运！那时候，九州大地，城市乡村，一定到处都可以听到婚礼的鞭炮声，一定到处都可以见到新郎新娘的笑脸……

拂去历史的尘埃，当我大量阅读那些已经发黄发脆的报纸和小册子时，我发觉自己的想象，竟然是如此的想当然、如此的简单！

1951 年 9 月 26 日，中央人民政府政务院在《关于检查婚姻法执行情况的指示》中指出：

> 根据各方面的报告，许多地方带有封建思想的人仍在继续干涉男女婚姻自由、虐待妇女和虐待子女等非法行为，而一部分干部竟对此种非法行为采取袖手旁观的态度，或且有意予以宽容、袒护，甚至他们本身也做出直接干涉男女婚姻自由的非法行为，致使被干涉者被虐待者得不到法律上和事实上应有的保护。因此，包办、强迫与买卖婚姻，在许多地方，特别

是在农村中，仍然大量存在。干涉婚姻自由与侵害妇女人权的罪行，时有发生，甚至严重到迫害妇女的生命，致使全国各地有不少妇女因婚姻问题而被杀或自杀。据不完全统计，各地妇女因婚姻不能自主受家庭虐待而自杀或被杀的，中南区一年来有一万多人，山东省一年来有一千二百四十五人，苏北淮阴专区九个县在一九五〇年五月到八月间有一百一十九人。这些数字必须引起各级人民政府严重的警惕。各级人民政府对此严重情形绝对不应容忍。

仅中南区就有一万多名妇女，因为婚姻不能自主，受家庭虐待而自杀或被杀——而这又是发生在《婚姻法》公布实施之后的一年多时间内，确是令人触目惊心！

尽管解放了，尽管《婚姻法》也公布了，但广大妇女真正获得婚姻自由，决不是一蹴而就。

山西省人民法院在《关于目前婚姻情况发展的几个举例》的报告中，披露了当时依然生活在水深火热之中的一些妇女的生存状况：

从文水县7—9月，宁武县1—9月，代县1—10月，共发生的婚姻案件763件来看：由于买卖婚姻、父母包办、丈夫打老婆、婆婆虐待媳妇、重婚、早婚等原因引起的就有618件，占全数81%。女方提出离婚的共有705件。

许多青年妇女仍得不到婚姻自由，仍遭受严重的迫害与虐待，因而造成虐杀、自杀、伤害、毒打等各种惨案与纠纷的严重现象。河津、万全两县半年来就有29个妇女被逼跳井、上吊自尽寻死。如平遥县农民赵秉盛之妻，因提出与赵离婚，被赵将烙铁烧红在阴户上烫致毙命；凌川县青年妇女李召孩，因不堪婆婆与丈夫虐待，终于被殴伤后自杀。

1950年10月，《川北日报》报道了四川安岳县半个月中，连续发生的4件妇女因婚姻问题遭虐待、自杀和被谋杀事件：

1. 团霸区罗汉乡贫农妇女吴李氏，1949年与园坝乡吴子斌结婚，婚后感情尚好。吴母蓝氏却常常无事生非，虐待吴李氏，又随时在儿子面前说长道短，吴李氏只好忍气吞声。今年10月2日，吴李氏小产后不能劳动，蓝氏硬说她装病偷懒，叫两个女儿暗中查看，又叫儿子去挤奶，证明小产属实。10月12日，吴李氏刚端上碗吃午饭，又被蓝氏母子一顿痛骂，并叫她立即到地里干活。吴李氏放下饭碗痛哭，出门后感到悲痛万分，便投河自杀。

2. 姚区团结乡农民李代国今年17岁，不到结婚年龄，未经区人民政府审查登记，去年腊月与长河乡农民妇女文德芳结婚。婚后夫妻感情不和，李代国又因操劳过度身体瘦弱，他母亲说是文德芳年纪大把儿子拖病了，旁人也这样笑她，她满腹冤屈无处诉说。10月17日晚，又遭公婆大骂，她又是难过又是愤恨，感到无地自容，于当晚用刀自杀。

3. 复兴区横庙乡农民田世模娶妻李氏，婚后，夫妇感情不和。而田世模近年来却与李氏的亲姐李作秀勾引成奸。10月18日晚，田世模同李作秀商量：杀死李氏，好做长久夫妇。当晚，田世模回家后，将李氏杀死。

4. 团霸乡九村武装队员杨德富与女武装杨用中，两年前订婚。杨用中因自己患月经病不愿结婚，可双方父母一直威逼，不得不于今年6月完婚，婚后病情加重，万分痛苦。10月13日上午，趁丈夫上山挖红苕，她取出柜内的步枪，装上子弹，卧在床上将自己打死。

这些案例中，有的妇女因不堪忍受婆婆的虐待而自杀，有的因不愿接受包办婚姻而自尽，有的则是被恶丈夫活活杀害。

在中国的封建社会中，寡妇是最不幸的一个群体。特别是宋代理学家的妇女节烈观形成之后，"饿死事小，失节事大"、"有了节烈，国便得救"，难以数计的寡妇便成为这种腐朽伦理的牺牲品。

《婚姻法》的公布，使得多年来以泪洗面的寡妇们，看到了希望之光，但是，要卸下封建统治的枷锁，依然需要付出血的代价。

1950年11月23日，《河南日报》刊登了《淮阳专署和淮阳法院对淮阳黄集区寡妇陈氏被害案处理经过》：

陈氏的丈夫姓徐，已经死了8年，在这8年中，她的婆家和娘家不许她改嫁，要她为丈夫守节。淮阳解放以后，陈氏才得与陈庄村村长杨殿臣自愿结婚。谁知刚结婚两个月，陈氏的叔父（陈氏家族的恶霸）陈培连便威胁她的同胞哥哥陈振明，和曾经多次企图强奸陈氏的丈夫家门兄弟徐如宾等人，共同将陈氏杀害：

众人先令陈氏上吊，陈氏不从，再三哀求，对陈振明说："哥，我为他们做活多年，难道就没有一点兄妹情分吗？"又对陈培连说："叔，求你为我讲讲情吧！"也遭拒绝。陈氏又要求与孩子见一面，提出等换一件干净衣服再死，也未获准。因陈氏决不上吊，陈培连等人一起下毒手，活活将陈氏勒死，再挂到梁上。

从"陈氏被害案"里，凸现出当时社会的一些问题：一是当时的许多妇女连姓氏权都没有，二是寡妇改嫁"天地不容"，连亲哥哥都参与迫害，三是当时的一些乡村干部，对这种寡妇受迫害现象，熟视无睹，根本不管。

童养媳，是长期以来中国农村一种独有的奇特陋习。一些家境稍好一点的家庭，为了自己的儿子将来能够娶上媳妇，或者能够不花太多的钱财娶上媳妇，先廉价买下穷人家的女儿养着，到了儿子稍大一些，便给他们"圆房"（即结婚，这是针对童养媳而说的专用词），童养媳到男方家时，小的八九岁，大的十来岁，还只是个孩子，这种婚姻，完全违背了她们本人的意愿。

从童养媳陋习出现的第一天起，童养媳们便伴着血泪生活着。

1951年9月，有关部门曾对北京、上海、山西、西安、天津、长春、巢县等14个与童养媳有关的案件进行分析。这14名童养媳开始被童养的年龄，6岁者1人，9岁者3人，11岁者2人，12岁者3人，13岁者2人，14岁者1人，未查明年龄者2人。

14名童养媳，其中有2人被虐待致死。山西阳泉区石卜嘴村苏黑眼（外号"母蝎子"），残酷地迫害14岁的童养媳胖妮子，数九天不给穿棉衣，两三天不给饭吃，常令其儿子荆拐子毒打。有一次，身穿单衣的胖妮子被荆拐子打成重伤后，又关在冷冰房里冻了一夜，第二天清晨，胖妮子口吐黄水而死。

西安有个名叫小花子的童养媳，17岁时与其12岁的小丈夫"圆房"，当夜，小丈夫还尿炕。一年后，小丈夫病死。守了6年寡，解放了，小花子提出改嫁，婆家百般刁难，四处造谣，说小花子偷汉子，小花子为了证明自己清白，上吊自杀。

其余的10名童养媳，在解放后均向人民法院申请离婚或解除婚约。她们申请离婚或解除婚约的原因：由于觉悟提高不愿再做童养媳者4人；由于不堪虐待者3人；由于丈夫是个傻子，生理上有毛病请求离婚者1人；不堪虐待而婚后与人通奸外逃者1人；由于婚后不满，离家出走，另与人同居者1人。

1951年第10期《中国妇女》杂志披露的河南"梁安氏惨死案"，更是令人毛骨悚然！

死者姓安，1944年嫁给睢县烧盆李村梁永诗。梁母王氏，在村中凶悍出名，人称"母夜叉"、"活阎王"。梁永诗上一辈5弟兄，下一辈14弟兄，解放前在村里横行霸道，谁都怕他们。

结婚时，梁永诗已有外遇，再加上王氏终日在儿子面前说媳妇坏话，所以，梁安氏经常受到梁永诗毒打。婚后10个月，梁安氏生下一个儿子，王氏硬说是私生子。从此，母子两人对梁安氏更是百般虐待。有一天，梁永诗故意叫梁安氏铡半湿半干的干草（干草湿的容易铡，干的也容易铡，唯独半湿半干的最不容易铡），一般的男人一次只能铡半捆，梁永诗却要梁安氏一次铡两捆。梁安氏铡不动，梁永诗就用鞭子打她，从黄昏一直打到半夜。第二天，天还没亮，王氏又让梁安氏去摘绿豆。梁安氏下了地，连豆荚都看不见，根本没法摘。她越想越心酸，便偷偷往娘家梁庄跑（离村子15里地）。天亮时，梁永诗来叫梁安氏回家做饭，见地里没人，知道她逃回娘家去了，提了一支红缨枪便追。梁安氏刚进梁庄村口，扭头见怒气冲天、匆匆赶来的丈夫，吓得尿了一裤子，知道要是给他抓住肯定不得了，还不如自己死了干脆，便一头扎进身边的一口井中。正好被下地的村民发现，把她救了上来。刚坐到井边，梁永诗一把揪住她的头发又打了起来。村民们看不下去了，说："你再打人，我们就揍你！"梁永诗骂了几声便走了。

从清晨到黄昏，梁庄的人不见梁永诗来接梁安氏，气愤不过，几位村民去烧盆李村找梁永诗讲理，梁永诗便让他伯父梁世恭到梁庄领梁安氏，并扬言准备将她休了。当地的风俗，一个女人如被丈夫休了，将永远无法再嫁。梁安氏家几辈子只养她这么一个闺女，平日里爷爷叔伯都很疼爱她，认为真被梁家休了会害她一生。她父亲流着泪，说："闺女啊，你就是死也要埋在梁家的地里。"硬是让梁安氏跟梁世恭回家。梁安氏回家后又遭到梁永诗母子一顿毒打。

隔不多久，梁永诗兽性发作，拿刀又要杀死梁安氏。梁安氏从小路逃回娘家，害怕父亲骂她，不敢敲门。在门口蹲了半夜，直到鸡叫才把母亲叫醒。天刚亮，梁永诗又赶来找她。梁安氏父亲备了一辆大车，让梁安氏的伯母送他们回去。走到半路，梁永诗用鞭子将梁安氏打了个半死，吓得她伯母连忙往回逃。

1949 年 8 月，梁永诗和王氏对梁安氏的虐待愈加厉害。梁安氏意识到他们母子要加害自己，可又无法脱身，便对村里的一个媳妇（也是梁庄人）说："你替我回去一趟，让我娘来接我，他们要害死我了。"不巧，那几天正下大雨，那个媳妇无法替她送口信。

8 月 26 日深夜，梁安氏刚刚睡着。梁永诗悄悄喊来了弟媳妇和两个妹妹，一场残忍的谋杀开始了。梁永诗先用棍子将梁安氏打昏过去，然后用绳子勒住她的脖子，再用织绒线的铁针扎进她的阴户，第一次没有扎中，再扎，把阴户边扎了一个窟窿，流了一大摊血。几分钟后，梁安氏停止了呼吸。他们原打算把尸体投进河里灭迹，又怕被人发现。于是，便给尸体换了衣服，扬言梁安氏上吊自寻短见。

第二天，梁安氏娘家人闻讯后来奔丧，梁永诗、王氏回避不敢相见。安家便跑到区里告状。副区长许轩辕带一些人到烧盆李村验尸。时值暑天，许副区长显得很不耐烦，草草看了几眼，见梁安氏脖子上有绳痕，就判定是上吊死的。梁安氏娘家人提出异议，让许副区长再查验死者阴部，他态度粗暴，一口咬定梁安氏是吊死的，让人马上把尸体给埋了。梁安氏父亲安朝忠、叔父安尽忠告到县里，县司法科长听信区里的意见，拖延数月未予解决。梁安氏祖父安崇山上告到省里，并投书《河南日报》。此事触怒了县司法科，他们竟将安朝忠、安尽忠、安崇山扣押了起来，直到王县长从省里开会回来才放人。

此案转由王县长亲自审讯，梁永诗母子不得不承认了谋杀梁安氏的事实。商丘专署也派人参与审讯，专署来的王秘书，觉得王县长有诱供嫌疑，回去向有关领导汇报后，专署将案子调到专署，由王副专员处理。经审理、调查，事实与犯人所供口供一致，拟判凶犯死刑。专署法院陈丽泉院长到睢县取证，却又偏听许区长、郭科长的一面之辞，重审此案。庭上，陈丽泉问梁永诗："你没杀人，为什么要承认呢？"梁永诗发觉陈院长很同情他，遂将原供全部推翻，并且上告到省里。省法院经过复查，确认梁安氏为梁永诗母子所害，判处梁永诗死刑，梁母15年徒刑，下令商丘专署法院执行。此时，专署法院院长陈丽泉已调省里工作，继任院长张泽，听信陈的意见，也认为梁安氏是吊死的，迟迟未执行省法院的命令。省法院几次催促，最后又下达3天内宣判的电报，他还是不执行。省法院将此案调到省里，审讯后维持原判。梁永诗不服，上告到中南区。1951年7月，中南区法院派员到商丘，草草了解了一下，居然也认为梁安氏是吊死的。

这期间，睢县、商丘及省三级妇联，多次向有关部门和新闻媒体反映情况，为梁安氏鸣不平。此事，引起了省政府的重视。8月，省政府和中南区法院组成联合调查组，深入到烧盆李村了解情况，并重新开棺验尸。证实梁安氏确是被毒打后，又被绳勒脖子，最后阴户遭重创，血流不止而死。9月14日，中南区法院在睢县召开两万人的公判大会。梁永诗、梁王氏被判处死刑，立即执行。

梁安氏惨死案，令人发指，发人深省！

在男尊女卑、以男性为中心的封建社会，离婚成了男人的特权。当时所谓的离婚，其实就是"休妻"。《孔子家语》中将男子"休妻"的7条理由并称为"七出"，即"不顺父母，出；无子，出；淫僻，出；恶疾，出；嫉妒，出；多口舌，出；窃盗，出"。如果妻子触犯了其中任何一条，都有被丈夫逐出家门的可能。而"一女不事二男，夫死不得再嫁"的封建主义贞节观，又使千千万万妇女终身处于极端痛苦之中不能解脱。

《婚姻法》的颁布，使那些长期遭受封建主义婚姻家庭制度摧残、奴役的妇女，看到了新生活的希望，纷纷提出离婚的要求。但是，她们这一合理、合法的要求，却遭到封建传统势力残酷的围剿和迫害。可以说，她们是用自己的鲜血与生命在践行着《婚姻法》！

或许，已经意料到《婚姻法》的实施决不会是一帆风顺的，在《婚姻法》开始正式实施的前一天——1950年4月30日，中共中央专门下发了《关于保证执行婚姻法给全党的通知》。《通知》中说："在党内有一部分党员，特别是担任区、乡政府工作中的某些党员，甚至少数下级司法机关工作中的个别党员，由于受了封建意识的影响，或者对一部分群众中干涉男女婚姻自由和虐待妇女以及虐待子女等非法行为，采取袖手旁观的态度，因而未能依法给干涉者和虐待者以应有的法律制裁和思想教育，并给被干涉者和被虐待者以应有的法律保护和事实保护，或者甚至本身有时也做出干涉男女婚姻自由的非法行为，这些都是不对的。""应使共产党员们明白认识：如果共产党员有干涉男女婚姻自由行为以及因干涉婚姻自由而造成被干涉者的伤害或死亡的行为，将不仅应负民事和刑事的责任而受到国家的法律制裁，并且首先将受到党的纪律制裁。"

后来的实践证明，从《婚姻法》开始实施的第一天起，便是一件艰巨的社会改造工作，便是一场思想较量和法律较量。

当时农村的一些基层干部，确实成为贯彻执行《婚姻法》的一种阻力，扮演了"绊脚石"的角色。

湖北洪山县，1950年下半年在检查工作时发现，有些乡村干部将县里发下去的《婚姻法》，原封不动地搁着。有的说："不识字，无法宣传。"有的干脆直说："宣传了，农民要闹事怎么办？"

这些干部头脑中"男尊女卑"的封建传统偏见根深蒂固，他们庇护封建主义的男权，致使封建落后势力更加嚣张。他们单纯以照顾男贫雇农的片面"利益"为借口，特别反对离婚自由。河南许昌有些干部说："贫雇农好不容易得到一个老婆，现在翻身了，却把老婆也翻身掉了。"江西有些干部说："贫雇农翻了身，老婆离了婚。"湖南一些县的干部居然提出："以后凡是贫雇农老婆提出离婚，不得批准。"他们把妇女看成是男人的私有财产，认为农民离婚失掉老婆是如同失掉牛、羊、土地一样性质。

以至于，在一些农村中出现了这样的口号："婚姻自由了，天下会大乱！""给妇女婚姻自由，便使农民失掉老婆！"

山西省文水县章多村村长，认为其妹离婚是败坏家风，竟滥用职权，派民兵将其妹送回，强迫与前夫复婚，结果演变成重大伤害。孟县西南沟有一个妇女因提出离婚，被该村支部书记痛打40板以示惩罚。兴县二区某村干部给离婚妇女上背铐。

湖北省襄阳县刘家村妇女吕春芝，夫妇感情不和要求离婚，被乡干部和其丈夫吊起来毒打。乡妇女主席大骂她不要脸，说她给全乡人抹灰，强迫她答应：一、不准离婚，三年内不得走娘家；二、不准与娘家村里的人说话；三、大小便要向丈夫、婆婆请假；四、离开村子要向妇女代表会报告。如违反这四条中的任何一条，将给予跪在铡刀上喝三碗大粪的处罚，还要开大会斗争她。不久，吕春芝惊吓发疯而出走。

湖南省茶陵县顾母乡乡政府主席谭森林，强迫本乡妇女陈雪义与原来订婚的农民尹四仔结婚。陈雪义坚决要求解除婚约，谭森林便让乡政府的炊事员，用绳子把陈雪义捆在床上。她的父母赶来求情，谭森林又让人把她的母亲吊到窗口上，把她的父亲看押起来。陈家没有办法，只好请了本村和邻村的村长作担保放人。谭森林说放人可以，但陈雪义必须答应阴历三月与尹四仔成亲。陈雪义口头表示同意，回家后即投河自尽。

当时，一些要求离婚的妇女说："要想离婚必须过三关：丈夫关、婆婆关、干部关。这当中干部关是最难过的一关。""恶霸地主被处死刑还得按手续办，不能随便打死，我们妇女的性命还不如恶霸地主！"

一些司法部门工作人员对《婚姻法》的内容、精神掌握理解不够，缺乏办案经验，有的甚至偏听偏信，导致判案不公，给了旧势力可乘之机，是妇女受迫害的另一个重要原因。

1951年10月，最高人民法院秘书长闵刚候在《司法干部必须正确迅速处理婚姻案件》一文中指出："根据本年第一、第二季全国各级人民法院所受理婚姻案件不完全统计，包括离婚、解除婚约，及其他有关婚姻案件纠纷案件，总数计达311800余件，其中离婚案件占261400件。这说明了全国人民，特别是广大农村青壮年妇女的政治觉悟已经大大提高，他们迫切要求实现婚姻自由与平等权利。……全国各级人民法院一年余来在学习《婚姻法》、宣传《婚姻法》和贯彻执行《婚姻法》方面，一般的作了努力，大量婚姻案件审判结果，群众一般的反映满意，有了很大的成绩。但另一方面，法院在处理婚姻案件中也有不少缺点，甚至有违法行为，这是不容忽视的。"其主要表现为：第一，法院处理婚姻案件有缺乏认真负责的态度。陕西省礼泉县16岁的女孩张云阁，由父母包办以3石米的彩礼与冯武订婚，但张与邻居青年宁起祥已经有了感情，因此，向当地人民法院提请与冯武解除婚约。法院不作认真调查，只片面认为冯家穷，县委也建议尽可能不批准解除婚约。于是这案子一直在法院拖延着。张几次去法院催案，仍拖延不决，而冯家一天比一天逼得紧，张走投无路，便在法院后院投井自杀。云南一司法干部把要求离婚的妇女扣押在监狱里，并公然怂恿其丈夫去强奸她。第二，对干涉婚姻、迫害妇女的事件重视不够，有判刑过轻的现象。如江西余江县妇女彭金英，因不堪忍受丈夫周冬海虐待提出离婚，周冬海勾结村妇联主任姜同生，组织村民开会斗争彭金英，会后又拉她游街示众，致使彭金英投水自杀。当被救活后，周在家里又将她吊了 4 个小时。县法院对周等限制妇女婚姻自由的严重罪行，只轻判周、姜各一个月劳役。第三，部分司法干部存在错误的所谓"照顾穷人"的思想。广西一司法干部对一位要求离婚的地主的妾说："你不能乘人家现在倒霉就提出离婚，落井下石，这样太没有良心了。"有的法院在离婚判决书上竟荒唐地写着："女方再嫁时所得聘礼，应作偿还前夫的身价。"

封建婚姻家庭制度，是我国漫长的封建宗法制度的一个重要组成部分，是封建社会的派生物。随着《婚姻法》的公布实施，这个派生物即将被铲除，它势必要引起旧势力、旧传统的恐慌，一场你死我活的较量显然是无法避免的。

河北"刘巧儿"的故事

这是一种独特的文学现象，一些在评论家的眼中，历来被认为美学价值不高，被称为是"俗文学"的作品，却在恋爱、婚姻问题上，高举起反封建的旗帜，对传统的婚恋观发起了猛烈的进攻！

"三言二拍"里的名篇《卖油郎独占花魁女》，讲的是"花魁女"王美娘悄悄爱上了卖油郎秦重，觉得他"又忠厚，又老实，又且知情识趣"，但由于受门第观念的影响，又有些嫌弃他"是市井之辈"，"若是衣冠子弟，情愿委身事之"。然而，王孙公子只是玩弄、凌辱、糟蹋她，而秦重却是真心实意地关爱她。事实教育了王美娘，她与秦重终于结成夫妻。

还有，如《宋金郎团圆破毡笠》、《金玉奴棒打薄情郎》、《杜十娘怒沉百宝箱》等，这些以明清小说为主的作品，或是讴歌青年男女大胆追求、知心如意、相互尊重的纯真爱情，或是抨击门第等级和嫌贫爱富观念，或是揭露封建"礼教"的虚伪本质，反映了那个时期民众、特别是市井阶层对男女婚嫁的一些新思想，唱响了那个时代的最强音。

解放初期，为配合新《婚姻法》的宣传，文艺工作者创作了一大批的文艺作品。

年长一些的人，一定还记得当时风靡一时的戏曲故事片《刘巧儿》的情节：

农村姑娘刘巧儿爱上了劳动模范赵振华，但她的父母早已为她定下了一门亲事，后来又贪图钱财，准备把她卖给一个地主做妾。刘巧儿在妇女主任和马专员的帮助下，奋起抗争，经历"抢亲""退亲""结亲"的波折，终于获得自由自主、美满幸福的婚姻。

请听听《刘巧儿》里刘巧儿的一段心声：

> 从那天看见他，我心里就放不下呀，因此上，我偷偷地就爱上他呀，但盼这个年轻的人哪，他也把我爱呀，过了门，他劳动，我生产，又织布，纺棉花，我们学文化，他帮助我，我帮助他，做一对模范夫妻，立业成家……

它与歌剧《小二黑结婚》小序的一段唱腔："清粼粼的水来，蓝格莹莹的天……"当时曾引起了多少青年男女的共鸣，打动了多少男女青年的心！

还有如赵树理的短篇小说《小二黑结婚》《登记》；马烽的短篇小说《结婚》；方之的短篇小说《在泉边》；戏曲故事片《李二嫂改嫁》等，在《婚姻法》贯彻实施中，发挥了巨大的宣传鼓动作用。

当年作家、戏曲家塑造出的小二黑、小芹、艾艾、田春生、杨小青、刘巧儿、李二嫂这些人物形象，从年龄算如今都已经是耄耋老人了。当他们走进人生的暮年时，对自己当年争取婚姻自由的壮举，不知有何感慨？遗憾的是，他们都是小说、戏曲中的人物，我们无法与他们直接进行对话。

于是，当我读到被称为是河北的"刘巧儿"李志茹的一段材料时，我萌生了前往河北采访李志茹的念头。

这段材料刊登在当时一本宣传《婚姻法》的小册子上：

满城县人民法院和妇联积极支持妇女婚姻自由

> 李志茹是河北满城县二区贾家庄的青年妇女。土地改革后，她家翻了身，她参加了识字班，思想很进步。《婚姻法》公布以后，她高兴地说："旧社会婚姻不自由，现在对自己的婚姻可以自己做主，这多好啊！"
>
> 1951年正月里，李志茹开始与同村青年农民贾进才恋爱，双方都很满

意，学习、生产也更上劲了。可是，李志茹的父亲李老辛思想很封建，一听说女儿要自由结婚，气得不得了，便跑去找赵村长说："无论如何不能批准他们结婚，天下哪有这样不要脸的闺女，自己找婆家，真等他们结了婚，我还能见人吗？"他不听村长的劝告，又把儿子李完子从保定叫了回来，以便共同阻挠李志茹的婚姻自由。李完子一进门，就骂李志茹，还磨刀吓唬她，说："你要与贾进才结婚，我非割了你的肉把你活埋了不可！"李老辛还把李志茹的姑姑接回来监视她，不许她与贾进才见面。同时，还忙着让媒人给李志茹找了个婆家，说定在10月19日结婚。

但是，李志茹明白政府的法令，决心要和封建家长斗争到底。贾进才知道这个消息后，立即找村长和民兵中队长商量，向县人民法院和妇联会控诉。

县法院院长赵景波和妇联主任高杰接到控诉书后，马上冒着大雨，赶到贾家庄。先了解了情况，鼓励了李志茹的斗争精神，李志茹感动得流下眼泪。她拉着妇联主任的手说："你们可来了！有共产党、毛主席给我做主，有人民政府订的《婚姻法》，不论家庭怎么威胁我，我也不怕！"赵院长、高主任及村干部又对李老辛进行了一番婚姻法教育，老人的思想终于转变过来了。

李志茹和贾进才结婚那天，全村的青年男女都参加了婚礼。赵院长也赶来参加，并在会上宣讲了《婚姻法》。新婚夫妇介绍了恋爱经过。参加婚礼的乡亲们都说："还是自由结婚好，又热闹又省心！"李志茹的父亲也说："当初我要知道自由婚姻这么好，说啥我也不会阻拦他们！"

拨通了河北满城县人民法院和妇联的电话，我向他们打听赵景波和高杰的情况，反馈回来的消息是，两位老领导均已经去世。

我决意直接去一趟满城再说。

几年前，我曾经去过满城，是去参观满城的汉代古墓的。满城古墓一为西汉中山靖王刘胜墓，另为其妻窦绾墓。墓陵以山为陵，凿洞为墓。建筑宏伟，规模巨大。

迎着初冬的寒风，出北京，上京石高速公路，经保定，向西，两个多小时便到满城。

　　车进县城，问街心一位警察："满城二区应该怎么走？""二区？满城没有什么二区。"警察一头雾水。我想想也是，那是解放初的一份资料，这些年的行政区划或许已经发生变化了。于是又问："贾家庄呢？有没有一个贾家庄？"警察说："贾家庄有，不过九八年已经划归保定新市区南奇乡。你们奔东直走，见第二个红绿灯右拐不远就是。"

　　第二个红绿灯右拐不多远，果然见到一个水泥牌子上写着：贾家庄。

　　这是典型的华北农村景象，一式的砖房小院，家家户户院里堆着玉米棒子。路旁的墙上，到处写着宣传计划生育和优生优育的标语，如："我国现行的计划生育政策"、"早婚的害处"、"安放宫内节育器须知"、"新婚期间最好别怀孕"等等。记得十几年前，我到云南、广西一些贫困地区采访，农村里也到处是宣传计划生育的标语，不过，那些标语都充满了强制性的口气："一胎上环，二胎结扎，三胎又引（产）又扎，四胎又引又扎又罚。""思想通了，主动来；半通不通，动员来；思想不通，强制来；逃跑了承包土地收回来。"（这里的"来"是指来做结扎手术）。相比起来，现在的计划生育口号，强制性的东西相对少了，科普知识增多了。

　　打听到村长家，家里人说他外出到保定办事，又找到村书记家，书记老伴说他陪乡里干部喝酒去了。

　　我问路旁几位年轻人："村里有没有一位叫李志茹的老人，知道住在哪儿吗？"年轻人都摇头。

　　年轻人不知道，我想，应该问问岁数大些的。

　　走不多远，见到一位正在院门口晒太阳的老人，我问："大爷，咱们村有没有一位叫李志茹的老人？"

　　"李志茹，有啊，有李志茹。"你说多凑巧，老人正好是李志茹的堂妹夫齐俊英。

　　我说："刚解放那年，李志茹搞自由恋爱，家里不同意，是不是把事情闹得挺大的？"

　　他想了想，说："哦，好像是有这件事。那时候，不像现在，男女之间不兴自由结婚，哪有自己找对象的？老人老脑筋，觉得闺女这样做，给家里丢了脸面了。"

　　齐大爷告诉我，贾进才五八年大跃进那阵子，闹肚子病去世了。李志茹这些年都住在满城二女儿家。

我们便又调转车头，重新开回县城，七弯八拐，按齐大爷告诉的地址，终于找到李志茹二女儿王丽英的家。

敲开了王丽英家的门，开门的中年女子见穿一身军装的我站在门口，有些惊异地问："您找谁？"

"这是王丽英的家吗？"

"是的，我就是王丽英。"

"李志茹是你的母亲吧？老人家在家吗？"

王丽英把我让进屋里，为我倒了杯热茶，说："我妈妈串门去了，一会儿就回来。"

王丽英听说我要采访她的母亲，觉得有些纳闷。我拿出那份《满城县人民法院和妇联积极支持妇女婚姻自由》材料的复印件，对她说："我带来了一份材料，你先看看。"

片刻，王丽英看完了材料，既有几分突然，又有几分感慨，说："真没想到我妈妈年轻时还有这么一段历史！"

我说："当年，你妈妈还被人们称为是河北的'刘巧儿'呢！"

我们正在说着，一位老人掀开门帘进屋，王丽英忙说："妈，北京来客人了，要采访您。"

李志茹老人约摸七十开外，身材瘦小，但显得挺有精神。

老人不解地问："你从北京大老远来？采访我？我一个老婆子，有什么好采访的？"

王丽英在一旁插话说："妈，没想到您年轻时思想还挺解放的，还是河北的'刘巧儿'呢！"

老人越发不明白："你都说些什么？什么河北的'刘巧儿'？"

我把老人年轻时争取婚姻自由的那段往事说了，老人眼睛一亮，反问我："你是怎么知道这件事的？"

王丽英在一旁插话道："妈，当年您还上了书呢！"

老人瞪了王丽英一眼："净说瞎话！"

我说："大妈，这是真的，当时宣传《婚姻法》的书上，是介绍了您的情况。"

　　李志茹接过那份材料，戴上老花镜看了起来，看着看着，老人自言自语地叨念道："这一晃，都过去了 50 年了……"

　　老人打开了话匣子，慢慢为我们讲述了当年的那段经历：

　　"……当时村里刚刚搞完土改不久，我与贾进才的妹子贾淑云、我的堂妹子李凤茹，成天在一起干活、一起玩儿，还一起上夜校。不过，那时候，解放是解放了，大伙的思想还挺封建，青年男女之间根本没什么交往。我吧因为经常去淑云家，也常见到进才。有一天，淑云和凤茹对我说：'姐，你岁数也不小了，该考虑嫁人了。进才人不错，我们觉得你俩成一对挺般配的。'我说：'哪有自己找对象的，羞不羞？'淑云说：'怕什么？都解放了，现在又有了《婚姻法》，《婚姻法》说了，青年人可以自由找对象。'当时我记得《婚姻法》公布了，但在农村，青年人的婚姻还都是由父母包办的。我一是对进才印象比较好，二是怕我爸不知会给我包办个什么对象，所以，也就同意了。凤茹挺泼辣的，跑去告诉我爸，说我已经和进才自由处对象了。我爸一听急了，把我大骂了一顿。我就一个劲儿地哭，觉得特别委屈。小时候，我特别苦，5 岁那年，我妈就去世了，我爸给人家扛长工，我 7 岁就跟街坊学推磨，从小都是自己照顾自己。

　　"我爸见说不动我，就把我哥从保定喊回来，当时我哥在保定火车站当装卸工。我哥拿出一把刀吓唬我：'你要敢跟贾进才结婚，我就用刀杀了你。'我爸还把我姑叫回来，让她张罗着给我找了个婆家，日子定好十月十九。

　　"没想到事情闹大了，我和淑云、凤茹商量，她们都让我别怕。凤茹毕竟读过几年私塾，有见识。她说：'既然事情已经闹大，我们索性报告县里，让政府支持你。'我说：'因为找对象，弄得满城风雨，羞不羞？'她们说，现在管不了那么些了。凤茹写了封信，交给一位土改时在我们村待过的姓荣的工作队员，让他转交给县领导。当时我心里也挺不踏实，县里大领导还能管我们这些农村的青年人找对象吗？

　　"眼看着十月十九快到了，我急得不知怎么办才好！那天中午，我记得下着大雨，县法院的赵院长、妇联的高主任，和几位村干部，找到我家。他们先是问了一些情况，然后就安慰我，赵院长说：'你做得很对！现在是新社会，又刚刚颁布了《婚姻法》，男女青年完全有选择对象的自由，谁也不许包办，更不允许强迫。李志茹，你和贾进才是我们县农村第一对自由恋爱的青年，我们不仅要支持你们，而且还要宣传你们的事迹，让全县的青年男女向你们学习！'县里的领导又做我爸、我姑、我哥的工作，高主任对我爸说：'贾进才那小伙子挺不错的，你为什么硬要拆散人家？'我爸说：'不是我嫌弃人家，女孩找婆家，哪有自己做主的，这不让四邻八舍笑掉大牙？'高主任笑着说：'你这些封建思想应该扔进白洋淀了，现在是新社会了，以后男女青年恋爱婚姻，都应该自己做主。'说着，她拿出一本小册子，对凤茹说，'这是新颁布的《婚姻法》，你们青年人先学习，然后再带动家长们学习。'

"赵院长、高主任走了以后，当天晚上，凤茹把村里的青年人召集在一起，给我们念《婚姻法》，每一条我们都觉得说到了心坎里。

"我爸的思想也转变了，让我姑把订下的婚退了。

"我记得结婚是在冬天，来了好些人，赵院长、高主任也专门赶来，送来了贺礼。进才家里还办了喜酒，热闹得不得了。从我们开始后，村里的许多年轻人都跟我们学……"

李志茹老人的讲述，把她女儿王丽英也深深地感染了。

我问王丽英："怎么样，有什么感受？"

王丽英说："那时候，我妈能这么做，的确是挺不容易的。"

我又问："你们几个兄弟姐妹结婚，是自己找的对象，还是你妈包办的？"

王丽英笑了："都什么年代了，当然是自己找的。"

我们正说着，一位老大妈提着一大兜大馒头，走进屋，一开口就笑着说：

"她大婶，虎子的事成了！多亏你介绍了那么个好闺女，模样好，心眼儿也好，两人谈了些日子就定了，准备腊月十六办喜事。这不，我先给你这介绍人报喜来了！"

李志茹满脸笑成一朵秋菊花，说："成了言语一声就行了，何必还带什么礼来？"

她说的"礼"显然是指那兜大馒头。

老大婶拿出一个又白又暄的大馒头，我从没见过那么大的馒头，一个足有二三斤重。

她说："多喜兴的事啊，你就留着吃吧！"

两位老人在拉呱着，王丽英在一旁悄悄告诉我："也许因为有过那段经历，这些年来我妈特别热心于帮人介绍对象。刚开始主要帮街坊介绍，后来慢慢名气大了，找她介绍对象的越来越多，有时一天要说好几对。这些年经我妈介绍成功的有二三百对。"

我对李志茹说:"大妈,您完全可以办个婚姻介绍所嘛。"

老人说:"县里也有个婚姻介绍所,准备让我去,我听说他们那里介绍对象还得收钱,没答应。我介绍对象从来不收钱,都是尽义务。"

我说:"大妈,想想你们当年,再看看现在年轻人,恋爱自主,婚姻自由,不说别的,光这方面,他们也够幸福的。"

"是啊,是啊,"李志茹说,"现在有些年轻人是身在福中不知福,有个姑娘我一共给她介绍了5个小伙子,她都没看上,还让我接着给她介绍。有个小伙子,我给他介绍了一个姑娘,见面后,两人都觉得挺满意。嘿,谁想没过几天,两人就住到了一起。我说,那不成,要不你们去登记,要不就分开住,违背《婚姻法》的事情咱们不能做。那小伙子说:大妈,我们这叫同居试婚,您老人家,跟不上形势发展了……把我气得……"

我们都被她说笑了。

告别时,老人家非要送我两个大馒头,说是让我也沾沾"喜"。

离开李志茹家,经过大街时,我见路旁一个小院的门口,高高挂着一块"满城县婚姻登记处"的红牌子。我只是在结婚时到过一趟民政局的"婚姻登记处",以后再也没去过,便让驾驶员直接把车开了进去。

登记处就设在小院两间平房里,在这里值班的是县民政局的两位女同志,一位姓张,一位姓刘。张同志胖一些,刘同志瘦一些。看面相两人都属于那种古道热肠型的。

张同志介绍,满城全县共有37万人口,每年来这里登记结婚的大约有两千二三百对。

我问:"登记结婚都需要办一些什么手续?"

张同志说:"手续不复杂,只要有本人的身份证、单位或乡镇的证明书、还有医院的体检表,就行了。"

我又问:"来登记的都是自由恋爱的吗?"

刘同志说:"城里的100%,农村的95%以上吧,个别的由父母包办的也有,不过现在包办与过去包办也不一样,一般来登记前男女双方还是见过面的。"

"离婚你们管吗?"

"我们就管夫妻双方自愿离婚的,就是我们通常说的协议离婚。一方不同意或有财产、子女抚养等纠纷的，归法院判决。"

我问："协议离婚的每年有多少？"

张同志说："这几年协议离婚的慢慢多了，每年有五六十件。这也是社会进步的一个表现。"

我问："协议离婚需要什么手续？"

张同志说："需要单位或乡镇开介绍信。"

我说："《婚姻法》最核心的原则是'婚姻自主'，既然夫妻双方自愿协议离婚，干吗还得单位批准同意，出具介绍信？"

刘同志瞅了我一眼："嘿，您这位解放军同志问的问题还挺专业的嘛。结婚、离婚必须由单位出具证明，几十年来一直采取这种做法。不过，这种做法现在也慢慢暴露出它的毛病了。比如说吧，一个青年人平时跟单位领导有矛盾，他与妻子感情不和，双方自愿离婚，找领导开证明，领导见报复的机会来了，愣是给卡住。对这个问题，我们经常听到反映。听说上级有关部门准备对现行的《婚姻登记管理条例》进行修改。"

我们正说着，一个小伙子在门口探了下头又缩了回去，过了片刻，他又探了下头。张同志招呼道："进来，进来，有什么不好意思的？"

小伙子红着脸，走了进来，轻轻问了声："结婚在这里登记吗？"

张同志："来登记结婚，怎么就你一人？"

小伙子连忙朝门外喊了声："彩萍，进来！"

这时候，一个矮胖的姑娘有些扭捏地走了进来。

看过他们的身份证、结婚证明信和体检表，张同志问小伙子："你就是马第才？"又问姑娘，"你是宋彩萍？"

或许因为我在场，张同志和刘同志显得十分严肃。

张同志："马第才做什么工作？"

小伙子："我在家种地，每年到保定、北京打几个月工。"

张同志："宋彩萍呢？"

姑娘："我在乡里办的砖瓦厂干活。"

张同志："你们是自由恋爱的吗？"

小伙子的脸又红了："我们吧先是由街坊介绍的，见面后就开始自由谈恋爱了。"

张同志又问姑娘：“他说的是事实吗？”

姑娘连头都不好意思抬，轻轻答了声：“嗯。”

“婚前的计划生育教育参加了吗？”刘同志补了一句。

小伙子支支吾吾：“……乡里干部都交代了。”

张同志和刘同志动作麻利地为他们在《结婚证》上填写好内容，贴好照片。这时，只见刘同志站了起来，神情庄重地说：“马第才、宋彩萍，现在我宣布，你们二人已经登记，正式成为合法夫妻。希望你们互敬互爱，互帮互学，赡养父母，关爱儿童，白头到老！”

小伙子和姑娘涨红着脸，目光激奋，像是一对在领受一项重大任务的士兵似的……

热潮

几千年的封建宗法思想，像水一般的渗透；几千年的封建婚姻家庭制度，盘根错节般的桎梏，以至于《婚姻法》刚刚颁布实施时，竟遭遇到了强大的阻力，各地出现了种种问题，这种现象曾引起中央及有关部门的警觉与重视。但是，这个时期国内、国际发生的两件大事，其分量远远超过了《婚姻法》。

就在《婚姻法》颁布后的一个月，1950 年 6 月，一届政协二次会议通过《中华人民共和国土地改革法》。从这一年的冬天开始，大规模的土地改革运动在各个新解放区蓬蓬勃勃地开展起来。地主阶级的土地所有制，一直是阻碍中国历史进步和中国经济发展的一个顽症。实行土地改革，不单纯是为了解救贫苦农民，而是为了把农村的生产力从旧的生产关系中解放出来，彻底完成中国革命最基本的一个历史任务。

对于无地和少地的广大贫苦农民来说，这是一次翻天覆地的历史变迁，是一次喜气洋洋的革命！

解决土地问题毕竟比解决婚姻问题更加迫切！

也是在 1950 年 6 月，朝鲜战争爆发。“项庄舞剑，意在沛公”，美国向朝鲜发动的战争，其目的是侵犯中国。

1950 年 10 月 1 日夜晚，全国人民还沉浸在庆祝建国一周年的喜悦之中。但在中南海颐年堂的会议室里，一片紧张气氛。美帝国主义狼子野心，路人皆知。

毛泽东紧锁着双眉，忧心忡忡地说：战火马上就要烧到家门口了，我们想过安生日子，人家不让过安生日子。4天后，党中央作出出兵朝鲜、抗美援朝、保家卫国的战略决策。

10月19日，中国人民志愿军先头部队约25万人，兵分三路，秘密跨越鸭绿江。

这是一次小米加步枪与大炮加飞机的较量！当时美军一个军装备火炮1500门，而志愿军一个军仅有火炮36门。然而在此后不久发起的第一次战役中，志愿军经过13个昼夜的战斗，共歼灭敌军一万五千多人，粉碎了美军要在11月23日感恩节前占领全朝鲜的梦想。

战争，当然也比解决婚姻问题更重要！

土地改革和抗美援朝，使得《婚姻法》的宣传贯彻工作推延了。

进入1953年，伴随着土地改革基本完成，朝鲜战争即将停战，全国政治、经济、社会治安情况全面好转，党中央和中央人民政府，终于可以腾出精力来抓抓《婚姻法》的宣传贯彻工作了。

1953年2月，中央人民政府政务院发布《关于贯彻婚姻法的指示》，决定："全国各地，除少数民族地区及尚未完成土地改革的地区外，无论城市或乡村，均应以1953年3月作为宣传贯彻《婚姻法》的运动月。在这个月内，必须充分发动男女群众，特别是妇女群众，展开一个声势浩大、规模壮阔的群众运动，务使《婚姻法》家喻户晓，深入人心，发生移风易俗的伟大作用。"

一场声势浩大的宣传贯彻《婚姻法》的群众运动，在全国城乡轰轰烈烈地展开。

为了加强对运动月的领导，中央成立了以沈钧儒为主任，刘景范、何香凝、彭泽民、邓颖超、史良、肖华为副主任的中央贯彻《婚姻法》委员会。中央贯彻《婚姻法》委员会组织有关政府部门、人民团体，派出大批工作组，分赴全国各地。工作组采取的方法是，先行试点，取得经验，再推广到面上。当时，有些地方出现了戴高帽斗婆婆、斗丈夫的做法，混淆了人民内部矛盾与敌我矛盾的界限。中央贯彻《婚姻法》委员会及时向中央反映了这些情况。

为了保证运动的健康进行，中共中央又于1953年2月18日下达了《关于贯彻婚姻法运动月工作的补充指示》。《指示》明确指出：凡在这次运动中搬用"斗争会"、"坦白会"以至"户户调查"、"家家评比"、"划分阵缘"、"家庭站队"等办法来解决问题，或者把贯彻《婚姻法》运动扩大到一般的男女关系和家庭关系方面去，从而引起了社会上的某些混乱，并有使运动脱离正确轨道和规定目标的危险。这也是错误的，必须加以防止和纠正。《指示》特别强调干部对于《婚姻法》的学习，要求干部在学习后应就以下各项进行检查：一、对《婚姻法》过去是否学习过？是否了解？是否赞成？现在学习后是否了解？是否赞成？二、过去在处理群众有关婚姻和家庭问题时，是否正确地执行了《婚姻法》的规定？三、是否干涉过别人的婚姻自由？四、对于受迫害的妇女，有无见危不救、死了不问甚至参与迫害的行为？

政府在提倡婚姻自由的同时，甚至还得教年轻人怎样自由恋爱。

当时的一些主流媒体，频频刊登这方面的典型材料：

北京南洋火柴厂刷鞋女工朱秀莲，今年21岁。为了婚姻自由，她曾与封建思想进行了3年的斗争，在工人们的帮助下，获得了胜利。

前年正月，经同学介绍，朱秀莲与维生工厂工人花庆林相识，交了朋友。此前，维生工厂副厂长要让她做他的弟媳妇，她不愿意；有人介绍她嫁给国民党的空军军官当太太，她没答应。街坊听说她找了个工人，都笑话她："放着有钱人不嫁，非看上个穷小子！"朱秀莲说："花庆林人品好，又识字，我不识字，他可以帮助我。他穷，有什么关系？他做工，我也做工，两人挣钱凑在一起，不就可以过日子了吗？"他们准备结婚，花庆林没有钱雇花轿。朱秀莲的嫂子和街坊大妈都反对："乌七八涂结婚可不行，不坐花轿哪行？"还让朱秀莲向对方要彩礼。她没有答应，婚期不得不推迟。这时候，赶上工厂关门，花庆林失业，他一个人回到保定老家。

北京一解放，花庆林又回来了。他们商量要学老解放区新式结婚。结婚那天，工友们帮助布置礼堂、礼幛、红花。区里的领导来了好几个，送礼又带来两朵大红花。朱秀莲和花庆林只买了一些花生和糖果，大家说着笑着都很高兴。嫂子和街坊大妈受到感染，也说："没想到新式结婚，这样热闹有意思！"

晋绥临县六区霍家焉村妇女薛巧花，14岁时，她的父亲因生活逼迫，把她卖给地主王临祚为妻。王是个发育不全的驼背。出嫁后，丈夫婆婆把她当牛马一样使唤，除做家里一切家务外，还要和雇工一起上地。每天丈夫婆婆吃白面，她吃粗炒面、苦菜。乡亲们看不过去，劝她的父亲另给她找丈夫，但她的父亲不敢惹地主，就自己去替王家白做活，想以自己的劳动来分担女儿的痛苦和负担。土地改革开始后，群众斗争地主，薛巧花也挺起了腰，向代表委员会提出离婚要求，并在斗争大会上倾诉了七年多所受的痛苦。政府和农会批准了她的要求，从此她脱离了封建地主的压迫。不久，薛巧花选择了新翻身农民王石贵为对象，两人到政府登记后就结了婚，建立了幸福的新家庭。

在新年中，她自动报名参加了村里的秧歌队，请听听她对于婚姻问题的歌唱吧：

"地主娶我不心爱，压迫七年'灰得太'（很不幸），土地改革实在好，跳出火坑真痛快！"

"崖头有个王石贵，人很勤劳又和气，咱们两人起了意，自由自愿配夫妻！"

"天上的云彩云套云，咱们妇女翻了身，不用金钱自由婚，各人爱上了心上的人！"

河南商丘郭庄区青年宋启云和刘明霄，在一起劳动中产生了感情，自由恋爱后，经过区上登记结了婚。在举行婚礼时，宋启云说："我爱你是青年团员，思想进步，咱俩思想一致。"刘明霄说："我爱你是共产党员，更能帮助我进步，你大我几岁也没啥！"他们结婚后，男女生产和工作积极性都更高了。

这些在今天看来没有一点儿浪漫和传奇色彩的婚姻典型，在当时来说却是充满着激情和勇敢的壮举。就如同电视台热播的电视连续剧《激情燃烧的岁月》一样，四五十岁以上的中老年人，看得如痴如醉；而年轻一代观众却对石光荣与褚琴之间的"爱情"深表怀疑："邪门！捆绑也能成夫妻？"

在运动月中，中央人民政府文化部向各地文化部门发出指示，要求督促和协助当地的剧团、文化馆、电影院、电影放映等文化事业积极参加宣传《婚姻法》的活动；各地国营剧团须将有关婚姻法问题的剧目列入全年剧目上演计划内；对私营公助剧团和私营剧团，应动员他们在自愿的基础上演出一些宣传《婚姻法》的剧目；各地文化馆应根据具体情况和条件，组织报告会、讲座，组织群众收听广播，阅读有关《婚姻法》的通俗读物、连环画和图片；结合当地贯彻《婚姻法》的典型事例，出版墙报、黑板报；各地影院要集中放映一些有关《婚姻法》的电影……

为了配合宣传，3月18日，新华社发表长篇通讯，披露了安徽魏县卫生院院长张锦辉、秘书朱唯物等人，粗暴干涉自由婚姻、逼死人命的恶性案件。

该院医生赵立品和助理护士江丽丽，在工作中建立了恋爱关系。一次，江丽丽生病，赵立品未经领导批准，超出制度用药，为其治病，引起了院内一些干部职工的不满。县政府接到报告后，指定由县政府人事科副科长钟生明处理此事。钟生明未做任何思想工作，而是先将赵立品停职反省，然后重点追查赵、江之间是否发生了性关系。到1952年10月下旬，赵立品拒绝再作反省。卫生院院长张锦辉听说后，将江丽丽停职反省，并指令秘书朱唯物对江丽丽开始了非法逼供，朱经常深更半夜把江丽丽从床上叫起来，要她承认被赵立品强奸过。江丽丽不承认，朱唯物就威胁她："你再不坦白，我就让医生检查你，开除你，叫你去坐牢。"在百般折磨之下，11月8日，江丽丽被迫捏造口供："赵立品给我安眠药吃，我吃后无力挣扎，被他强奸了。"钟生明立即把情况向县里作了汇报，县政府决定将此事向全县通报。赵立品闻讯后，给县长刘文周写了封信，请求查明事情真相。但刘文周对此根本不予理会，而钟生明根据江丽丽的"口供"，勒令赵立品继续检查交代。赵立品在无奈与失望之下，11月10日晚服安眠药自杀。幸经全力抢救才保住生命。赵立品自杀，仍未引起县领导重视，反而荒谬地以强奸罪判处赵立品5年徒刑。

江丽丽得知由于自己的"口供"，赵立品被判刑的消息，良心受到极大的谴责，立即找到张锦辉和朱唯物要求更改。朱说："这不可能，这是你自己说的、写的，还能有错？"不仅如此，朱还私下让院里的职工不要理睬江丽丽，将她孤立起来。在绝望之下，江丽丽于12月16日夜投井自杀，死前留下一封遗书："赵立品没有强奸我，是朱唯物硬逼我说的，我那时又在病中，我没有办法，我是被迫承认的。"

江丽丽自杀，县法院的一位秘书不仅不追查事件真相，却执意要查清江丽丽是否被强奸、是否怀孕了。他伙同县人民监察委员会的工作人员，还有朱唯物等人，开棺验尸，将江丽丽的肚子剖开，取出子宫。

此事，终于引起了地区和省里的重视。省、地两级工作组经过一个多月的实地调查之后，彻底查明了案子的真相。有关责任人受到了党纪国法的严惩。

新华社的文章对干涉婚姻自由和官僚主义，进行了严厉的谴责！

河南开封县在运动月中，运用各种力量，组织强大队伍，进行规模浩大的宣传工作。他们的主要做法是：一、分村召开群众大会，全面宣讲《婚姻法》，讨论条例，用新旧对比的方法，让群众自己体会新旧婚姻制度的好坏。对带有各种封建色彩的俗语加以批驳，如："千年水沟流成河，千年媳妇熬成婆"，"十二个桃花女不如一个瘸腿儿"，"面条不算饭，女人不算人，死个媳妇打个盆"等。二、分头召开座谈会，如：老头儿会、老婆婆会、青年男女会、寡妇会、光棍会、有闺女的家长会，逐条讲解《婚姻法》，按不同对象展开讨论，谈包办婚姻的害处，自由婚姻的好处。三、宣传新的、批判旧的都以生产为中心，运用当地的事例说明封建婚姻制度对发展生产的影响。一个月的宣传贯彻《婚姻法》运动，在该县产生了极好的效果：一、《婚姻法》基本上达到家喻户晓，人人皆知。群众在思想上划清了新旧界限，消除了各种思想顾虑。拥护《婚姻法》的增加到97%，顺水推舟的减少到3%。宣传贯彻《婚姻法》运动基本达到群众性的自我教育的目的。二、解决了家庭、婚姻纠纷。有的婆婆主动向媳妇检讨，帮媳妇干活。有的媳妇说："我受罪半辈子，现在《婚姻法》救了我。"男人和家长明白了什么叫民主，妇女们克服了依赖思想。三、鼓舞了青年男女的勇气，突破了封建包围，出现了自由恋爱的新气象。许多青年在选对象时，都把思想进步、工作生产积极放在第一位。

运动月刚开始时，云南呈贡县县委由于领导不够有力，没有将政策向群众作全面交代，一些群众把这场运动误解为："要斗争男人、婆婆了！"，"过去受气的媳妇都要离婚了！"许多人感到恐慌，有的甚至躲藏、逃跑。县委发现问题后，及时总结了教训，召开了各种动员大会，全面宣讲了政策，解除了群众的顾虑。在群众充分发动起来的基础上，他们又利用各种典型事例，启发群众进行自我教育。如古城乡的刘大妈，在会上谈了自己的切身体会："我儿子的婚姻是我包办的，两口子一直过不到一起。去年媳妇提出离婚，我不答应，我只想到娶她时卖了5口猪，怕落得人财两空。没想家庭不和就搞不好生产。年初他们离婚后，儿子又自由结了婚，家庭和睦，生产也搞好了。"古城乡农民唐建功，娶媳妇时欠了一大笔债，生活困难，心里窝着一股气，看见媳妇就起火，经常打架，媳妇也没心思干活。学习了《婚姻法》，当晚回家，唐建功问媳妇为什么不好好干活。他媳妇说："你骂我、打我，家里有多少钱我也不知道，我还比不上一个帮工，这日子还有什么过头？"对照《婚姻法》，唐建功认识到这是夫权思想和经济不民主所造成的，主动向媳妇作了检查，两口子的矛盾化解了。江尾乡孙永华，过去经常打老婆，还名其为"女人是块铁，越打越热"，他在村民大会上，主动检讨了自己的错误做法，并向全村家庭挑战，争相搞好家庭民主，搞好生产。群众说："没有《婚姻法》，夫妻是冤家，有了《婚姻法》，夫妻是一家。"

各地在运动月中，注意纠正实际工作中出现的偏差。如某县有个区的领导，认为本区的离婚率不高，为了做出"成绩"，竟然搞突击"离婚"。只要谁家两口子吵架，马上有干部上门动员离婚。只要是寡妇，不管具体情况，非逼着人家再嫁不可。老百姓十分不满，称这位领导为"离婚书记"。县委发现这个情况后，及时给予制止。对那些被强迫轻率离婚的，重新帮他们复了婚。

对于运动月中遇到的一些具体问题，有关部门也给予及时解决。昆明市有一位大商人的妾提出离婚，当时基层法院判处他们脱离同居关系，但是女方不服，要求判为离婚。他们之间的这种关系到底应该如何界定，问题反映到上级法院，最后，最高人民法院西南分院就关于"妾"的离婚问题，作出统一规定：

纳妾实质上是封建社会公开的一夫多妻制的野蛮行为，是封建婚姻制度的副产品。男女双方只要以永久共同生活为目的而同居者，不问其有无举行结婚仪式，均应视为婚姻关系。从而"妾"提出与其夫离婚，即应依照离婚处理。不应视为脱离同居关系。至于《婚姻法》公布后的"纳妾"行为，更应以重婚判处罪行。

河南鲁山县余庄乡是宣传贯彻《婚姻法》的模范乡。《中国妇女》杂志记者左诵芬在一篇通讯中，描绘了该乡贯彻《婚姻法》后出现的新气象：

　　我们走进每个村子，可以看到每家院子里都堆满了金黄色的玉米，农民们穿得整整齐齐，脸上流露着翻身后获得幸福生活的喜悦。一提到《婚姻法》，不管男人、女人、青年人、老年人，谁都可以对你讲一套婚姻自由的道理。尤其是青年男女谈起自己的婚姻和家庭时，特别感到满意和愉快。我们访问了十几对在《婚姻法》公布后结婚的夫妻，他们都是自由结婚的。他们有的是在互助组冬学、农村剧团里相识的；有的是经过人家介绍"彼此了解情况"，双方都满意才结婚的。在这里包办婚姻已经绝迹，而且被认为是"笑话"了。当我们在一户农民家里吃饭时，女主人指着一位十六七岁的女孩子告诉我："八路军快来时，坏人造谣，说共产党'共产共妻'，俺赶紧给闺女寻了个婆家。现在兴婚姻自由，让她个人做主吧，俺不能管了。"那个女孩子很大方地接着说："我要到他家看看，合意就结婚；不合意就退婚。"像这个女孩子一样，余庄还有二十多个解放前被父母包办订了婚的女孩子，她们有的也正打算去找未婚夫谈谈，看合不合条件。一般青年妇女选择对象的标准是：生产好、劳动好、学习好。党员和积极分子还要问你在不在组织（是不是党、团员）？在不在武装（是民兵吗）？还要拿《识字本》考考你的文化程度。一个十二岁的孩子对一位青年说："你只顾自己搞生产，不去学习，不参加工作，将来没人'对你的象'。"随着包办婚姻的绝迹，买卖婚姻也就消灭了。过去娶一个媳妇要花一千斤至两千斤粮食。解放前该乡娶不起媳妇的光棍汉就有八十多个。可是现在只要男女双方同意，就可以到乡政府登记结婚，用不着花一斤粮食；有的男家送给女方一两身衣料，而女方又往往留着做给男方穿。

　　这样自主自愿结合的家庭，无论在夫妻间或亲属间都出现了一种新的关系。如魏庄冯宗义从小由父母包办结婚，六年没和妻子同盖一床被；另外一个庄子的郑桂香，不堪婆婆的虐待曾想上吊自杀。贯彻《婚姻法》后，他们都离了婚，不久，他们两人自愿结合，婚后，家庭和睦。冯宗义参加了民兵，又去治淮；郑桂香在抗旱中带头浇水开渠，带动了全家。成为全乡闻名的和睦家庭。过去一些家庭，丈夫打骂妻子、婆婆虐待媳妇是常事，妇女在家庭中没有一点经济权，连买根针都不敢做主。现在不同了：民主平等代替了夫权和封建家庭统治，家庭里购买农具、添置衣服都互相商量，妇女离婚和女儿出嫁都可以随带自己的一份土地。虐待和打骂被认为是非法可耻的事情。盆窑村八十四户中，没有一户争吵的。媳妇要开会时，婆婆抢着刷洗锅碗。女孩子参加村剧团活动，父母骄傲地说："俺闺女是演员呢！"

……

这是一次党政军、全社会共同参与的运动！

这是一次全体民众都受教育的运动！

据统计，全国70%以上的地区开展了《婚姻法》宣传贯彻运动，受到教育的成年人口1.4亿人，占全国成年人口的43.2%。城市、厂矿中，《婚姻法》宣传比较深入，并能解决实际问题的，天津达到50%，重庆达到52%，太原达到56%。农村中基础好的一类乡，90%的成年人受到教育，最差的三类乡也达到40%。某报社记者到河南商丘专区孟楼乡采访，问了17个10岁的孩子，其中有6个知道婚姻要自由，可见当时宣传的深入程度。

通过运动月的宣传，广大群众特别是青年男女，对于《婚姻法》的内容有了比较全面、正确的理解，结婚登记也逐渐被群众所接受。据内务部统计，1954年第一季度，全国15个省562个县市（不包括省级市），群众到婚姻登记机关申请结婚登记的共40.2万余对，其中因强迫包办未被批准的4301对，仅占4%。1955年27个省市统计，在申请结婚登记的265万人中，符合法定条件准予登记的已达95%。

仅从婚姻登记，也可以看出新旧社会对于人民群众截然不同的两种态度。中国的历代王朝和国民党政府，把人民自己视为终身大事的结婚问题，看做与它们完全无关的个人私事，漠不关心，置之不问。因此，从不要求老百姓结婚时向政府机关登记。新中国成立后的人民政府，把婚姻问题看成是事关人民健康、家庭幸福和国家发展的大事，是社会国家与个人公私利益统一的大事。要求"结婚须男女双方亲到所在地（区、乡）人民政府登记"，以便具体查明：结婚一方或双方是否有不能结婚的病症？是否合乎一妻一夫制……查明这些问题并都符合婚姻法的规定，便予以登记并发给结婚证。从而承认这种结婚符合当事人和社会的利益，并给予这种婚姻及其有关的一切权利以法律的保证。人民群众自觉主动到政府机关登记结婚，一方面表明人民群众觉悟提高，另一方面也说明他们对人民政府的信任和拥护。

据《北京市海淀区志》记载：1949 年到区民政科办理结婚登记的为 662 对，1950 年 1132 对，1953 年、1954 年猛增到 2842 对、3669 对。

2002 年岁末，在北京紫竹院旁的一个四合院里，我访问了当年海淀区民政科的工作人员，已是 83 岁的孟广水老人。

听说我来了解当年宣传贯彻《婚姻法》的情况，孟老两眼一亮，他对当时的情况依然是记忆犹新：

"当时的规模特别大，可以说是全党全国总动员。广播、报纸每天都在宣传。像后来的大炼钢铁、除'四害'运动一样，全民参与、声势浩大。那时候，区民政科人手不多，全力以赴。区里先搞集训，主要是组织区、乡、村干部学习《婚姻法》，你干部都弄不清楚，怎么去教育老百姓？然后又培训宣传骨干，也叫宣传员，大约有一千四五百人。区、乡领导带着这些骨干到街道、单位、农村去宣传《婚姻法》，还演些小节目，都是根据区里好人好事改编成的，比如男女青年自由恋爱，争取婚姻自主啊，婆媳互敬互爱啊，反对大男子主义啊，当时还有一首歌呢……"

我说："还记得怎么唱吗？"

孟老想了想，轻轻哼了起来："1953 年啊，好呀好春天。老会秧歌闹得欢。打起一阵儿锣呀，敲起一通儿鼓，宣传《婚姻法》好人好事数也没法数，数也没法数！"

我又问："当时在宣传贯彻中，遇到过什么问题，碰到什么困难吗？"

孟老说："学习当中，大家提出许多问题，比如：订婚算不算合法婚姻？解放前养的童养媳怎么处理？表兄妹之间能否结婚？那时候，这些现象在城里都存在，具体问题很多。还有，刚开始，对一些政策也把握不准。比如，寡妇改嫁问题，当时号召寡妇改嫁，鼓励寡妇改嫁。有的地方还搞数字统计，比谁动员寡妇改嫁多。有的寡妇多年守寡，自己年岁大了，觉得再改嫁没有脸面；或者儿女已经长大，生活有了依靠了，她不想结婚再嫁，你三天两头上门做工作，人家就很反感。硬逼人家改嫁，还会出问题。后来，基本上是尊重本人的意愿，不作统一要求。"

"那时候，城里一些资本家和小业主，还有纳妾现象，这个问题是不是处理起来很麻烦？"

"纳妾是个比较复杂的事情，有的有钱人的妾，当丫鬟使唤，没吃没穿的；

有的有钱人的妾，地位比大老婆还高，掌管着家里的钥匙。所以，处理这个问题政策性很强，不能'一刀切'。当时，'回春堂'药房有个掌柜，解放前纳了个妾，那时也就二十一二岁吧。宣传员上门做工作，让她提出离婚，另寻男人。人家不离婚，说：'掌柜的对我不薄，我想跟他做一辈子夫妻。'宣传员做了几次工作，人家还是不愿意，说共产党不是号召婚姻自由吗，你们为什么强迫我离婚。宣传员说这个女子太糊涂了，受封建思想毒害太深了，准备开会斗争她。区里发现后，给及时制止了。"

孟老说："这次活动，力度大，范围广，通过宣传，《婚姻法》基本上是家喻户晓。"

我们还可以透过以下 3 首皖北民歌，感受当时群众对《婚姻法》的欢迎和年轻人婚姻观的改变：

其一

小麻雀，叫喳喳，
政府颁布了婚姻法：
男婚女嫁自当家，
再不作兴童养媳，
寡妇可再嫁。
过去封建都打倒，
这样的日子其正好！

其二

天上有个北斗星，
地上有个毛泽东。
婚姻自由找对象，
怎不叫人心喜欢！
男女双双下田去，
互助生产喜洋洋；
白天地里生产忙，
晚上夜校学文化。

增产节约加油干，
支援前线最要紧；
幸福不忘毛主席，
翻身全靠共产党。

其三

绿荫底下有人家，
姐妹二人纺棉花；
耕田的小伙子回来了！
放下犁耙谈闲话：
"我问姐儿有多大？
为何还不说婆家？
我有楼房与好地，
你可愿意嫁我吧？"
姐儿开口笑嘻嘻：
"不问楼房与好地，
如今青年爱劳动
——你不劳动俺不嫁你！"

随着青年男女婚姻观的转变，他们的择偶标准也在发生变化。在城市，以上海为例，女青年择偶标准依次为：南下干部，转业、退伍军人，大学生，政府机关工作人员，有理想、有抱负的科技或政工人员，出身好、有技术的工人。农村姑娘选择对象的标准为：劳动生产好、学习好、政治好的党员、积极分子或民兵。扫盲运动中，是否扫盲也成为一个重要条件。

几千年封建婚姻家庭制度的桎梏和影响，不可能随着一部《婚姻法》的颁布而消除。特别是刚刚脱胎于贫困落后的旧中国，受当时的政治、经济、地理、习俗诸方面的制约，改变青年男女婚姻结合途径，由强迫、包办向自主、半自主婚姻转化，是一个艰巨而又漫长的过程。据有关部门对北京、天津、上海、南京、成都五大城市男女青年婚姻结合途径调查表明：1950 年至 1953 年，由父母包办的婚姻达 20.6%，而 1954 年至 1957 年，则下降为 11.7%。自己认识而结合的，1950 年至 1953 年为 19.3%，1954 年至 1957 年则上升为 26.7%。通过亲戚朋友介绍的，为主要结合途径，大约占到 60% 左右。农村由于受地理环境、社交空间的限制，青年男女自己认识而结合的比例还要小一些。

男女青年寻求婚姻对象的途径，从由父母包办为主到经人介绍（包括媒婆）、自己同意的半自主为多数，这已经是一个不小的进步。

……

研读史料是一种享受。

研读史料可以答疑，可以解惑，可以去伪存真。

我在研读半个世纪前的这段婚姻家庭史时，曾经被一个数字所震惊：1950 年《婚姻法》颁布后，特别是 1953 年贯彻《婚姻法》运动月后，我国出现了第一次离婚高潮，1953 年法院受理的离婚案件高达 117 万件。

中央人民政府法制委员会主任陈绍禹在《关于中华人民共和国婚姻法起草经过和起草理由的报告》中，曾对资本主义国家的高离婚率作过批判："如美国 1945 年的婚姻统计证明，当年结婚男女与离婚男女之数为三与一之比，这是资本主义整个社会制度日趋崩溃、社会道德日趋堕落的情况在家庭关系中的反映。"

为什么在社会主义制度刚刚建立的新中国，为什么在《婚姻法》颁布贯彻之初，却会出现如此之高的离婚率？

其实，离婚率的高低，并不能说明社会制度的进步还是落后，也不能证明婚姻质量的好坏。

1953 年出现的第一次离婚高潮，有着它的特殊的社会背景和社会条件。

20 世纪 50 年代初期，正处于新旧社会交替时期，《婚姻法》是伴随着新中国的成立而诞生的。这是我国历史上第一部破除旧的封建主义家庭制度，真正实行离婚自由的婚姻法典。随着土地改革的深入发展，以及就业途径的拓宽，许多长期遭受封建主义婚姻家庭制度摧残、奴役的妇女，在经济上和政治上获得解放以后，必将要求砸碎套在脖子上的枷锁——封建主义的婚姻制度，实现男女平等与婚姻自由。据 1950 年下半年的统计，华北地区婚姻案件占民事案件的 46%，其中因不堪丈夫或公婆虐待，或因不满包办买卖婚姻而要求解除婚姻关系的占三分之二以上。另据当时对京、津、沪三大城市 880 件离婚案件的调查，女方提出离婚的占 68%；山西的文水、宁武、代县三县 763 件离婚案件中，原告为女方的有705件。

《婚姻法》砸碎了千年的枷锁，那些长期遭受封建主义婚姻制度压迫、凌辱，处于极端痛苦之中而不能解脱的妇女，终于找到了政府这个大靠山和法律这个有力的武器。有了政府做靠山，她们的腰杆硬了，有了法律做武器，她们变得理直气壮。

多年的苦水吐出来了，多年的梦想成真。积压在一起的离婚案件，终于像地底下的岩浆似的从火山口喷涌而出……

一位婚姻法专家指出："20世纪50年代初形成的第一次离婚高潮，标志着我国封建主义婚姻家庭制度的崩溃，是我国妇女解放的重要步骤之一，符合当时历史要解放生产力的要求，推动了社会主义革命和建设的发展。"

第三章

——

三十年婚姻故事

到干休所听老故事

年龄，有时是会让人惊奇的——一对夫妻双双活到 91 岁，你难道不为他们的高寿而惊奇吗？

而婚姻，有时还会令人崇敬——这对夫妻从 1930 年携手步入婚姻的"殿堂"，至今已历经银婚、金婚、翡翠婚和白金婚，他们之间这种漫长而珍贵的婚姻，难道不令人崇敬吗？

还是这对夫妻，丈夫是我军一位身经百战的将军，妻子却是一位普普通通的家庭妇女，他们互敬互爱、相濡以沫，用自己平常而又带几分传奇的经历，向人们诠释了婚姻的真谛……

3 月，春风轻拂。在北京万寿路海军干休所，我拜访了这对夫妻——王晓、樊旭夫妇。

都是 91 岁老人，王晓身材魁梧，腰板挺直，浓黑的眉毛，炯炯有神的双眼，除了耳朵有点背，健康情况依然良好。樊旭慈祥地坐在沙发上，脸色红润，精神饱满，这两年就是腿脚有些不得劲儿。

两位老人热情欢迎我的来访。王晓说："你在电话里说要采访我们，我耳朵背，也没听清楚要采访什么内容。"

我说："随便聊聊，我主要想听听你们的经历，包括你们的家庭生活。"

王晓笑了："这个范围可海了去了！"

我说："王老，你们结婚已经74年了，还记得当年的结婚情景吗？"

"怎么记不得，那年的五月十三，天气已经比较热了，他用一顶红轿子，把我接到他们家。当天还办了两桌酒席，那时候在农村就算不错的了。"樊旭在一旁轻轻插了一句。

"是的，是1930年农历的五月十三，当时我还在县城的协德源商行当学徒。一晃七十几年了！"王晓十分感慨。

樊旭朝我努了努嘴："让他说，让他说，他的记忆力好着呢！"

九十年的经历像一本厚重的书，只能挑最重要的说……

1913年农历十月，王晓出生于山西定襄县东作村一位前清秀才的家中，由于父亲知书达理，他有幸上了小学和初中。初中毕业，到回风村小学教书。1933年受共产党外围组织互济会影响，正式参加革命工作。他在农民和学生中宣传进步思想，开展秘密活动。

1936年春，红军东渡，进入忻州地区，王晓毅然从军。"七七事变"，国共合作。1939年，他出任八路军独立支队二团参谋长。从此，从鲁西到平汉，从张家口到东北，直到渡江战役，王晓出生入死，历经枪林弹雨。1949年9月，已晋升为16军48师师长的王晓，又随大部队进军大西南，打完成都战役，留下组建川南军分区，又忙着征粮和剿匪。

1951年，王晓奉命前往刘伯承挂帅的南京军事学院高级系学习，毕业后留校任战役战术教授会组长，后又改任海军系战役法主任。1956年7月，与海军参谋长张学思同去苏联列宁格勒海军学院进修。1957年底回国，出任刚刚组建的海军学院副院长兼合同战役教研室主任。

1961年，王晓被授以少将军衔。1983年，他从海军后勤部部长的位置上离职休养……

我们正聊在兴头上，坐在一旁一直闭着双眼的樊旭，突然冒了一句："太细了，太细了，人家要听听我们两人的事情……"

王晓望了老伴一眼，止不住笑了，连忙说："好，好，我再说说我们俩的事情。"

我问："王老，您和樊大姐是自由恋爱，还是父母包办的？"

"那时候农村哪有自由恋爱的？'父母之命，媒妁之言'，不可抗拒。她家离我们村就隔着条路，三里地。是媒人介绍的，而且媒人也不跟我们说，只要父母同意就行了。结婚前我们从没见过面，双方都不知道对方高矮胖瘦，那时候都是这种风俗。17岁结婚，第二年有了第一个孩子。不久，我母亲去世，家境开始衰落，我们就分家单过。当时，我在小学当老师，那时候小学老师的地位还是很高的，老百姓叫小学老师为先生，我每个月有8块银圆的收入，在农村算是高工资了。"

樊旭插话说："那时候我还帮他闹革命呢！"

"是的，"王晓说，"当时，一些进步青年经常在我们家开会，她在村口为我们放哨。我们夜里进城贴标语，她也跟着去，帮助刷糨糊，帮助放哨。我记得有一次，到县中门口贴标语，天下着小雨，特别冷，还差点让国民党的巡逻兵发现了。"

我又问："王老，您是哪年离开家的？"

"1936年。离开家后，我一年给家里寄一封信，也不敢讲真实情况，就报个平安，说自己在外面做买卖。"

我问樊旭："大姐，您当时知道王老在外面的真实情况吗？他走后，您带个孩子怎么生活？"

"知道，跟着红军走了，肯定在外面闹革命。他走后不久，我们娘俩就搬回娘家去了。娘家也不富裕，我就靠帮村里人家做做衣服、鞋什么的，维持生计，日子苦着呢。"

王晓接着说："我离家第七年，也就是1943年3月，当时经过了反扫荡，形势平稳了一些，部队驻扎在山东鲁西一个叫清水河的地方休整。我给她去了封信，过了些日子，她带着13岁的女儿居然找来了。当时真把我吓了一跳。从山西到山东，还得经过鬼子的封锁线，真不知道她们娘俩是怎么来的！"

樊旭在一旁直乐："那时候的人能吃苦，胆子也特别大。再说，不找他去，日子实在过不下去了。"

"部队随时要准备打仗的嘛，条件十分艰苦。我劝她们娘俩回去，她说你们能过我们也能过，要死要活一家人在一起。"王晓说，"当时也有一些团级干部带家属的，她们也就留了下来。1945年，部队又要打仗了，离开了鲁西，她们就寄住在当地老百姓家，一家人又分开。一直到了1952年，我留在南京军事学院当教员，一家人才重新团聚。"

樊旭告诉我，她从小没读过书，不识字。到了南京以后，开始学文化，达到高小水平，能看看报纸。

我说："樊大姐，王老是我军的高级干部，你们在一起生活，他不会看不起您吧？"

樊旭忙说："不会，不会，他对我和孩子好着呢！"

王晓为樊旭的杯子添了些水，说："我这辈子也离不开这位好老伴啊！战争年代，她带孩子吃了许多苦，解放了，她又全力以赴支持我的工作。可以说，她同样为革命作出了贡献。"

20世纪50年代，我国曾出现第一次离婚高潮，有些材料说，这其中高级干部占了相当一部分。这些高级干部参加革命前，在家乡已经有了妻室，但解放后进了大城市，再也看不起老家的"糟糠之妻"，便纷纷提起离婚。

我问王晓："当时，一些高级干部进城以后，看不起老家的原配，提出离婚，您身边这种情况多吗？"

王晓想了想，说："有这种情况，不过，好像并不是特别严重。"

樊旭说："怎么没有？我记得有个系主任，不要老家的老婆，人家都找上门来了！"

"系主任？"王晓沉吟了片刻，"……哦，你说的是那个王主任。他的情况还有些特别，他出来参加革命以后，家里给他找了一个，后来一直没举行什么结婚仪式，王主任一直不承认有这桩婚事。解放了，女方就找来了，组织上也很难办……"

樊旭又说："好像还有个教员，因为这个事受了处分……"

"对了，我们这个单元一楼住的史子才同志，解放初期当过海军航空兵的干部部长，或许他掌握这方面的情况，你可以同他聊聊。"王晓说。

我向两位老人"此致敬礼"，并祝他们健康长寿！

我再一次走进干休所。

我的心中充满了一种崇敬感——这里的每一位老人，都有一段光辉的经历，每人都是一部历史参考书！

今年已 84 岁高龄的史子才也是如此。

史子才是河北威县人，家乡的口音一点也没变。老人除了耳朵有点背，记忆力还相当好。抗战爆发那年，史子才刚刚初中毕业。日寇的侵犯，打破了他的读书梦。他与学校一些进步学生一起，投身于抗日宣传、组织工作之中。1940 年 10 月，已是县委委员、县青委副书记的史子才，带头参军，参加过反扫荡，参加过淮海战役和渡江战役。1949 年夏，担任 10 军政治部组织部长的史子才随部队进川剿匪，4 个月走了 4000 里地。1952 年，10 军并入刚刚组建不久的海军青岛基地。从陆军突然转到海军，许多人是第一次见到大海。见到大海了，还不相信海水真是咸的。过去哪上过军舰，许多人一上舰就晕。史子才说自己当时脑子一时也转不过弯来，转不过弯来也得转。肖劲光司令不是刚开始也不愿意当海军司令吗？说自己是个"旱鸭子"，根本不懂什么是海军。毛主席说，不懂就学嘛，这个海军司令你是当定了。那时候的口号是："不懂就学！" 1953 年，海军航空兵成立，史子才被任命为海航政治部干部部部长。

1950 年、1951 年，部队驻扎在四川内江地区。史子才告诉我，他们那一拨干部基本上都是那个时期结婚的。

那是个激情燃烧的岁月！

刚投身革命时，还是个十七八岁的小伙子，枪林弹雨，谁还顾得上去计算年龄。一解放，小伙子都成了"老"伙子了。当时，10 军军、师、团三级干部中，没有结婚的占大多数。革命胜利了，也该有个家了。

那天中午，史子才刚刚从师里开会回来，军宣传部部长郭竞仁说："老史，今天晚上我准备办事了，到时欢迎你参加！"

"办事？"史子才疑惑地问，"办什么事？"

郭竞仁答："婚姻大事啊！"

史子才恍然大悟："结婚？好啊！"

当晚，婚礼就在郭竞仁那间简陋的办公室里举行。军长杜义德讲了话，希望新郎新娘互敬互爱，白头偕老。郭竞仁代表新娘讲话，表示决不辜负首长的希望，末了，他说："今天请大家来，实在拿不出什么东西招待大家，我准备了十个西红柿，一瓶酒，不成敬意！"

那时候，西红柿绝对是稀罕物。当通信员将西红柿端上来时，郭竞仁一看急了："十个人，我准备了十个西红柿，怎么转眼间就少了一个？"

不知道是哪个"馋猫"偷吃了一个西红柿？

有人问史子才："史部长，你和小吕的大事准备什么时候办？"

史子才说："我们刚刚进入'情况'，不着急，不着急！"

军长杜义德在一旁说："军人嘛就得有点军人作风，还磨蹭什么？马上打报告，这两天就办了。"

说到史子才的婚事，这里得交代几句。10军原来是没有女兵的，1949年4月，10军经过大别山时，招收了第一批女兵。

史子才的对象"小吕"叫吕哲仁，安徽阜阳人，高中毕业那年，正遇上10军到学校招收女兵，便报名参了军。在军政干校学了半年后，被分到史子才手下当干事。

这时，他的夫人吕哲仁从里屋出来，笑着说："还提那些'陈芝麻烂谷子'干吗？"

史子才接着说："人家黄同志写书需要这些材料嘛！"

两位老人对当年的结婚情景依然记忆犹新。

史子才说："既然军长开口了，那就打报告吧，当晚写了报告，第二天就批了。"

吕哲仁说："我们是1950年7月15日结婚的。老史是师级干部，当时每月的津贴费是三块五，我是排级，每个月是一块五。我们两人把积蓄凑了凑，一共是二十几块钱。我记得很清楚，用这些钱，我们办了三件事：一是到城里拍了张结婚照，那时候照相是很时髦的事。二是花七块钱买了一只金钱牌热水瓶，因为老史那段时间老爱感冒，晚上得喝点热水。三是买了点糖块，一瓶酒。"

史子才十分感慨："那时候简单啊，把发的两床黄军被放在一起，就算结婚了。"

我问吕哲仁："吕大姐，当时像你们这样的婚姻，是不是都是组织上给分配的？"

"不，不，"吕哲仁说，"我反对'分配'这个词。现在的一些电视剧、小说，一写那个时期老干部的婚姻，都说是组织分配的，这也是一种误导。一般都是介绍的，毕竟是人民军队嘛，即便相处了一段时间，本人觉得不合适，组织上也不会逼婚。"

我又问："史老，吕大姐，解放初期你们都在军队做干部工作，是不是那几年原来在农村有妻室的高级干部，提出离婚的特别多？"

"有离婚的，多吗？不是很多吧！"史子才说，"你问她，她当时是干部部的干事，具体情况比我了解。"

吕哲仁说："当时是有一些高级干部离婚了，我觉得不能一概而论，凡是离婚的都是'陈世美'，都是把农村的妻子抛弃了的。这里面的情况比较复杂，有些是一出来革命就与家里失去了联系，十几年音信全无，家里人以为他早牺牲了，原来的妻子也早改嫁了，事实上也就算离了。有些是参加革命前，父母包办成婚，本来就一点感情也没有，出来参加了革命，十几年没有生活在一起，现在再把两个人捆在一起，的确也有困难。他提出离婚，说是反对封建包办婚姻，也不是一点理由也没有。我记得当时有个副师长，参加革命的前三天成的婚，完全是迫于父母之命，妻子还是个小脚女人。1935 年离开家，到 1952 年才回去，当夜，父母让他与妻子住在一起，他死活不干，在家只待了 3 天，就返回部队了，马上写了离婚申请。机关还派人去他家乡调查，连调查的人都很矛盾，一方面同情为他苦苦守了十几年的那个女人，一方面又觉得维持这样的婚姻也是十分残酷的。后来，尽管做了工作，他还是坚持要离，组织上也批准了。就我所了解的，当时真正属于'陈世美'的，真正喜新厌旧的，有，不是很多。现在有一种误解，凡是那时候离婚的都是'陈世美'"。

当时，还有一种独特的现象，叫"离婚不离家"。

《解放军报》原副总编魏艾民曾写过一篇回忆录：《荒唐的"离婚不离家"》：

……那时的军队干部都很年轻，却多是身经百战。部队进驻城市，接触很广，城市的女青年崇拜他们，羡慕他们，自然会有爱的表示，同时也有一些居心不良的女性，以各种不文明的方式接近我们的干部，人们称这种女人为"糖衣炮弹"。这种新情况引起干部思想上的混乱。那时已婚的干部，女方大多是家乡的原配，几乎全是文盲，有的还是缠足。有的干部在一些女青年的包围下动摇、溃退，想扔掉原配，另寻新欢。但干部的原配，都是他们家中的有功之臣，而且中国传统道德中的"糟糠之妻不下堂"之说，使这些人不敢简单从事。也许人的"智慧"是无限的，逐渐冒出一种"离婚不离家"的婚姻模式，即干部同原配夫人口头上宣布离婚，女方仍住其家，地位不变，而男方可以再结婚。农村妇女，不解其中奥秘，觉得自己反正不离家，只当是男人在外边"娶小"。而实际上也是如此。本人就见过这样的事：一位团级干部，宣布同原配夫人离婚，但"不离家"。他同新婚夫人回家，还要原配夫人安排生活。新婚妻子生子，还要原配夫人来伺候月子。

这种"离婚不离家"的做法，自然引起各级党组织的注意。据说，一次为军队高级干部会议组织京剧晚会，毛泽东点了两出戏：《将相和》和《秦香莲》，其寓意是很明显的。

记得20世纪70年代中期我在上大学时，我的一位同学，就是这种"离婚不离家"模式的后代。他的父亲当时是国务院某部的一位司长，可每到寒、暑假，他却回山西某县探亲。开始，大家没在意，时间长了，就觉得有些奇怪。后来，他自己说出了原委：

他的父亲解放前是山西某县地下党的县委书记，一直在家乡一带闹革命，当时已经成婚，母亲是一个地道的农村妇女，他和哥哥都出生于解放前。解放后，父亲进了城，开始说是马上会来接他们，可过了一年又一年，到了1954年，已经是国务院某部副司长的父亲，却由于与刚分配来的一位大学生产生了恋情，提出要和母亲离婚。母亲是死活不离，说我活着是你们家人，死了也是你们家的鬼，爷爷奶奶也骂开了，你在外头闹革命，人家在家里为你养孩子，起早贪黑，养猪砍柴，你现在在城里当了官，就不要人家了，你的良心让狗咬了，你不是"陈世美"是什么？最后，父亲想出了一个折中的办法，只要母亲同意离婚，以后照样给生活费，照样照顾孩子。母亲想想，也只能同意了。我的这位同学，是上初中时才进城找他父亲的，父亲将他留在了身边。"文革"期间，他又回老家插队落户。而他的母亲和他的哥哥，则一直生活在那个不知名的小山沟里，他的父亲也再没回过老家……

谁是最可爱的人

至今，依然有人在怀念着那个年代——20世纪50年代。

结束了百年战乱，结束了流离失所的日子。新中国成立，广大劳动大众所期盼的和平岁月，所渴望的安居乐业的生活开始了。在精神领域里，理想主义在统领着一切。

这种理想主义在婚姻领域里，也得到淋漓尽致的反映。

1951年4月，《人民日报》发表了作家魏巍的散文《谁是最可爱的人》，在国内引起了强烈的反响。作者以真实而又饱含激情的笔触，通过一个个惊心动魄的战斗故事，刻画了一个个可歌可泣的志愿军战士的形象。文章结尾，作者直抒胸怀："朋友，你一定会爱我们的战士，他们确实是我们最可爱的人！"

《谁是最可爱的人》引起了全国人民对抗美援朝的关注，对志愿军官兵的关注。

《谁是最可爱的人》同时也点燃了无数姑娘心中的爱情之火！

那完全是一个理想化的公式：志愿军官兵是最可爱的人——志愿军官兵也是最值得我爱的人——我应该把真诚的爱情献给志愿军官兵——献给志愿军官兵的爱情一定是幸福的！

1951年，19岁的曲君是杭州大学中文系的一名学生。她像班里的其他同学一样，投入了给朝鲜前线的志愿军官兵写慰问信的热潮。3个月后，她收到了志愿军第75师一位叫高志强的副连长的回信。信是用铅笔写的，尽管只有短短的一篇纸，而且三分之一还是错别字，曲君却读得有滋有味。从此后，两人书信频频，鸿雁传情。

1952年国庆节，曲君给高志强寄去一条有全班同学签名的红丝巾。两个月后，高志强在给曲君的回信中，激动地说："我们刚刚打完上甘令（岭）的战，你寄来的那条红布条（丝巾），一直挂在我们连的阵地上，我们一看见他（它），消灭敌人就有力量……"

1954年秋，高志强随部队回国，分到杭州郊区一家部队汽车修理厂当副厂长，而曲君三个月前大学毕业，已经到杭州一所中学当语文教师。

那是一个秋高云淡的夜晚，和风轻拂，明月高照，这对恋人第一次在西湖边的苏堤上见面。

为这次见面，高志强特地换了一套新军装，而曲君也穿上那件她最喜欢的粉红色的连衣裙。

高志强从挎包里拿出那条带着硝烟的红丝巾，曲君流泪了。

情语切切，互诉衷情。

快分手时，曲君红着脸说："志强，咱们的事该办了。"

高志强沉吟了片刻，说："这件事你是不是再考虑考虑？"

曲君感到有些突然："怎么，难道你不喜欢我？"

"不，"高志强说，"怎么说呢……你是个大学生，我才读了两年的小学，我总觉得自己配不上你。"

曲君笑了："读两年小学又怎么？只要我们有感情，只要我爱你……"

曲君很快向学校领导打了结婚申请报告。

她的一个好朋友听到这个消息后，专门从上海赶来，提醒她："你为什么不能再接触一段时间？再了解了解？"

曲君说："不用了，战场已经帮我对他作了最好的了解！"

那位同学说："战场不能替代生活。"

曲君说："如果连这样的人都不值得爱，我还爱谁？"

当时，也有战友提醒高志强："人家是大学生，又是中学老师，你是个连小学都没毕业的'大老粗'，以后你们生活在一起会有共同的语言吗？"

高志强充满信心地说："我们谈得来，再说，以后共同过日子了，我也可以通过她的帮助，提高自己的文化水平嘛！"

婚礼是在曲君学校的礼堂进行的，证婚人是市里一位主管教育的副市长，他说："今天，我们在这里为一位从朝鲜战场归来的最可爱的人，和我们的一位优秀教师举行婚礼，这是我们这座城市的光荣……"蜜月结束了，平凡而具体的生活开始了。

小家就安在曲君的学校里，高志强每周周末进一次城，夫妻团聚。曲君想，你不是说自己的文化水平低吗？她买来高小和初中的课本，打算用三年的时间，让丈夫达到初中文化水平。开始还可以，高志强严格按照妻子的要求去学习，按时完成作业。过了半年，他慢慢有些坚持不住了，一说学习，总强调工作忙，顾不过来。

结婚头几个月，曲君每周都要带高志强游一次西湖，她说游西湖能让人心旷神怡，陶冶情操。可去的次数多了，高志强不愿意了，他说整天看这破水有什么可看的，还不如在家睡觉强。不游西湖，那就去看电影，好几次，开映没多久，高志强便歪着脑袋睡着了。

一年后，儿子降生了，儿子给小家庭带来了欢乐，也同时带来了烦恼。由于双方的父母都不在杭州，曲君歇完了产假，白天只好将儿子寄托给一位老太太带。孩子小，老闹病，曲君忙得焦头烂额。有天半夜，天下着雨，儿子突然发烧，又哭又闹，曲君不得不抱着儿子往医院送，等到看完病，清晨回到学校，上第一节课的钟声也敲响了。曲君把孩子一放，连早饭都没吃，拿起讲义赶紧往教室跑……

周末，高志强一进家门愣了，屋里乱七八糟，曲君也瘦了一圈。他纳闷地问："怎么了？出什么事了？"曲君"哇"的一声哭了，只是一个劲儿地说："你回来，你赶紧给我调回来……"

调回来谈何容易，日子照样得过。

更让曲君接受不了的是高志强的生活习惯，抽烟、喝酒，晚上睡觉不洗脚。每天晚上睡觉前，曲君都得提醒一句："洗脚去！"不提醒，他总忘。有天夜里，曲君突然想起他没有洗脚，说了句："你还没洗脚呢！"高志强已快进入梦乡，嘟囔了声："困死我了，明天再说吧！"曲君又说了声："洗脚去。"高志强没搭理她。

曲君火了，一下子从床上坐了起来，嚷道："不洗脚，你给我滚开！"高志强也急了："干吗穷讲究？在朝鲜打仗，半个月、一个月不洗脚，不照样过？"曲君不依不饶，高志强就是不洗，两口子一直吵到天亮。

洗脚是个引子，从此，小吵不断，大吵频频。

孩子3岁时，曲君提出离婚，高志强也同意了。

有人问曲君为什么离婚，曲君说："他不洗脚……"

有人问高志强为什么同意离婚，高志强说："她老让我洗脚……"

因为"洗脚"问题而离婚，让人百思不得其解。

这场曾经被看作是"这座城市的光荣"的婚姻，就这样结束了。

但是，"爱情理想革命化"的潮流并未终止。

上海社科院社会学者徐安琪，在分析这一时期的"爱情理想革命化"时，说："社会主义的爱情在那个年代被神话为纯洁无瑕、公而忘私的无产阶级感情，因此，男女结合强调的是志同道合即革命理想和思想意识的一致性而不是情投意合，恋人间的缠绵亲昵、卿卿我我被视作削弱革命斗志、影响革命工作的小资产阶级情调，性更成了见不得人的淫恶邪念。至于'个人问题'成为恋爱结婚的代名词，也并非因为婚恋具有个人隐私的性质，而是因为恋爱婚姻是置于革命和工作之后的个人小事，因此，一心扑在工作上迟迟不考虑'个人问题'

即'公而忘私'者受赞赏、被鼓励，大学生、学徒、青工谈情说爱则常被套上'不安心学习、工作'或'早恋'的帽子受批评、帮教，一旦有性的接触被发觉甚至要受到批判、开除的惩罚。"

1955年11月，《中国妇女》杂志发起了一场关于"罗抱一、刘乐群离婚案"的大讨论。

讨论是由刘乐群给编辑部的一封来信引起的：

编辑同志：

在过渡时期，我们社会到处充满着无产阶级和资产阶级思想的斗争。在爱情、婚姻、家庭问题上也是如此。有一些人受了资产阶级思想的侵蚀，不顾爱人和孩子的痛苦，一手破坏了革命的幸福家庭，说起来是令人愤慨的。现在把我的悲剧告诉你们吧，我要控诉！

我是1945年日寇投降前跑到解放区参加了革命的。1946年我在张家口经人介绍认识了罗抱一。他是一个非常热情、聪明、能干的人物。更可贵的是他1939年就参加了革命，又是党员……这一切，把一个刚走上征途、对生活充满幻想的女孩子迷惑住了。而罗抱一呢？更是对我体贴无比。借书给我看，送棉被给我，一封情书能写上十几页。我没钱寄信，他还寄邮票来。这样，我们恋爱了。当时我并不愿意结婚。因为：一、我还年轻；二、怕生孩子；三、刚参加革命不久，对革命事业还毫无贡献。可是他呢？千方百计地要求我快结婚。后来我们在1946年4月结婚了。婚后他非常满意地对我说："同志们都说我会找爱人，又年轻，又漂亮，文化程度又高，又是个党员。"

不久，解放战争开始了。我拖着怀孕的身子很不方便，于是随家属队撤到后方去，他留在张家口一带。1947年初春，我在边区医院生了第一个孩子。他不辞辛苦地跨过茫茫的雪山，给我送来了几十个鸡蛋，每个鸡蛋都是用棉花包好的。当时我虽然不愿做母亲，但有这样一个爱人谁还能不愉快呢？

1948年末，我们被调到石家庄，我做教育工作，他做经济工作。1951年3月，他被调到北京，先在华北局，后转到华北行政委员会，先任贸易局办公室主任，后任商业局计划处处长。我因学校刚开学，不便放下工作就走，所以仍留在石家庄。这期间，我的好友曾写信给我："有些老干部进大城市后蜕化变质了，有的贪污，有的想离婚，你的老罗怎样？你可得抓紧了他呀！"我听了非常不悦，我觉得他把我的老罗看得太低了。哪能这样说呢？我在爱情上绝对相信他的。于是我回信还狠狠批评了人家。

然而，事情并不如我所料。1951年8月，他亲自接我和孩子来到北京后，我就发现他没有从前那么好了，他果然变了。1952年，他在华北行政委员会时，认识了一个能玩善舞的王某某。她是辅大毕业生，计划处的办事员。他的日记上描写她是"聪明、大方、有事业心"。他们非法搞起恋爱来了。他向她及其他同志说，他在爱情上没有尝过任何温暖，他说他老婆光知道看书，不会玩，没有感情，像个木头人，星期天找她时，也是本子报纸一大堆，从来没体贴过他。

这些情况，本来我都不知道，因为我的工作岗位是城里的中学校，又有未断奶的孩子，跑到西郊很不方便，而且他每周都进城来看我。有时星期五，有时星期日。他说星期六有舞会，他要学跳舞，他说他很可能要出国，应学会跳舞。我对他没有任何怀疑。

可是同志们看不惯了，他们告诉我说："要勤往西郊去去，否则老罗要'疯了'。"

我带着一双儿女挤着公共汽车去看他了。多么可怕呀！他竟冷酷到那样程度，他厌烦的情绪没法发泄，于是摔门子，蹾茶碗。我才知道我来是多余的，我痛苦极了。因为我一直在爱情上是相信他的，这一切是这样地出乎意料，我哭着说："看在孩子份上，咱们的矛盾解决了吧！"但他却冷冷地回答："孩子不能代替爱人，夫妇关系是夫妇关系！"

同志们劝我和领导上谈谈，请求领导上教育他，局长、主任都和他谈了。可是，他却翻脸说："你把问题公开了，那咱们就按公开的办！"于是，他在我怀着第三个孩子的时候，不管法律上的规定，他竟向我提出离婚。在1952年5月到6月初，三次向我要求离婚。他一天逼紧一天地催。

组织上为了挽救即将坠入资产阶级深渊的罗抱一，为了我们的革命家庭，曾在1953年把王某某调赴天津，他也调至外贸部出口局任副局长，同志们都以为罗会转变过来，谁知道他竟和王某某去济南欣赏趵突泉去了。

1953年国庆节，正在举国欢庆节日时，他瞒着组织悄悄地跑到天津，改名为罗保义，在杨柳青的某旅馆内，他们竟干起通奸的勾当来了。但无论他怎样改名换姓，铁面无私的公安人员终于把他们的丑事给揭发了。

错误是不能原谅的，他毫无转变的诚意，组织上对他的劝告如同耳边风，今年6月他们又一次通奸被人检举了。组织上为了教育他，给了他适当的处分。

罗抱一既不能和我离婚，又受了处分，他把怒火全发泄在我身上，他说："我犯错误是你给造成的！"今年暑假，有一次我在吃晚饭，他走来了，一面拍桌子，一面大声喊："我一天不和你离婚，你就是我的老婆，我就要找你谈。"我再也忍不住愤怒，站起来使劲推了他一下，请他走！此后他到处宣传我打了他，说我是泼妇和伪善者，他挑拨我和他母亲、妹妹的关系。

当我到他家去看我的两个大孩子时，他厉声骂我说："你还有脸到我家来！"

他屡次犯法，我都一再容忍，也是为了我们的三个孩子，但现在我无法忍受了，我要控告他凌辱受孕的妻子，并在未离婚前和另一女人通奸。

《中国妇女》在这封来信的编者按中说："我们发表了北京22中教员刘乐群控诉丈夫罗抱一的来信。我们认为这里所反映的问题有展开讨论的必要。讨论这个问题的目的，是要使大家认识如何以共产主义的道德品质对待自己的婚姻和家庭，从而充分发挥每个人的力量，集中精力从事社会主义建设事业。"

说是大讨论，实际上是一场大批判。

许多读者参与了这场大批判：

"婚姻有没有共同的标准呢？有，那就是政治上的一致，革命者要革命者。这个标准看起来好像是空泛些，但是，仔细想想，实在只能提出这样一个主要的标准。"

"我们不能否认，在今天的社会上，也还有少数人在物质享受方面，在对待家庭、婚姻以及两性关系方面，依然沾染着资产阶级的细菌而没有清除掉，在他们的生活中，还存在着阴暗堕落的一面，行为上正在做着资本主义残余的俘虏。"

"刘乐群夫妇感情的破裂，固然由于罗抱一见异思迁、喜新厌旧的思想所造成；但作为罗抱一追求的对象王某某在这个事件里也决不能逃脱她应负的责任。

假如她是一个没有完全丧失理智的人，她就应该认识到像罗抱一这样缺乏共产主义道德的人，一个对自己妻子不忠实、忍心抛弃妻子儿女来和自己周旋的人，也同样会另结新欢，抛弃掉自己。""罗抱一作为反面教材告诉我们，大力提倡无产阶级的婚姻观，实在是太重要了。"

……

对罗抱一婚姻观的批判，反映了当时的社会和绝大多数人在婚姻问题上的倾向！

当时，随着离婚夫妻由父母包办的比例下降，主导舆论普遍认为爱慕虚荣、贪图享乐、喜新厌旧的资产阶级思想，已代替封建包办而成为婚姻纠纷的主要原因，也是建立和巩固新型婚姻关系的主要敌人，因此今后婚姻家庭领域的主要任务是肃清封建主义的余毒和批判资产阶级婚姻观，防止资产阶级生活方式对劳动人民的腐蚀和影响。

慢慢地，婚姻家庭这个原本应该以"爱"为主要内容的领域，变成了阶级斗争的一块阵地。

1965 年，一位青年读者给《中国青年》杂志写了一封要求帮助解决"困惑"的求教信：

"我有一个朋友，他是个共青团员，父亲是革命干部、共产党员。他于 1963 年高等学校毕业后，被分配到县文教局工作。去年有位同事给他介绍了一个爱人，是个中师毕业生，现在是小学教师。据了解，这位小学教师在学校表现一贯较好。毕业后，工作也很积极。经过交谈，他们在性格上也比较接近，就是这位小学教师出身于富农家庭。后来他征求同志们的意见，有的同志表示可以恋爱、结婚，说：'家庭出身不好的青年人，主要看她个人表现。'有的同志则认为，同剥削阶级家庭的青年恋爱、结婚，就是阶级界限不清。这个意见使他犹豫不决，拿不定主意。他想：'如果继续恋爱下去，怕会犯错误，影响今后的进步。但如果就此拉倒，又觉得这个同志品质很好，表现也不错，在性格上也比较合得来。'

"我对这个问题也弄不清楚。请问编辑同志，对这个问题应该怎样正确认识呢？和剥削阶级家庭出身的子女恋爱、结婚是不是阶级界限不清，丧失了立场？"

《中国青年》杂志编辑部是这样回答的："我们希望你的朋友在选择对象时注

意政治条件，在恋爱关系相处中能够采取正确态度。如果他确实这样做了，那位出身于富农家庭的小学教师又如你来信所说的那样，一贯表现较好，而且他俩的情况也符合《婚姻法》的有关规定，那么他俩恋爱、结婚就不能算是阶级界限不清。"

尽管《中国青年》杂志编辑部并未一概反对和家庭出身不好的青年恋爱、结婚，但是，这是有先决条件的：他们希望青年人在选择对象时，首先应该"注意政治条件"，换句话说，最好能选择家庭出身好的；如果一定要同家庭出身不好的青年恋爱，那么，在恋爱关系相处中必须"能够采取正确态度"，这个所谓的"正确态度"，就是当时人们经常挂在口头上的"用无产阶级思想战胜资产阶级思想"。这还不够，家庭出身不好的一方，还必须"一贯表现较好"，而且他俩的情况还得符合《婚姻法》的有关规定。以上这些条件全部达到，这对青年男女才能恋爱、结婚。

这一个个先决条件，就如同是一个个"紧箍咒"。即便是"有情人终成眷属"，但在这种政治阴影的笼罩之下，还有什么婚姻家庭的幸福可言？

这种政治阴影一直笼罩在那个年代。

那时候，我还在天津南开大学上学。我想起发生在我身边的两件事。

好像是大三的上半学期，我们班到基层"开门办学"。等到快放寒假，大家返回学校时，突然发现我们的副班长"失踪"了。后来一打听，在我们"开门办学"期间，副班长已经被处理回原单位了。

副班长是空军某部一位副指导员，上学前，他在老家处了个对象。上学后，也许是嫌弃农村姑娘没有文化，双方交流不起来，也许是因为进了大城市，特别是在大学里，身边有许多优秀的女同学，真是移情别恋了……反正是副班长向女方提出解除婚约。女方坚决不同意，说是"订婚酒"也请了，彩礼也送了，你想退婚，这不是"羞"我吗？女方甚至以死相要挟，你真不要我，我就死给你看。副班长似乎也铁了心，就是要退婚。女方急红了眼，一封揭发信寄到了《人民日报》，说我们的副班长是当代"陈世美"，喜新厌旧，丧失了一位革命军人最基本的道德品质。《人民日报》将信转给了总政有关部门，总政有关部门又将信转给了空军某部。空军某部接到了这封揭发信，首长火冒三丈，立即派人到学校，要求校方取消我们副班长的学籍，将其带回本单位处理。

于是，我们副班长被取消了学籍，被带回了原单位。后来，听说副班长第二年就被复员，回家种地了……

也是我大学期间的一位部队同学，因为他写得一手好诗歌、好散文，大家都叫他"小才子"。"小才子"也是因婚姻问题被处理回家的。

"小才子"上高中时，深得他语文老师的器重，"文化大革命"停课那几年，他一直跟语文老师学习古文和古诗词的写作。那位语文老师有位独生女，名叫小香，比"小才子"小一岁，受父亲的影响，她学习很不错，就是形象差了点，身高不到一米五，特别胖。1969 年底，"小才子"应征入伍前夕，语文老师很郑重地把他叫到跟前，说："有件事不知你愿意不愿意？"恩师如父，还有什么事不愿意的。"小才子"说："老师，有什么事您尽管吩咐！"语文老师说："我膝下只有小香一个独生女，我已经想了一两年了，小香要是这辈子能托付给你，我就放心了……"语文老师的意思已经表达得够清楚的了。

很快地，双方家长见了面，确定了儿女的婚事，并办了"订婚酒"。那个年代，许多地方的民政部门都停止了婚姻登记，谁家办了"订婚酒"，在人们的眼中等于结婚。

"小才子"当了三年兵，又被推荐上了大学。

"小才子"也是在上大学期间"变"了心，提出解除婚约的。语文老师动之以情，晓之以理，苦苦哀求，"小才子"就是不松口。小香终日以泪洗面。后来，有高人指点"你写信去学校告他，学校肯定会管！"

小香将一封告状信寄到"小才子"学校，自然又将"小才子""陈世美"了一番，更严重的是，她说已经和"小才子"有了性关系。

这还了得！学校很快作出了将"小才子"退学的决定。

离校的前一天，"小才子"到我宿舍，向我告别。他人整个瘦了一圈，像生了一场重病。

他说："没想到，栽在这上面了。"

我说："你胆子也真大了些，同人家发生了关系，又不要人家。"

他说："我敢用生命担保，我根本没同她发生关系。"

我说："什么？你们没发生关系？"

他说："没有！那是她诬告。从跟她见面的第一天起，我就同她没感觉，更说不上谈恋爱，主要是她父亲特别喜欢我。后来因为马上要出来当兵，又碍于她父亲的情面，所以便匆匆办了'订婚酒'。没上大学前，我就提出解除婚约了，可她一直不答应，没想到这回她使出这一'招'……"

我说："那你打算怎么办？"

他说："回去，部队肯定不会给我好果子吃，准备退伍回家。当然，我也不可能同她一起生活，反正当时也没有登记、领结婚证书。"

同他说的一样，"小才子"回到部队，当年就被安排退伍了。可能是觉得回老家无法见人，他没有回老家，直接跑到广东，打了几年工，后来，自己开了家小广告公司……

在那个特殊的年代，副班长和"小才子"，由于没处理好婚姻关系，付出了惨重的政治代价！

遇罗锦离婚案

《结婚证书》是对合法婚姻的一种证明；

《结婚证书》同时又是一个时期政治、经济、文化的一种印记。

翻阅"文革"期间一些地方的《结婚证书》，首先感觉到的是它强烈的政治色彩，而这种色彩又是从印在证书上的毛主席语录体现出来的：

> 为人民服务。
>
> 领导我们事业的核心力量是中国共产党；指导我们思想的理论基础是马克思列宁主义。
>
> 一切革命队伍的人都要互相关心，互相爱护，互相帮助。
>
> 要斗私批修。
>
> 人类在生育上完全无政府主义是不行的，也要有计划生育。

那是个被扭曲的时代，在婚姻家庭领域里起着主导作用的是"政治第一"、"阶级斗争为纲"、"唯成分论"。

我们来看看一些当事人对当时自己婚姻的回忆：

> 1969 年我们结婚时，他先送给我一枚毛主席像章，随后，我也送了他一枚，当时，这就算是我们的定情之物了。现在买什么都记不住，那时买

点什么东西都记得清清楚楚。我们结婚时连桌子、柜子都没有，家里只有两床被子，是跟别人要工业券买的，10元钱一床的线绣被面，当时，这已经是很好的东西了。我生儿子时他给我买了个半导体收音机，葵花牌的，23元，是他半个月的工资。村里人都说："你多幸福啊，这边搂着儿子，那边听着匣子。"

1970年初夏我们结的婚。那天是个星期天。我穿一件的确良短袖衫和蓝裤子，他穿白衬衫、布鞋和新买的尼龙华达呢裤子。他的几个朋友抱着一尊半人来高的毛主席去安源的石膏像，骑着自行车赶来贺喜。石膏像放在我们的新房里，又高又大又气派，来贺喜的人见了都很羡慕，因为那尊石膏像比一般人结婚时收到的要大许多。后来，这尊石膏像一直就摆在我们的房子里；它成了我很长时间都以此为骄傲的资本。

我是1974年结婚的。我父亲属于有问题的那种人，挨整，被游街被抄家，这屈辱的一切我都目睹过。一个出身工人家庭的男同学同情我，将被红卫兵抄走的部分物品偷出来还给我，我决定跟他结婚。街道开结婚证明时，那些人的目光盯着我，好像我是个贼。

我丈夫的家里办了一个简单的婚礼。那天，我穿了一件崭新的蓝布衣裤。我记得我丈夫在我胸前戴上一枚毛主席像章。因为我成分不好，我丈夫家的亲属来贺喜的就很少，都怕沾上嫌疑。不过我还是很高兴，因为以后不会再有人说我是"坏分子的女儿"了，因为我已经是工人的家属了。

我到现在还记得在当时的社会风尚影响下，有些感情细腻的人故意去找"大老粗"，借以改变自己的"小资产阶级立场和情调"；有些"出身不好"的人设法与"出身好"的人结婚，以期改变本人和子女的阶级地位。当然，这样的婚姻很难说得上美满。我有一个很要好的女友，因为家庭条件不好，找了一个工人，两个人的文化、教育、修养都有差距，只过了一年就不得不离婚了。不过，我的情况还算不错。

上世纪60年代末，我在军队里是个副连长，当时在当地认识了一位小学教师，两人接触了一段时间，感觉不错。我便正式向组织报告，组织向对方单位发去了政治调查函。过了些日子，政委找我谈话，告诉我经过调查，发现她的一位表舅解放前夕随国民党军队去了台湾，要我立即断绝与女方的关系。我有些想不通，政委说：如果你们关系继续发展下去，你就不能在部队继续干。我考虑再三，不得不断绝与她的关系。后来，听说她一直没有结婚。

当时的婚礼也完全是"政治化"的，一般程序是：

全体共唱《东方红》和《大海航行靠舵手》；

全体背诵两段"最高指示"；

新郎、新娘向毛主席像三鞠躬；

新郎、新娘向双方家长三鞠躬；

新郎、新娘互相鞠躬；

来宾代表（一般为单位领导）向新郎、新娘提要求；

新郎、新娘表决心（婚后如何搞好学习、工作、计划生育……）；

分发喜糖……

在那个年代，"爱情"成了最肮脏、最可怕的两个字眼儿，成了"小资产阶级思想"、"贪图腐化"、"生活作风问题"的代名词。

我的一位上海籍的战友曾经告诉我，"文革"期间，上海市民的住房特别紧张，可是，再紧张也得找对象啊，当时，一些年轻人找了对象，家里连个说话的地方都没有，不知谁最先想到黄浦江边的外滩，于是，外滩那时成了年轻人约会的一块"宝地"。

每当夜幕降临时，青年男女便像潮水般向外滩涌去，电杆下，栏杆旁，树荫底，到处是一对一对窃窃私语的情侣，组成一道独特的风景，有人把它称为"情人墙"。

后来，有"革命群众"向市革命委员会反映，要求取缔"情人墙"，取缔这块被资产阶级占领的阵地。

"革命群众"的反映，引起了市革命委员会的重视，以后，每当天黑之后，便有一些胳臂上挂着红袖章的"造反派"，在外滩巡逻，他们用高音喇叭不住地喊着："革命群众请注意，革命群众请注意，千万不要忘记阶级斗争！外滩是革命的外滩，决不允许资产阶级的歪风邪气横行！"

一次，一对情侣的行为过于亲密了一些，被"造反派"发现了，高音喇叭对着他俩直喊："最高指示：'凡是反动的东西，你不打，它就不倒，扫帚不到，灰尘照例不会自己跑掉……'"

小伙子急了，回过头说了句："喊啥？有啥好喊的？"

"造反派"斥责道："公共场合，不得搞流氓活动。"

小伙子顶了句："谁搞流氓活动？谈对象也不行？"

"造反派"围了过来："你不服气，跟我们走一趟。"

小伙子还要辩解，身旁的姑娘吓得哭了。这时候，许多情侣围了过来，纷纷为小伙子和姑娘辩解，"造反派"见势不好，赶紧溜走了。

此后，有人把"情人墙"看成是"阶级斗争"的晴雨表。

"文革"中，"四人帮"在上海的死党，操纵着一份名噪一时的刊物——《朝霞》丛刊。它所刊发的文章及时地传达着"时代精神"。《战地春秋》是曾经刊载于丛刊上的一篇中篇小说，其中有一段关于"爱情"的描写：

> 大钻机即将开钻的时候，韩珍（女共产党员、工程师）和王大成（钳工、"文革"中入党）站在一起。方也平（革命干部）和梁辉（革命干部、方妻子）边看边商量工作。韩珍对王大成说："这是一对多么好的老战友啊！"
>
> 王大成回答说："对，我很羡慕这样的战友。"
>
> 韩珍水晶似的眼睛瞧着王大成，毫不掩饰地说："大成同志！你看我们能成为好战友吗？如果我能有你这样的战友永远在一起，是会很高兴的。"
>
> 王大成呆了一呆，心里突然地清醒过来，激动地红着脸说：
>
> "那……我真是求之不得，会感到很幸福的。"
>
> 韩珍一听，咯咯地笑了。
>
> 在他们周围的人，完全听清了他们之间的谈话，但谁也没有理解他们谈话的真实内容。当然，我们的读者是完全能理解的，这是新时代人与人之间建立共同感情的特殊的新方式吧？

这便是那个特殊年代人们"谈情说爱"的一种模式，后来发展到八个样板戏中，所有的男主角和所有的女主角都是单身汉……

1980 年，北京发生了轰动一时的遇罗锦离婚案，以至于，后来它成为"文革"婚姻的一个焦点，"文革"婚姻的一种标志！

遇罗锦曾于 1981 年 1 月在《民主与法制》杂志发表了《我为什么要离婚？》一文，介绍了这起离婚案的前后经过：

> 我和蔡钟培的离婚案公之于众后，引起了不同的议论，大抵有这样几种说法："没有爱情的婚姻早该结束了！"
>
> "已经结婚了，就应当凑合过下去。"
>
> "地位变了，就和人家离婚，太缺德了！"
>
> 赞成者高声称快，调和者好心相劝，卫道士则怒目相向，指责个不停。
>
> 小小一件离婚案，居然引起一场轩然大波，这在我们国度里说奇怪其实也不奇怪。
>
> 没有爱情的婚姻该不该凑合一辈子？我要求离婚是否缺德？为了使关心这件离婚的同志更好地讨论，我将自己结婚和离婚的有关经历公之于众。
>
> 经人介绍，1978 年 7 月，我和蔡钟培结婚了。我们各有三图。他图我：一、我永远不想生孩子。二、介绍人是他二十年的师傅，介绍人说我很能干，在经济上决不会亏累他，他很相信并也看出我不是懒虫。三、他认为我的外表和他原来的爱人不同，他喜欢学生样的人，尽管他出身城市贫民，只有初中文化，但他却希望女方是知识分子。
>
> 我图他：一、他有个孩子，而且从小就和她奶奶单过，我很满意。在蔡之前，有人介绍过几个对象，对那些结过婚的人，我总有思想负担——要不要孩子呢？若不要，男方是不干的。要吗？谁整天抱啊哄啊？有多少钱去养啊？所以，他的情况我满意。二、他有间房，我可以有落脚之处。倘若他没这间房，倘若我必须和他母亲、孩子一起过，他再好，我也不会和他结婚。三、他给我的印象还算老实、忠厚、正派。但我并不认为他是我理想的爱人，我也不相信在当时能找到理想的、情投意合的爱人。为了生存，我被迫作出了与蔡结婚的错误选择。
>
> 我们的物质生活一直是不错的，但我们唯独缺乏精神生活。他虽然长得不错，人人说他像三十一二岁的人，满面红光，身强力壮，也勤恳、正

派、老实，但是我和他什么都谈不了，在他面前只能做个哑巴。

结婚以后，我有意识地培养我们的感情。买电影票、戏票、看球赛，远游，试图谈点什么，可是结果怎么样呢？

比如，我爱看的电影，他不爱看。我爱看《沉默的人》《苦海余生》之类，他却觉得没意思。我们一起去看《瞧，这一家子》，走出电影院，我说："张岚演得真逗。"

"张岚？张岚是不是演胡主任的那个？"

"你怎么看的呢？可惜你还笑了半天！"

如果他认真地说一句"其实，我都没记住谁是谁"或"我看错了"，我也就不生气了。可他却偏偏是心不在焉，看看这儿，望望那儿，满不以为然，那神气明明在说："认什么真哪！"往往我们不谈电影感想还好，一谈，只说一句话便无法谈第二句了。去看《雷雨》，这出戏有什么可笑的地方吗？依我看，鲁贵的话都不可笑，更谈不到大少爷的话有什么可笑了。而剧场里有极少数年轻人，受文化大革命的培养造就，连悲喜都不知，时常在不该笑的地方也笑起来（注意，台上都是朱琳等名演员），蔡钟培也跟着哄笑。台上的大少爷不知那是他亲母亲，恭敬地叫了一句"鲁奶奶"，蔡便跟着那极少数人一起乐了起来。"你有什么可笑的？"我有些生气地问他。"怎么不可笑？"他依然在笑。走出剧场谈谈感想吧，我和一个邻居、一个同事、一个小弟弟走出剧场都可能谈谈的，和自己的丈夫却做不到。

去看球赛，对那种乱起哄、喊叫的年轻人，我十分反感，可是我的丈夫却是喊得几乎手舞足蹈的一个。

马路上，只要远处有几个人围成一堆，他必飞也似地跑过去，一副凑热闹的神气，拉他都不走。

游玩只去过香山一次，我再不想去了。不论是去香山还是散步，我都觉得索然无味。谈话谈不起来，赏景也赏不到一处。我心里想的是这片景色多美多静，他却忽然用那大咧咧的神气说："前几天我们那脚手架上掉下一个人来。"或者："昨天我路过菜市场，那儿正卖处理黄花鱼，我真想去排队。"我不由得奇怪，他怎么会突然想起这么一句话来？无法搭话，使我觉得破坏了玩的兴致。因此不由总结出经验来——若再玩、若再看电影，一定要一个人去。

虽然我每天在尽妻子的义务——给他做好饭菜，保证他回来热乎乎地吃好；虽然我们民主地使用我们共同的劳动所得，用双方的工资（在我没工作时也每月平均挣40元）添购衣物；虽然我和他一家人的关系都处得不错，但我以为这不是爱情。因为我和父母、兄弟、姐妹、朋友若在一起住，也会如此的。我以为爱情是只能在一个人身上得到的那种和谐愉快满足的感情。可是我从蔡钟培那儿得不到这种感情。由于我不喜欢他、不佩服他，甚至厌恶他，因此在夫妻生活上，也始终不和谐。

1979年7月，我的所谓政治问题得到了平反，回到玩具六厂设计室上班，继续搞儿童玩具设计。一直到1980年4月，9个月的时间，我一直在犹豫，离还是不离？感情在婚后没有培养起来，而且也不相信今后能培养起来，思想一直处在极度苦闷之中。我知道，若提出离婚，等待我的将是什么？"没良心"、"忘恩负义"、"陈世美"……！我扪心自问，我是否"忘恩负义"呢？我以为，蔡和我结婚，并不是恩赐，因此谈不到忘恩。我履行了自己应尽的做妻子的义务，谈不到负义。我追求的是感情和事业。

因此，我给自己作出结论，我对蔡的感情，只是和一般人一样的感情，而没有爱人的感情。我们后来所以不吵架，也只是冷到无架可吵的地步。我们的生活内容除了吃饭和睡觉以外，没有别的。我应当结束这种没有爱情的夫妻生活，我必须要顶住来自四面八方的压力。

我试探性地迈了一小步，并未提出离婚，只是找了一间农民房住了。

这一小小举止果然引起家中轩然大波。父母、弟弟都反对。母亲说："什么爱情、幸福，都是小说里的话，我和你爸爸还不是凑合过来的！"

不错，在我们周围的人，凑合的夫妻何其多也！他们愿意凑合，当然无可非议，但是干吗又非要指责不愿凑合的人呢？这和别人又有什么关系呢？难道人们宁愿听吵架，宁愿看到别人不和，宁愿去议论某某夫妻各有情人，也不愿别人光明正大地离婚、和平地离婚、光明正大地去找和自己情投意合的人吗？

我决定离婚，即使有天大的议论我也要寻求安宁和愉快！这种愉快毫不损人利己，也决不想损人利己。

我对蔡说："咱们去办事处离婚吧！"可是他不同意，说："我等你去法院告我。""为什么？""我有话要对法院说。"

于是我在去年5月初起诉于北京市朝阳区人民法院，说明了上述的离婚理由：言谈、志趣、爱好不一致，由此没有更深的夫妻感情。

在我提出离婚期间，蔡钟培采取了绝大多数离婚者的态度——"明明知道好不了，我也不能叫你好"。因此，什么"思想反动"、"作风不正"、"欺骗"等等，给我扣了一大堆帽子。我有幸遇到一位明察秋毫、思想解放的审判长，因此法院对他的诬蔑不实之词，予以调查和驳回，对他无理要求饭钱和各种"精神损失费"等等，也予以驳回。

9月24日，朝阳区法院判决离婚。10天内，蔡钟培上诉到中级人民法院，由中级人民法院重新审理此案。目前，案件正在审理过程中，尚不知中级人民法院如何判决。

有人问我："你所追求的是什么？"

我想，我所追求的无非就是像人那样正常地生活。爱情只是正常生活中的一部分，我所希望得到的爱情，和那些有爱情的家庭没什么两样。

有人问："如果有一天你离了婚，和你所爱的人结了婚，你又发现了对方有令你失望的地方，那又怎么办？"

我认为，谁都不是完美无缺的，看到对方的缺点、弱点应当给以谅解，双方有意识地去培养感情，互相启发、帮助，共同提高，这必须有双方的共同心愿才行，但前提必须有爱的基础，才能做到心情愉快，其乐无穷。

有人问："在和自己的爱人没离婚以前，如果又爱上别人，你认为这是不道德的吗？"

虽然到今天，我还没有爱上别的什么人，但我认为，对爱的渴求是每个人的天性，否则人们就不会去结婚。当一个人不爱自己的爱人时，把爱转嫁到别人——自己所爱的人身上，是很自然的事。没有爱情的婚姻才是最不道德的。我认为，人们应当寻求到合法的爱人，而不是情人。夫妻双方感情一经破裂，便应光明正大地离开，再光明正大地去进行新的结合。婚后，如果双方把感情维护好，当然不会出现另有所爱的事。

总之，继续维持没有爱情的婚姻是最不道德的。

而蔡钟培在接受《民主与法制》记者的采访时，却反映了完全不同的情况：

……1979年5月，遇罗锦问题得到平反。7月，她上班工作。1979年10月，遇罗克的问题得到平反。1980年3月，遇罗锦做第二次人工流产手术。3月31日（她生日），我还给她送了生日礼品。4月6日，在事先没有争吵的情况下，她突然出走。我下班回来，看到她留的一个字条，上面写着："我找了间农民房，我不回来了。"很简单两句话。这个字条我已经交给法院。4月25日，她又回来，我们还同居了。5月3日，我们还一起到三里屯电影院去看了一场电影《蝴蝶梦》。5月15日，我突然接到朝阳区法院的通知，审理我们的离婚案。这一切发生得这么突然，对我打击很大。

遇罗锦认为我是只知道"老婆孩子热炕头"和"两毛五一斤处理黄花鱼"的人，这可以到我工作的单位和住处的邻居打听打听，看我是不是那种人。我不愿自我吹嘘，我只是一个愿为"四化"尽自己一点微薄力量的工人，但决不是遇罗锦所讲的那种人。

我们在婚后两年多，齐心协力办了三件大事：第一件，把遇罗锦的户口调到北京。由于十年动乱的影响，我们的社会还存在一些不正之风。在这种情况下，把一个黑龙江的农村户口调到北京，是十分不容易的。为了托人情、找关系，花了不少钱，我把自行车和穿的一些衣服都卖了。第二件事，就是帮遇罗锦找工作，也费了不少周折。开始做这个临时工，那个临时工，最后得到平反才回到玩具六厂。第三件事，是为遇罗克平反。这当然应该归功于党的政策。但是，一开始，为了争取遇罗克早日得到平反，我跑了检察院、公安局等好多个单位，申诉，催促。"文革"中我们家的许多人也受到了冲击，有挨批的、挨斗的、挨打的，我能理解这件事的意义，不仅是为了同情遇罗克，也是为了遇罗锦和我们一家的前途。两年多时间内，办了这样三件大事，证明我们婚后并不是如遇罗锦说的想不到一起，说不到一起，而是有许多共同语言的。

遇罗锦为了达到和我离婚的目的，还两次给我介绍女朋友。我虽然也有封建意识，但我从来不反对男女之间的正当交往。我还觉得，有些人一看到别人男女之间有些来往就说三道四，甚至捕风捉影，造谣生事，是不道德的。经常到我们家来找遇罗锦的人很多，有男有女，有时很晚才回家，对遇罗锦的这些来往，我过去从不介意。只是现在经过法庭调查证实了一些问题后，我才感到，她的这些行为是不道德的。

遇罗锦提出要结束没有爱情的、不道德的婚姻，而实际呢？她是在自己的环境、地位、条件发生变化后，变了心。我觉得，这是过河拆桥，忘恩负义。考察她的几次婚姻状况，她实际上是想把婚姻当作实现自己的目的的一个个跳板。

遇罗锦离婚案披露后，引起人们极不寻常的关注，特别是司法界、新闻界和妇女界，众说纷纭。但道德的天平基本向蔡钟培倾斜，一时，遇罗锦成为过河拆桥、忘恩负义的女"陈世美"、"一个堕落的女人"。

云南省玉溪检察分院的涂运初，在《做一个高尚的人》一文中指出："遇罗锦以志趣、爱好、言谈为由提出离婚。但是，为什么非要自己的爱人与自己同等的文艺欣赏水平才觉够味呢？男方在哪方面超过女方，或者女方在哪方面超过男方，在社会上是普遍的事，是否觉得男的某方面水平比自己低，就有失自己的尊严，这岂不是几千年来男尊女卑的封建思想在头脑里的折射反映吗？遇罗锦与蔡钟培已经有几年的夫妻关系，在困难的日子里也没有动摇，为什么在今天的坦途上却要分手呢？如果用志趣、爱好、言谈去强求人，这是不合实际的。假如蔡钟培一味谈着电流、电压、电阻之类的东西，恐怕遇罗锦也不一定感兴趣。如果这样要求人，未免太苛刻了。人的知识有深有浅，有多有少，但各有长处和短处，夫妻应本着互谅互助的精神，促进家庭的和睦，如果不恰当地强调个人的意志，追求个人的绝对自由，势必损害家庭的团结，影响夫妻关系，这是人们的常识。""不错，'文化大革命'的十年浩劫造成一大批人婚姻的不幸。但我们不能因此去闹家庭纠纷，更不应该去鼓励离婚，须知家庭是社会的细胞，夫妻的和谐，家庭的团结，有利于社会的稳定。"

当时，出任遇罗锦诉讼代理人的，是中国社会科学院法学研究所助理研究员李勇极。

李勇极认为：

在本案中，要判断遇罗锦应不应该离婚，即其要求是否合理合法，只能看其夫妻之间的感情如何。

从婚姻基础来看。有人说，他们是"自愿结婚"。是的，是"自愿结婚"。但这种"自愿"是在特定的历史条件下产生的，有着特定的含义。第一没有户口，没有口粮；第二没有工作，没有收入；第三没有房子，无以安身；第四母亲经常发脾气，要她尽快嫁人。在这种情况下，或者饿死、冻死，或者嫁个男人，赖以谋生。第三条路是没有的。遇罗锦经过激烈的思想斗争，选择了生活下去的道路。她同蔡钟培仅见过三次面，并不认为他是一个理想的爱人，但为了谋生，又不得不违心地同他结婚。蔡钟培在一审时也说过："遇罗锦如果不是环境所迫，是不会和我结婚的。"可见，这种"自愿"是自愿形式掩盖下的不自愿。如果要讲"自愿"，只能是她"自愿"屈服于环境压力，不是"自愿"发生爱情。他们的结合，完全是爱情和婚姻相分离。这种结合本身，就包含着离的因素。

从婚后感情来看。他们在共同生活中，确实矛盾重重：其一，两人对感情的理解不同。男方认为，"我下班有晚有早，她都是做好饭等我回来一块吃"，这就是有感情。女方认为，"夫妻关系不同于一般的同志关系，也不同于家庭其他成员之间的关系，除了上述内容外，还应有精神生活和文化生活的内容"。其二，爱好兴趣不同。男方爱听音乐，声音越大越好；女方喜欢看书写东西，越安静越好。男方性格开朗，无拘无束；女方则喜欢文雅，注意理智。男方对于哲学、理论问题不感兴趣；女方则喜欢讨论问题，交换观点，发表见解。双方甚至对夫妻生活的看法上，也不尽相同。由于上述差异，因而同床异梦，貌合神离。

从纠纷的原因和责任来看。有人说："这一场离婚官司，责任全在于遇罗锦。"这种看法是不公正的。要讲责任的话，责任主要在于当时的历史背景——"左"的政策和"左"的思潮影响下造成的不合理的婚姻关系。当然，遇罗锦本人在困难面前缺乏坚强的意志和信念，没有在凛冽寒风中巍然屹立，也负有一定的责任。但是为时近三年的没有爱情的婚姻本身，已对她作了严厉的惩罚。人们如果能设身处地地想一下，就会寄予同情和谅解。

从婚姻关系的现状来看。遇罗锦向法院正式提出离婚要求已近一年了，矛盾并没有解决。男方在一审审理中，除提出无理的财产要求（要女方付生活费和赔偿经济损失）的同时，还"检举"对方一系列"政治问题"，甚至"检举"一审办案人员的"问题"。在未经查证核实的情况下，有人竟挥笔成文，广为传播。

以上情况表明,遇罗锦同蔡钟培之间,其婚姻关系的建立,不是以爱情为基础;其婚姻关系的持续,不是以爱情为纽带。这样的婚姻,根本算不上真正意义上的婚姻。现在,当事人一方依据法定程序,要求以自己的实际行动改正自己过去的失误,摆脱婚姻问题上的桎梏,按其本人的愿望来选择配偶,难道不合理合法?

1980 年 5 月,朝阳区人民法院受理遇罗锦诉蔡钟培离婚一案。审判员党春源开始调查研究,先请双方单位介绍遇、蔡的婚姻状况,现实表现,群众对他们离婚的看法等。之后,除了开庭调查,又分别向双方结婚的介绍人,原告父母、弟弟了解有关情况。在此基础上,法院和单位一起对他们面对面地做过两次调解工作。三次背靠背地进行调解。结果双方各执己见,未能达成协议。

同年 7 月 11 日,法院依法组成合议庭,审理了此案。经过法庭最后调解,双方仍固执己见。合议庭根据《婚姻法》第十七条之规定,作出了准许两人离婚的决议,并分别于 9 月 24 日、25 日对原、被告进行了宣判。蔡钟培不服上诉到中级法院。中级法院二审之后,又发回朝阳区人民法院重审。

1981 年 5 月 14 日,朝阳区人民法院重新开庭审理遇罗锦、蔡钟培离婚案。从清晨开始,法院门口便聚集一批记者、司法工作者和一些群众。鉴于此案涉及个人隐私,按法律规定不公开审理,不准旁听。

重审改由朝阳区法院副院长唐根法担任审判员,郭群担任书记员,并和区妇联干部李秀珍、朝阳医院护士长白淑玲两位陪审员组成合议庭。由于在法庭调查过程中,已经查明了事实,分清了是非,审判员和两位陪审员帮助当事人分析了有分歧的一些问题,做了耐心细致的调解工作,双方同意法庭调解离婚,调解书内容如下:

一、遇罗锦与蔡钟培双方自愿离婚,应予准许;

二、现在各人处衣物即归各人所有,不再交换;

三、蔡钟培应将现存 1981 年 1 月至 5 月遇罗锦的定粮,交遇罗锦取回;

四、北三里屯十一楼二单元四号公房一间,今后由蔡钟培租住。别无其他争执。

调解成立日期:1981 年 5 月 14 日。

本调解书与判决书有同等法律效力。

至此，遇罗锦、蔡钟培离婚案终于画上一个句号。

遇罗锦、蔡钟培离婚案带有那个时代的鲜明印记。

30 年过去了，今天，我们再来反思这桩离婚案，为什么并不复杂的一桩离婚案，却会在社会中激起轩然大波？

首先，我们不能脱离当时的时代背景。1980 年，春风吹融了冰山上的积雪，而冰层却远未融化。刚刚从"文化大革命"中走出的中国人，还来不及医治身上的创伤。十年动乱，在婚姻领域里，只有男性与女性的结合，决没有什么离婚的自由。离婚，是一种非正常行为，不是出于政治原因，或生活作风问题，是不会有人闹离婚的。你遇罗锦，一个女人，不好好过日子，却主动提出离婚，岂不犯了大忌？

其次，遇罗锦的离婚理由更是冒天下之大不韪：没有感情。在以"阶级斗争为纲"的年代，谁敢奢谈"爱情"二字，便被认为是"资产阶级情调"，甚至等同于"黄色下流"。你对工人阶级（蔡钟培）没有感情，难道对资产阶级有感情？遇罗锦的爱好：喜欢读书、喜欢看话剧、喜欢爬山游玩等，在一些人的眼中，也是小资产阶级情调。

第三，遇罗锦提出离婚的时机也很不适宜。遇罗锦与蔡钟培结婚时，正是她最倒霉的时候：戴着"思想反动"的帽子，没有工作，没有北京户口，又已经离过一次婚。而当她提出离婚时，她已经有了北京户口，所谓的政治问题也得到平反，又回到原单位上班。这时候，却因为"没有感情"要与丈夫离婚，你不是忘恩负义是什么？中国的传统道德讲究知恩图报，最瞧不起忘恩负义。过去，因为忘恩负义被谴责的一般是男人，像陈世美等，你遇罗锦一个女人也敢忘恩负义，那就更可恨了。

以上三点，使得遇罗锦离婚案轰动一时，也使遇罗锦这个"文革"的受害者，却在这起离婚案中遭到多数人的谴责（起码是不支持），少数人的支持和同情，再一次扮演了一个悲剧角色。

耐人寻味的是，中国社会科学院法学研究所助理研究员李勇极，自从出任遇罗锦诉讼代理人后，便成为所谓的"感情说"的主要代表。该案结束不久，李勇极将自己远在陕西农村的妻子调来北京，并忍痛离开法学所到京郊一所警官学校当教员，兼做律师。他的理论又恰恰与他自己的婚姻处于一种无可奈何的矛盾之中。

当时，报告文学作家苏晓康曾采访过李勇极，于是，便有了《一个律师的内心独白》：

> 别人说我是"主离派"，并没屈说了我。你看，我又写文章阐述"感情说"，又总给提出离婚的当事人保护，办了不少很棘手的案子，自然不敢推托这个封号了。可我却并不因此而闹离婚，有点奇怪是吧？我倒觉得这在中国是很正常的，就像有的人虽然常常发表文章鼓吹正统观念，而自己婚姻并不幸福，内心很痛苦一样。也许这两者都是悲剧，但我至少是骗住自己之后绝不骗别人。没有感情的婚姻还不是一种互相欺骗？只是我久而久之把它看淡了，不想为它再付出感情之外的其他牺牲了。

> 感情这东西，说不清也道不明，很细腻又很微妙，由于它只能是发自人类内心的精神现象，一般来说，也只有每个人对自己的感情拥有发言权，别的人既无法强求它，也无权妄加评论。一个人说他同妻子的感情破裂了，我们就得让他拿出证据来，而许多人其实是说不清楚的。有人认为感情是双方的，你单方面说没感情那不成立，说实在的，这是很荒谬的。我们有不少搞法的人总把感情看做一种很具体、很简单，可以在法院的桌面上摔摔打打、捏捏攘攘的物件，你要对他们说，我和妻子没有共同语言，那等于白说，他们会说：什么叫共同语言？两条叫驴吼出声来还不一样呢，两张嘴巴还能说出一样的话来！

> 但我知道，文化层次上的差别，的确是一个让人要命的隔膜，它像一片沙漠似的把人心隔开，有时又像绝缘体一样难以穿透。我是深有体会的。我那老婆是我爹给包办的，1955年那阵陕西农村早婚和买卖婚姻都很严重，我爹见她家只要二百多块钱的礼，觉得挺便宜，就把亲给定了。其实她家也是等这笔钱给她哥娶亲呢。那年我还在上高中，爹就逼我结婚，我不干，傻乎乎的还想去政府告我爹，他骂我："你这娃子咋会越读书越笨，这二百块钱是我一把汗一把血赚出来的，退亲就得人财两空，你要不肯娶她，就给我停学回家种地，养活你自己！"这一招真厉害，因为我想继续上学呀！填不饱肚子的农民压根儿不知道什么叫婚姻自由，也绝不会让儿子有

这种自由。我读了十几年书，她种了十几年地，到一块儿也没话可说，就是默默地生儿育女，大半辈子也就这么过来了。当然内心也很痛苦，也从来没有麻木过。因为我老得办案子，常常要听别人倾诉这种痛苦，老能在他们身上看到自己的影子，所以我很能理解这种痛苦。我办离婚案胜诉多于败诉，原因大概也在这里。痛苦就装在我心里，我能掂量得出来。

话又说回来，你自己为什么就要忍着呢？其实我心里很清楚，虽然有了新《婚姻法》，但中国还没到能把法律和道德分开的程度，我办案子也是这样，尽管可以替当事人解除死亡婚姻，却决不在道义上支持有过失的一方，我自己是研究生毕业，又在研究机关里工作了二十多年，想跟农村的老婆离婚，那还不是标准的"陈世美"吗？也许有的人觉得为了离婚当"陈世美"也情愿，不少人也就是这么干的，可我却不能。我有我的事业要干，我替别人打离婚官司，"主离派"的名声在外，我要闹离婚，有人就会说你小子的"感情说"原来是为自己服务的，这样就把事情整个庸俗化了。我宁可忍受，也不愿玷污了我的观点。不仅忍受，我还得牺牲更多一些东西，把老婆从农村调到京郊，我也从市中心迁到郊外，死心塌地地维持这个家庭。我就可以心安理得地办我的案子，写我的文章了。其实，中国有许多人都是和我一样走着这条不得已的生活道路的。世上总得有人背十字架，我已经背了大半辈子了，也就不在乎剩下的那点路了。也许我们多背一程，将来的年轻人就能早一天把它卸下来。我们这一辈人少替"陈世美"当替身，中国人兴许会早一点把他忘掉呢。

李勇极的内心独白，实际上是那个时代相当一部分人心理的真实写照。他们崇尚婚姻的本质是爱情或感情的理念，但是，当他们的这种理念与自己的家庭实际相违背时，迫于社会、舆论等诸种因素的压力，他们又没有勇气高举起"离婚"的旗帜。于是，他们每个人都在自己的内心上演着一部悲剧……

第四章

——

嬗变

　　1978 年 1 月，《人民文学》杂志隆重推出著名作家徐迟的报告文学《哥德巴赫猜想》。2 月 17 日，《人民日报》予以全文转载。

　　《哥德巴赫猜想》是粉碎"四人帮"后，率先冲破禁区，第一篇以知识分子为主人公的报告文学，也是首先在文学作品中揭露和抨击"文化大革命"的报告文学。作者以极大的勇气和胆识，通过对数学家陈景润人生命运的展示，表达了对知识的渴求、对人才的呼唤。

　　《哥德巴赫猜想》一经问世，家喻户晓，举国轰动。

　　这是一个信号，它预示着一场新的嬗变即将到来了！

　　1978 年——后来，人们习惯于把这一年称为拨乱反正关键的一年，改革开放起步的一年。

　　这一年发生的每一件大事，都孕育着无限的生机，都成为一种标志：

　　　　3 月 1 日"文革"后恢复高考的第一届新生开学；

　　　　3 月 18 日全国科学大会召开；

　　　　4 月 5 日中共中央决定为全部右派摘帽；

　　　　5 月 11 日《光明日报》发表特约评论员文章《实践是检验真理的唯一

标准》；

11月14日中共北京市委宣布，天安门事件完全是革命事件；

12月13日邓小平在中央工作会议上作了《解放思想，实事求是，团结一致向前看》的主题报告；

12月18日中共十一届三中全会召开；

……

这一年，对于中国妇女运动来说，也是极为重要的一年。9月，中国妇女第四次全国代表大会在北京召开，这是十年浩劫后第一次以全国妇联名义召开的大会。大会议定全国妇女新时期的任务，发出了"四化需要妇女，妇女需要四化"的号召。

也是在这次大会上，许多代表提出，1950年颁布实施的《婚姻法》，时过30年，社会发展了，人们的生活、思想观念都发生了很大的变化，原《婚姻法》一些条文与当前婚姻家庭领域的新情况新问题不相适应，必须尽快进行修改。

10月7日，全国妇联主席康克清向中央呈送了《关于再度建议修改婚姻法向中央的请示报告》：

汪副主席并华主席、党中央：

今年八月，我们向中央送了关于修改婚姻法的请示报告。

九月全国四次妇代会上，许多代表建议尽早修改婚姻法。为此我们再度提出这项建议，理由是：

一、现在的《中华人民共和国婚姻法》与新宪法的精神不相符合。这个婚姻法是一九四八年底一九四九年初，由中央妇委会主持起草的。中华人民共和国成立之后，由法制委员会广泛征求各方面意见，与全国妇联一起，共同修订。一九五〇年五月一日颁布的。这个婚姻法的性质是新民主主义的，主要矛头是反对封建，因此法律条文规定保护私有财产，承认财产继承权。这样的总精神与新宪法的精神不相适应。

二、有些具体规定，与党的政策不相符合。例如婚龄问题。当前我们提倡适当晚婚，但婚姻法规定男二十岁、女十八岁可以结婚。干部在群众中提倡晚婚时，群众反过来批评干部违法。至于适当晚婚，究竟多少岁才算合适，目前界限不明。各地各自规定"土政策"，又缺乏宣传教育，群众颇为反感。非法同居、未婚怀孕的现象不断发生。因此婚龄问题必须适当地修改。

三、修改现行的婚姻法，颁布社会主义的婚姻法，是适应实现社会主义四个现代化的需要，在上层建筑领域中进行的必要的改革。目前二十几岁的青年，很多没有受过婚姻法的教育，不少人甚至不知有婚姻法。多年来，由于林彪、"四人帮"的干扰破坏，买卖婚姻和变相买卖婚姻泛滥城乡，因婚姻而索取大量财物和铺张浪费的现象十分严重，在许多农村里没有上千元不能结婚，在城市也发生了类似现象。不少贫下中农、职工群众因而负债累累，甚至有人走上贪污盗窃、投机倒把、违法乱纪的犯罪道路。

有些地方还出现了童养媳、换亲、转亲、租亲、重婚、拐骗妇女等现象。有些地方连续发生青年男女因婚姻问题而自杀、集体自杀、被杀等案件。

所有这些问题的存在，使千家万户为婚姻问题发愁。广大群众迫切要求颁布社会主义的婚姻法，以便有法可循，有利于树立社会主义的婚姻制度，有利于调动广大群众大干快上的积极性。

为此我们建议由民政部牵头，联合法院、社会科学院法学研究所、工、青、妇等有关单位，组成修改婚姻法小组，在调查研究的基础，着手修改婚姻法。今年国庆节，乌兰夫、姬鹏飞副委员长，曾同我谈过，要妇联来牵头，迅即着手修改婚姻法。我们是群众团体，是否合适，请中央考虑。如果中央指派，我们当尽力而为。

以上建议，当否，请予批示。

康克清

一九七八年十月七日

报告先是列举了修改《婚姻法》的理由，主动建议由民政部牵头组成修改小组；但又点明乌兰夫、姬鹏飞两位副委员长希望由妇联来牵头。考虑到妇联是个群众团体，牵头做这样的工作是否合适，请中央定夺，如果中央决定由妇联牵头，妇联将全力以赴。无论是从行文、措辞、逻辑哪个角度讲，这个报告都写得十分得体。

当时中央政治局常委汪东兴主管工会、共青团和妇联的工作，汪在请示报告上批示："请华主席、叶（剑英）、邓（小平）、李（先念）副主席审批。我意可由妇联牵头。"华国锋、叶剑英、邓小平、李先念均圈阅表示同意。

根据党中央的批示，1978 年 11 月 3 日，全国妇联邀请民政部、卫生部、最高人民法院、最高人民检察院、解放军总政治部、全国总工会、团中央等单位的负责人协商，决定成立修改《婚姻法》小组。全国妇联主席康克清任组长，李金德（民政部副部长）、何兰楷（最高人民法院副院长）、李宝光（全国妇联副主席）、王汝琪（最高人民检察院研究室副主任）任副组长。

修改《婚姻法》小组下设办公室：

  主任：李宝光（全国妇联副主席）

  副主任：刘 孟（最高人民法院民庭副庭长）

  成员：陈克会（民政部）

    马 元（最高人民法院）

    杨 光（卫生部）

    辛文波（民委）

    苏 庆（社科院法学所）

    杨大文（人大法律系）

    王德义（北大法律系）

    韩宏旺（解放军总政治部）

    邵玉英（全国总工会）

    傅强年（团中央）

    袁式一（全国妇联）

中国人民大学教授、中国法学会婚姻法学研究会常务副会长、著名的婚姻法专家杨大文对我说："1978 年，我获得了新生，我真正与婚姻法结缘，也是始于 1978 年。"

采访杨大文教授也是费了一番周折。一是他太忙，要想"逮"住这位京城法学界"大腕儿"级人物，并不是那么容易；二是他对于我这么个军人要写什么有关《婚姻法》的报告文学，似乎总有些不太相信。也是好事多磨，从春天到秋天，几经联系，杨大文终于接受了我的采访。

采访是在北京大学法学院妇女法律研究与服务中心的一间小会议室进行，他是这里的兼职专家组成员。杨大文一看就是个南方人，个头不高，穿着一身合体的西装，发型精心梳理过，显得十分审慎而又有气质。

握着杨大文的手，我说："杨教授，您是个大忙人，打扰您实在不好意思啊！"

杨大文说："我佩服你的耐心。"

我说："您是婚姻法学界的'大腕儿'，采访不到您，我这本书也就写不下去了。"

杨大文笑着说："为了你的这本书，再忙，我也得接受你的采访啊！"

见我打开了采访本，杨大文开始了他的叙述。

杨大文1933年出生于江苏常州，少年时期正逢抗战，全家随当会计师的父亲，奔波于上海、兰州、重庆等地。他的中学学业是在贵阳花溪的清华中学完成的，在学校里，他还参加了一些进步学生的活动。1949年11月，二野军政大学五分校到学校招生，杨大文报名从军。他入伍后又被分到17军文工团，演过小戏，但更多的是做群众工作，在安顺地区参加了清匪、反霸、减租、土改运动。杨大文说，部队的两年多锻炼，在他的生命中有着极其重要的意义。1952年9月，杨大文被选调入中国人民大学学习。征求意见时，杨大文想学外交，将来去当一名外交官，但学外交的名额已经满了，他只好到法律系。所以杨大文至今还说，学法律纯属组织分配。杨大文学习刻苦在系里是出了名的，当时人大教学基本上用的是苏联的教材，几厚本的苏联民法典那时他基本都能背下来。毕业后，杨大文留校当助教，讲授苏联民法典（包括婚姻家庭法）。1959年，学校开始搞反右倾运动，法学教学很难进行，许多讲义受批判。相对说，婚姻家庭法与政治联系少一些，学生也愿意听，杨大文开始将婚姻家庭法单独作为一门学科为学生开课，并出版了《婚姻法讲义》。"文革"中，杨大文被发配到"五七"干校，管过果园、茶山，当过炊事员。1970年，人民大学撤销，他又被并到北大法律系。一直到1978年8月人民大学恢复，他才重新回到人大法律系，担任民法教研室党支部书记。

十年浩劫，拨乱反正，婚姻家庭问题也成为当时的一个热点社会问题。为了从法律的角度解答这些问题，杨大文与系里另外两位老师合写了《婚姻法与婚姻家庭问题》，出版后成为当时的一本畅销书。

杨大文说："也是在这个时候，全国妇联的领导找到了我，他们可能是看了我写的有关婚姻法的文章，希望我能参与《婚姻法》的修改工作。我说，好呀，好事嘛！痛快地答应了。"

从此以后，杨大文与共和国的第二部（1980 年）、第三部（2001 年）《婚姻法》结下了不解之缘！

杨大文对我说："我是第一个到修改《婚姻法》小组报到的，紧接着，马元、苏庆、王德义也来了。开始是李宝光带着我们 4 个人干，以 1950 年《婚姻法》为基础，哪些应该删除，哪些可以保留，哪些需要修改，大家讨论，我执笔起草条文。后来，李宝光调到河南工作后，妇联指定书记处第一书记、党组副书记罗琼大姐牵头这件事。这中间，苏庆出国学习，社科院法学所又派来了陈明侠。1980 年初，政法大学的巫昌祯教授也参与了进来。

"那时候，干工作不讲条件，不讲报酬，大家一心想的是怎么把《婚姻法》修改好。妇联给我们找了个小屋，作为办公室。中午就在妇联机关食堂就餐，自己买饭吃，有时罗琼大姐自己掏腰包，买来一些酱牛肉、酱猪肝熟食，算是为大家加菜。过春节时，康克清大姐特批，给我们每个专家补助了 50 元，那时候 50 元差不多相当于一个月的工资，让我们非常感动。"

杨大文告诉我，他记得很清楚，从 1978 年底到 1979 年 6 月，经他的手就起草了六稿草案，当时起名都叫《婚姻家庭法》。后来，他们又带着这些草案到机关、基层征求意见。

……

30 年毕竟是一个不短的历史跨度。

从 1950 年到 1979 年，信手拈来就可以举出这期间发生的一系列重大事件：土改、抗美援朝、肃反、三反五反、大跃进、人民公社、反右、"文化大革命"、粉碎"四人帮"、十一届三中全会……

许多专家学者认为，面对社会生活发生的重大变化，面对婚姻家庭领域里发生的新情况、新问题，20 世纪 60 年代初就应该对 1950 年的《婚姻法》进行修订了。但由于诸多的历史原因，这一项工作却年复一年地拖延了下来。

"文革"爆发，十年浩劫。法制建设遭到毁灭性打击，《婚姻法》自然也在劫难逃。封建婚姻回潮，道德水平下降，在城乡，特别是在农村，一些陈规陋习，比如包办婚姻、买卖婚姻、早婚、卖淫嫖娼等，又死灰复燃……

家不宁，谈何治国？

走出"文革"噩梦的共和国，首先想到的是修订《婚姻法》。

这次修订《婚姻法》，争论最大的两个问题：一是结婚的年龄，二是离婚的条件。

1950年的《婚姻法》规定的法定婚龄为男20岁、女18岁，但随着70年代计划生育的全面展开，全国各地都自行规定了晚婚年龄。据1979年初统计，在城市，对男方，有6个省（区）、市规定28岁，有11个省（区）、市规定27岁，有5个省（区）、市规定26岁，有7个省（区）、市规定25岁。对女方，有18个省（区）、市规定25岁，有8个省（区）、市规定24岁，有3个省（区）、市规定23岁。农村比上述规定大体低两三岁。提倡晚婚，无疑对计划生育起了一定的作用。

但问题在于，当时各地已经不是仅仅因为计划生育在提倡晚婚，实际上是用晚婚年龄替代了法定的婚龄。这种做法特别是在农村中遭遇到了强大的阻力。有些农村男青年到了20岁，女青年到了18岁，准备结婚，找到乡里登记，却因为不符合晚婚条件，不准登记结婚，他们反过来责问干部："你们当干部的为什么不学学《婚姻法》？《婚姻法》里明明规定男20、女18可以结婚嘛，我们到了法定年龄，为什么不许我们结婚？你们这样做是违法的！"

据河南省属3个医院、郑州市属两个医院的统计，70年代末人工流产手术中，未登记结婚的占17.7%到43.2%，中期妊娠做引产手术中，未婚的占50%到89%。流产的青年妇女，一般在20到23岁。1979年第一季度，仅成都市7个医院流产、引产手术的四千多人中，自报未婚的占半数。有些党、团员因未到晚婚年龄结婚而被开除党、团籍。河北省1973年到1978年开除团籍的两千多名团员中，85%是因为未婚怀孕的。陕西省那几年受处分的团员中，因为未婚同居、未婚先孕的占65%。河南省受处分的青年团员中，由于未婚同居的占50%。当时，因为未到晚婚年龄而结婚，有些干部、职工被开除公职，有些社员被克扣口粮，极大地影响了社会稳定。

当时我国的晚婚年龄，同世界各国规定的婚龄相比，显然是大大超出了。欧、亚、美洲三十多个国家，男子婚龄大多规定在18岁（19个国家），最高的21岁（3个国家），最低的14岁（4个国家）。女子婚龄最高的18岁（12个国家），最低的12岁（6个国家）。美国各州不统一，对男子有些州规定21岁，有些州规定14岁；对女子，有些州规定18岁，有些州甚至规定12岁。

1979 年 12 月 26 日、27 日，康克清亲自主持召集全国妇联在京常委及部分妇产科专家，就《婚姻法》修改小组拟定的《中华人民共和国婚姻家庭法草案》进行讨论。

就婚龄问题，罗琼作了说明："草案第五条提出三个方案：1. 男 22 周岁，女 22 周岁，始得结婚。2. 男 23 周岁，女 22 周岁，始得结婚。3. 男 22 周岁，女 20 周岁，始得结婚。我们倾向于第一个方案。这个方案比现行《中华人民共和国婚姻法》规定的年龄，男的提高了 2 岁，女的提高了 4 岁。但比现在各省、市、自治区自行规定的晚婚年龄要低。"会上，对于婚龄，众说不一。以下是会议记录摘要：

一、几点差距：

1. 婚龄与育龄应分开。严仁英教授提出，从医院做人流手术看，未婚怀孕的多，国外一般是同居不生育，只要我们做好工作，避孕措施跟上，婚龄与育龄分开好。

2. 城市与农村应分开。玛依努尔委员提出，婚龄是与地区、气候、民族习惯有关。城市农村有区别好。男女各 22 周岁，新疆农村就有困难。韩幽桐委员说，农村定那么高行不通。

3. 男女婚龄应有差距好。姚淑平、徐光委员等都主张男女婚龄应有差距好，男 24 岁，女 22 岁；胡子婴委员认为，男女婚龄最好差 3 岁。

二、定婚龄多少为宜？

1. 从生理上看：

北京市妇产医院副院长顾素娟、友谊医院妇产科主任王祖汶介绍，女性通常在 12 至 15 岁开始来月经，少数也有 11 岁或 17 岁以后来的。由于南北地区气候不同，对发育也有较大影响。女性来月经并不说明发育已成熟。性腺一套系统达到稳定阶段要到 18 至 22 岁左右才能完成。以 18 至 40 岁为女性发育旺盛期。从生理上看，22 岁至 30 岁为生育旺盛期。

2. 临床经验看：

顾素娟、王祖汶、东四妇产医院闻莲清说，生育期最好是在 22 岁至 30 岁间为宜。根据临床经验，18 岁以前、35 岁以后生育都有困难，产程延长或者需要手术帮助的要比 22 岁至 30 岁的多。王祖汶说，35 岁以后生

100
1921-2021

红色岁月
红色历程
红色史诗
红色经典

孩子易出现先天愚型，白痴要占 0.1%。该院今年 9 至 11 月生育总数 1075 胎，第一胎 736 人，占 68.7%。其中 21 岁至 25 岁 104 人，占 1%。当中正常产 70 胎，占 67%；电吸的 15 胎，占 14%；剖腹产 7 胎，占 7%；孕毒 15 胎，占 14%。26 岁至 30 岁 569 人，占 76.9%，她们中正常产 337 胎，占 59.2%；电吸 101 胎，占 17.8%；剖腹产 36 胎，占 6.3%；孕毒 52 胎，占 9.1%。30 岁以上 63 胎，占 9%。正常产 30 胎，占 47.6%；电吸 9 胎，占 14%；剖腹产 20 胎，占 31%；孕毒 4 胎，占 6.3%。这些数据表明，21 岁至 25 岁生育的合并症要高于 26 岁至 30 岁的产妇，剖腹产的比例，30 岁以上较高。

严仁英教授等认为，近年来，剖腹产增多与晚婚、晚育有关，但年龄大不是唯一的因素。

总之，婚龄既要照顾青年的生理要求，又要有利于控制人口的增长，法定结婚年龄男 24 岁或 25 岁，女 22 岁或 23 岁为好。朱霖委员同意男 24 岁，女 22 岁。吴全蘅委员认为男女各 22 岁不能再小了。韩幽桐委员认为男 22 岁可以，女的 21 岁或 20 岁。胡德华委员说，要尊重科学，男女各 22 周岁可以。李兰丁委员说，男 22 岁周岁始得结婚，也符合军队目前服役期的规定。

育龄以 25 岁为宜，可在计划生育法中另定。

关于婚龄，在全国妇联常委扩大会议讨论时，有 16 个省、市妇联同意男女各满 22 周岁，始得结婚。有一个市嫌这样规定太低。有 12 个省、市、自治区妇联不同意，认为这样规定偏高了，在广大农村行不通。法律制定了，却又执行不了，失去了法律的尊严；而且男女婚龄相等，因男女生理发育不适应，同我国民众的习惯不符合。

有位学者甚至严厉地责问：为什么允许 60 岁的老头娶 20 岁的姑娘，却不许 20 岁的小伙娶 18 岁的姑娘？要说是为了计划生育，那也是很勉强的：第一，结婚并不必然生育、更不意味着马上生育；第二，20 岁的姑娘与 18 岁同样具有现实的生育能力，而且 60 岁的老头更急于让媳妇生个孩子。更何况以计划生育作为限制结婚的理由本来就是可疑的，虽然我并不完全反对法律就生育问题作出规定。我还不得不问：为什么法律规定的结婚年龄男大女小？这表面上是限制了男人的权利，实际上又反映了对女性的歧视：它假定女人要靠男人养活，所以要求男人在结婚时比女人更成熟些。用女性发育较早是解释不了这一歧视的，我还可以说妇女人均寿命较长，因此科学的婚配应该是"女大五"。

对这个问题争论的实质，一是在考虑国家利益同青年要求上有轻重不同，二是对法定婚龄高低同计划生育的关系有不同认识。有的认为法定婚龄要根据青年人生理发育情况，作适当规定，法定婚龄太高，不符合生理发育的要求。控制人口的增长，不在于婚龄的高低，而在于婚后严格实行计划生育。现在提倡一对夫妇最好生一个孩子，应该在这方面多做工作，不要再提高婚龄。另一种意见认为，婚龄高低同控制人口有密切关系，法定婚龄降低一岁，一年多生几百万孩子。因此为了控制人口，既要提高婚龄，又要在婚后严格实行计划生育。

修改法定婚龄，是一个涉及面很广的问题，必须统筹兼顾，全面考虑。既要从国家当时的政治、经济、文化状况出发，也要照顾到青年生理发育的状况；既要切合社会需要，也要有科学的根据；既要考虑现在，也要顾及将来。

那时候，彭真刚刚恢复工作不久，出任全国人大法制工作委员会主任。他得悉全国妇联正牵头在修改《婚姻法》，有一天，特地到妇联听取意见。罗琼代表妇联向他作了汇报。

谈到婚龄问题时，罗琼汇报说："这次修改，我们许多妇联干部倾向于提高结婚年龄，建议改为男25岁，女23岁。还有的主张男女双方加起来满50岁。"

彭真："为什么要提高婚龄呢？"

罗琼："这样做可以降低出生率，有利于计划生育。"

彭真同志问："你们到基层征求过广大妇女群众的意见吗？她们都赞成吗？"

有人答："赞成！"

彭真同志又问："咱们妇联机关干部的平均年龄大约是多少？"

罗琼说："大约40岁左右吧。"

彭真同志想了想，说："全国妇联包括省、市妇联机关干部，生活在大城市，又都是知识分子，所以赞成结婚的年龄定得高一些，这是可以理解的。但是，《婚姻法》是为每一个公民服务的，我们特别应该考虑提高婚龄，是不是符合我们的国情，工厂里的青年工人会怎么想？农村青年能不能接受？"

后来，在另外一次民法座谈会上，谈到《婚姻法》修改时，彭真同志说："一切法律都要适应人民的需要。我们制定《婚姻法》，不能不考虑老百姓的生活习惯。大家都是年轻时候过来的，你想想，非要农村青年二十好几岁结婚，能不能行得通？计划生育应该提倡，但是，婚龄问题和育龄问题要分开。生育年龄可以号召推迟，至于婚龄，也应该提倡晚婚，但是作为法律规定，就要适度。城市知识分子主张高一些，农民主张低一些，我们国家人口80%是农民，就要照顾到最广大的农民。法制委员会建议的男22岁、女20岁，调查了31个国家，已经是最高的。有人说25岁才能达到性成熟，我问了林巧稚教授，哪里有那个事情！还有离婚问题，只要一方不同意，两三年也离不了，男女关系破裂到一个把另一个害死。陕南一个监狱统计，女性杀人犯70%是包办婚姻杀夫。无论如何，《婚姻法》必须贯彻结婚自由，离婚自由的原则嘛！"

中国婚姻家庭研究会秘书长樊爱国，当时是《婚姻法》修改办公室的工作人员，她说，康克清大姐那些日子特别关心《婚姻法》修改工作。有一次，在人民大会堂开座谈会，康大姐也来了。会上关于婚龄问题争论得很激烈。康大姐听得很仔细，还不时在本子上记着。休息时，康大姐问她："你觉得婚龄多少比较合适？"她说："我们一直在提倡晚婚晚育嘛，我觉得年龄大一些比小一些有好处。"康大姐马上说："我们光考虑城市青年不行啊！农村青年怎么办？非要那么大才能结婚，他们等不及了，只好不登记，非法同居。"

这次婚姻法的另外一个重要修改内容是有关离婚的条件问题。

1950年的《婚姻法》规定："男女一方坚决要求离婚的，经区人民政府和司法机关调解无效时，亦准予离婚。"这实际已经体现了当时在世界上比较先进的"破裂主义"的离婚原则（"破裂主义"是指以夫妻双方婚姻关系破裂、无法维持共同生活为理由，夫妻一方或双方均可要求离婚）。

正是有了这一条规定，使当时众多的深受封建婚姻迫害的妇女，摆脱了痛苦婚姻的枷锁。但是，随着20世纪50年代初离婚率的急剧攀高，社会对于离婚的承受能力变得脆弱起来。到了"文革"期间，离婚竟被极"左"思潮看成为"资产阶级思想"、"道德败坏"、"当代陈世美"的代名词。那时候谁要是提出离婚，不让他（或她）剥层"皮"，也得把他（或她）闹得满城风雨、身败名裂不可。人民法院在审理离婚案件时，一直都坚持宁严毋宽的原则。当时，如果是国家干部或党员提出离婚，法官十有八九要拿出的"杀手锏"是："你是要公职、党籍，还是要婚姻自由？"有的地方甚至把要求离婚的人员集中起来，办"斗私批修"学习班，改造思想，直到把离婚申请撤回为止。在那个"无法无天"的年代，《婚姻法》自然也成了一纸空文。

关于离婚的条件问题，实际上从 1950 年《婚姻法》公布不久，就产生了"理由论"和"感情论"之争，二十多年来一直是争论不休。"理由论"坚持离婚必须有正当理由为原则，即理由正当准予离婚，理由不正当不准离婚。如被包办的人提出离婚，应该给予批准，有喜新厌旧的人提出离婚，则不予支持。"感情论"则看夫妻感情是否破裂，如果夫妻感情已经破裂，不论什么理由，都应准予离婚。这是从婚姻的本质出发，婚姻既然已经死亡，存在还有什么意义？解除这种已经死亡的婚姻，是符合社会主义的婚姻道德的，它对于社会和个人也是有利的。

1950 年 6 月 26 日，中央法制委员会在《有关婚姻法实施的若干问题的解答》中，阐明"有正当原因不能继续夫妻关系的，应作准予离婚判决，否则也可作不准离婚判决"。1953 年法制委员会再次对有关婚姻问题解答时，把"有正当原因"，改为："如经调解无效，而又确实不能继续维持夫妻关系的，应准予离婚，如经调解虽然无效，但事实证明，他们双方并非到确实不能继续同居的程度，也可以不批准离婚。"在这里，不能继续维持夫妻关系，则成为准予离婚的条件。1963 年最高人民法院在《关于贯彻执行民事政策的几个问题的意见》中，第一次明确提出了"感情是否完全破裂"的离婚标准。对于那些感情尚未完全破裂，经过调解、教育有重新和好可能的，不要轻率判决离婚，而那些夫妻感情确已破裂，确无和好可能，法院应积极做好坚持不离一方的工作，判决离婚。1979 年全国第二次民事工作会议，把"要以夫妻关系事实上是否确已破裂，能否恢复和好"定为离婚条件。这里，用"夫妻关系"替代了"夫妻感情"。而事实上，感情是维系夫妻关系最重要的因素，夫妻关系破裂肯定感情也已经破裂。

修改小组在拟定的草案中，将原第十七条规定："男女一方坚决要求离婚的，经区人民政府和司法机关调解无效时，亦准予离婚。"改为："男女一方坚决要求离婚的，可由有关部门进行调解或直接向人民法院提出离婚诉讼。人民法院审理离婚案件，首先进行调解，如调解无效，应根据夫妻关系是否已经破裂，能否恢复和好，作出准予离婚或不准予离婚的判决。"

为什么作这样的修改呢？

杨大文教授解释说："第一，考虑到当时我国的婚姻状况已经完全不同于建国初期，那时要求离婚的主要是旧社会普遍形成的封建包办婚姻，提出离婚诉讼的绝大多数是受压迫的劳动妇女。建国 30 年来，随着社会主义革命和社会主义建设的发展，妇女大量参加社会劳动，男女政治、经济地位平等，妇女地位有了很大的提高。纯属强迫包办的婚姻，即便'文革'期间有所回潮，但毕竟比起解放初期来要大大地减少。第二，从多年的审判实践中体会，离婚案件一般比较复杂。有些一方坚决要求离婚而判离的，对夫妻双方，特别对女方及子女确实有利；但也有判不离的，反而比较好。也有不少要求离婚的夫妇，经过一定的工作，又和好了。所以草案作了这样的修改，可判离也可判不离。"

在征求意见中，对这一改动，有的基本表示赞成，但认为离婚因素复杂，不能仅以夫妻关系破裂、能否和好为标准。建议将这一条修改得原则一些。也有的提议，断绝了夫妻关系三年以上的，应准予离婚。也有对这一改动表示不赞成的，认为现在有大量的夫妇凶杀案，是因为夫妇关系已经破裂，但法院却拖而不判或判不准离婚造成的。有人说这种做法是"从过去的父母包办，改成了国家包办"。

草案还对其他 10 个问题作了修改。

1980 年 9 月 10 日，全国人民代表大会第五届第三次会议通过了修订后的《婚姻法》，并于 1981 年 1 月 1 日起正式实施。

如果把 1950 年共和国第一部《婚姻法》，看成是照亮了共和国法制天空第一道曙光的话，那么，1980 年共和国第二部《婚姻法》，则是共和国恢复法制建设的新举措之一。

1980 年的《婚姻法》共 5 章 37 条。它是 1950 年《婚姻法》的继续与发展。说它继续，是因为它继承了 1950 年《婚姻法》行之有效的部分；说它发展，是指它在 1950 年《婚姻法》的基础上，根据 30 年的实践经验和当时的国情作了补充和修改。

关于名称问题，修改小组曾将草案称为《中华人民共和国婚姻家庭法》，理由是婚姻和家庭是紧密联系在一起的，现行《婚姻法》实际也包括家庭内容。且现实生活中家庭问题不少，需要有法可循，加以调整。全国人大在讨论时，认为草案中有关家庭部分虽然比现行《婚姻法》有所增加（如对子女教育、计划生育、赡养老人等），但仍显得不够，且《中华人民共和国婚姻法》这个名称已经深入人心，所以，仍保留原名称。

建国 30 年来，中国的婚姻家庭状况发生了根本性的变化，纳妾、童养媳陋习已基本绝迹，男尊女卑、干涉寡妇婚姻自由等现象在六七十年代也已不是主要倾向。新《婚姻法》在总则中删去了废除"男尊女卑"以及禁止"纳妾"、"童养媳"和"干涉寡妇婚姻自由"，而在保护妇女、儿童合法权益一款中增加了"老人"，同时增加了"实行计划生育"。这意味着中国的家庭关系将注入更多美好的伦理、道德和责任。

对于 1950 年《婚姻法》中关于婚姻自由、一夫一妻、男女平等、保护妇女和子女合法利益的原则，在讨论中，各方意见一致。不一致的是对"婚姻自由"的提法有两种意见：一种主张将"婚姻自由"改为"婚姻自主"，持这种意见的认为新宪法第 53 条规定"男女婚姻自主"，这种提法比较好，可以避免有些人用婚姻自由的名义，乱搞男女关系。另一种意见主张保留"婚姻自由"的提法，持这种意见的认为，婚姻自由包括结婚自由和离婚自由两方面的含义。革命战争年代的革命根据地的婚姻条例和现行的《婚姻法》都采用"婚姻自由"的提法，这种提法，并不是资产阶级的轻率的结婚、离婚，而是指摆脱父母之命、媒妁之言的包办婚姻的封建束缚，是指摆脱追求物质金钱的资产阶级思想的束缚，含义深刻。新《婚姻法》依然保持"婚姻自由"的提法。

新《婚姻法》实事求是地确定了婚龄。将 1950 年《婚姻法》规定的婚龄提高两岁，改成男 22 岁、女 20 岁。用当年一位立法者的话来说就是："我们不能制定一个使很多老百姓都违法的法。"同时，还禁止三代以内旁系血亲间的通婚。

新《婚姻法》规定了离婚的法定条件，完善了离婚制度。尽管 1950 年《婚姻法》已经采用当时世界上较先进的"破裂主义"的离婚原则，然而，随着 20 世纪 50 年代初离婚率急剧高攀，社会对离婚行为的担忧也与日俱增。到了六七十年代，受极"左"思潮的影响，离婚统统被当成"资本主义腐朽性和家庭崩溃"的表现。多年来，法院在处理离婚案件时，掌握偏严。用法律来强行维护已经破裂的婚姻关系，使当事人长期处于痛苦之中，甚至使矛盾激化，造成人命案件。离婚难成为中国"一绝"。新《婚姻法》既规定"双方自愿离婚的，准予离婚"，又规定"一方要求离婚的，如感情确已破裂，调解无效，则准予离婚"。这就明确地规定了准离或不准离的标准。这个标准一直沿用至今。

一个明亮的法制天空又重新回来了；

一部新的《婚姻法》将伴随共和国的公民同行！

第五章

——

民主立法的春天

法律的尴尬

《婚姻法》是社会转型的晴雨表。

透过这个晴雨表，可以看到时代的变迁、社会的变革以及民众思想观念的嬗变。

今天，当我们回眸 1950 年第一部《婚姻法》和 1980 年第二部《婚姻法》时，依然不难感受到当时的社会风云、时代风貌以及民众的精神状态。

因为婚姻法关系到每个公民的基本人权和千家万户的生存质量，每当社会发生重大变革时，每当婚姻家庭领域出现新的演变时，修订《婚姻法》——往往成为民众最先发出的呼声。

从 1980 年到 1990 年，改革开放，春风荡漾，处于转型期的中国，在这 10 年间，社会、经济有了突飞猛进的发展，人们的思想观念同样发生了深刻的变化。这一切必然地反映到婚姻家庭领域中来。

这时候，人们发现已经实行了 10 年的第二部《婚姻法》，尽管它所确立的实行婚姻自由、一夫一妻、男女平等的婚姻制度，以及一些基本原则是可行的，但面对改革开放后在婚姻家庭领域中出现的新情况、新问题，1980 年《婚姻法》

显露出它的局限性和滞后性：许多重要制度没有确定，不少规定过于原则性导致执法实践难以操作……

个案之一：

冷雨淅淅沥沥下个不停。

愁肠百结的高大凤眼里含着泪水，前往乡法院办理离婚手续，她不敢去想象即将到来的结局……

10年前，高大凤与同村青年刘树林结成夫妻，一年后，生下一对双胞胎。尽管靠几亩薄地，只能勉强维持个温饱，但小夫妻恩恩爱爱，日子倒也过得有滋有味。后来，政策变得活了，刘树林贷了点款，承包了村里的一个养鱼塘，靠着他的聪明和勤快，两年后不仅还清了贷款，还开始盈利了。

天有不测风云，人有旦夕祸福。1988年春天，刘树林在喂鱼食时，摔了一跤，腰椎骨折造成下身瘫痪。两年间，高大凤背着他四处求医，不仅病情没有丝毫的好转，家里的积蓄全部花尽，还欠了一万多元的债。鱼塘荒废了。一家人（包括刘树林母亲）生活的重担全部落在高大凤的肩上。她没日没夜地操劳，也难以维持一家人的生计。望着妻子日益憔悴的面容，刘树林又是心疼，又是无奈。有一天，他拉着高大凤的手说："大凤，你赶紧找个好人，另谋生路吧，要不，两个孩子被耽误了不说，一家人还会被我拖垮的。"高大凤连忙捂住了他的嘴，说："不，我不会丢下你的，我就是累死了，也要养活你们。"话是这么说，然而，一个没有多少文化的农村妇女柔软的双肩，能承受多重的担子？

又过了一年，8月，开学时，高大凤却拿不出两个儿子的学杂费。这些年来，为了给刘树林治病，她已经借遍了亲朋好友的钱，她再也张不开口了。两个孩子哭着要上学，高大凤心如刀剜，泪似泉涌。夜里，刘树林再一次劝高大凤改嫁。高大凤考虑再三，最后决定，先与刘树林办理离婚手续，再寻找个男人。她想好了，谁要同她结婚，首要条件，必须答应婚后与她一起抚养照顾前夫和婆母。

高大凤走进了乡法院。法院的工作人员看了她的起诉书后，吃惊地问："怎么，你要扔下刘树林不管啦？"高大凤流着泪水直摇头。工作人员又问她："你同刘树林还有感情吗？"高大凤点着头，号啕大哭。工作人员告诉她：《婚姻法》规定得很明白，离婚必须是夫妻双方感情破裂。你们之间感情还那么深，怎能判决你们离婚？"

　　半年后，高大凤又一次向法院提出起诉，并说明了离婚的原委。工作人员尽管十分同情她，但依然判决不准离婚。他们说："我们知道判决你们离婚对你们双方、对你们一家都有好处。但判决离婚是要有法律依据的。你们夫妻之间的感情没有破裂，却判决你们离婚，将来出了问题谁来负这个责任？"

　　刘树林、高大凤婚没离成，他们一家依然生活在万般艰难之中。

　　后来，当地的一位记者就此事，写了篇《为了爱，难道不能离婚吗？》的文章，发表在当地的晚报上，引起了一场争论……

个案之二：

　　石彩云和张松强都是广东某县一个镇酿酒厂的工人，两人结婚后曾经过了一段恩爱而又平静的日子。

　　后来，厂里效益不好，夫妻双双下岗。他们摆过小摊，卖过菜，什么苦都吃过。

　　石彩云在市区有一个表姐，有一回进城进货时，表姐对她说："现在城里人喜欢吃农村的土鸡，你们为什么不去养土鸡卖？"石彩云想想也是，和张松强商量了一番，便在山边承包了一片荒山，办了个养鸡场。头一茬养了五百只鸡，想先试试看。四个月后，鸡大了，几天就卖光了。夫妻俩坐下一算，净赚三千多元。终于找到了一条致富的路。他们立即将养鸡场规模扩大，还雇了两个工人。鸡多了，需要考虑销路了。石彩云的表姐说："你们应该在市区设立一个销售店，专门卖你们的土鸡，销路肯定没问题。"于是，他们便在火车站旁租了几间房子，开了一个销售店，生意果然很红火。养鸡场越办越大，他们成了远近闻名的养鸡专业户。从此，石彩云带着十几个雇工在家里养鸡，张松强在市区专门负责销售。几年下来，他们在镇上盖了新楼，还买了汽车。

　　五一节，表姐到镇上来看望石彩云。饭后，表姐问了句："松强怎么不在家？"石彩云答："他忙，轻易回不来。"表姐又问了句："你们俩现在关系怎么样？"石彩云答："还可以吧，一般。"表姐想说什么，却又打住了。石彩云反问了句："出什么事了？"表姐只好说了："上个礼拜天，我去百货商场买东西，远远地看见松强与一个陌生的姑娘手拉着手在逛商场。我怕自己看花了眼，悄悄跟了过去，没错，是松强，两人亲热得不得了。"石彩云愣了，自言自语道："不会吧……松强不会做这种事……"表姐说:"妹子,多点心眼,男人有了点钱,花心了,多得是!"

石彩云悄悄观察了一些日子,没有发现什么蛛丝马迹。只是感觉松强对她越来越冷淡。那天,张松强打来了电话,说得请两个客户吃饭,双休日就不回家了。星期六的晚上,石彩云赶到市里,张松强不在销售店,她问几个小伙计:"你们经理呢?"小伙计们支支吾吾,谁也不敢吭声。凌晨一点了,张松强还没有回来。石彩云火了,对小伙计们说:"今天不说出他去哪儿,明天你们全部给我滚蛋!"片刻,一个小伙计不得不战战兢兢地说:"石大姐,张经理自打去年和那个四川姑娘好上以后,就不在店里住了。他们在外面租了房子,大家都知道,就把你一人蒙在鼓里。"

石彩云硬是控制住自己,她问清了张松强的住处,自己一个人找了去,将张松强和那个四川女孩在床上抓了个正着。

回到镇上,石彩云便以重婚罪将张松强告上法庭。尽管法庭十分同情石彩云,但却无法将张松强以重婚定罪。因为《婚姻法》并未对重婚进行具体、明确的认定,而《刑法》对重婚的法律定义是:"有配偶的人与他人以夫妻的名义同居生活的,或者明知他人有配偶而与之以夫妻名义同居生活的。"就像大量的婚外恋、"包二奶"等行为一样,张松强并没有公开以夫妻的名义与四川女孩同居,所以,法庭无法将他以重婚定罪。

石彩云在法庭上痛哭流涕,她不明白法律为什么不能保护自己?法律为什么不能惩恶扬善?

她连养鸡场都不要了,从此走上漫长的诉讼之路……

个案之三:

吕青青与陆军某部副连长许一好的离婚案,整整折腾了 5 年还没有个结果。

吕青青和许一好是一个村的,高中时还是同班同学。由于村里就他们两个在校高中生,自然免不了你来我往。那年高考,他们双双落榜。秋天招兵时,许一好极想到部队锻炼一番,开开眼界,然而家里的状况又使他十分犹豫。许一好父亲早故,母亲靠养猪拉扯着他和妹妹。本来高中毕业了,自己应该接过家庭的重担,可是,这一走……他找到了吕青青,倾诉了自己的苦衷。吕青青说:"青年人就应该到外面闯荡,家里由我来帮你照顾。"一番海誓山盟,两个年轻人的心贴在了一起。

许一好从军后好一番苦干,而吕青青一直在帮他操持那个贫困的家。

三年后,许一好考上了军校。入学前,他回家与吕青青完婚。一个花好月圆的夜晚,他们成了世界上最幸福的人。

军校毕业,许一好分到了广州。吕青青第一次到部队探亲,才发现外面的世界原来是这样的多彩。她头一回吃到冰淇淋,知道什么是双层公共汽车,怎么上电梯……同时,细心的她也发觉许一好好像变了,变得爱打扮、爱夸夸其谈。让吕青青特别接受不了的是,许一好经常指责她"土",指责她为什么不穿高跟鞋,为什么不抹口红,为什么不会唱流行歌曲。离队那天,吕青青是流着泪水走的。

没有信件,没有电话。每年许一好回来探一次家,吕青青到部队探一回亲。但是,心都已经冷了。吕青青知道双方之间的"差距",她是属于那种"人穷志不短"的青年,既然你瞧不起我,我又何必巴结着你?那天,她主动问许一好:"你有什么打算?"许一好不吭声。吕青青说:"既然我那么让你厌烦,我们何必还守在一起?"许一好反问了句:"你想怎么办?"吕青青坦荡直言:"离婚!"许一好没有想到"离婚"二字会从吕青青的嘴中说出。他一阵暗喜,然而又故作平静地说:"既然你愿意分手,那就分手吧。"当晚,吕青青便找到团政治处主任,递交了离婚申请书,并讲述了她和许一好的情感经历。第二天,许一好被政治处主任一顿好"剋":"你是要这身军装,还是要回家种地?告诉你,只要我在这个团里,你休想当'陈世美'!"

没有感情的婚姻是死亡的婚姻。为了保住这身军装,为了自己的前途,许一好虽然暂时不再提离婚了,但他对吕青青从冷淡变为歧视。吕青青忍受不了这种心灵的折磨,她没有必要当"秦香莲",没有必要依附别人而生活。于是,她几次向当地法院提出离婚申请,却几次都被驳回了,因为《婚姻法》规定:现役军人的配偶要求离婚,须得军人同意。

吕青青非常不解:《婚姻法》为什么要保护已经死亡的婚姻?

……

作为调整婚姻家庭关系的《婚姻法》,却不能调整婚姻家庭关系出现的新情况、新问题,这不能不说是法律的尴尬!

不能让法律在现实生活面前,经常扮演尴尬的角色。在民意的强烈推动下,修改、完善 1980 年《婚姻法》的浩大工程拉开了帷幕。

大争论

2002 年 12 月 17 日，踏着北京入冬后的第一场大雪，我前往学院路采访中国政法大学教授巫昌祯。

中国法学会婚姻法学研究会会长、中国婚姻家庭研究会副会长、全国政协法制委员会副主任、全国人大内务司法委员会妇女儿童专门小组成员、全国妇联执委……光看看这些头衔，足以证明巫昌祯是婚姻法学领域里一位重量级人物。

1929 年 11 月 17 日，巫昌祯出生在江苏句容县一个旧官吏家庭。她的童年，是在抗日战争的枪炮声中度过的。抗战胜利后，她到南京汇文女中上中学。1948 年 9 月，随长兄到北平，考入朝阳大学，当时朝大是有名的法律大学。北平解放后，巫昌祯转入中国人民大学法律系学习。1955 年，大学毕业，刚工作一年的巫昌祯便参加了新中国第一部民法典的起草。两年中，她随起草小组深入到工厂、农村搞调查研究，从那时候逐渐养成了理论联系实际的作风。遗憾的是这部民法典的草稿制定出来以后，却由于复杂的历史原因被束之高阁。"文革"期间，法制遭践踏，法律院校成了重灾区，巫昌祯被迫下放到"五七"干校劳动改造。一直到 1978 年，年近半百的巫昌祯出任中国政法大学婚姻法教研室主任，重新走上讲台，主讲婚姻法、继承法、家庭社会学等课程。她在教书的同时，还参加了大量的法律界和妇女界的工作。她曾是北京一家专为妇女提供法律服务的律师事务所——第八律师事务所的主任律师，为蒙冤受屈的妇女，予以法律援助。

巫昌祯是共和国第二、第三部《婚姻法》制订、修改的专家组成员。

在采访巫昌祯之前，我查阅了有关第三部《婚姻法》修改的大量材料。有些社会学者认为巫昌祯是这次修改的保守派，理由是巫认为"这些年来离婚率太高，所以这次修改《婚姻法》，应该增加离婚难度"。

我的采访开诚布公，直奔"主题"："巫教授，有人认为您是这次《婚姻法》修改的保守派，为了减少这些年居高不下的离婚率，您的观点是应该增加离婚难度，是这样的吗？"

巫昌祯笑了："如果不是误会的话，起码是强加于人。这个问题说起来比较复杂，咱们不妨先说说这次修改的一些背景情况吧。"

"实事求是讲，最早呼吁修改《婚姻法》的是一批法学专家。"巫昌祯说，"1990 年初，为了纪念 1950 年《婚姻法》颁布 30 周年、1980 年《婚姻法》颁布 10 周年，中国法学会婚姻法学研究会召开了一次年会，出版了一部专著《当代中国婚姻家庭问题》，第一次提出了修改《婚姻法》的立法建议。中国法学会婚姻法学研究会的会员，都是法学界中与婚姻法接触最多的专家、教授、律师，他们平时与婚姻法的关系最密切。改革开放十年来，中国的婚姻家庭领域里出现了许多的新变化、新问题，1980 年《婚姻法》已经不适应时代发展的需求了，应该进行修改了。"

我问："1980 年那部《婚姻法》主要有哪些缺陷？"

巫昌祯："《婚姻法》是调整婚姻家庭关系的基本法，1980 年《婚姻法》中关于结婚制度不够完善，只有婚姻成立的法定条件和程序，缺少有关确认婚姻无效的规范。这些年来，夫妻财产关系发生了很大的变化，呈现出数量大、品种多和价值高的特点。1980 年《婚姻法》对夫妻财产仅有一条规定，远远不能满足新形势的需要。关于离婚的法定理由也只作原则性、概括性的规定，没有列举性的规定，在执行中不易掌握，往往是法官说了算，如此等等，当然还有其他一些问题。"

我又问："专家们的建议，是怎样进入人大的立法程序呢？"

巫昌祯说："当时我和中国人民大学的杨大文教授，都是全国人大内务司法委员会妇女儿童专门小组成员，组长是聂荣臻元帅的女儿聂力将军。我们多次向她反映这个问题，聂将军非常支持这件事，也引起了有关领导的重视。1993 年，人大内务司法委员会主持召开了修改《婚姻法》论证会。最高人民法院、计生委、民政部、全国妇联等有关单位及中国法学会婚姻法学研究会参加了论证会。与会代表一致认为，修改《婚姻法》不仅是必要的，而且也是可行的，大家对此达成了共识。那几年，两会期间，都有人大代表和政协委员提出议案和提案，呼吁修改《婚姻法》。1995 年 3 月，聂力将军联合一些代表，再一次领衔签署了这个提案，获得成功。9 月，人大内务司法委员会在全国范围内开展了一次《婚姻法》执法检查，同时征求地方人大对修改《婚姻法》的意见，各地反映热烈。10 月 30 日，八届人大常委会第 16 次会议听取了内务司法委员会的报告，通过了修改《中华人民共和国婚姻法》的决定。"

巫昌祯概括了《婚姻法》修改的过程，阐明了自己的总体观点以及对于一些条文的具体修改意见，概述了法学专家和社会学专家对一些问题的不同看法。由于下文将一一涉及，这里暂不赘述。

1996 年 5 月，全国人大内务司法委员会致函民政部，要求由民政部牵头，会同有关部门，对《婚姻法》进行修改。

1996 年 6 月，民政部着手筹备修改《婚姻法》的工作。

1996 年 11 月，成立修改《婚姻法》领导小组和办公室。领导小组组长由民政部副部长杨衍银担任，副组长由全国妇联副主席刘海荣、最高人民法院民庭庭长梁书文担任。

这期间，全国妇联在全国范围内组织了一次《婚姻法》修订民众意愿调查。对全国除港澳台以外的 31 个省、区、直辖市按农村卷和城市卷等量进行了问卷调查。调查内容分为：公众对现行《婚姻法》的了解及修改意见、结婚、夫妻人身关系、夫妻财产关系、离婚和亲属共六个部分。调查结果如下（摘要）：

一、对修改现行《婚姻法》的态度

调查显示：91.6% 的公众赞成修改《婚姻法》，不赞成者仅为 8.4%。在修改后的《婚姻法》最应当规定的是什么的问题上，意见最集中的依次为：一夫一妻，占 27.5%；男女平等，占 27%；婚姻自由、禁止包办占 23.8%；惩罚"第三者"和婚外恋占 14.9%。现行《婚姻法》未涉及的防止家庭暴力、离婚责任、试婚等问题也分别有 5.2%、0.8% 和 0.2% 的人提出。

二、对破坏婚姻家庭行为的态度

调查显示：99.4% 的公众认为夫妻之间应当互相忠诚，75.8% 的人认为法律应制裁婚外性行为，认为法律不应干涉的只占 5.6%；赞成法律制裁重婚或纳妾的有 94.2%，反对的只占 1.8%；47.6% 的人希望进一步限制离婚，86.8% 的人同意在离婚时对破坏家庭的一方进行惩罚。普通公众认为通奸、虐待、重婚纳妾、暴力殴打等行为是破坏婚姻家庭的主要行为，其中"通奸有外遇"的占 76.6%，"虐待遗弃"的占 14.4%，"重婚纳妾"的占 13.6%，"暴力殴打"的占 10%。另外，调查中有 88.1% 的人认为在离婚诉讼中，可以实行谁破坏婚姻家庭的行为谁负责（即承担责任）的原则。

三、对夫妻财产关系的态度

调查显示：对于婚前财产登记，42.6% 的人认为有必要，对于婚后的家庭财产，35.2% 的人认为是约定好，有 35.8% 的人认为是法律规定好。60.5% 的人认为离婚时房屋应归抚养子女的一方所有。

四、赞成制裁家庭暴力

调查中发现，家庭暴力问题已引起公众的普遍关注，而且被调查中有91.5% 的人认为家庭暴力包括精神虐待。96.1% 的人认为修改后的《婚姻法》应对家庭暴力加以制裁。

五、关于无效婚姻的问题

调查显示：83.9% 的人认为，在新的《婚姻法》中，对于婚姻关系中有效、无效婚姻两者都要有明确规定。70%—80% 的人都认为，应将下列六项情形规定为无效婚姻：双方结婚非自愿的；未达到法定婚龄的；重婚的；有禁止结婚的亲属关系的；患禁止结婚的疾病的；未办理结婚登记而以夫妻名义同居生活的。

六、探视权规定要明确

调查结果显示，95.1% 的人同意：离婚后子女由一方抚养的，另一方有探视的权利、抚养一方有配合的义务，即 95.1% 的人同意在新《婚姻法》中加入有关探视权的内容。

从这次民意调查的结果，不难看出，广大民众热切盼望着一部新的《婚姻法》出台！

修改《婚姻法》领导小组特聘婚姻法学领域的 6 位专家，组成专家试拟稿起草小组，他们是：杨大文（中国人民大学）、巫昌祯（中国政法大学）、王德意（民政部）、龙翼飞（中国人民大学）、陈明侠（中国社会科学院）、夏吟兰（中国政法大学）。起草小组召集人为杨大文。

杨大文告诉我，从 1996 年 11 月至 1997 年 6 月，起草小组的专家们赴各地调研后，完成了《专家试拟稿》第一、二稿。那时候计划生育法还没有出台，有领导建议《婚姻法》将计划生育的内容包括进去。所以这两稿里都有专门一章讲计划生育。当时专家小组的思路是力求一步到位，全面完善，将这次修改同民法的法典化结合起来考虑，主张立法时不仅要面对婚姻家庭领域出现的新情况和新问题，还要致力于制度建设，各种制度应当基本齐备，成龙配套。应当注意法律本身的科学性、系统性和前瞻性，将来在制定民法典时，即可将其纳入作为一篇。所以当时拿出的试拟稿内容比较丰富，包括总则、亲属、结婚、夫妻、离婚、父母子女、收养、监护、抚养、法律责任、附则共 11 章 147 法条。

开始，《专家试拟稿》起草小组的工作，是在一种保密状态下进行的。

二稿出来以后，民政部在北京召开了一次座谈会，征求社会各界对《专家试拟稿》的意见和建议。参加者除了有关领导，还有首都一部分法学界和社会学界的专家学者。至此，《专家试拟稿》从保密状态变成公开化，并由此引发了一场法学界和社会学界的大论争。

社会学界认为学界偏于保守，法学界则认为社会学界过于"西方化"。

双方争议如火如荼，交锋迭起。

社会学界的主要观点：

在修改《婚姻法》时要防止倒退（摘要）

李银河（中国社会科学院社会学所研究员）

一、修改《婚姻法》时出现的一些主张倒退的意见

最近我们听到一些关于修改《婚姻法》的意见。如现行的《婚姻法》过于笼统，缺乏可操作性，离婚的理由过于简单等。逐步完善法律，使之更便于操作，应当没有什么错。但是，除此之外，我们还听到一些令人不安的意见，例如，希望通过这次修改《婚姻法》，"加大离婚难度"以及"惩办第三者"。我认为，在修改《婚姻法》的时候，要警惕倒退，要防止这次《婚姻法》的修改损害中国公民自改革开放以来逐步争得的离婚自由的权利。

二、关于"加大离婚难度"

有人以为，离婚不利于社会的稳定。我想这一判断有一个前提：婚姻关系本身是社会稳定的因素，对它的破坏，就是对社会稳定秩序的破坏。持这种观点的人认为，已婚者与未婚者相比是社会稳定的因素。他们有配偶子女的牵制，有责任在身，比较不容易去做冒险的事。但是一个人的婚姻状态与社会秩序的关系并不是那么直接和明显的。已婚者也会犯罪，也

会参与导致社会动荡的事情。未婚者大多也是循规蹈矩的人，不一定是社会不稳定因素。

进一步说，已死亡的婚姻关系的解体也许不仅不是破坏社会稳定的因素，而且是保持社会稳定的因素，是降低人际关系冲突紧张程度的一项措施——把关系十分紧张的两个人拘禁在旧有的关系中，会使紧张加剧；而如果解除了这两个人的关系，倒可能消除紧张程度，也就降低了发生危险冲突的可能性。此外，离婚后的双方还有可能建立新的和谐的婚姻关系，从这个角度就应认为离婚是好事而不是坏事。

三、关于"惩办第三者"

有人提出，针对婚外情这种破坏他人婚姻的行为，法律应当规定要求停止损害，赔偿损失。如果《婚姻法》作出这样的修改，可能会出现以下几个问题：

首先，婚外情是双方当事人双方都有责任的事，只惩罚第三者是不公平的。

其次，中国的这一发生率可能要低得多，但是假使只有20%的人搞婚外恋，这一法律执行起来的调查取证工作量也会达到天文数字。社会花费大量的人力财力去调查婚外恋恐怕可行性不会很高。

第三，制裁第三者的立法思路不利于与国际惯例接轨。

综上所述，我的意见是不增加惩罚婚外情的法律条文。按照世界通行的做法，对婚外情最好的惩罚办法就是离婚。

四、现代社会中冲击一夫一妻制的新思潮

在当代西方，一种新的社会理论——酷儿理论——正方兴未艾。酷儿理论家提出了许多重大的带有颠覆性的问题，例如：为什么一个社会必须实行一夫一妻制？为什么不可以有开放的人际关系？为什么非要孩子不可？等等。这些理论绝不是少数激进分子凭空幻想出来的，它是人们社会实践的直接反映，它是人们新创造出来的人际关系对传统的挑战。

现在已是20世纪90年代，世界各国的人们在尝试各种各样的人际关系，例如在北欧国家，不婚同居者已经达到近50%。在中国，改革开放以来的宽松气氛也已经使文化大革命中残酷不通人情的做法（包括离婚官司一打十几年；对婚外恋实行法律或行政处分）慢慢消失了。人们开始呼唤人性，崇尚理性。在修改《婚姻法》时，我们要警惕倒退。

对修改《婚姻法》的五个疑问（摘要）

潘绥铭（中国人民大学性社会学研究所所长）

一、为什么不再严厉些？

例如，为了防止"走西方性解放的老路"，为什么不干脆把搞婚外恋的人判刑、枪毙？为了防止"草率离婚"，为什么不规定必须分居5年、10年？显然，人们还是有所顾忌的。那么，我们到底顾忌什么呢？

如果是顾忌"法不责众"，就等于承认这样的修改并不代表全体人民；如果是顾忌到与现行《婚姻法》的冲突太大，则等于承认倒退的太多；如果是顾忌"执行难"，那么就是说，连执法者也不见得支持；如果是顾忌到惩罚太重，就等于承认道德义愤不能通过立法来发泄；如果是顾忌到人类生活的多样性的话……哦，不会的，凡是顾忌到这一点的人，都不支持这样的修改。

二、到底依据什么？

我相信，人们一定拥有大量的例子，来证明修改是正确的。可是，他们说的究竟是"有些人"，还是"所有人"？例如，毫无疑问有些人是草率离婚，但是所有的离婚者都草率吗？

作为一个法律，怎么能够依据"有些人"的情况，来制定出一个针对"所有人"的规定呢？

三、拿什么来惩罚，又惩罚什么人？

修改意见提出：夫妻双方有互相忠诚的义务。那么违反了会怎么样呢？哈哈，原来是罚钱，就像"互相忠诚"也可以一斤一两估价、卖钱一样！

我只想问一句：如果有婚外恋的人愿意花钱买离婚怎么办？这样的修改还能防止有钱人的"性解放"吗？我衷心地希望谁都不是想专门欺负穷人！

四、定了义务，那么权利呢？

所谓"互相忠诚的义务"，显然说的是不能跟别人过性生活。可是，法律可曾保护过我们的夫妻生活的权利？例如，我想跟丈夫（妻子）过性生活，却遭到拒绝，我当然不会去强奸他（她）。可是我的那个"互相忠诚"的义务，难道就一点点都不能随之改变吗？难道我们社会主义的法律还能容忍一种没有相应权利的义务吗？或者说，难道我为了履行"互相忠诚的义务"，就应该去犯"婚内强奸罪"吗？当然，还有一个合法的解决途径：离婚。可是还要分居3年才行。这，恐怕将是"尼姑和尚主义"的伟大胜利。

五、女人就是铁板一块吗？

有人认为，这样的修改可以维护妇女的权益。可是，女性里就没有"草率离婚"和婚外恋吗？男人就没有被抛弃的吗？恕我直言，我们最好不要犯两个低级错误：

不要把男人不分青红皂白都看做"色狼"、"花心"，而天下女人都是"秦香莲"；

不要把那些不符合传统道德标准的女人，通通排除出女性。

限制离婚是修改《婚姻法》的主要目标？（摘要）
徐安琪（上海社科院社会学所研究员）

1999年我国有120万对夫妻离婚，粗离婚率在20年中增长了近3倍。一些地区的重婚纳妾、婚外性关系、家庭暴力也有所增加。于是一些政府官员、法学家和妇女团体把离婚率与道德失范和社会不稳定挂钩，建议在修改《婚姻法》时限制有过错方的离婚自由，并严惩破坏家庭的第三者，以维护社会稳定。我认为，把离婚率上升视做社会不稳定的因素以及将限制离婚作为《婚姻法》修改的主要目标的立法建议失之偏颇，离婚自由与结婚自由是婚姻自由不可或缺的重要组成部分，限制离婚或倒退到有过错离婚原则与先进文化相悖，也与世界现代文明发展的方向不符。

一些妇女团体和有关部门希望《婚姻法》加大离婚难度，主要出于对离婚率攀高会影响社会稳定的担忧。其实，离婚率的高低与社会稳定性之间无必然联系：

一、目前中国离婚率在世界上仍处于较低水平。

二、离婚率并非是婚姻稳定性的唯一测量指标，婚姻质量才是婚姻稳定最重要的前提和保障。

三、中国目前的夫妻关系依然具有高稳定的特征。

四、所谓的高离婚率与社会稳定性之间的正相关是一种未被证实的虚构的相关。

离婚自由的法律制度不会导致关系破裂夫妻的增多，而只是使以离婚方式了结名存实亡的婚姻变得更容易一些。离婚自由是婚姻自由的必要前提，也是真正实现婚姻自由不可缺少的保障。

在坚持离婚自由的同时，对有过错的一方也不能姑息、放任，而应通过法律规范的调节维护无过错方、弱势女性及其未成年子女的利益，让有过错的一方付出代价，以示训诫并警示后人。

在这场论争中，如果说李银河是社会学界一方的领衔者的话，那么，徐安琪则是一名主力战将。她多次发表文章，接受记者采访，阐明自己观点。徐安琪是上海社会科学院社会学所研究员、上海婚姻家庭研究会副会长。她与厦门大学经济学教授叶文振合著的《中国婚姻质量研究》一书，在社会学领域里颇有地位。因为尽管半个世纪以来中国的婚姻制度发生了重大变革甚至可说是质的飞跃，但从夫权到男女平权、从家庭本位到个人本位的文化嬗变步履仍是缓慢、渐进的，因此，国内学术研究的匮乏和落伍也是自然的。《中国婚姻质量研究》可以说是填补了这方面的一个空白。

2001 年岁暮，趁去上海出差的机会，我专门采访了徐安琪。

采访是在社科院社会学所那间简陋的会议室进行的，窗外飘着细雨，屋里没有暖气，我们之间的交谈便显得十分冷静。

徐安琪说："我已经搞了 20 年的社会学，主要偏重婚姻家庭问题。对这次修改《婚姻法》很关注，也很担忧，怕倒退。尽管我不是专门从事法律工作的，但有些话不讲不行。

"为什么要修改《婚姻法》？时代在变革嘛，原来《婚姻法》的一些条文，已经不适合时代和民众的需求了。法学界有些同志认为，50 年代我国出现第一次离婚高潮，是为了反封建，上个世纪 90 年代以来，我国的离婚率居高不下，是受资产阶级腐朽思想和自由化的影响，草率离婚，不负责任。所以新的《婚姻法》应该增加离婚难度。关于增加离婚难度问题，前些年就已经有人在呼吁了，《中国妇女报》发表了不少文章，都是讲要限制离婚。我是不同意这个观点的，要科学地看待离婚率，'文革'时期离婚率是最低的，那时候离婚比登天还难，你能说那时候的政治状态和社会状态好吗？所以我特别强调要正确地估计中国的婚姻现状。没错，这几年的离婚率是在提高，这里面的原因很多，时代在变迁，观念在变化，整个社会对离婚已经比较宽容。以前对离婚是社会整体的控制、单位还要进行行政干预，如果你是党、政、军干部或者国有企业正式职工的话，离婚对个人的前途还会产生影响。现在这种功能在弱化，离婚的成本降低了。

"还有个'第三者'问题，有人把它看成是改革开放的产物，这简直是一种无知。'第三者'不是什么新生之物，一直就存在，我作过调查，上个世纪50年代、60年代、70年代这种现象都有。现在有草率离婚的，但不能都归罪于'第三者'。所以，这次修改《婚姻法》，我特别强调要正确估计我国现阶段的婚姻状况。有人为了证明离婚的危害，说'离异家庭的子女百分之三四十都走上犯罪道路'，这显然是夸张了。我觉得现在的问题不是离婚太容易，而是凑合的婚姻多、离婚难的问题。"

我们的话题转到了法学专家们搞的那个《专家试拟稿》，徐安琪说："《专家试拟稿》我看过，里面有一些条文可操作性差，比如，列举的禁止结婚的几种疾病，不全面，也很难全面；离婚后子女的抚养费、探视权，如何执行，也很模糊。还有关于离婚的，离婚的条件不一定都写上，写几条反而容易顾此失彼，给法官很大的随意性。感情已经破裂还得分居两年，太长了，不应该那么长，我的意思一方提出离婚，且没有和好的可能，给予半年的心理调节期，或者说冷却期，就应该判离婚。"

徐安琪认为社会学者参与修改《婚姻法》很有好处，可以使这部涉及面最广的法律更加科学、更加全面……

法学界自然不甘沉默，他们把修改《婚姻法》当成自己的一项神圣使命，对于社会学者、伦理学者的一些观点，针锋相对地给予辩驳：

认识上的几个误区（摘要）

巫昌祯（中国政法大学教授）

修改《婚姻法》以来，社会上流传着种种说法，其中有媒体炒作的原因，也有某些学者误解的原因。我个人认为对于这些认识上的误区有必要加以澄清。

1. "婚姻家庭是私人领域，属于私法，法律过多干预，实际上是侵犯人权"

古今中外，婚姻家庭问题都是法律调整的对象，无论公法或私法，它所规定的权利都是法律赋予的，既受法律的保护，又受法律的约束。婚姻家庭权利也不例外。当然，婚姻家庭问题也受道德规范的调整。即使婚姻家庭权利属于私权，但权利行使时都不得损害国家的、社会的、集体的和其他公民的权利，这是宪法明确规定的，也就是说私权也不能"随心所欲"。

2."婚姻家庭的稳定与社会的稳定无关"

婚姻家庭的稳定与社会的稳定有没有关系？请看以下两方面的事实：一是因婚恋导致伤害、毁容、杀人等恶性案件在刑事案件中占相当比例；二是因婚恋问题引发的腐败现象也令人忧虑。由此产生了种种社会问题，特别是社会健康也受到威胁。西方国家的学者在对20世纪70年代的性自由、性解放的思潮进行了反思以后，也得出了要稳定社会必须先稳定家庭的结论。

3."《婚姻法》修改就是要限制离婚自由"

这一见解实属无的放矢。"保障离婚自由，防止轻率离婚"是我们处理离婚问题的指导思想，这也是马克思主义离异观的核心。我们在修改《婚姻法》的过程中，始终保障离婚自由，只要双方感情确已破裂，即使一方有过错，也是可以离婚的。而列举的感情确已破裂的情形，只是认定夫妻感情是否破裂的表现，并不要求必须具备这些情形才可以离婚。所以有的学者对此大做文章，毫无价值。

4."《婚姻法》专家多为女性，只保护妇女权益"

《婚姻法》专家女性居多这不假，但作为法律专家，是站在法律的立场，维护男女公民的合法权益。女子有什么权益，男子也有什么权益，男女在权利义务上是完全平等的。但是需要指出的是，根据《宪法》《婚姻法》的规定，我们在实行男女平等原则的同时还实行保护妇女、儿童和老人的合法权益的原则。因为妇女、儿童和老人往往处于弱势，加上生理上的原因，所以对他们要特殊保护。这也是国际社会的共同原则，新《婚姻法》在这方面有所体现也是应该的。

离婚理由应反映大多数人的愿望

越　佳

《婚姻法》修改的消息，牵动着全社会、牵动着亿万个家庭，也牵动着亿万人民的心。各族各界妇女关注《婚姻法》修改热情高涨，来自广大妇女的意见，是婚姻家庭法修改过程中必须认真倾听而且需要高度重视的呼声。

自80年代以来，婚外恋、婚外情、婚外性行为的西风东渐，一些人把这些行为视为"时髦"，彼此仿效。新闻媒体在宣传婚外恋、"第三者插足"的问题上，也乐此不疲，且缺乏正确的舆论导向。思想教育松懈，婚恋道德滑坡，导致一些手中有点职权的、有点钞票的、有点社会地位的、有点名望的的人，移情别恋，朝三暮四，设法制造离婚事由，达到与配偶离婚的目的。甚至某些地方的法院领导，出现集体"换妻"的现象。

离婚案件的处理，与其他案件的处理相比，无论在程序上还是实体上，都成为最容易、最简单的案件。当事人只要被找来谈过两次话，只要主张离婚的一方坚持"双方没有感情"，除极少数外，绝大多数案件都以离婚告终。造成这种现状有许多原因，但其中很重要的一个原因，就是《婚姻法》规定的离婚条件过于原则，过于宽泛，使执法部门难以掌握，不易操作。

在讨论、修改《婚姻法》的过程中，一些学者提出了"修改《婚姻法》时，要警惕倒退"的言论。"倒退论"遭到了许多妇女的尖锐批评，认为它是一种错误的舆论导向。衡量一个时代的某部法律，其标准只能是看其是否实用，而非"前进"与"倒退"。一部超越时代需要的法律，就会失去现实价值，只能成为一种虚设，毫无实际意义。

夫妻有相互忠诚的义务（摘要）

蒋　月

忠实，实为其实、可靠、诚恳，尽心尽力。夫妻间的忠实，主要指夫妻不为婚姻外之性交，在性生活上互守贞操，保持专一；也包含夫妻不得恶意遗弃配偶他方，不得为第三人利益牺牲、损害配偶他方利益。

夫妻应互负忠实义务，这是基于个体婚姻的本质要求。

有一种观点叫"倒退说"。持这种观点者称，婚姻家庭法规定夫妻有相互忠实义务，追究介入他人婚姻的第三者的法律责任，是退回封建社会。我国新刑法正是顺应历史潮流，才没有规定"通奸罪"，通奸不构成犯罪。这次修改的《婚姻法》是跨世纪的，规定忠实义务不能适应下个世纪人类两性关系的要求。笔者并不否认，非传统的两性关系正在发展，但是，肯定地说，传统婚姻关系仍是主流。如果按照"倒退说"，已婚者不必忠于配偶，完全可以跟着感觉走。照此必然推论出，合法婚姻的女方，只是丈夫的主妻；合法婚姻中的男方，只是妻子的主夫；夫妻双方仍有与其他异性发生性关系的自由。这种论调与人类历史的对偶婚制并无异样。这种主张，只能进一步加剧世风日下、道德评价混乱的局面，诱使人不分是非、不讲责任，一味追求个人感觉和利益，视不道德为最道德，视违法为合法。客观地论，这种主张者不赞成规定夫妻有互负忠实，针对的是他人而非自己。试问：已婚人士中，如果本人的妻子红杏出墙，或是自己的丈夫在外寻花问柳，谁能够轻松一笑，悉听尊便？"倒退说"这种主张，完全没有考虑子女的利益。迄今为止，由婚姻构成家庭，由父母双方共同养育子女，仍是孩子成长和发展的最好环境。夫妻不忠于婚姻，最大的受害者可能是未成年子女。

以上列举的仅是这场论争中几位专家学者的有代表性的观点。光明日报出版社曾聘请社会学者李银河和法学专家马忆男，将这次论争的主要论文编著成书，书名为《婚姻法修改论争》。

需要说明的是，并不是所有的社会学者都同意李银河等的意见，也不是所有的法学专家都赞同巫昌祯等的观点。

杨大文教授对这场论争倒显得很平静："不同意见论争很正常，我记得1998年，《中国社会报》还安排了一次我与李银河的对话，一大版，题目好像是《一个法学专家与一个社会学专家的对话》。他们认为我们比较保守，比如夫妻之间的忠实问题，其实西方不少国家的法律都有这条规定。我们在参与《婚姻法》的修订时，也抵制了一些保守的东西，比如有人希望能把惩罚''、'第三者'写进去，被抵制了。有些问题属于误解，比如说'分居'两年，它是指感情破裂的一种表现，并不是说离婚非要分居两年不可。"

从1999年起，全国人大法工委对《专家试拟稿》进行审议。考虑到我国正在制定民法典，而《婚姻法》的修改与民法典有关，所以决定完善《婚姻法》分两步到位。对社会上反映强烈的主要问题先作修改和补充。关于《婚姻法》的系统化、完备化待制定民法典时一并考虑。因为《婚姻法》是民法的组成部分。

人大法工委经过广泛的调查研究和召开各种座谈会，于2000年7、8月形成了《中华人民共和国婚姻法修正案（草案）》第一稿。10月16日，提交九届人大第十八次常委会审议。当时焦点问题集中在：配偶权是什么；同居义务和忠贞义务是否在法律上应给予确认；"第三者"是否应当受到惩罚；法律是否介入道德领域的问题；"包二奶"算不算重婚；如何遏制重婚纳妾；诉讼程序中，法院判决离婚的条件是什么；是否应限制有过错方的离婚自由等等。尤其是配偶权问题争论得十分激烈。

根据审议中常委们提出的意见和建议，法工委又进行了修改。同年12月，《中华人民共和国婚姻法修正案（草案）》（第二稿）提交九届人大第十九次常委会审议时，明确将审议的议题限定在以下五个方面：关于重婚；关于家庭暴力；关于无效婚姻；关于夫妻财产制；关于离婚时对无过错方的赔偿。

2001年1月11日，全国人大常委会决定将《中华人民共和国婚姻法修正案（草案）》向社会公布，征求全民意见。

全民共参与

全国人大的这一举措，催动了一个立法璀璨春天的到来！

2001年1月12日，《中华人民共和国婚姻法修正案（草案）》见诸全国各大报纸，这部全民翘首以待的法律草案，终于走到了前台。

据2001年1月13日《北京晚报》载，在一天的时间里，该报就收到关于《婚姻法》修正草案讨论的读者来稿400多封，电子邮件更是热闹非凡。该报与新浪网联合推出的关于《婚姻法》修正草案的讨论，到1月12日晚，有1100多位网友上网发表意见。

2月28日是征求意见截止期，全国人大法工委共收到来信、来电3829件。此后，一些热情不减的民众继续来信表达意见，使来信数增至4600封。一位负责整理民众意见的工作人员披露：参与《婚姻法》修正草案大讨论波及各行各业，既有 90 岁的老人，也有年仅 13 岁的孩子。有人多次来信，不断表达新想法；有人细致入微，将《婚姻法》修订案从头到尾改写了一遍；还有人不远千里，专程来京阐述意见……

从收到修改意见的情况看：

一是来信多。这是近几年来向社会公布法律草案征求意见，收到来信数量最多的一次。

二是范围广。来信人员包括公务员、法律工作者、大学师生、军人、工人、农民、离退休人员等。

三是意见广泛。来信涉及《婚姻法》的名称、夫妻间的权利义务、追究"第三者"的法律责任、保护儿童老人权益、婚龄等二十几个问题。

国家粮食局退休干部胡立奇，从 1983 年开始自学法律知识。他以"蚂蚁啃骨头"的精神，终于取得自考法律大专文凭。1998 年初，胡立奇为了考取律师资格，购买了中华工商联合出版社出版的、由董成美主编的《新编全国律师资格考试冲刺标准化模拟试卷精选》一书。在几个月的学习过程中，他发现该书错误竟达 209 处。胡立奇认为该书属不合格产品，浪费了自己的时间和精力，于是，在 1999 年 3 月向海淀区人民法院起诉，状告出版社和作者，要求退还书款，并赔偿精力、精神损失费 900 元。法院经过审理查明，依据《图书质量管理规定》，该书差错率超过万分之一，为不合格。胡立奇要求退还书款的要求应当支持。法院判决董成美和中华工商联合出版社退还胡立奇购书款 42 元，精神损失于法无据，不予支持。这是全国首例因法律书籍出错引发的一场官司。

得悉全国人大征求《婚姻法》的修改意见后，胡立奇逐章逐条地研读了《婚姻法》修正草案，将自己的修改建议上书全国人大法工委。关于对离婚的法定条件，他有自己独特的见解。他认为"夫妻感情破裂"和"婚姻关系破裂"都不应是离婚的法定条件，在新形势下，离婚的法定条件应是以"夫妻共同生活破裂"为准则。他从概念的表述、现实生活、逻辑法理、综合概括性等四个方面，阐述了婚姻生活的本质特征。"如果一男一女无法在一起以夫妻名义共同生活，行使夫妻的权利，履行夫妻的义务，就是夫妻共同生活破裂的表现，那就只能解除婚姻关系，也就是离婚。"

中国政法大学学生刘强生，利用课余时间，翻阅了大量资料，写出了《中外婚姻家庭法中有关制止家庭暴力条例的比较》一文，寄到人大法工委。他的观点引起了专家们对这个问题的重视。

张彩香，广东省一位基层老妇联干部，她认为近年来社会上出现的老夫少妻现象，有悖于社会主义道德观，同时，还可能增加社会不稳定因素。建议从有利于老年人婚姻角度出发，对结婚双方的年龄差加以一定的限制，应规定男女双方年龄差最多不得超过35岁。

北京的马小康认为，离婚自由是婚姻法中应明确规定和执行的，但离婚自由并不等于盲目地离婚。提出离婚的双方往往正处于激动期，头脑常常不够冷静，不能真正考虑双方之间存在的问题。因此，应加强调解和考验期的规定，这样可使双方在决定前有更好的考虑，不至于"今离明合"的现象出现。

"第三者"问题是群众来信涉及最多、反映最强烈的问题，其中以妇女居多。她们建议追究"第三者"的法律责任，给予无过错方必要的经济和精神上的赔偿。认为"第三者"破坏家庭，影响未成年人成长，使婚姻中无过错一方遭受打击，不利于社会稳定、国家的文明进步，法律应对"第三者"予以严惩，以维护婚姻的神圣。

所有的来信都认真负责，有的逐条对修改草案提出建议，有的甚至逐句逐字提出修改意见。草案第九条规定："登记结婚后，根据男女双方约定，女方可以成为男方家庭的成员，男方也可以成为女方家庭的成员。"男女双方结婚后，女方自然成为男方家庭成员，这是一种习惯传统。根据男女平等等基本国策，有人建议应去掉这个"也"字，明确一下男女双方结婚后自然成为各方家庭的成员，这样有利于家庭团结，有利于男女双方对各方家庭所承担的责任和义务。草案第四十六条规定："因一方重婚或即使不以夫妻名义但形成婚外同居关系、实施家庭暴力或以其他行为虐待家庭成员，或遗弃家庭成员而导致离婚的，无过失方有权请求损害赔偿。"有人建议"无过失方"应改为"无过错方"。从"过失"、"过错"两词的含意来看，"无过错方"叙述更贴切，而且与《民法通则》的表述相一致。"过错"分故意和过失，本条所列的行为均为故意行为。而"过失方"的含意：其一应当是疏忽大意的过失；其二应当是过于自信的过失，这两种含意均与法条原意不符。

……

一部法律的修订，在中国引起这么多人的关注，得到人民大众这么广泛的参与，在中国立法史上还是第一次。

北京大学立法学研究中心主任、博士生导师周旺生介绍，建国初期《土地法》、《婚姻法》的制定曾有过一定范围内的讨论，1982 年《宪法》修改也曾讨论得比较热烈，但是，真正像这次《婚姻法》修改草案触及到社会众多方面且引起一般老百姓关注的大规模讨论为数很少。把这样一部涉及社会公众切身利益的法律交付全民讨论，在相当大程度上证实立法者的确力图反映广大群众真正意愿。因为只有在大范围内展开讨论，才能搞清楚人民群众对我们的立法到底有什么愿望，使立法者把握人民意志的走向。

周旺生认为，现代民主立法，不仅是实质民主，还应该是程序民主。这两个环节一向是我们传统文化比较薄弱的环节，而且程序民主甚至更为薄弱。过去我们在局部事情上有程序民主，但更多是表层的，《婚姻法》修改草案全民讨论，真正做到了把民主程序摆在社会公众面前，这是中国立法在实质民主和程序民主方面向前推进的表现。

最高人民法院民事审判庭法官吴晓芳说："只有一种声音才是可怕的。每个人从各自不同的利益、角度出发，会对《婚姻法》提出不同的要求。法律就是最终各方利益的结果。"

中国社会科学院法学所研究员陈明侠认为："全民讨论本身所蕴含的意义比《婚姻法》修改的最终结果更重要。"

如此感人的情景，如此高涨的热情，使得《婚姻法》的修改，至此，演变成了一场真正意义上的全民投入的法律革命！

结合群众建议，全国人大法律委员会、法工委召开了部分地方人大常委会、有关部门和法律专家参加的座谈会，对《婚姻法》修改案草案进一步研究修改。法律委员会召开会议，根据常委委员的审议意见以及其他各方面的意见，对草案进行了逐条审议。全国人大内务司法委员会、最高人民法院、国务院法制办、民政部、全国妇联的有关负责同志列席了会议。

2001 年 4 月 18 日，全国人大法律委员会认为，《中华人民共和国婚姻法修正案（草案）》经过常委会两次审议和修改，已经基本成熟，第三次提请第九届全国人大常委会第二十一次会议审议。

经过反复征求意见，反复审议讨论，反复修改完善，大多数条款已改得更准、更精、更好，草案已经基本成熟。4 月 28 日，九届全国人大常委会第二十一次会议，表决通过《关于修改〈中华人民共和国婚姻法〉的决定》。

同日，江泽民签署中华人民共和国第 51 号主席令：

> 《全国人民代表大会常务委员会关于〈修改中华人民共和国婚姻法〉的决定》已由中华人民共和国第九届全国人民代表大会常务委员会第二十一次会议于 2001 年 4 月 28 日通过，现予公布，自公布之日起施行。

此次修改《婚姻法》，充分酝酿 12 载。其讨论持续的时间之长、民众参与的热情之高、投入的精力之大、争论的话题之多，在我国的立法史上是绝无仅有的。更重要的是，这种立法过程中的全民大讨论将有助于推动我国立法工作民主化的进程。

共和国第三部《婚姻法》是 21 世纪婚姻家庭立法的新篇章。

婚姻法学专家巫昌祯认为，新《婚姻法》在以下几方面有一定的突破和新意：

一、依据《宪法》精神，鲜明地指出了社会主义婚姻家庭建设的方向。

新《婚姻法》在总则一章中，除了重申五项基本原则以外，增加了一条新的内容，即"夫妻应当互相忠实，互相尊重；家庭成员间应当敬老爱幼互相帮助，维护平等、和睦、文明的婚姻家庭关系"，这一规定意义重大而深远。

家庭是社会的细胞，家庭的建设是社会精神文明建设的一个重要方面，因为一个人的道德修养，就是从家庭起步的。新《婚姻法》增加了这一条，在道德上具有倡导性，在法律上具有宣言性。这对于抵制婚姻家庭生活的不良倾向，建设一个美好、文明的家庭会起积极的引导作用，这是依法治国和以德治国相结合的一种体现。

二、强化了五项基本原则，有针对性地补充了禁止性条款。

一是扩大了禁止违反一夫一妻制的行为。在禁止重婚的同时，补充规定了"禁止有配偶者与他人同居"的行为。这一补充有针对性，符合民意。它不仅捍卫了一夫一妻制，而且维护了公民的婚姻家庭权益。

二是增加了"禁止家庭暴力"的条款。家庭暴力是破坏婚姻家庭，侵害妇女、儿童和老人合法权益的亟待遏制的行为。国际社会所说的家庭暴力和我国法律中所指的虐待在概念上不完全一致，对这个问题，还在探讨之中。但不论如何界定，施暴者的行为都是对受害者的一种侵害，都是为法律所不容的。至于对家庭暴力如何处理，这涉及到《刑法》、行政法规，而《婚姻法》作为婚姻家庭方面的基本法，从这个层次上表明"禁止"是很必要的。

三、增设了无效婚姻制度，填补了一项立法空白。

2001年修正《婚姻法》在结婚一章中，增设了无效婚姻制度。对于无效婚姻的原因、申请无效的程序和无效的后果作了明确的规定。婚姻无效制度在国外家庭法中都有规定，而我国以前两部《婚姻法》都没有涉及。这次修正《婚姻法》填补了这一立法空白，不但维护了《婚姻法》的权威性，健全了法制，而且为执法部门处理违法婚姻提供了法律依据。

四、完善了夫妻财产制，充实了薄弱环节。

改革开放以来，夫妻财产关系发生了很大的变化，呈现出数量大、品种多和价值高的特点。1980年《婚姻法》对夫妻财产仅有一条规定，远远不能满足新形势的需要。2001年修正《婚姻法》对此作了比较具体的规定：一是界定了夫妻共同财产的概念，二是明确了夫妻个人财产的范围，三是完善了约定财产制。把原来的一条扩大成了三条，这就加强了执法的可操作性。

五、设立了离婚的损害赔偿制度，加大了对破坏婚姻家庭行为的制裁力度。

2001年修正《婚姻法》在体系方面增加了救助措施与法律责任二章，目的在于对破坏婚姻家庭行为的民事制裁提供了法律依据。在救助措施与法律责任一章中，对于家庭暴力和隐藏、转移、变卖、毁损家庭财产规定了有关程序和责任。更重要的是第四十六条设立了离婚损害赔偿制度，即"因一方重婚或有配偶者与他人同居、实施家庭暴力或虐待、遗弃家庭成员而导致离婚的，无过错方有权请求损害赔偿"。无过错方往往是处于弱势的一方，其中多数又都是妇女。所以，设立了损害赔偿制度不但符合公平原则，而且贯彻了维护妇女合法权益的原则。

随着万众瞩目的2001年修正《婚姻法》的出台，中国的婚姻家庭制度完成了第三次革命。

第六章

——

家园保卫战

泪水涟涟的控诉

这是两封饱蘸着心血和泪水的群众来信，一封是写给当时的中央委员会总书记胡耀邦，一封是写给当时的广东省委书记李长春：

胡总书记：

我们是在婚姻家庭问题上受第三者插足的受害者，本不该打搅您，但因国家制定的《婚姻法》离婚部分有漏洞，它使一些缺乏道德的人钻了空子，使好人受气，道德败坏的人得了逞。法院在处理这类问题时压制我们这些受害者，客观上起到了助长违法乱纪的人更合法化，我们被逼得无路可走。因此我们25个同志并代表我们43个子女急切地请求您给我们做主，并请您尽快地帮助我们解决实际问题。

十年浩劫期间，林彪、"四人帮"给社会道德风尚带来不堪设想的恶果，使许多人荣辱不分，善恶颠倒。政府为挽救失足青少年办了工读学校和对他们进行劳动教养，但对成年人的道德行为缺乏应有的措施，使一些人在蓄意制造"感情破裂""坚决离婚"的幌子下，乱搞两性关系，给多年的家庭、一方或子女带来终身不幸。我们这些同志无权、无势又无钱，我们都是勤勤恳恳、老老实实多年为党工作的普通群众。法院在受理我们案子期间，对有过错的一方不揭露其错误，对其恶劣行为不严厉批评，不谴责，反压制我们这些弱者，强迫我们离婚，我们不同程度地体会到了在法律面前的不同待遇。法律对人民没有起到教育作用，相反助长了资产阶级思想，道德败坏的泛滥，我们想不通，中央领导一再强调在新形势下加强共产主义道德品质教育的重大意义，可法院同志却强调说："我们是执法单位，《婚姻法》没规定讲道德，有意见找立法单位提去。"因此法院不做认真细致的调查研究，不认真负责，在事实没搞清楚的情况下，支持道德败坏一方，强迫离婚，并由法院院长带领书记员、法警、民警、街道居委会代表等人，浩浩荡荡大造声势地对我们受第三者插足的受害者进行单方面的强制执行离婚（分家），如此压制受害者，是助长什么风？在社会上造成极坏的影响。

现在我们被逼得无法正常工作和生活，受第三者插足害的也不只我们这二十几个同志。听说您最痛恨道德败坏的人，您是党中央主席，党从来就是关心群众疾苦的，因此我们急切地恳求您在百忙中过问过问，给我们受害的广大妇女及我们的子女做主，以维护社会主义的婚姻家庭制度和道德风尚。

我们要求增加补充法，对破坏家庭的和道德败坏的应予以法律制裁和经济制裁。才能保证社会主义婚姻家庭的稳定，保证子女的身心健康成长。

25 名受害者联名

1982 年 11 月 25 日

李长春书记：您好！

本人陈翠扬，家住本省惠州市区，原是老三届知青，父母都是抗战时期革命干部。本人"文革"期间下乡劳动，冲破阻力与农民钟习昂结为夫妻，后钟在我父母照顾下解决户口安排工作，现是惠阳市对台办属下"联谊贸易公司"经理，中共党员。但他忘恩负义，十年来跟情妇黄顺琼以夫妻名义同居生活，在社会上造成一定范围的恶劣影响。

钟自恃有钱有势，用暴力将我和儿孙赶出家门，公然把黄带回家居住。对台办前领导对钟的行为长期包庇怂恿，不予处理。1997年我向惠阳市纪委检举钟的问题，也没作处理，向惠州市人大法工委反映，他们说，这种现象社会不太管了！我向各级妇联哭诉，他们说现时法律惩罚不了这种人。向派出所报警，不但不处罚，有些人还到钟的家里打麻将，帮其壮胆。

今年3月，我再次向纪委举报钟的问题，在大量的事实面前，钟、黄双方均承认了他们之间的关系，有纪委调查时写的口供笔录，但至今迟迟没有作出结论。4月，我向本市城区法院提起刑事自诉，请求法院依法追究钟、黄的刑事责任。

当我请求法庭调取这份材料时，遭到拒绝，有些人还说我的证据是理论上的东西。我再三报告钟、黄目前仍然一同生活的事实，也没有采取措施。

我不明白，为什么法律要帮为非作歹的人，不去制止继续犯法的人，不帮助受迫害的人呢？！

钟习昂用各种手段对我进行虐待，胁迫我和儿女默认其纳妾，在精神上进行强大的摧残和折磨，常制造事端施行暴力，并制造家庭恐慌。又以经理权力扣发我的工资，断我生活来源，不给我缴社保金，置我于死地。导致我疾病缠身，患上了神经性抑郁症、心脏病、胃炎等多种并发性疾病，从精神到身体全面崩毁。

我曾经想一死了之，但正义力量使我振作起来，绝望中想到了人民的父母官，您以体恤民情、公正廉明的优良作风闻名，为此，特向您报告，像我这样受害的妇女不少，寻求您对所有受害妇女支持：1. 支持我的起诉。2. 关心妇女在家庭婚姻关系中受虐待的问题，保护广大妇女的合法权益，建立良好的家庭伦理道德规范。3. 强烈要求政府尽快制定实施配套的地方法规，增添可操作的硬性规定，对家庭婚姻关系中的违法犯罪行为给予坚决打击，为减少社会不安定因素，降低犯罪率，顺利实施计划生育国策，深化改革开放，建立富裕、文明、民主、法治的社会而努力。

此致

敬礼！

报告人：陈翠扬

1999年9月1日

这两封相隔 17 年的群众来信，反映的是同一类型的问题：婚外恋、"第三者"插足给受害者带来的伤害。

婚外恋、一夜情、养"小蜜"、重婚、纳妾、"包二奶"……这些充满着情欲、腐朽的现象，开始是悄悄地出现，后来便是公开在社会蔓延。

《婚姻法》的核心原则之一——一夫一妻制受到了严峻挑战！

2001 年，在全球文化综合类期刊发行排名第八的广东《家庭》杂志，以特别报道的形式，三期连载了涂俏的文章《卧底女记者：与"二奶"们的 60 个日日夜夜》。

《家庭》杂志在编者按中写道：

"这是被金钱扭曲了灵魂的特殊群体，欲望令她们心甘情愿成为'金丝鸟'；这是挑战一夫一妻制的'红粉兵团'，她们在道德与舆论的谴责声中依然四处出击、放肆游荡。'包二奶'——当今备受关注的丑陋社会现象如同癌症，正侵害着婚姻家庭健康的肌体。

"有鉴于此，以隐姓采访闻名的女记者乔装'二奶'，卧底入住'二奶'相对集中的村落两个月，写下了 20 多万字的'二奶'日常生活完全记录。读者将会看到命运各异的'二奶'，包养'二奶'的神秘男人，以及她们与他们之间金钱、肉体交易的一幕幕丑剧和闹剧。"

作者是这样阐述她的创作初衷的：

我一直想了解她们。

当"二奶"一词如同"打的"、"生猛"、"搞掂"等广东色彩浓郁的词汇融入现代汉语的词汇群，频频在媒体上露面，而"二奶"现象渐渐成为严峻的社会问题时，我意识到，记录中国社会转型期这一特殊群体的时候已经到来……

2001 年 1 月 13 日，距农历蛇年春节还有 11 天，深圳外来人员开始陆续返乡过年之时，我化名"阿敏"住进了深圳河畔的一个"二奶"相对集中的村落。这条河的地理形状极像英文字母中的小写 r。顺着村口 r 字下部的那条直线往里走，就到了村中唯一的肉菜市场，再往前走，整条村仿佛被人掰成两瓣：左边是典型的现代住宅群，高档、整齐而规范，共有 20 多栋；右边却是参差不齐、新旧混杂的村民自盖私房，少说也有 140 多栋。

这些私房栋与栋之间亲密无间，最亲密接触的楼宇相隔不过半米。

入住这村之前，我在互联网上鏖战了三天——搜索"二奶"的有关资料，竟然发现 4.6 万多篇。一份来自广东省的资料显示：从 1992 年至 1996 年，妇女投诉丈夫"包二奶"的个案有 20246 宗。而大量隐蔽性的"包二奶"个案则无法统计，更无法追究……

《卧底女记者：与"二奶"们的 60 个日日夜夜》发表后，在社会上引起了强烈的反响，同时也引起了有关部门的关注。

2002 年岁末，我专程前往广东，了解有关这方面的情况。这里曾被看成是"包二奶"的发源地和重灾区。

春节将至，广州到处张灯结彩，热闹非凡。

我到了被称为是妇女"娘家"的省妇联。

据妇联同志介绍，在广东，无论是经济富裕还是落后地区，"包二奶"问题已经成为当前妇女群众投诉的一个热点，并呈逐年增多之势。江门、佛山两市 1997 年至 1999 年反映此类信访案件 2741 宗。广州妇联 1998 年接到投诉重婚、姘居问题的来信、来访 1336 宗。省妇联 1996 年至 1998 年接受有关"包二奶"的投诉分别为 219 宗、235 宗和 348 宗，1998 年比 1997 年增长 48%。东莞市人民法院 1996 年至 1998 年受理婚姻纠纷案 2101 宗，涉及"包二奶"的 578 宗，占 27%。

那些富起来的包工头、厂长、经理、个体户，甚至一些党政干部，利用手中的金钱和权力，包养"二奶"，花样繁多。一是由男方提供住房和主要生活来源给女方，双方有结婚打算或长期保持家庭状态；二是双方无结婚打算，只是男方定期或不定期给女方一定的生活供养；三是以秘书、保姆身份出现，男方给予一定的钱款，长期保持性关系。过去"包二奶"行为还比较隐蔽，现在则变得越来越猖獗，有的公开把"二奶"带回家，妻妾同室，"和平"共处。有的包了"二奶"，又包"三奶"，甚至"四奶"，多处重婚。如广东臭名昭著的重婚犯江记名居然纳了六个"妾"。有的多次重婚，刑满释放后仍不思悔改，公然向法律挑战。如龙门县某包工头利用在外承包工程期间，包养两名女青年同居一室，共生育 4 个子女，后被判处重婚罪。刑满释放后，他将两个"妾"分别安置在两个镇，照样来往。

2000 年 10 月，广东南海市一名叫罗润俏的普通妇女，走进中央电视台《新闻调查》栏目，一时成为热点新闻人物。

1990 年，经人介绍，罗润俏与做电梯装修工程的潘润强相识，两年后，两人结为夫妻。不久，他们有了女儿潘苑菁，一家三口过着平稳的日子。

1995 年，潘润强将家从东莞搬到佛山，慢慢地罗润俏感觉丈夫变了，变得在家不爱说话，变得经常夜不归宿。细心的罗润俏从丈夫的呼机上发现了蛛丝马迹。每当丈夫回家，总有一个"80366"小姐频频地呼他，留言让他去她家。问起时，潘润强支支吾吾说是生意上的事。罗润俏有些纳闷，生意上的事干吗老让去她家？

原来，半年前，潘润强在承接佛山明珠酒楼装修工程时，结识了该酒楼的收银员刘开兰。不久，在一次打击"黄赌毒"的行动中，潘润强被公安局收押，是刘开兰鼎力相助、四处托人，才把他从看守所救了出来。从此后，两人的交情急剧升温。

在罗润俏的一再追问下，潘润强不得不承认与刘开兰的关系。罗润俏希望他看在女儿的面上，把心收回来，潘润强表面上也表示同意。不料，刘开兰这时找上门来，说自己和潘润强是真心相爱，要罗润俏成全他们的幸福。这之后，潘润强的态度也变了，与刘开兰在外面租房过起了小日子。

1997 年夏，潘润强与刘开兰因非法同居被查，曾受到公安部门的治安处罚。

回家后，潘润强似有悔改之意，表示不再与刘开兰继续来往，否则，罗润俏可以告他重婚罪。罗润俏与潘润强的关系似乎有了好转，1999 年 9 月，她生下了第二个女儿。罗润俏万万没有想到，几乎是在同时，潘润强与刘开兰的儿子也呱呱落地。

因为罗润俏生的是女儿，而刘开兰生的是儿子，潘家的人对罗润俏冷眼相看，处处刁难。

迫于潘家的压力，1999 年 12 月，罗润俏不得不带着女儿回到娘家。

潘润强更加肆无忌惮，在儿子过生日时，公开摆下酒席，以示庆贺。

面对丈夫的行径，罗润俏忍无可忍，2000 年 5 月 17 日，她走进南海市人民法院，将自己的满腹冤屈化作一纸诉状，请求法院追究潘润强和刘开兰重婚罪的刑事责任。

法院收到罗润俏的起诉书后，审查了她的起诉证据，认为她状告潘润强的重婚罪证据不足，要求她提供邻居或知情人，能够证明潘、刘二人是以夫妻关系共同生活，或者他们之间一些以夫妻相称的书信，或者能证实他们关系比较密切的证据材料。罗润俏找了一些人，谁都心里明白，可谁也不愿出面作证。她的起诉被法院退回。

罗润俏试图通过状告潘润强重婚而促使他回心转意，可万万没有想到的是，2000 年 8 月，潘润强却向法院递交了要求与罗润俏离婚的起诉书。9 月 5 日，法院开庭审理潘润强提出的离婚诉讼。

庭审时，双方各执一词。潘润强指责罗润俏没有尽到做妻子的责任，夫妻感情已经完全破裂。罗润俏则认为夫妻感情破裂是一种借口，二女儿的出生是一个最好的证据。只是因为"二奶"插足，他们的家庭关系才受到破坏。

法庭当场作出裁决：依照《婚姻法》第 27 条"女方在怀孕期间和分娩后一年内，男方不得提出离婚诉讼"的规定，驳回潘润强的离婚起诉。

就在罗润俏心灰意懒、求助无门之时，广东省出台的有关惩治"包二奶"的《意见》，给她带来了一线希望。她再次向法院起诉，她所提供的材料还是第一次提交给法院的材料。法院审查之后，认为仍然不符合立案的标准。依照《意见》的精神，法院将她的材料移交南海市公安局立案侦查。

10 月 19 日，南海市检察院下达了对涉嫌重婚的潘润强的逮捕令。

大家都以为罗润俏终于吐出了心中的一口恶气，罗润俏自己却又矛盾了，她说："如果判了他重婚罪，最多也不过关两年，出来后，他肯定与那姓刘的一块过，而我们好好一个家庭就这样没了，我和两个女儿今后的日子怎么办？"

……

省妇联的同志建议我去采访海珠区一位叫赵美洁的妇女，他们说：从赵美洁的身上，可以反映出"包二奶"给社会、家庭、妇女和儿童带来的伤害。

从海珠广场下车，穿过两条狭窄的街道，在一株老榕树下，我找到赵美洁的家。

邻居们都在忙碌着打扫房屋，张贴春联，购置年货，可赵美洁的家却显得冷冷冰冰。赵美洁有些迟钝地打量着我，她的目光中饱含着忧郁——那是一种遭受沉重生活打击后的忧郁！

今年 41 岁的赵美洁，原是一家塑料制品厂的工人，1986 年与同班同学许及天结婚，1987 年生下儿子许光。婚后的十余年里，一家人和和睦睦，感情笃深，还被街道评为"五好家庭"。然而，这样幸福的日子，随着3年前许及天的职务晋升而终结。许及天原在一家商贸公司当销售员、销售经理，1998年1月晋升为公司经理。

"……开始没什么，大概是半年后吧，他出差多了起来，不出差也经常不回家过夜，我问他，他总是说忙，我也没觉得意外，我知道经理不好当，多少事要他忙。大前年3月，有一天晚上，他回来很晚，靠在床上抽烟，也不睡，我说睡吧，明天还得上班呢。他把烟一掐，说：'美洁，我得同你说件事。'我第一次见他那么严肃，不知道出了什么事，我说：'有什么事？你就说嘛！'他又点了一支烟，抽了两口，突然提出要和我离婚。我一听吓了一跳，说：'你疯了！'他说没疯，说自己和一个叫廖玉的出租车司机，已经同居了好几个月，两人已经到了如胶似漆不可分离的地步。他求我帮他的忙，要我同意和他离婚，跪在地上求我。我说：'你这个没良心的鬼，我们已是14年的夫妻，又有一个13岁的儿子。你升了官，在外面养了女人，现在又要跟我打离婚，你不看我面子，也得看看儿子的面子。'我没答应和他离婚。以后，他就串通那个姓廖的女人，多次打电话吓唬我，说如果不离婚，就要杀死我和我儿子。有一次，那个女人还在电话里连骂带讽刺我，说我连自己的男人都管不了，还有什么脸活在世上，你老公的裤衩都在我这里放着。我是一忍再忍，求她可怜可怜我的孩子，不要拆散我们的家庭，放了我的丈夫，可她不答应。"赵美洁气愤、忧伤地叙述着。

赵美洁的父母和兄弟知道此事后，既生气又着急，找许及天好言好语规劝了几次。谁知，恶人先告状。1998年10月，许及天向法院起诉，要求与赵美洁离婚。起诉状称，自1998年8月以来，被告多次纠集娘家人，在公共场合谩骂原告及诬告原告在外嫖娼、找妓女等，使原告的名誉受到了极坏的影响，在精神上和心灵上都受到了极大伤害，夫妻双方的感情也已经破裂。

为了不给儿子造成伤害，也为了保住这个已经摇摇欲坠的家庭，赵美洁向许及天的上级部门领导和纪委反映了许的作风问题，希望加以管教。在有关领导的压力之下，许某不得不撤诉，并向儿子写下保证书："保证不离开儿子与妻子，以后如再发生类似事情，我宁可吃毒药死。"

但事情并没有就此了结。没过多久，许及天又不回家了。甚至，连儿子的生活费也是赵美洁要一点才给一点。

1999年3月5日，因为长期受精神折磨、身心俱疲的赵美洁，在骑车上班的路上摔倒，医院诊断为严重的皮肤软组织撕裂伤，需住院治疗。住院一个月，许及天连一次都没看望过。学校开学，作为父亲的许及天也不给儿子缴纳学费。而这时，赵美洁由于工厂的效益不好，已经下岗，她只好找人借钱，为儿子缴纳学费。

赵美洁又找到有关领导，再一次反映了许及天在外"包二奶"等情况。有关领导同志告诉她："该做的工作我们都做了，实在不行，你可以把他告到法院去。"

同年6月，许及天再次以"夫妻感情破裂"为由，向法院起诉，要求与赵美洁离婚。

万般无奈，赵美洁不得不以重婚罪将许及天告上法庭。

赵美洁的诉讼状很快被法院退了回来，理由是证据不足，法院说，你告人家重婚罪，必须要有人证、物证。

为了抓住许及天与廖玉同居的证据，赵美洁找到兄弟姐妹帮忙，开始跟踪许及天的行踪。当年国庆节之夜，终于将许与廖捉奸在床，并拍下了不堪入目的照片。

证据在手，赵美洁再一次将许及天告上法院，在法庭上，赵美洁向法官出示了这些照片。许及天对这些照片的真实性予以否认。他说，他与廖玉是朋友之间的正常交往，这些照片是赵美洁雇人强行将他们脱去衣服拍下的，不能作为证据。如果这样的照片可以做证据的话，他也可以给她拍下同样的照片。

赵美洁的代理律师认为，许及天作为一个党员、干部，已经完全丧失了一个党员干部的起码品质，违反了社会公德，严重损害了党的形象；同时，许及天作为一个丈夫、父亲，已经根本丧失了家庭责任感。赵美洁要求判处许及天重婚罪。同时，根据2001年修正《婚姻法》第46条第2项规定（有配偶者与他人同居导致离婚的，无过错方有权请求损害赔偿），要求许及天赔偿损害费5万元。

最后，法院以重婚罪判处许及天有期徒刑一年，并赔偿赵美洁损害费3万元。

我问及赵美洁现在的情况，她长长地叹了口气，说："一个好好的家，就这样没了——"

"孩子还好吧？"

听我提及孩子，赵美洁的泪水马上涌了出来："儿子的学习原来很好，年年都是'三好生'，就因为家里出了这种丑事，他整个儿都变了，脾气暴躁，撒谎，经常逃学，上学期还留了一级，完了，这孩子完了。"

"那个许及天呢？"

"在监狱里关了一年出来后，马上就同那个姓廖的女人结婚了。原来公司的经理当不成了，他就自己办了家新公司，他会做生意，又有老关系，照样能挣钱，日子照样过得风风光光。现在看清楚了，这件事弄到最后，真正受害的是我，是我的儿子。"

我问："你后悔了？"

赵美洁说："如果知道这种结果，当时我不会离婚，我就这样耗着，耗他一辈子……"

我不知道该如何劝慰眼前这个可怜的女人！

广东的"包二奶"现状，是由地域、经济、文化等多方面原因造成的。省妇联权益部部长黄淑美，曾对"包二奶"、养情妇问题进行过专门的调研，在谈到当事者的心态时，黄淑美说：

"改革开放后，一部分人财运亨通，进入了富裕阶层，有的成了大款。于是，他们中的一些人便羡慕起旧社会有钱人过的那种妻妾成群的糜烂生活，认为原来的配偶满足不了生理、心理的需要，疯狂地追逐女人，寻求性刺激。此类包养的往往不止一个女人，有的是同时期在不同的地方包养多个女人。原深圳进出口贸易公司的黄某，原是洗脚上田的农民，进公司成为骨干后便大肆侵吞国家钱财，疯狂地玩弄女性。他利用山差外地的机会，在上海、杭州、广州等地养了 7 个情妇，定期汇款给她们以博取欢心。为得到一个漂亮妓女，可以不惜花 5000 元嫖一夜。后因贪污东窗事发，在关押期间畏罪自杀。这可以说是富裕者寻求刺激的心理。

"还有一种权势者的占有和炫耀心理。有的人在事业上春风得意，有一定的社会地位，便产生了强烈的占有异性的心理。有的人认为男人不玩几个女人枉此一生。有的男人往往威逼利诱其下属，如女秘书、女职员、公关小姐成为其情妇，以炫耀自己的地位。江门市建行北郊支行原行长冼志平，包了'二奶'，又包'三奶'，共生下 3 个私生子，给了两个情妇各 20 万元，于 1996 年因贪污被捕。

"由于内地与广东经济发展的不平衡，致使内地大量女青年来广东掘金。当她们发现挣钱原来那么不容易时，便另辟脱贫致富的'蹊径'，被人包养。珠海市某公司公关小姐李某，看到那些老总们出入有轿车，手提大哥大，住豪华酒店，羡慕不已。在一次应酬中，她认识了有别墅和高级轿车的高某，便卖弄风骚，暗送秋波，终于如愿以偿，心甘情愿地成为高某的情妇。这既有虚荣心，又有利用心理在起作用。"

"包二奶"现象不仅仅存在于广东。

北京东城的一个豪华别墅区，被富人圈内的人称为"雀园"，因为这里住着许多"大款"包养的"金丝雀"。某保险公司营业部一位新业务员，开始做业务时不知往哪儿跑，有高明人士给他指点："你去'雀园'，包你成功。"他去了"雀园"，果不其然，那些"金丝雀"们，对上保险都十分感兴趣，而且都是选时间最长的、金额最高的那种。

浙江乐清市柳市镇，是我国最早富裕起来的乡镇之一。20世纪90年代，该镇一共发生了54起重婚罪案例。

地处广西桂北山区的南丹县，是国家贫困县之一，"包二奶"现象在这里也照样存在。1980年至1988年，该县法院共受理重婚纳妾案件51起，判重婚罪的有38人。而据一些乡镇干部反映，被起诉和被判处的只是极少数个案，更多的是"连毫毛都没动他们一根"。

福建上杭县才溪乡每年有大量的劳力外出打工，他们发财后找情妇是普遍现象，而且观念上认为情妇越多说明自己越有本事，群众对此也睁一只眼闭一只眼。有个包工头，街头住着他的原配妻子及子女，街尾住着他包养的"妾"及子女。

1999年，全国妇联曾经对各地1000对已婚女性进行调查，结果发现超过一半的妻子对婚姻没有安全感。其实在这些被调查者中，许多人的丈夫并没有发生婚外情，女性为什么还是如此担惊受怕？这说明，迅速蔓延的婚外情，已经使许多女性失去了对男人的基本信任感。

不过，不能说婚外情仅是男人的"专利"，少数富婆、"女强人"同样有"包二爷"的嗜好，她们同样以"包养"英俊男人为荣。

中国的家庭与社会同步经受着转型期的阵痛。经济与社会的各种不平衡，无不在家庭生活里折射出来。在开放而又比较宽松的环境里，一方面是已绝迹的封建渣滓泛起，一方面是西方资产阶级生活方式中消极因素的影响，而且更多又是这两方面相互掺杂、渗透。重婚纳妾无论对婚姻、家庭和社会都产生严重的恶劣影响。

我是通过朋友见到深圳这位可怜的初中生的。我们的见面地点定在她外公家。她刚刚放学回家，见到我显得有些局促不安，一双忧郁的眼睛不时地望着窗外。

她原本有个幸福的家。爸爸办了个家具厂，生意很红火。妈妈原来在邮局工作，后来索性辞职料理家务。

记得从小学四五年级开始，爸爸回家的次数渐渐少了，妈妈问他，他很不耐烦，说哪个男人没有应酬。后来，妈妈的眉心老是蹙在一起，夜里还经常莫名其妙地流泪。再后来，爸爸妈妈之间爆发了"战争"。每当爸爸妈妈打得不可开交时，她便把自己关在自己的小房间里，开始光是哭，后来习惯了，就自己做作业。

小学六年级下半学期有一天，她放学回家一进门，屋里有好多人，外公、外婆在，舅舅、舅妈在，还有一些不认识的叔叔阿姨。外婆一见她，一把将她搂在怀里，大哭起来……

后来，她才知道，爸爸有了钱后，在外头买了房子，悄悄包养了一个女人。那个女的原来在爸爸厂里干活，后来和爸爸好上了。

妈妈跟踪了爸爸一个多月，终于被她跟踪到了。那天中午，丧失了理智的妈妈，一脚将门踢开，一刀将爸爸刺死，将那个女人刺伤。

一审时，妈妈被判了死缓；妈妈不服，好多人联名上诉为妈妈鸣不平，二审改判无期。

小姑娘失去了妈妈，也永远地失去了爸爸，只好与年迈的外公、外婆相依为命。

天真烂漫的小姑娘，从此变得沉默寡言、郁郁寡欢。

我问她多长时间没见妈妈了，她告诉我她每年放暑假和寒假都去监狱看妈妈。

我问她："每次见到妈妈，妈妈都说些什么？"

她说："妈妈光是哭，什么也不说。"

我又问:"你恨你爸爸吗?"

她用忧郁的目光望着窗外,像是自言自语:"爸爸没了,也就没什么可恨了。"

深圳原红十字会业务科长,包养了一个歌舞厅小姐。几年后,玩腻了,欲与其分手,女的不肯,他给了女的补偿费5万元。女的越想越不甘心,便不断地纠缠,要求追加补偿费。见男的迟迟不答应,女的绝望了,一天夜里,她将男的骗上床,一剪刀将男的生殖器剪断;在挣扎中,男的抢过剪刀,又将女的活活刺死。

顺德市有一位妇女,丈夫跑业务挣了钱,包养了一个打工妹。开始,她抱着一种睁一只眼、闭一只眼的态度,认为天下的猫哪有不吃腥的?只要丈夫还顾这个家,其他的她忍了。谁想,丈夫见她软弱,便把情妇往家里带。有一次,丈夫竟然当着她和孩子的面,与情妇发生性行为。她实在忍受不了这种奇耻大辱,当夜上吊自尽。

"包二奶"给妇女儿童带来身心的严重伤害,有的家庭解体,有的甚至引起情杀和仇杀。据广东江门市统计,1995年、1996年两年,因"包二奶"、养情妇引起的情杀仇杀案,共导致8人死亡、1人重伤。婚姻家庭的动荡,直接引发了社会的动荡,严重地影响了社会的安全稳定。

"包二奶"还与干部队伍的腐败紧紧地联系在一起。从原全国人大副委员长成克杰、原公安部副部长李纪周,到省级干部李嘉廷、胡长青、孟庆平等,这些年来,凡是受到经济犯罪指控的领导干部,95%以上有至少一位情妇。深圳宝安一农村信用社主任大肆贪污公款,花天酒地,仅花在几个"二奶"身上的钱就高达两千多万。原湛江海关关长曹秀康为博得老乡张小姐的欢心,不惜放纵走私分子,给国家造成巨大损失。

"包二奶"大都生孩子,它严重地冲击了计划生育国策。广东纪检、监察部门查处的75宗党员干部"包二奶"个案中,非法生育的孩子有34名;广州等12个城市政法机关对508起重婚案件的统计中,重婚者滥生子女数量高达357名。同时,由于受经济条件的影响,有的人富则包,穷则抛,不少"二奶"闹到妇联、法院求助。

面对重婚纳妾、"包二奶"问题不断增多的情况,1998年6月,广东省纪委、省监察厅出台了《关于严禁共产党员、国家工作人员参与色情性按摩活动的暂行规定》，严厉查处一批党员、干部包养情妇的案件。2000 年元月，省纪委、省监察厅联合发出《关于严肃纪律，严厉惩治包"二奶"养情妇行为的通知》，重申凡共产党员"包二奶"养情妇的，一律开除党籍；国家工作人员"包二奶"养情妇的，给予行政撤职或者开除的处分。通知要求各级人民法院、人民检察院、公安机关处理"包二奶"养情妇案件，凡涉及共产党员、国家工作人员的，要将有关案件情况及时通报当地纪检监察机关，以便对有关人员进行党纪政纪处理。同年 6 月，广东省高级人民法院、广东省高级人民检察院、广东省公安厅及广东省司法厅联合发出《关于处理婚姻关系中违法犯罪行为及财产等问题的意见》(下文简称《意见》)。《意见》共涉及到六方面内容：关于重婚的构成；关于重婚罪的追诉问题；关于家庭暴力；关于在离婚案件中对无过错方的保护；子女的抚养；过错方不履行判决时的执行问题。"关于重婚的构成"，除了《刑法》第258条及有关司法解释外，《意见》还规定有以下情形之一的，应视为以夫妻名义共同生活："1. 有配偶的人与他人举行结婚仪式的；2. 有配偶的人虽未与他人举行结婚仪式，但以夫妻相称或者对外以夫妻自居的。"

《意见》一出台，便在社会上引起了轩然大波。有人认为《意见》出台及时，惩治有力；也有人认为此《意见》仅为行政文件，效力有限。正如全国妇联权益部政策法规协调处处长崔淑惠所指出的那样："一个《意见》的出台确实作用有限，但是，我们必须要有个态度，支持什么，反对什么，否则这种现象会有恃无恐，到处泛滥。"

捍卫一夫一妻制

这是马克思主义的第一次婚姻宣言！

1884 年，恩格斯发表了著名的《家庭、私有制和国家的起源》一书，阐明了家庭的产生及其发展变化，在人类的文明史上，最早确立了马克思主义的婚姻家庭观。

人类的婚姻从群婚制过渡到个体婚制，经历了漫长而曲折的过程。一夫一妻制的出现，有其历史的渊源。

处于群婚制的原始社会初、中期，无所谓婚姻，也无所谓家庭。到了生产力较大提高的原始社会末期，社会分工发生了变化，随着男子成为新的财富

（即畜牧群）的掌管者，一方面使得丈夫在家庭中占据比妻子更重要的地位，另一方面，又产生了男子想利用这个增强了的地位，来改变传统的继承制度使之有利于子女的意图。但是，当世系还是按母权制来确定的时候，这个意图是无法实现的。因此，必须废除母权制——而它也真被废除了。恩格斯进一步分析说："它（指一夫一妻制）是在野蛮时代的中级阶段和高级阶段交替的时期从对偶家庭中产生的，它的最后胜利乃是文明时代开始的标志之一。""一夫一妻制是不以自然条件为基础，而以经济条件为基础，即以私有制对原始的自然长成的公有制的胜利为基础的第一个家庭形式。"

伴随着私有制的产生而诞生的一夫一妻制，是人类婚姻制度的巨大变化，也是社会进入文明时代的重要标志。但是，正如恩格斯所指出的那样：一夫一妻制的出现"决不是个人性爱的结果"、"决不是作为男女之间的和好而出现的，更不是作为这种和好的最高形式而出现的。恰恰相反。它是作为女性被男性奴役，作为整个史前时代所未有的两性冲突的宣告而出现的"。

尽管恩格斯在撰写该书时，社会主义制度还没有诞生，但他却预言：真正使一夫一妻制名副其实，只有到了社会主义社会才能实现。

一夫一妻制，顾名思义，应该是一男一女结为夫妻的婚姻制度。那么，公有制的一夫一妻制和私有制的一夫一妻制，有着什么样的区别呢？就这个问题我请教过婚姻法学专家巫昌祯，她说：

"它们的区别主要有三点。第一点，公有制的一夫一妻制是真实的，而私有制的一夫一妻制是虚伪的，名不副实的。在奴隶社会、封建社会，法律上虽然规定实行一夫一妻制，但在现实中，多妻制同时存在，只不过这种多妻制是通过'纳妾'来完成的。资本主义社会，情况虽然有所变化，但实质并未改变。盛行于资本主义社会的所谓'情妇现象'就是一夫一妻制奴隶社会、封建社会'纳妾'的变种。而社会主义制度的一夫一妻制是真实的，为了维护一夫一妻制，就要对通奸、姘居、重婚等行为，分别予以制裁。

"第二点，公有制的一夫一妻制是全面的，而私有制一夫一妻制是片面的，专对子女而言的。恩格斯说得很明确：'一夫一妻制的产生，是由于大量的财富集中于一人之手，并且是男子之手，而且这种财富必须传给这一男子的子女，而不是传给其他任何人的子女。为此，就需要妻子方面的一夫一妻制，而不是丈夫方面的一夫一妻制。'与此相反，在社会主义制度下，男女不论在社会上或是家庭中，地位都是平等的。因此，法律所确立的一夫一妻制，正是男女平等原则的一种体现。我国法律所禁止的重婚等破坏一夫一妻制的行为，适用于夫妻双方。

"第三点，公有制的一夫一妻制是严禁卖淫和通奸的，而私有制的一夫一妻制则是以卖淫和通奸作为补充的。

"当然，公有制的一夫一妻制也有个不断完善的过程。"

当今世界，尽管存在各种形式的婚姻制度，但作为科学、先进的婚姻制度——一夫一妻制为绝大多数国家所接受。

这是人类经过几千年的选择比较，最后选定的一种婚姻制度。

一夫一妻制是社会主义婚姻家庭法律的基本原则之一。

一夫一妻制是新中国《婚姻法》的一项基本原则。

建国以来，我国于 1950 年和 1980 年先后颁布的两部《婚姻法》，都明确地规定了"实行一夫一妻制"的原则。

1950 年 4 月 13 日，中央人民政府法制委员会主任陈绍禹在《关于中华人民共和国婚姻法起草经过和起草理由的报告》中指出："……在这种新社会和新婚姻制度之下，当然应该实行一夫一妻制。为奴隶主和封建阶级所公然实行的一夫多妻制，为资本主义社会所必然产生的通奸、卖淫作补充的虚伪的一夫一妻制，从来就为实行一夫一妻制的劳动人民所不取，当然更为实行新式的男女平等的一夫一妻制的现代无产阶级所反对和鄙视。当工人阶级已经处于社会国家领导地位而劳动人民又都成为国家社会主人翁的条件之下，他们当然再不能不运用他们的国家法律的权力，来扫除这些旧社会的罪恶渣滓了。"

半个世纪以来，无论社会发生多大的变化，无论婚姻家庭面临什么新的问题，"一夫一妻制"作为一条底线，是决不可以逾越的。

令人担忧的是，近年来，当由于婚外情、"包二奶"造成的悲剧和惨剧日益增多，当遏制婚外情、打击"包二奶"的呼声越来越高，当婚外情、"包二奶"等行为猛烈地向一夫一妻制发起挑战时，我国现行的《婚姻法》却显得十分软弱，甚至难以保护受害方的合法权益。

我国现行的法律规定，只有重婚行为才受到法律的追究。按照《刑法》第二百三十八条规定："有配偶而重婚的，或者明知他人有配偶而与之结婚的，处 2 年以下有期徒刑或者拘役。"由于该规定过于严格，难以调整现实生活社会中发生的事实重婚行为。1994年12月，最高人民法院对四川省高级人民法院关于《婚姻登记管理条例》施行后发生的以夫妻名义非法同居的案件是否以重婚罪定罪处罚，作了如下批复："有配偶的人与他人以夫妻名义同居生活的，或者明知他人有配偶而与之以夫妻名义同居生活的，仍应按重婚罪定罪处罚。"按照这些规定，构成重婚罪的法律要件是：当事人需履行婚姻登记手续，当事人需以夫妻名义同居生活。

这便意味着，大量的婚外情、"包二奶"等行为，只要不以夫妻名义公开出现，便能逍遥自在地游离于法律之外！

一个名叫小龙的13岁孩子，搀扶着他的双眼几近失明的母亲余长凤，在漫长的诉讼路上，走了整整4个年头……

1986年10月，余长凤与同村青年王秉权结为夫妻。次年，余长凤生下儿子小龙。王秉权会一手修理家电的手艺，在县城租房开了个门脸，一家三口日子过得殷殷实实。

离王秉权家电修理铺不远有个"红牡丹发廊"，一个偶然机会，王秉权认识了在发廊里干活的女子陈俭莉，一来二往，两人打得火热。1998年3月，王秉权以小县城生意不好为借口，悄悄带着陈俭莉到北京，开了一个家电维修部，两人居住生活在一起。年底，陈俭莉生下一女孩。

王秉权知道这种一夫二妻的日子是过不长远的，转年春节，他回到新县老家，逼余长凤离婚。余长凤不松口，王秉权便拳打脚踢。见余长凤根本没有离婚的意思，他又跑回北京，从此再也没有音讯。

那些日子，余长凤发觉自己眼睛看东西越来越模糊，到医院一检查，医生说是视网膜色素性变，两个月后，双目几近失明。妈妈眼睛不好，再也无法到地里干活了，爸爸又不给寄钱，刚刚升上初一的小龙不得不辍学在家。

余长凤决定进京寻找负心的王秉权。

8月，余长凤向亲友们借了点钱，在小龙的引领下，来到北京。

高楼大厦，车水马龙，茫茫人海，哪里可以找到王秉权的踪迹？他们在宣武门一栋居民楼的地下室住下后，每天，小龙拉着妈妈的手，穿街过巷，一个修理铺一个修理铺找，一个修理铺一个修理铺打听。饿了啃点干面包，渴了喝几口自来水。整整一年，他们的足迹踏遍北京的大街小巷。或许是他们的不幸遭遇感动了上苍，那天中午，小龙在王秉权曾经住过的地方看见他贴在墙上的家电维修广告，大声叫了起来："找到了！找到了！"

按照小广告上的地址，他们找到了王秉权开的修理铺。王秉权见到他们母子，先是一惊，随即问了句："你们来干什么？"余长凤火不打一处来："亏你还问得出来，你这个没良心的，扔下我们母子，几年不管不顾……"正在这时，从后屋出来一位手里抱着一个女孩的女人，那女孩一见王秉权便嚷道："爸爸抱！爸爸抱！"

面对眼前这一幕，余长凤差一点没气晕过去……

余长凤带着小龙来到法院，要告王秉权重婚罪和遗弃罪。法院的工作人员告诉他们母子：根据法律的规定，重婚和遗弃等轻微刑事犯罪案件属于自诉案件，也就是说证据必须由自诉人自己提供，法院才可受理。

那些日子，余长凤让儿子买来《婚姻法》和《未成年人保护法》，母子俩一条条比照法律条文，认定王秉权的犯罪依据。

余长凤和儿子来到王秉权与陈俭莉同居的住地取证，却处处碰壁。掌握王秉权证据的房东和居委会，有的觉得多一事不如少一事，有的说："没见过个人来要求取证的，公安局和法院派人来还差不多。"

最高人民法院发布的有关《刑事诉讼法》若干问题的司法解释中，规定包括重婚、遗弃等八类轻微刑事案件，被害人直接向法院起诉的，法院应该受理。对于其中证据不足、可由公安机关受理的，或者认为被告人可能判处 3 年有期徒刑以上刑罚的，应当移送公安机关立案侦查。但是，在具体实践中，公安机关如何介入、如何调查取证，尚属空白。

作为一位母亲，余长凤最担忧的是自己的儿子，为了这场官司，儿子耽误了学业；为了这场官司，一个未成年的孩子，却过早地品尝了人世间的艰辛。

尽管诉讼的路还很长，但余长凤决心已定，一定要打赢这场官司，为自己和儿子讨回公道……

杭州一位搞装修的老板，包养了一个"二奶"，公开场合称是自己的女"秘书"，背地里两人却过起了"夫妻"生活。几年里，他的妻子多次将他告上法庭，而且还有人愿意为她提供旁证。法院却犹豫不决，不敢认定他犯了重婚罪。

郑州一位名叫张平平的妇女，将"包二奶"的丈夫告上法院，法院答复：你要告他可以，但必须拿出证据。

为了拿到证据，张平平开始了秘密"侦查"工作。经过几个月的努力，她终于找到了丈夫在外头私设的"爱巢"。她知道擒贼擒王，捉奸捉双。蹲了好几天的"坑"，那天半夜，见丈夫与"二奶"亲亲热热进屋后，她耐心等候了一个多小时后，一脚将门踢开，直扑卧室，用事先准备好的傻瓜相机，拍下了丈夫与"二奶"的丑态。

正当张平平拿到"铁证"，准备将丈夫再一次告上法庭时，"二奶"却以侵犯隐私权为理由，将张平平告到妇联，要求追究张平平的刑事责任。这桩"第三者控告合法妻子"的奇闻，让法官也难辨是非。

广东江门市公安机关为了查处一起重婚案，动用了20多名警察，整整忙乎了小半年，才算拿到扎实的证据。不难想象，如果每一起重婚案件都要公安机关参与，都要付出如此高昂的成本，我们的基层派出所什么事情都不要干，整天忙于"抓奸"都忙不过来。而对于不具备合法侦查手段的婚外情受害者来说，要想取得有力的证据更是难上加难，搞跟踪、拍照片、蹲坑守候、破门而入，这些举措不仅费时费力，容易误伤无辜，而且还有侵犯隐私权之虞。

正由于此，一些民间的"私人侦探所"，便应运而生。

2000年3月，某新闻网站报道，侦察兵出身的魏某开设的一家私人侦探所，由于接手的案子中大多是对"包二奶"者的调查，人们称他为"二奶杀手"。

魏某1993年以"协力民事调查所"的名称在工商正式注册并经营后，生意一直很好。他接的80%的案子，都是受害的妇女委托他调查对自己不忠的丈夫与别人私通的事。魏某与客户之间相互守信，成功率也很高。据他自己说，已经在全国各地的法庭上，出示了上千套的证据，还没有被一个司法机关驳回过。

尽管魏某的"协力民事调查所"是经工商局正式注册的合法企业，但这种民间的调查所属于什么性质的机构，法律赋予它多大的权力？在委托人的离婚诉讼中，由私人侦查提供的证据合法有效吗？

其实，早在1993年，公安部已经明令禁止开设所谓的"私人侦探所"。因为，这种私人调查所及个体侦探的行为，往往会侵犯被调查者包括隐私权在内的其他各种权利，甚至会造成侵犯人权等更大的法律纠纷。对于法院来说，如果因为保护一方的利益而损害了另一方利益，同样有违司法公正。

最高人民法院在司法解释中，也曾明确表示，偷录偷拍的证据不能被法院采信。

法律不提倡"捉奸举证"，问题是，不"捉奸"又如何举证？

　　一些法官认为，由于这些案件多涉及婚姻中的隐私，尤其是举证时把"性"问题摆上了桌面，随着这种情况的增多，有可能在法庭上上演隐私大战。那么离婚将注定不会是"好离好散"，双方当事人及其律师可能会在法庭上大揭隐私，人们一向讳莫如深的"性"，将成为离婚案件的一大重头戏。

　　南京一位妇女，她的丈夫与"第三者"长期同居，生了两个孩子。她到法院起诉，法院仍以证据不足驳回起诉。她痛心地说："我是合法婚姻得不到保护，非法婚姻反而很嚣张。他们俩公开给他们的孩子过满月、过生日，大张旗鼓，欢天喜地。我搞不懂，生了两个孩子还不算重婚，什么算重婚？我还搞不懂，计划生育政策对合法婚姻管得很严，而他们非法生了两个孩子却没人过问！法律何在？天理何在？"

　　法律何在？

　　天理何在？

　　不是没有法律，而是我们的现行法律遇到了新的挑战！

把恺撒的还给恺撒，把上帝的还给上帝

　　一部法律的制定是和当时的政治、经济状况密不可分的，而一部法律的修改也必定体现着社会的变革。

　　当"包二奶"、"第三者"等婚外滥情行为，向一夫一妻制发起严峻的挑战，而现行的婚姻法律又无法对婚姻中无辜受害的弱势群体进行保护时，修改法律便势在必行。

　　我国《刑法》第238条规定："有配偶而重婚的，或者明知他人有配偶而与之结婚的，处2年以下有期徒刑或者拘役。"这个规定过于严格，难以调整现实社会中发生的事实重婚行为。客观现实是，有配偶的人与他人共同生活，几乎没有人再次办理登记手续，对外也不以夫妻名义，而是多以"秘书"、"兄妹"、"保姆"相称，掩人耳目。能够按照《刑法》重婚罪定罪量刑的是极少数，《刑法》规定的重婚罪形同虚设。

　　对"包二奶"、"第三者"等婚外滥情行为反映最强烈的是妇女界，最早提出放宽重婚罪认定标准要求的也是妇女界，要求立法制裁"包二奶"、"第三者"呼声最高的还是妇女界。

广东省妇联主席林惠仪，在接受我的采访时说："广东是改革开放最早的省份，这里又毗邻港、澳，婚姻家庭最先遇到一些新问题。当时首先遇到的，便是婚姻家庭的稳定问题。改革开放让一部分人先富起来，有些人手中有了钱了，心思也变得不正起来，对原来的婚姻家庭产生了动摇。另一个因素是外来打工妹的群体非常庞大，她们为广东的建设发展作出很大的贡献，但对本地的婚姻家庭也有冲击力。打工辛苦，如能傍个大款，一夜之间就可以改变命运，而且她们自身的条件往往又不错，年轻、漂亮。还有，随着人们价值观念的多元化，一些人对西方生活方式和性解放理念的认可。'包二奶'、'第三者'插足等现象日益增多，每天都有人到各级妇联告状。而我们现行的《婚姻法》却不能解决现实中发生的问题，法律已经滞后，无法保护妇女和儿童的权益。1995年，人大已经作出修改《婚姻法》的决议，可我们等不及了，省里先出台了一些法规和意见，对这些丑恶现象进行了整治。后来，修改《婚姻法》，有关部门征求我们的意见，我们明确表示，应该加大对重婚和其他违反一夫一妻制行为禁止力度，建议增加制裁'包二奶'、'第三者'插足等条款，'包二奶'、'第三者'插足破坏家庭导致离婚的，负连带损害赔偿责任。"

2000年5月，全国人大法工委和全国妇联权益部，赴广东就修改《婚姻法》有关问题，征求当地有关部门、法学专家及妇女代表的意见。在讨论"关于重婚、'包二奶'法律应如何处理"这个问题时，与会者反映强烈：

一些同志认为，法院在民事审判中已不承认事实婚，刑事审判中又承认事实婚，两者不一致。建议对破坏他人家庭的行为，《婚姻法》应明确规定便于操作的条文。

有的同志说，近年来，广州市由于"第三者"介入而导致离婚的案件增多。如海珠区近两年受理离婚登记中，有40%的离婚案件是因为"第三者"介入导致离婚的。

有的同志说，刑法对重婚罪仅判2年，打击力度不够。对于重婚问题，目前的做法一般是不告诉不受理的原则，即使有告的，也因取证困难而不能立案，因此实际发生的和实际处罚的相差甚远。

有的同志说，有比较稳定的同居关系（半年或一年）且生儿育女的，就应视为重婚。

有的同志说，"包二奶"、非法同居造成的后果是十分严重的，已经严重影响一夫一妻婚姻制度，甚至发生情杀、自杀，严重影响社会安定和计划生育。

而且一些党员干部"包二奶"、养情妇的现象时有发生，其结果是败坏了党风，导致党员干部队伍腐败，并且往往导致国家集体财产受到损失。

有的同志说，有一个拥有百万元资产的女企业家为了取证，竟拿出了几十万元的经费雇人调查取证，虽然最终判了男方重婚罪，但自己付出的代价实在是太大了。

一位受害妇女大声疾呼："我是一个婚外情的受害者，丈夫在国外期间有了'第三者'，目前我的离婚案件还在上诉过程中。对我这样年过四十的女人来说，在夫妻几十年的共同生活中，为家庭付出了全部青春和心血，现在婚外情这么泛滥，我这个年龄段的受害女人不在少数，从人性的角度，怎能要求我们心理平衡？我想表明一点，欧洲人谈论感情非常浪漫，美国人谈论感情强调自由，这些观念是否符合我们？我们中国人的婚姻观念是在中国的土地上承袭下来的，修订《婚姻法》应当更多地参照本民族的道德观念，这样才能维护我们的社会风气和社会进步！"

一些省、市的妇联组织建议，放宽《刑法》规定里的重婚标准，有以下行为应视为重婚：有配偶的人与他人领取结婚证的；有配偶的人与他人举行结婚仪式的；有配偶的人与他人虽未举行结婚仪式，但以夫妻相称、在固定住所共同生活的；有配偶的人与他人虽未以夫妻相称，但有稳定的同居关系、在固定住所共同生活6个月以上的。

许多民众尤其是女性，对这些主张表示支持。零点调查公司在北京、上海和广州作过专门调查，70%的被调查者认为"与婚外异性同居6个月以上"应当看做重婚罪。另一项调查表明：80%的北京人认为"包二奶"就是事实重婚。有人甚至提出：不管是"包二奶"、婚外恋还是"第三者"插足，都应当给予刑事制裁。

因此，在这次《婚姻法》的修改过程中，对于"包二奶"、"第三者"是否通过法律手段予以打击、如何打击，应不应该放宽重婚罪的认定标准，成为全社会关注与争论的焦点。

据全国人大《有关部门关于婚姻法修订民众意愿调查结果》"对破坏婚姻家庭行为的态度"一项调查显示：

认为法律不应干涉的只有5.6%，赞成法律制裁重婚或纳妾的有94.2%，反对法律干涉的只占 1.8%，99.4% 的公众认为夫妻之间应当互相忠诚，75.8% 的人认为法律应制裁婚外性行为，47.6% 的人希望应进一步限制离婚，86.8% 的人同意在离婚时对破坏婚姻家庭的一方进行惩罚。普通公众认为通奸、虐待、重婚纳妾、暴力殴打等行为是破坏婚姻家庭的主要行为。

但是，大多数的专家学者却表现得非常冷静，坚决反对放宽重婚罪的认定标准，反对用《婚姻法》来惩罚"包二奶"、"第三者"插足等婚外情。

听听他们是怎么说的：

王利明（中国人民大学）：

我认为现实中存在的一些"包二奶"的行为，确实败坏了社会风气，损害了社会公德，破坏了计划生育，也造成许多家庭破裂，因此对此种行为应当通过法律手段予以制裁。然而，在《婚姻法》中扩大重婚罪的概念，依然存在着许多问题，我个人不赞同这种看法，主要理由是：

第一，《婚姻法》在性质上属于民事法律范畴，属于民法的组成部分。在《婚姻法》中只能规定与婚姻有关的民事法律后果问题，而不宜规定罪名与刑罚。即使确实有必要对实践中存在的"包二奶"问题加以制裁，也应当通过修改刑法或者由全国人大通过颁布单行的刑事法律加以解决。

第二，对"包二奶"的行为按重婚罪处理，还存在一个法律上需要解决的问题，即与婚姻的概念相冲突。有配偶的人与他人以夫妻名义或不以夫妻名义同居生活的"包二奶"行为，既不符合《婚姻法》定的实质要件，也不符合《婚姻法》定的形式要件，因此并不是一种婚姻。

第三，"包二奶"的行为表现形式多样，产生的原因也各不相同，若在《婚姻法》中扩大重婚罪的概念，对各种"包二奶"行为都予以惩罚，那么这种"一刀切"的规定不符合婚姻家庭关系的特殊性。

第四，"包二奶"是一个包容性很强的概念，甚至不是一个严谨的法律概念。在实践中，"包二奶"行为与通奸行为常常很难区别。如果把通奸行为作为刑事犯罪处罚，则未免打击面太大。若《婚姻法》中规定对"包二奶"的行为都按重婚罪处理，在司法实践中也很难操作。

必须看到，"包二奶"的行为尽管违反了一夫一妻制原则，毕竟这种行为还没有对一夫一妻制形成公开的挑战。对这种行为主要还是应当通过党纪政纪处理以及道德规范约束，而不宜采用刑法的制裁措施。

李银河（中国社会科学院）：

婚外性关系是违反婚约的，是不道德的，有婚外性行为一方往往造成无婚外性行为一方极大的精神痛苦和极大的愤慨。因此，对于一些人由此产生的用法律来惩罚婚外性关系的想法我可以理解，但即使如此，我认为这种想法是不妥当的，理由有三：

首先，实施惩治婚外性关系的法律是否可能。

从统计上看，婚外性关系在已婚人群中占有较大的比例。根据澳大利亚的统计，一生中有过婚外性关系的人数在已婚者中占到43%。在中国，1989年我作过一个北京市的随机抽样调查，承认有过婚外性活动的人数比例是6.4%。随着时间的推移，老一辈的谢世，婚外性关系在已婚人群中所占的比例预计会有较大的提高。

中国有俗话说：法不责众。既然婚外性行为属于在人口中有相当大比例的人都会有的行为，一旦把它规定为非法，执行起来就会有困难。

其次，建立惩治婚外性关系的法律依据是否应当。

任何惩治婚外性关系的法律，其实质必定是通奸法。在我看来，惩罚婚外性关系的最好办法就是离婚。如果要恢复专门针对婚外性行为的通奸法，就未免过于倒退。现在全世界除了很疯狂的宗教狂热政权之外，很少有实行通奸法的。我们总不至于要回到中世纪去吧。

最后，应否动用国家权力规范私生活。福柯说过，性是没有任何一种权力能够忽视的资源。把处置婚外性关系的权力交给警察和国家，无疑是每一个人自由生活空间的缩小。在增加对婚外性关系的法律惩罚建议中，最可悲的是，这种建议并不是国家提出来的，而是一些普通人提出来的。我们不得不为福柯的洞察力所震惊：权力并不是集中在某一群人或某几个人手中，它在一个提出要用法律来惩罚某种行为的普通人的头脑之中运作；压制并不仅仅来自国家，而且来自我们自己。

温毅斌（湖南益阳中级人民法院）：

《婚姻法》不能解决刑事问题。因为《婚姻法》是民事法律，是民法的特别法，它只能调整平等民事主体之间的财产和人身关系，所以重婚罪的问题、家庭暴力犯罪的问题，均属刑法调整的范畴，尽管与婚姻家庭有关，但不能在《婚姻法》中解决。

《婚姻法》不是道德法。目前社会各界关于《婚姻法》修改的讨论，似乎在围绕一个热门话题而进行，那就是如何解决男人在外面找情人、"包二奶"的问题。这是一个法律问题，还是一个道德问题，我们还没有解决和定位。

如果是道德问题，或者主要是一个道德问题，那么我们可另立一部"婚姻道德法"，谁违反了婚姻道德，可由专门道德法庭去审理和裁决。但目前我国还没有道德法庭，设立道德法的时机还没有成熟，而且违反道德不存在承担民事或刑事责任问题，只存在受到社会舆论谴责的问题。

如果是法律问题，属重婚罪问题，应对刑法有关重婚罪的问题作出具体解释，使其具有可操作性；属卖淫嫖娼问题，应对治安处罚条例关于卖淫嫖娼的规定作出补充解释或修改，再由公安机关加大执行和打击力度即可，均与修改《婚姻法》无关。

邱仁宗：

1998 年的中国，有人主张将惩罚婚外恋的法律条款明确或隐晦地加进修改后的《婚姻法》。

将法学专家或立法者认为"不道德"的行为通过法律规定为"非法"，从根本上混淆了"道德"和"法律"两个不同的领域。这种做法可称作"法律道德主义"。法律不是用来宣扬某种道德观的，而是保护公民权利、保障社会安定的工具。不是法学专家或立法者认为"不道德"的所有行为都应该或可以用法律规定为非法的，他或她并不是生活在由他或她的单一道德共同体的社会中，现代社会由不同的道德共同体组成，这些不同的道德共同体来源于不同的文化或亚文化，不同的民族和语言，以及不同的社会历史经历。企图将自己所属的共同体认为不道德的事情用法律规定为非法，实际上是将自己的道德共同体的价值观，强加于其他共同体。英美两国长期以来存在的所谓"反常"性交法，将包括同性恋在内的一切非阴道性交的性行为都列为罪行，致使天才横溢的唯美主义诗人王尔德和计算机之父图灵被迫害致死，就是将占统治地位的道德共同体的价值概念强加于其他道德共同体之上的一例。

张庆方（北京大学法学院博士研究生）：

虽然我主张《婚姻法》应当保护婚外滥情的受害者，但我绝不同意盲目扩大重婚罪的范围。把婚外情、"包二奶"等行为一律拔高到犯罪，采用刑法手段去打击，是非常不经济的。我国监狱关一个犯人每年大概需要花2000元人民币，成本太高了。

"让恺撒的归恺撒，上帝的归上帝。"这句西方谚语的意思是说，世俗领域的事情由世俗的政权管辖，精神领域的事情由教会管辖。借用这句谚语，多数专家学者的共识是：该由法律解决的问题由法律解决，该由道德规范的问题由道德规范。不放宽重婚罪的认定标准，并不意味着法律对"包二奶"等婚外情漠视不管，而是应当区别不同情况、运用不同手段、通过不同渠道分别解决。

即使是后来被社会学者认为偏于保守的《中华人民共和国婚姻家庭法（草案）》（法学专家建议稿）第一、二稿，也没有将"包二奶"等婚外情划入重婚范围。

《法学专家建议稿》的主要起草者之一杨大文，在谈到这个问题时，对我说："我认为，扩大重婚和重婚罪的范围是不可取的，退一步说，即使要扩大，那也是刑事立法的事情。当时在起草《法学专家建议稿》时，有些团体和个人，希望能在法律条文里写上对'包二奶'、'第三者'行为的遏制，被我们抵制了。但有些社会学者把'夫妻应当相互忠实'，也看成是一种倒退，我不同意，其实西方一些国家以及我国的香港、澳门也有这方面的规定。在《法学专家建议稿》的总则里，有一条'实行一夫一妻制，公民的配偶权受国家的保护'。'配偶权'是指在合法的婚姻关系存续期间，夫妻相互间所享有的表明配偶身份及其相关权利的总称。男女一旦结合，互为配偶，配偶是一种身份，配偶权就是一种身份权。设立配偶权的目的在于保护正当的婚姻关系，使《宪法》的'婚姻家庭……受国家保护'得到落实。但对设立配偶权，争论非常大。"

关于在《婚姻法》里设立"配偶权"问题，上海社会科学院的徐安琪明确表示反对，她说：

"在修改《婚姻法》时，法学专家的一项重要建议是设立配偶权，但最后在人大讨论时没有通过。设立配偶权的实质是强调夫妻的同居义务，本意是为了限制有婚外恋的一方与第三者的非法同居，或者说是为了赋予无过错方要求排除第三者妨碍自己家庭的权利，由于一些地区的重婚纳妾、婚外恋的过错者大多是男性，因此，设立同居权被认为是维护了弱势女性群体的合法权利。

"然而，配偶权的设立实际上对于已一意孤行、移情别恋的男子毫无威慑力和约束力，这不仅是因为法律无力保障婚姻当事人始终如一地忠于配偶，而且司法机关也不可能强行排除对配偶权的妨害。况且，即使有婚外恋的丈夫在有关部门的强制下被'妨害'无奈回了家，妻子与身在曹营心在汉的负心郎同居生活有安全吗？双方的夫妻生活会快乐、幸福吗？其中一些丈夫甚至可能在同居生活中发泄怨恨继而导致性虐待、性暴力，使妻子的境遇更逊于分居状态。如果妻子以'第三者'侵犯自己的配偶权为由要求她赔偿损失，在实际操作上也较困难，因婚外恋是非常复杂的，有时很难分清责任，如妻子整天打牌、不理家事，或者丈夫经常打骂妻子，或者双方性格不合，一方要求离婚又不被批准，于是有了婚外恋，你说主要责任应由谁负？我本人认为，过错不应仅限于性方面，还包括其他诸如一方犯罪、赌博、酗酒、粗暴殴打、好吃懒做不尽义务等等。并非只有性出轨就应追究责任、给予补偿，有其他严重过错也应让他付出代价。况且婚外恋往往很隐蔽而难以有确切证据，因此，在审判实践中难以操作。

"也有学者认为'有不能同居的不当理由的，不在此限'的条款，规定了在婚姻存续期间，一方如果强行与配偶同居就有可能构成婚内强奸罪。恰恰相反，同居权或配偶权的设立不仅不可能限制婚内强奸，反而为婚内强奸的合法化提供了法律依据。

"这首先是因为，上述条款没有明确规定何为'正当理由'，这就使'正当理由'的认定具有随意性。其次，由于男子至今仍掌握着性生活的主动权，加上他们的体力优势，于是所谓的'正当理由'实际上往往由丈夫判断妻子拒绝的理由是否正当。因此，我们认为，在法学界目前还难以对所谓的'不能同居的正当理由'达成一致认同的前提下，我们坚决反对在婚姻家庭中增设同居权及所谓的'排除妨碍配偶权的权利'等条款。况且，一夫一妻制本身就意味着婚姻当事人互为配偶、有同居和互相忠实的义务，刻意强调配偶权或同居权似无必要。"

经过广泛征求意见，经过九届全国人大常委会第十八次、第十九次、第二十一次三次会议的反复讨论，2001年修正通过的《中华人民共和国婚姻法》，有 5 处对重婚、"包二奶"、"第三者"插足等现象，进行了正面或侧面、直接或间接的遏制和法律援助。

其一，在《总则》中倡导："夫妻应当互相忠实，互相尊重。"有人认为这条实际上是道德法则，因为它在原则上不具有可操作性，而且高于道德底线。虽然法律问题和道德问题不能混为一谈，但法律本身即具有道德指向作用，强调夫妻双方"互相忠实"的法定义务，有利于家庭稳定、和谐及遏止婚外情、"包二奶"等违反一夫一妻制的行为。这一条作为宣言出现在法律中，是具有感召力的努力目标。

其二，在《总则》中规定："禁止重婚，禁止有配偶者与他人同居。"这一条原来的表述为："禁止重婚和其他违反一夫一妻制的行为。"有的常委委员认为，哪些属于"其他违反一夫一妻制的行为"，应当进一步明确，有的常委委员认为，"其他违反一夫一妻制的行为"情况较为复杂，应当区别情况通过法律、党纪、政纪、道德、教育等多种手段、多种渠道予以遏止。考虑到一一列举违反一夫一妻制的行为比较困难，最后确定为："禁止重婚，禁止有配偶者与他人同居。"

其三，第四十五条规定："对重婚的，对实施家庭暴力或虐待、遗弃家庭成员构成犯罪的，依法追究刑事责任。受害人可以依照刑事诉讼法的有关规定，向人民法院自诉，公安机关应当依法侦查，人民检察院应当依法提起公诉。"

其四，第十二条和第四十六条的有关规定，确立了离婚损害赔偿制度。使那些重婚、"包二奶"者，违反了婚姻义务理应承担的责任，就应付出经济成本。加重了对重婚、"包二奶"过错的经济惩罚力度，保护了无过错方的合法经济利益。

其五，第三十二条规定，有配偶者重婚或与他人同居，受害方要求离婚的，经调解无效，准予离婚。它对于受害者一方迅速摆脱不幸婚姻是一种倾斜和法律援助。

2001 年修正《婚姻法》公布后，从近几年的审判实践来看，有些情况尽管条文已经作了比较具体的规定了，但实行起来还是缺乏可操作性。

比如《婚姻法》第四十六条规定，有下列情形之一，导致离婚的，无过错方有权请求损害赔偿：（一）重婚的；（二）有配偶者与他人同居的；（三）实施家庭暴力的；（四）虐待、遗弃家庭成员的。其中"有配偶者与他人同居"与重婚的最大区别就在于是否以夫妻名义共同生活。如果双方以夫妻名义共同生活，则属于重婚，触犯了《刑法》；反之则是"有配偶者与他人同居"，以上是立法的本意。《婚姻法》第四十六条关于"有配偶者与他人同居"的适用必须符合以下四个要件：

第一，有配偶一方行使了《婚姻法》所禁止的破坏双方婚姻家庭关系的行为——与他人同居，即指有配偶者与婚外异性，不以夫妻名义，持续、稳定地共同居住。

第二，违法行为一方，给相对一方造成了既成的财产和人身、精神损害的事实。

第三，过错方的违法行为与夫妻感情破裂间具有因果关系，是导致婚姻破裂的原因。

第四，实施违法行为的配偶一方必须具有主观过错，而配偶另一方没有过错，而且要求实施违法行为的配偶必须出于故意。

从立法本意来看，"有配偶者与他人同居"主要是指"包二奶"、"包二爷"等非法同居情况，而禁止有配偶者与他人同居的目的是反对破坏一夫一妻制的行为，倡导良好的社会风尚。但实际情况是，重婚犯罪情况十分复杂，能够认定的不多。有配偶者很难再公开与他人领取结婚证，而且是否以夫妻名义同居又很难认定，有的甚至生了孩子也不以夫妻名义相称，当事人鬼着哪，不会明知犯法还要等到判刑。但如果对"包二奶"、"包二爷"等非法同居的现象放纵不管，势必导致婚姻家庭关系的不稳定，也不利于保护无过错方的权益。所以，对"有配偶者与他人同居"导致离婚的，让过错方付出一定的经济代价，那其实是对这种行为进行一定的惩罚，也算是对无过错方的一种抚慰。2001年修正《婚姻法》颁布实施以后，一些当事人对《婚姻法》第四十六条规定的损害赔偿在理解上存在误区。有些人为了离婚时能得到赔偿，千方百计去"捉奸"，尽力搜集配偶通奸的证据（有不少受害者还弄巧成拙，吃了侵犯隐私权的官司），其实"捉奸"获得的证据与《婚姻法》第四十六条的规定没有必然联系。法律的着眼点是反对破坏一夫一妻制的行为，即有配偶者与婚外异性共同居住，一起生活的行为，至于共同居住期间是否发生性行为，并不是本条法律所关注的，只要有配偶一方与他人同居的事实构成，即使没有发生性行为，另一方作为无过错方都有权要求损害赔偿。相反的，即便配偶一方与他人有通奸的性行为，另一方也有充分的证据予以证明，也不能理解为"同居"，因此，还是不能据此提起损害赔偿请求。

筑起堡垒，保卫家园。

人类经过几千年的选择比较，最后选定的一种婚姻制度—— 一夫一妻制，不容侵犯！

第七章

——

动荡的婚床

让离婚变得轻松一些

你想一天不得安心吗？就请客；

你想一年不得安心吗？就搬家；

你想一辈子不得安心吗？那就离婚吧！

被无数中国人屡试不爽的这条真理，让无数中国人对离婚望而生畏。

离婚为何如此之沉重？不能让离婚变得轻松一些吗？能！有人告诉我，北京市西城区法院有个"便民法庭"，在那里办理离婚，就像吃快餐一样快捷方便，到那里办理离婚的不吵不闹，心平气和，有的还有说有笑。

2003年3月1日上午，乍暖还寒，天空飘着几片乌云，地上刮来一阵阵小风。我前往"便民法庭"采访。

我轻轻推开"便民法庭"办公室的门，电脑后一位胸前佩戴着醒目国徽的女法官，和蔼地问我："你是来办理离婚的？"

我赶忙说："不，我是来采访的。刘珍同志在吗？"

"哦，你是昨天来电话的那位海军作家吧？我是刘珍，对不起，对不起，到我们这里的都是来办理离婚的，这都成了我们的职业习惯了。"

"我暂时还不需要，如果我有朋友需要的话，一定介绍到你们这儿。"我也幽了一小"默"。

几位法官都笑了。

刘珍介绍说，"便民法庭"成立于2000年3月，受理的案件是适用简易程序审理的事实清楚、争议不大的婚姻、小额债务、赔偿、合同纠纷案件，以及双方当事人争议不大的其他各类民事、经济案件，其中95%以上是离婚案件。自成立以来至2002年底，共办理离婚案件近8000件。这些案件原先归民庭管辖，按一般程序，先要在立案庭立案，再把案子分到有关庭室的审判员手中。审判员再根据工作安排，通知被告，向被告发送起诉书，安排开庭。如果原告与被告双方已经协商好了，当庭可以达成调解协议，但正式协议书还要等一些时候才能送达。如果调解不成功的，审判员就要进行调查，然后再择日进行判决，时间将更长。"便民法庭"成立后，对当事人同时到庭，要求办理离婚手续的（包括其他一些简单案件），只要双方已经协议好了，或者争议不大的，依法采取简单、快捷的审理方式，做到：当日立案、当日开庭、当日审理、当日解决。一般的一个小时，最快的10分钟。最多的一天办理了25起离婚案件。

刘珍建议我到法庭听几起案例，感受感受气氛。法庭就设在办公室的旁边，我进去时，审判员安振颖正准备开庭。

来办理离婚的是一对三十出头的夫妇，女方是原告叫红柳，男方是被告叫王强。安振颖在核查了《结婚证书》和双方的身份证后，开始庭审。

安振颖："原告出生时间、工作单位、户址？"

红柳："我1971年7月15日出生，在某某保险公司财务部工作，住西城区某某胡同6号。"

安振颖："被告出生时间、工作单位、户址？"

王强："我1969年3月18日出生，在某某汽车修理厂工作，住西城区某某胡同6号。"

安振颖："你们有孩子吗？"

红柳："有一个男孩，叫王健，今年6岁。"

"你为什么要提起离婚？"

红柳："感情破裂。"

安振颖："被告你同意这种观点吗？"

王强："同意。"

"孩子由谁抚养？"

"由我。"（原告）

"家里还有债权、债务和财产纠纷吗？"

"没有。"（被告）

安振颖："原告起诉离婚，被告同意吗？"

王强："同意。"

安振颖："原告、被告，如果你们考虑成熟了，就签字。"

"我们已经考虑成熟。"

安振颖让两人分别在"谈话笔录"、"民事调解书"、"送达回证"上签字。

而这时，一旁的书记员已经从电脑里打印出一份正式的"民事调解书"：

北京市西城区人民法院民事调解书

（2003）西民初字第 15×× 号

原告红柳，女，1971 年 7 月 15 日出生，汉族，某某保险公司财务部会计，住西城区某某胡同 6 号。

被告王强，男，1969 年 3 月 18 日出生，汉族，某某汽车修理厂修理工，住西城区某某胡同 6 号。

原告与被告 1995 年 5 月 1 日结婚，婚后双方生有一子名王健。因婚后双方在经济问题上产生纠纷，致使夫妻感情破裂，故诉至本院要求与被告离婚。经询，被告同意离婚。

本案在审理过程中，经本院主持调解，双方当事人自愿达成如下协议：

一、原告红柳与被告王强离婚。

二、双方所生之子王健由原告红柳抚养，自 2003 年 3 月 1 日起，被告王强每月付原告红柳子女抚养费 300 元，至王健参加工作为止。

三、王强每个月可以接走儿子一次，时间一天。

案件受理费 50 元，由原告红柳负担（已交纳）。

上述协议符合有关法律规定，本院予以确认。

本调解书经双方当事人签收后，即具有法律效力。

审判员安振颖
书记员张岩
2003 年 3 月 1 日

安振颖将"民事调解书"交给原告与被告，郑重地说："拿到这张调解书，意味着你们之间的婚姻关系从即时起解除了。夫妻一场是一种缘分，夫妻关系解除了，祝愿你们能成为真诚的朋友。同时，你们还继续承担着共同抚育孩子的义务。"

原告与被告接过"民事调解书"，显得十分平静。

我在法庭外采访了红柳。

她告诉我，他们是经亲戚介绍认识的，谈朋友的时候就觉得性格有些不合，当时也有过犹豫，但碍于亲戚的面子，还是结婚了。结婚后，发现双方的性格越来越不合。她的脾气大大咧咧，可他作为男人反倒小肚鸡肠，常常为一些小事闹别扭。有了孩子后，又为一些经济问题吵架。吵得她心烦意乱，影响了工作，对孩子的成长也有影响，觉得这日子过得实在没劲儿。几年前就打算分手，可听说离婚即便是双方都同意，还得双方单位同意，开出证明去街道民政科，街道还不是一去就给办，还得考验一些日子，看两口子是不是真没感情了。他们不愿意把事情闹大，可到单位开证明，非闹得满城风雨不可，所以便拖了下来。前些日子，听说这里有个"便民法庭"，只要双方同意，什么证明都不用，马上可以办理，他们就来了。

我问："你是怎么看待离婚的？"

红柳说："离婚毕竟不是一件愉快的事。婚姻人事，婚姻大事嘛！谁不愿意和和美美，白头偕老？但两口子既然走不下去了，整天在吵架中生活，还不如好合好散，离了好。"

"现在离婚压力大吗？"

"比原来好多了，人们对离婚的观念，现在发生变化了，亲朋好友都能理解。"

"你对'便民法庭'怎么看？"

"设立这种'便民法庭'很好，到民政部门办理离婚手续需要单位开证明，可离婚属于个人隐私，多数人不愿声张。闹得满城风雨，也不利于双方以后的工作和生活。"

28岁的谢女士和胡先生在"便民法庭"办完离婚手续后，谢女士高兴地从手提包中抓出一把糖果放到法官面前，她说："离婚对我们来说的确是件喜事。我们上大学时相识、相恋，大学毕业后很快就结婚成家。婚后不久发现双方在生活习惯、思想观念以及处理家庭关系等问题上有很大的分歧。我们两人都很好强，谁都不愿屈从于谁，所以婚后经常发生矛盾，彼此感到非常痛苦。"

谢女士和胡先生都受过高等教育，夫妻间出现矛盾时，没有大吵大闹，经过冷静的思考和交流，双方感觉彼此不适合做夫妻，最终选择了离婚。离婚使他们解除了痛苦，重新找到了自我，重新获得了追求完美婚姻的权利。所以，他们认为离婚也是喜事。

好几对名人夫妇像聂卫平、王刚，也是选择在"便民法庭"办理离婚手续的，前后不到一个小时，等媒体闻到风声，匆匆忙忙赶来想抓点"新闻"时，他们早已离开了。

我问刘珍："为什么到这里来办理离婚手续的，都能心平气和，也比较理性？"

刘珍说："这里面有两方面原因：一是双方到这里前已经经历太多的吵吵闹闹和家庭风暴，一切问题都已经协商过无数次了，到这里来无非就是办一下手续而已；二是社会在发展，人们的婚姻观念也在发生变化，过去谁要是说离婚，好像天要塌了似的，非折腾个你死我活不可！现在社会变得宽容了，夫妻间也变得宽容了，好合好散。"

"离婚容易了，会不会出现草率离婚的现象？"我又问。

"肯定会有这种现象，这关键就看法官如何把握了。"刘珍说，"上个月，来了一对老年夫妇，都是1922年出生的，已经81岁了，要求离婚。问他们这个岁数了为什么还要离婚，男的说女的对他缺乏信任并侮辱他，夫妻感情已经破裂，女的说男的与家里的小保姆关系不正常。审理时查明，老两口于1942年自由恋爱，1943年结婚，婚后生有7个子女，几十年来夫妻感情尚可。女的说男的与家里的小保姆关系不正常，也没有什么确凿的证据。考虑到这对老夫妇已经共同生活了半个多世纪，这几年，由于双方缺乏交流因而产生矛盾，夫妻感情受到一定伤害，但并未彻底破裂，我们驳回了离婚诉讼请求。还有一些年轻夫妻，晚上吵了一架，第二天就跑来要离婚，我们就得做劝解工作，化解他们之间的矛盾，挽救他们的家庭。"

安振颖法官手头有个统计，当年一二月份她共经手办理离婚案件 140 件，其中因夫妻性格、脾气不合离婚的 55 件，因家庭琐事（包括孩子教育、生活习惯、婆媳关系等）离婚的 60 件，因长期分居离婚的 12 件，因"第三者"插足离婚的 3 件，因性生活不和谐离婚的 2 件；其他原因造至离婚的 8 件。

"便民法庭"三个审判员、两个书记员，处理的案件数额占全院民事案件的 40%。

刘珍说："'便民法庭'实行'模式化'管理，方便当事人，提高办案效率，同时还节约了司法资源。"

"便民法庭"是一个窗口，在这里我们看到人们对婚姻质量的关注，对幸福生活的追求，对离婚的宽容。

"便民法庭"同时也让人深思，在社会多变的价值取向面前，婚姻为什么会变得如此不堪一击？

懒得离婚

离婚制度是婚姻制度的重要组成部分。

离婚是一种民事权利，是对过错行为的法律调控。

离婚，作为社会最小的细胞——家庭的裂变所产生的社会效应，一直被人们所关注。

新中国成立以来，我国曾经出现两次离婚高潮。第一次，发生在 1950 年《婚姻法》颁布后，1953 年，全国各地法院受理的离婚案件高达 117 万件，形成了解放以后第一次离婚高潮。第二次，则出现在 1980 年第二部《婚姻法》实施后，离婚率一直处于上升趋势。据法院系统的统计表明：1999 年，各地法院受理了 119.9 万件离婚案，比 1980 年的 27.2 万件翻了两番，年均增长 8.1%。其中，1980 年至 1990 年为急剧增长期，年均递增达 11.6%。进入 20 世纪 90 年代，尽管增幅有所减缓，但仍在稳步上升，1991 年至 1999 年，离婚案的审理数年均递增 4.4%。另据民政部门统计：1980 年到民政部门办理协议离婚的为 18 万对，到 1999 年，已上升至 47.7 万对，年均递增 5% 以上。

综合性的数据表明：进入 20 世纪 90 年代以后，我国结婚的人数正在稳步下降，而离婚人数却在逐年增多。1981年，我国结婚人数为1040.3万对，法院受理的离婚人数为38.9万对，离婚率为3.7%；1995年，结婚数下降到934万对，法院受理的离婚数则上升至105万对，离婚率剧增至11.3%；1999年，结婚数减至885万对，法院受理的离婚数却增至119.9万对，离婚率接近13.6%；2000年，全国结婚数只有848万对，法院受理的离婚数则增加到121万对，离婚率爬升至14.3%。

曾经在一个时期，离婚率的高低被看做阶级斗争的"晴雨表"；低离婚率被政府、被媒体宣传成为社会主义的一种优越性。

其实，离婚率的高低，并不能说明社会制度的进步还是落后，也不能证明婚姻质量的好坏。同样是西方发达国家，有的离婚非常自由（例如美国某些州），有的手续极其麻烦（例如比利时，离婚将耗时10年以上），有的则完全被禁止（例如意大利）。

我国"文化大革命"时期的离婚率是解放以来最低的，而这个时期的法制建设恰恰是最糟糕的，是人权最没有保障的时期，谁能说"文革"时期，我国人民的婚姻质量是最高的吗？

离婚率是诸多社会因素的综合产物，而不仅仅是情感的因素。

华东政法大学张贤玉教授说："离婚到底是坏事还是好事？从社会学的角度分析，它是个中性行为，像天要下雨一样，它是坏事还是好事？该下的时候它下了就是好事，不该下的时候它下了就是坏事。如果离婚是好事，就应该号召多离婚，如果离婚是坏事，干吗还从法律上保护离婚的权利？"

本来，离婚自由是结婚自由的必要补充，两者都是婚姻自由不可缺少的内容。它们从不同的前提出发，为着一个共同的目标——建设幸福美满的婚姻家庭关系。

但是，一个不争的事实是，离婚给离婚者所造成的心理压力超乎人们的想象。

美国华盛顿大学医学院心理学专家霍姆斯调查了5000人的病史，发现了15项对人们心理压力最大的环境事件。他以此设计出一种心理压力表，用来测量各种事件可能造成心理压力的分数及其与疾病状况的关联。结果发现，心理压力分数越高，则生病的可能性也越大。例如，一个人一年内累计超过200分，就有50%生病的可能。超过300分的人几乎百分之百生病。生活事件与心理压力分数的关系如下：

事件	压力分数
配偶死亡	100
离婚	93
夫妇分居	65
监禁拘押	63
婚姻不顺	50
被解雇	47
退休	45
怀孕	40
亲朋好友死亡	37
子女离家独立	29
学业开始或结束	26
与领导关系不好	23
社会活动改变	18
辞职	13

从上表不难发现，有关夫妻关系所造成的压力分数达到了308分（配偶死亡、离婚、夫妇分居、婚姻不顺），离婚所造成的心理压力在所有事件中仅次于配偶死亡，居第二位，分数高达93分，超过被监禁拘押。

尽管中国与美国在社会制度、人文环境、价值观念之间，存在着各种差异，但是，单就离婚所造成的心理压力来说，中国人比起美国人，只会是有过之而无不及。

对于中国的家庭来说，没有哪件事比得上离婚更显得沉重！

1984年发生在河南郑州市金水区的一桩离婚案，至今提起来，依然令人不寒而栗。

本案原告王本立是河南省委宣传部一位处长，被告是他的妻子王永贞。1980年9月，王本立第一次到金水区法院起诉，要求离婚。其理由主要有三条：王永贞在"文革"中曾写材料揭发他,对他进行政治陷害,平时在生活上不关心他,拒绝与他过夫妻生活。而王永贞则以王本立有"第三者"插足为理由不同意离婚。法院进行了长达两年的调查,先后询问知情人 22 名,取证 24 份,了解到王永贞"文革"中确实揭发过王本立的有关材料,间接造成政治迫害,严重影响了夫妻感情。但考虑到特殊的历史背景,且他们夫妻间原来的基础不错,儿女也强烈希望父母不要离婚。尽管王本立的离婚理由是充足的,法院在 1982 年 9 月还是判处不准离婚。当时,王永贞十分感谢法院对她的"支持"。

1983 年 9 月,王本立再次起诉离婚。法院觉得此案棘手,一直拖到 1984 年 2 月才受理。办案人员发现这一年多时间里,双方还在分居,甚至连过年过节也不团聚。法院又分别给双方做了 4 次调解工作,均没有效果。对于王永贞一再坚持的王本立搞婚外恋的说法,王永贞自己拿不出证据,法院进行了认真的调查,也没有找到确凿的证据。

1984 年 7 月 18 日,金水区法院民事审判庭将对这起已经审理长达 4 年之久的离婚官司,开庭宣判。

开庭前一个星期,审判长张景臣召集双方单位的有关人员,通知他们法院准备判离,希望配合做好双方当事人的工作,特别是王永贞的工作,如有异常情况,及时联系。开庭前一天下午,王本立单位来电话,说王永贞去闹了,扬言法院要是判离,她就要寻死,后来,女方单位也来电话,说王永贞情绪有些反常,声称"要死在法庭",希望推迟宣判。可这个重要的电话是别人接的,因为正赶上快下班,没有及时转告办案人员。

上午 8 时,准时开庭。不巧的是,审判长张景臣又因病请假,临时由助理审判员侯树恩代替宣判。侯树恩宣读完离婚判决书,王永贞说自己没听清楚,他又重新宣读了一遍。王永贞铁青着脸,立即表示不服,侯树恩说你不服可以上诉,只要理由充足,二审也是可以改判的。正在这时,只见王永贞从手提包里掏出一个棕色的小瓶子,嘴对嘴喝了一口。侯树恩愣了一下,随即喊了起来:"你干什么?快把它打掉!"坐在一旁的王本立刚刚反应了过来,抬手将王永贞手中的瓶子打掉,但已经迟了。王永贞 8 时 40 分服毒,9 时 10 分送进医院抢救,当夜七窍出血而死。

事情闹大了。第二天,王永贞在南阳老家的亲戚朋友来了五六十人,冲进法院,说法院把王永贞逼死了,又是散发传单,又是围攻办案人员。几千名群众聚集在法院外围观了四五个小时。

河南《妇女生活》杂志、北京《中国妇女报》连续发表文章为死者鸣冤叫屈。

王永贞的遗体存放在省医院的太平间里，亲属三年不许火化，一直由市财政支付存放费。

金水区法院成了众矢之的，昔日威风凛凛的法官们，如惊弓之鸟，人人自危。为了给王永贞的亲属和社会一个满意的答复，本案的三位办案人员都受了很重的处分，调离审判岗位。

"王永贞离婚案"发生后，著名报告文学作家苏晓康曾专门赴河南采访，他发现，"王永贞离婚案"更可怕的后遗症是：自王永贞自杀后，从1984年7月到次年9月，在大约一年零三个月的时间里，全郑州市各级法院发生了112起离婚案当事人用扬言"自杀"或"行凶"的手段威胁审判人员，其中73%发生在城区法院，而在王永贞出事的金水区法院，一年多时间里没敢宣判一桩离婚案。

这112桩怪异的离婚案让苏晓康惊叹不已！

一个汽车司机和妻子分居了10年，婚姻早已死亡，但法院每次想判离，女方都扬言要撞死在法庭上。这个司机第二次起诉后就泡在法院，一天三遍找院长，最后一跺脚说："你们再不宣判，我就开大卡车上长安街轧死他四五十人！"

一对夫妻都是工人，闹离婚一年多法院不敢判，双方都来威胁办案人员。男的说："我已经准备好两吨炸药了，只要你们敢判离，我就把她全家炸了，再来找你们同归于尽！"女的说："你们要不给我判离婚，我就烧死他全家，再来上吊在法院门前！"

苏晓康看到夹在法院案卷里的一份血书，是一个青年农民写的。他的妻子从1980年开始闹离婚，县法院死活调解不了，只好判离。他又上诉到中级法院，并附上这份贴着照片的血书，写道："我活不见人，死不见尸，寄给你们一张照片，三十元钱，作为给国家付一粒子弹费！"

那几年，郑州市各法院的审判人员，最怕当事人从兜里掏出小瓶子什么的。有个区法院的审判员正在法庭调解的当口，忽见坐在对面的当事人从口袋里掏出一个药瓶子来，吓得扑上去一把夺过，当场送到院长那里让化验，当事人哭笑不得地说："我有胃病，得按时吃这胃药。"

　　市中级法院民庭庭长对苏晓康说:"王永贞死后,由于舆论工具的推波助澜,许多离婚当事人纷纷效仿她的做法,以死向法院相威胁,给法院的正常审理带来严重干扰,弄得我们无法依法办事。许多明显的死亡婚姻,当事人已经忍无可忍,但我们不敢判离,怕激化矛盾,就让它拖着,或者干脆判不准离婚,牺牲一方的利益,以求保险。这一来,连我们也怀疑自己,这判不离婚的标准,到底是看感情是否破裂呢,还是看会不会死人?如果怕出人命就不判,那么凡是不同意法院判决的人都可以用死来要挟,这《婚姻法》的原则不就成了一张废纸吗?这种情况,直到今天我们还无力扭转。"

　　离婚,到了令人谈虎色变的地步!

　　这是一起经历了半个世纪漫长岁月的离婚案——

　　2001年5月的一个午后,两位白发苍苍的老人从法院出来,他们默默对视了片刻,背对背,朝着不同的方向走去。

　　往事不堪回首! 1953年3月,23岁的周山石,参加完广西边境剿匪战斗后,因腿伤从部队复员回到家乡,成了县粮食局的一名科员。一切刚刚安排停当,父母从乡下捎来口信,让他回去完婚。这是一桩彻头彻尾的包办婚姻,女方名叫刘翠萍,是个寡妇,比他年长5岁。洞房之夜,他和衣靠在小竹凳边,呆呆地望着那盏忽明忽暗的小油灯,直到窗外露出了鱼肚白。第二天,周山石不辞而别,独自回到县城。

　　从此后,周山石再也没有与妻子在一起生活,他在城里工作,妻子在农村劳动。每年,他只是在中秋节和春节回乡下看看父母,回去也没有与妻子住在一起。婚后第三年开始,周山石便提出离婚,几乎是一年一次,每次都是以父亲跑到单位破口大骂一番而告终。

　　1958年8月,周山石第四次提出离婚,法院也觉得这桩婚姻已经死亡,应该判离了。但是,当办案人员到乡下调查取证时,看到瘦小的刘翠萍正卖力地与社员们在大炼钢铁,恻隐之心使他们将天平向刘翠萍倾斜。

　　维系已经死亡的婚姻,对于当事人来说是何等的痛苦?在粮食局,人们发现周山石的脸上从来没有出现过笑容,最可怜的是刘翠萍,乡亲们说,好像世间没有这个人似的,几天都听不见她说一句话。也有人劝刘翠萍离婚算了,她说:"我这辈子都是周山石的人。"

1962 年，周山石又一次提出离婚。消息传到乡下，乡亲们不干了，村里百名贫下中农联名上书法院，列举事实说明刘翠萍是如何的勤劳、如何的孝顺、如何的作风正派。刘翠萍所在的公社专门给粮食局来函，反映周山石的"思想作风"问题，信中严厉警告道："周山石想抛弃贫下中农的女儿，我们贫下中农永远不答应！"粮食局长把周山石叫到办公室，严肃地问他："周山石，你这婚已经离了十年了，放着好好的日子不过，你瞎折腾什么？贫下中农的女儿你不要，你到底要谁？"

事情拖到了"文化大革命"中，周山石因"追求资产阶级腐朽生活"，被造反派作为"当代陈世美"揪了出来，押送回原籍劳动改造。家乡人民以它的博大胸怀接纳了周山石，村长说："这么多年你没干过农活了，再说腿又有伤，这次回来就当做养伤吧！"让人愤慨的是，他依然不同妻子住在一起。气得他老父亲几次拿刀恨不得杀了他。

"文革"结束，拨乱反正，周山石落实政策后回到粮食局。他做的第一件事是重新提出离婚。从第一次提起离婚到这时，已过了近 30 年，粮食局光是局长就换了六任。离婚成了周山石的一种"嗜好"，有人怀疑他有"第三者"，有人怀疑他是"性变态"。新局长劝他："老周，你都是五十多岁快退休的人了，还离什么婚？凑合着过吧！"周山石憋了半天，只说了一句："我不甘心啊！"

重新进行调查，重新进行调解，一切好像都重新开始。

一直拖到 2001 年，他们才走进法院。

他们没有子女，也没有财产纠纷。

在法庭上，双方发现对方已经是满脸皱纹、满头白发。当他们从法官的手中接过法院的判决书，这桩马拉松式的离婚案终于有了结局时，两位老人是欲说无言，欲哭无泪……

也是一位老人——年逾七十的刘老太，2001 年 5 月 14 日，在北京东城区法院的法庭上，面对法官，强烈要求："我已经忍了一辈子了，现在不想再忍下去了，我要离婚！"

刘老太与老伴性格不合，感情一直不好。老伴是个斤斤计较的人，心比针眼儿还细小。因为柴米油盐、鸡毛蒜皮的小事，俩人不知吵了多少回嘴，打过多少次架。但是，为了孩子，为了面子，为了不让别人笑话，为了那么多的为了，几十年来只好勉强维持死亡的婚姻。现在孩子们都已经独立生活，离婚也早已经不是什么见不得人的事，所以她决定离婚，还想在余生过几年真正舒心的日子。

刘老太说："我知道，我这一次提出离婚，满世界人都会在背后骂我，可是，谁能理解我的痛苦？谁能理解我这些年是怎样过来的？多少次想到自己这辈子活得这么苦，我都想一死了之！"

让我们再来看晓兰、王成芳写的刊登于《知音》杂志上的一桩离婚案：

王雅平—— 一位女律师，因为出于报恩而嫁给了一个工人。婚后由于夫妻双方文化、教养等差异，感情不和。她在丈夫的污蔑、虐待、恐吓下，始终对离婚束手无策，一名堂堂的律师，却无法保护自己的婚姻自由，最后不得不仓皇出逃……

王雅平的父亲王明钧是武汉一所大学的教授，母亲赵淑芝是一位小学校长。

1958年五一节，王明钧作为教育界的先进代表参加市里的表彰会，认识了工业战线的劳模张有贵，两人结为朋友。"文革"开始，王明钧一落千丈，被打成"反动学术权威"，被抄家批斗。巧的是张有贵作为工宣队员进驻王明钧所在的大学，他利用自己的身份，暗中保护王明钧，使他少吃了许多苦头。1970年春，王明钧下干校前，将妻女托付给张有贵，张有贵对她们母女关心备至。一年后，张有贵又想方设法将有病的王明钧调回武汉。两家的关系更加密切。

1977年底，王明钧不幸病故。当时，我国已经恢复正常高考，临终前，王明钧交代妻子，一定要让女儿上大学，同时也拜托张有贵继续关照自己的妻女。第二年，学校为王明钧平反昭雪，王雅平也以优异的成绩考取武汉一所重点大学的法律系。

张有贵的大儿子张家奎，在一家车辆厂当工人，他比王雅平大4岁，从小也一直护着王雅平。许多人给张家奎介绍对象，他总是不点头，原来他早已经在心里暗暗爱上王雅平。张有贵得知儿子的心思后，春节去王家拜年时，吞吞吐吐把儿子的情况对赵淑芝说了。赵淑芝觉得有些突然，便没有明确表态。晚上，赵淑芝对女儿谈了张家的想法，王雅平一愣，说："我从来把家奎当做哥哥，那种关系想都没想过……"赵淑芝说："这些年，我们欠张家的太多了……再说，感情也是可以培养的……"

1982 年 4 月，张有贵被确诊为晚期肝癌，垂危之际，赵淑芝去看望他时，他断断续续地说："……我最盼望的是……家奎与雅平能够成婚……"面对恩人临终前的嘱托，赵淑芝含泪点头答应了。

1983 年 7 月，王雅平大学毕业。赵淑芝开始做女儿的工作，女儿怎么也不答应。最后，赵淑芝几乎是在哀求："孩子，张家对我们是恩重如山，张叔托付的这件事办不成，我和你爸在九泉之下也无法向张家交代……"望着相依为命母亲的泪眼，王雅平违心地答应了。

1984 年国庆节，王雅平与张家奎举行了婚礼。

婚前，王雅平已经向张家奎说清楚，她刚参加工作不久，几年内不想要孩子，张家奎满口同意。可结婚才半年，他就等不及了。一次，他在避孕套上做了手脚，使王雅平怀孕。1986 年 7 月，王雅平生下了一个儿子。

婚后，王雅平更加深切地感受到了她与张家奎之间的"距离"，为了缩短这种"距离"，她曾多次鼓励他参加夜大学习，他总是说："我有你这么个当律师的妻子，一辈子都满足了！"王雅平无可奈何，只是心里有一种说不出的惆怅。

当律师很忙，而且经常要出差。张家奎觉得妻子对自己越来越冷淡，开始怀疑她是否有外心。1993 年 5 月，王雅平接了一起离婚案。原告是一家房地产公司老总，姓罗。由于此案涉及巨额财产分割，官司打了半年，还没有结果。看到妻子经常与罗总在一起，张家奎十分不舒服，后来发展到他悄悄跟踪妻子的行踪。被王雅平发现后他到罗总的公司大闹，罗总不得不另请律师。王雅平眼看着自己半年的心血白白付出，一气之下跑回娘家。张家奎急了眼，便折腾上小学的儿子，他威胁王雅平："你不回家，儿子的成绩就一天天往下掉。"儿子是王雅平的心头肉，为了儿子，她只好让步了。

尽管妻子回家了，但张家奎的疑心病却越来越重。只要王雅平与男士接触，他就闹，有时到王雅平的单位闹，有时甚至跑到王雅平正在辩护的法庭上闹。忍无可忍，王雅平又一次回娘家，并提出了离婚。听说妻子要离婚，张家奎咬牙切齿地说："离婚？你做梦去吧！"

1995 年春节过后的一天，张家奎找到王雅平，说愿意离婚，希望谈谈。他把她骗回家后，一进门，就用绳子将她捆牢，然后强行与她发生了性关系。王雅平哭着抗议说："你这是犯强奸罪，我要控诉你！"张家奎冷笑着说："你是我老婆，我有这种权利。"

1995 年 3 月，王雅平向法院提出离婚诉讼。6 月 28 日，法院开庭。法庭辩论时，张家奎声泪俱下地回述了张、王两家的历史关系，他对王雅平的拳拳深情，以及婚后王雅平的忘恩负义。他的表演获得法官的同情，法庭驳回了王雅平的起诉。

王雅平不服判决，10 天后上诉。法院经过调查，了解到了真实的情况，趋向于认定他们夫妻感情破裂。张家奎得悉消息后，几次到法院大吵大闹，扬言："只要你们判离，我先杀了姓王的，然后自杀。"法院不得不暂缓宣布庭审结果。

面对"无赖"，作为律师的王雅平，为不能用法律武器来保护自己的合法利益感到悲哀。她只好分居，待分居满 3 年后，再向法院提出离婚。

张家奎没有"闲"着。一天，他在路上拦住王雅平，掏出一把锋利的藏刀威胁道："这把藏刀还没喝过血呢……"吓得王雅平赶紧拨"110"，张家奎大笑了几声扬长而去。又有一天，王雅平和母亲、儿子正在家里吃饭，张家奎破门而入，从背后抽出一把两尺长的西瓜刀，挥舞了一番，说："老子还没回来，你们怎敢提前开饭？"儿子吓得直哭。

太可怕了！王雅平不得不选择了最后一条路：逃到南方去！

将母亲和儿子托付给亲戚照顾，1996 年 2 月，王雅平到了深圳，投靠一家律师事务所。

3 个月后，张家奎居然找到深圳，对王雅平的同事说，自己是千里迢迢寻妻来的，恳求大家帮助维护他们家庭的幸福。

深圳待不住了，王雅平又逃到广州，为了避免母亲和儿子受伤害，她悄悄将母亲和儿子接来广州。她以为这样可以安心生活和工作了，没想到，几个月后张家奎又魔鬼般地出现在她的事务所。

之后，王雅平再次出逃，相继在中山、汕头工作过。

1998 年 11 月，王雅平与张家奎分居满 3 年，她回武汉起诉离婚。1999 年 2 月，法院开庭那天，张家奎在法院门口拦住王雅平，掏出一把匕首威胁道："别想得太美，你要想多活一天，就不要做离婚这个梦！"王雅平向有关部门举报，因为未造成伤害事实，只是被警告了一下，而没受到惩罚。

王雅平再一次逃回南方。为了逃避张家奎的跟踪，她逃往珠海，忍痛改行，任职于一家电器公司。1999 年 7 月，该公司筹备在东欧某国设立分公司，她主动请缨，经过外语培训，旋即出国……

她的不幸的婚姻像山一般沉重；

她的离婚梦依然不能成真……

我想听听律师对离婚的看法，于是便联系到了北京高通律师事务所的律师陈晨。说到离婚，陈晨也是感慨万分。

陈晨当过兵，干过护士，1981年转业到西城区法院，从书记员干起，助审员、审判员、副庭长，一步一台阶，一直干到庭长。2002年提前办了退休，又当上了律师。

我对陈晨说："我想听听你当法官时，办理的一些离婚案的情况。"

"那可多了。"陈晨说，"我离开法院前，一直在民庭工作，当时离婚占民事案件的百分之六七十。"

"可不可以说，当时你们的主要精力都放在离婚案上了。"

"可以这么说，我进法院头些年，那时候债务、赔偿、合同纠纷等经济案件很少，主要是处理离婚案。一个法官要是接到那种'死离死不离'，那就有你费心的了。"

我问："什么叫'死离死不离'？"

陈晨说："你到我们院的'便民法庭'采访过了，现在离婚比过去容易多了，最快的十几分钟解决问题，有人说它像吃'麦当劳'快餐一样迅速。退回一二十年，那时候，人们从观念上对离婚普遍不接受。一个单位如果有一对夫妇闹离婚，旁人首先想到的是双方中的某一方是不是有作风问题，他们马上会成为人们的议论中心。作为提出离婚的当事人，也会感到很沉重，上法院要有极大的勇气。那时候离婚是件很丢人的事情嘛，你提出离婚，领导、同事、亲朋好友马上就会对你产生看法。我们法官最怕接手那种'死离死不离'的案子，就是一方死要离，一方死不离。"

"这种案子多吗？"

"多，多啊！10起离婚案，起码有5起以上是属于这种'死离死不离'的，往往是男方死要离，女方死不离，女方威胁法官：你们如果判离，我就撞死在你们法庭上。"

我说："能不能举一两个具体的例子？"

"我记得好像是八几年吧，我进法院工作不久。国务院有个退下来的副部长，夫人也是延安时期的老同志，两人过不到一起，一直打打闹闹。后来那男的又爱上一位女记者，便向我们法院正式提出离婚，一审我们没判离。那时候讲究调解，我们做男方的工作，老夫老妻了嘛，一日夫妻还百日恩呐，何况你们是几十年的夫妻了。再说还有个社会影响的问题，你们都是受党教育几十年的老干部了。男的根本听不进去，还是上诉。我们又去做女方的工作，对于已经死亡的婚姻，干吗还死死苦守着它？离就离嘛，离了他还能活不下去？女方说：'他有第三者插足，我不能轻易饶了他。'男方死要离，女方死不离，一直拖了好几年，闹得整个京城沸沸扬扬。"陈晨想了想，又说，"还有个女的，是电台的播音员，丈夫在石家庄工作，好像是个工程师。男方从上世纪70年代初就提出离婚，到我进法院时已经闹了快10年了，两人一直在分居。女的一口咬定男的有'第三者'插足，可又拿不出什么证据。只要男的一提出上诉，那女的就到法院闹。女的爱打扮，每次来都穿得体体面面，身上还喷着香水。她一进楼，有人闻到香水味儿，马上就知道某某又来了，肯定是又哭又闹，搞得大家都无法工作。后来，也是折腾了好些年才离了。"

我问："你们当法官的，难道就希望维持这种已经死亡的婚姻吗？"

"我们当法官的说了就能算数吗？"陈晨反问了我一句，"那时候，对于一个离婚案子判离还是判不离，并不是以夫妻感情是否破裂作为第一因素，而要考虑方方面面的因素。比如，如果是男方提出来，首先要考虑是不是喜新厌旧？是不是'陈世美'？如果被女方抓住证据，只要女方不同意离，一般不判离。如果没有证据，但即便只有这种嫌疑，三五年也别想离。如果是女方提出来，反映男方酗酒、虐待，只要程度没有特别严重，一般都要一而再、再而三地调解，甚至'和稀泥'……我再给你举个例子，是我们法院自己的事。我们有个姓田的审判员，上世纪50年代初，从商业部门转到法院工作。他老家在河北农村，妻子是父母包办的，是个文盲，没有多少感情，老田一般一年回去一趟，生有一男一女。后来，夫妻之间越来越没有感情，50年代末，老田提出离婚，但组织上不同意。没有感情，组织又不同意离婚，老田除了生活费照寄，家是不回了，一个人住单位，长期吃食堂。不管你组织批不批准，反之我每年写一份离婚申请。此事拖到60年代、70年代，一直到90年代，老田的婚还是没有离成。开始，听说老田闹离婚，身边的同事反感的多，到了后来，大家都同情起老田来了。每天下班时，我们骑着自行车回家，可人家老田，端着个饭碗又要去食堂，这算过的什么日子？"

"拖了那么长日子，法院为什么不判离呢？"我十分不明白。

陈晨说："有人反映老田在北京有个相好的，可又没有确凿的证据。这让领导处理起这个问题来不得不十分谨慎，你人民法院自己内部还有'陈世美'，而且你们利用手中的权力，让'陈世美'的阴谋得逞，这还了得？有两次，领导也觉得老田够苦的，准备同意他离婚了，不知为什么，又说再做做工作，再等等，便一拖再拖。"

"后来呢？"

"九几年吧，老田办了退休手续，到一家律师事务所当律师，还是一个人过。2000年，他得了癌症。好多同事去医院看望他，临终前老田还说：'……我这辈子惨不惨……我不明白为什么就不能离婚……'"

陈晨长长地叹了口气。

一时，我不知再问什么好。

著名作家谌容写过一篇著名的小说《懒得离婚》。或许是因为离婚实在是太艰难了，"懒得离婚"，在相当长的一个历史时期，成为渴望离婚但又不敢离婚的众多男女的一种心态写照！

"感情破裂"与"婚姻关系破裂"之争

离婚，是在配偶关系生存期间，依照法律的规定终止婚姻关系的一种行为，是婚姻关系终止的一种形式。它与婚姻的成立相对而言，故又称婚姻的解除。

婚姻的解除有两种，一是男女双方都同意离婚，叫协议离婚。协议离婚比较简单，只要夫妻双方一起去结婚登记机关办一个离婚登记，法律就认可了。另一种是诉讼离婚，即夫妻之间有一方提出离婚，而另一方不同意，提出离婚的这一方向法院提起起诉，由法院判决是否能离，法律认可的是法院最后的判决书。

离婚标准是离婚中最重要的问题之一，用什么标准作为诉讼离婚的条件，这是多年来法学界一直争论不休、一直在不断探讨的问题。

1950年的《婚姻法》，对诉讼离婚虽然作了一定的规定："男女一方坚决要求离婚的，得由区人民政府进行调解；如调解无效时，应即转报县或市人民法院处理；区人民政府并不得阻止或妨碍男女任何一方向县或市人民法院申诉。县或市人民法院对离婚案件，也应首先进行调解；如调解无效时，即行判决。"但因为当时的主要任务是破除封建的婚姻制度，对诉讼离婚的实质要件未作明确的规定。

1953 年 3 月 19 日，中央人民政府法制委员会在关于婚姻问题的解答中，把"不能继续维持夫妻关系"规定为诉讼离婚的实质要件。

1963 年，最高人民法院在《关于贯彻执行民事政策几个问题的意见》中明确提出了"感情是否完全破裂"的诉讼离婚标准。

1980 年的《婚姻法》规定："男女一方要求离婚的，可由有关部门进行调解或直接向人民法院提出离婚诉讼。人民法院审理离婚案件，应当进行调解；如感情确已破裂，调解无效，应准予离婚。"这是第一次在法律上明文规定：感情确已破裂，是准离的标准。这一法定离婚标准的确立，是我国离婚制度建设的重要发展。

但感情问题无法量化，一方坚持感情已经完全破裂，一方坚持感情没有完全破裂，常常让法官作难。

为了弥补法律的不足，也为了便于法官操作，1989 年 11 月，最高人民法院出台了《关于人民法院审理离婚案件如何认定夫妻感情确已破裂的若干问题意见》（下文简称《意见》），《意见》规定："人民法院审理离婚案件，准予或不准离婚，应以夫妻感情是否破裂作为区分的界限。判断夫妻感情是否确已破裂，应当从婚姻基础、婚后感情、离婚原因、夫妻感情的现状和有无和好的可能等方面综合分析。"《意见》将夫妻感情确已破裂归纳了 14 种情形：

（1）一方患有法定禁止结婚疾病的，或一方有生理缺陷，或其他原因不能发生性行为，且难以治愈的；

（2）婚前缺乏了解，草率结婚，婚后未建立起夫妻感情，难以共同生活的；

（3）婚前隐瞒了精神病，婚后经治不愈，或者婚前知道对方患有精神病而与其结婚，或一方在夫妻共同生活期间患精神病，久治不愈的；

（4）一方欺骗对方，或者在结婚登记时弄虚作假，通过欺骗手段获得《结婚证》的；

（5）双方办理结婚登记后，未同居生活，无和好可能的；

（6）包办、买卖婚姻，婚后一方随即提出离婚，或者虽共同生活多年，但确未建立起感情的；

（7）因感情不和分居已满三年，确无和好可能的，或者经人民法院判决不准离婚后又分居满一年，互不履行夫妻义务的；

（8）一方与他人通奸、非法同居，经教育仍无悔改表现，无过错一方起诉离婚，或者过错方起诉离婚，对方不同意离婚，经批评、教育、处分，或在人民法院判决不能离婚后，过错方又起诉离婚，确无和好可能的；

（9）一方重婚，对方提出离婚的；

（10）一方好逸恶劳，有赌博等恶习，不履行家庭义务，屡教不改，夫妻难以共同生活的；

（11）一方被依法判处长期徒刑，或者违法、犯罪行为严重伤害夫妻感情的；

（12）一方下落不明满两年，对方起诉离婚，经公告查找确无下落的；

（13）受对方的虐待、遗弃，或者受对方亲属虐待，或者虐待对方亲属，经教育不改，另一方不谅解的；

（14）因其他原因导致夫妻感情确已破裂的。

依照这14条的规定，多年来，各级人民法院成功地处理了许多离婚纠纷。但随着社会和家庭生活的变迁，出现了许多这14条也解决不了的社会问题，急需法律进行调整。

有关离婚的法定条件问题，始终是婚姻法修改讨论中的一个热点。

在2001年《婚姻法》的修改过程中，有一些法学专家对"感情破裂"的立法适用性和可行性提出反思，建议用"婚姻关系破裂"来作为诉讼离婚的标准，并将这一标准写进《专家建议稿》。一时，"感情破裂"说和"婚姻关系破裂"说成为争论的焦点，并持续至今。

"感情破裂"说的主要理由是：

第一，马克思关于离婚的基本理论没有过时。

马克思在《论离婚法草案》中，阐明了关于离婚的基本观点。他主张："离婚仅仅是对下面这一事实的确定：某一婚姻已经死亡，它的存在仅仅是一种外表和骗局。不用说，既不是立法者的任性，也不是私人的任性，而每一次都是事物本身来决定婚姻是否已经死亡。"

"婚姻是否已经死亡"，也就是夫妻之间是否还有感情。如果感情确已破裂，婚姻确已"死亡"，就应当依法准予解除；如果感情尚未破裂，婚姻关系仍有继续存在的条件，就应当依法予以维持。准予离婚或不准予离婚，只能以夫妻的感情状况为基本依据，导致离婚的其他各种原因，归根到底都是通过感情的变化而起作用的。

第二，它是由婚姻的本质所决定的。

婚姻是男女两性的结合，爱情是婚姻的基础，离婚是结婚逆向思维的结果。那么，结合是以爱情为基础，离异纠纷也必然是因为爱情问题引发的，这符合逻辑规律。

同时，获得婚姻自由的权利是千百年来广大人民群众的期望，我国能将"感情破裂"作为离婚的法定理由，体现了国家对公民人权及民主权利的尊重和保护。

第三，它是我国司法实践的总结。

1950年《婚姻法》规定了婚姻自由原则，第一次赋予婚姻当事人婚姻自主权。但是，由于当时的立法对离婚理由规定得不明确，50年代曾发生过"理由论"和"感情论"之争。理由论主张离婚须以正当理由为原则，感情论则坚持离婚应以夫妻感情破裂为基础。

实际证明，理由论使一些名存实亡的夫妻关系因找不到正当的"理由"而长期不能解除，限制甚至剥夺了当事人的婚姻自由权，由此造成无数人半生或终生生活在婚姻的镣铐之中。

1980年《婚姻法》总结了30年的经验教训，明确规定了把"感情确已破裂"作为判决离婚的理由，这一离婚原则的确立，对于保障婚姻自由，起到了巨大的作用。

但是，婚姻法学界有一些专家却主张，以"婚姻关系破裂"代替"感情破裂"，其理由有三：

第一，从法律调整的对象来看，人的感情不属于法律调整范围。

任何法律都以一定的社会关系为调整对象。感情是一种意识形态，属于主观因素，它具有不确定性的特点，法律很难认定。

我国的结婚条件只规定男女双方完全自愿，并没有也不可能规定，结婚必须以感情为基础。我们的国情决定了现阶段人们在选择配偶时，并不是完全以感情为基础的，还要受到诸如政治、经济、文化、家庭等因素的制约。法律只能要求结婚双方必须自愿，至于这种自愿的程度以及是如何形成的，法律无法作具体的要求。既然结婚时不强调感情基础，为什么离婚时要以"感情是否破裂"为依据呢？

广州的梁某和妻子李燕萍婚后互相恩爱、生活美满。谁料，一场突如其来的车祸却使李燕萍颅骨骨折，最终造成失语、失忆、弱智、肢残并加间隙性精神病的综合性全残。面对生活变故，梁某尽到了一个丈夫的全部责任，他耗尽家里的积蓄，四处求医寻药，尽心尽力服侍病床上的妻子。然而，几年下来，妻子的病情丝毫没有转机，梁某却已是筋疲力尽。面对已成"废人"的妻子，有着一个正常男人的情感需求和性欲望的梁某，常常是夜不能寐、痛苦万分。在亲朋好友的劝说下，为了自己后半生正常生活，也为了更好地照顾李燕萍，梁某决定与她离婚，重新寻找一个伴侣，共同维持这个特殊的家庭。当他正式向法院起诉离婚后，法院经过调查，却以梁某多年来尽心尽职地照顾妻子为由，认定他们"夫妻感情尚未破裂"，判决不准离婚。这个判决令梁某尴尬，也让众人不解，人们不禁要作这样的推想，假如梁某这些年来对病妻撒手不管，法院难道因此会以他们"夫妻感情确已破裂"，准予他们离婚吗？

正是因为不好把握"感情确已破裂"的尺度，在司法实践中，出现一些该判离的不判离、不该判离的判离的现象，也就见怪不怪了。

第二，从婚姻关系的内容看，夫妻之间的感情并不是婚姻关系的全部，用感情破裂不能反映离婚的全貌。

婚姻以爱情为基础，但这毕竟只是基础，而不是婚姻本身。维系夫妻关系的三要素，第一是性要求，第二是感情，第三是互相帮助。以感情破裂作为准予离婚的法定条件，不能涵盖现实生活中离婚的全貌，而婚姻关系破裂能够解决这一理论上的缺陷。

据统计，在我国经济、文化比较落后的地区，有约25%的青年男女的婚姻是被包办强迫的，这种婚姻组成的家庭，夫妻之间一般很难产生感情，离婚时判定他们夫妻之间感情是否已经破裂，显然缺乏前提。

宋莉高中毕业后没考上大学，她不情愿就这样在贫困的农村受苦一辈子，便离开河南老家，一个人进京找工作，没想到被人贩子卖到了江苏某农村。

买宋莉的一家人心地善良，尤其是那个老太太，对宋莉十分疼爱。宋莉见这里比自己的家乡要富裕得多，而且还可以到乡办工厂上班，便答应嫁给那个比她大了将近 20 岁、腿有残疾的男人沈涛。

婚后，宋莉与沈涛根本没有什么共同语言，但考虑到这桩婚事是自己情愿的，一双儿女又小，她有苦难言，一忍再忍。转眼间，十几年过去了，孩子也慢慢大了，宋莉再也无法忍受这桩从结婚第一天起就带上悲剧色彩的婚姻，便以感情破裂为由向法院提出离婚诉讼。沈家坚决不同意，说虽然是买卖婚姻，但结婚登记时宋莉是情愿的，况且已在沈家生活了十几年。如果非要离婚，必须赔偿男方精神和经济损失。

一直折腾了 3 年，法院才终于判离。

第三，从国际的立法惯例来看，世界上多数国家婚姻家庭法律的规定，都是以"婚姻关系破裂"作为离婚的法定条件。

中国法学会婚姻家庭法学研究会顾问、华东政法学院法律系教授张贤钰认为：仅以"感情确已破裂"作为离婚的法定条件，很难准确地加以认定，主观随意性较大，可能造成有些法官在审理离婚案件时不是在适用法律，而是在创制法律，有时还会因果倒置。为了解决这个问题，1989 年 11 月，最高人民法院出台了《关于人民法院审理离婚案件如何认定夫妻感情确已破裂的若干问题意见》，共 14 条。但是仔细加以概括分类，人们不难发现其中绝大部分条文与双方感情实际没有什么关系。其中有 5 条属于本应禁止结婚或本身就是违法婚姻的情况，按理应列入婚姻无效的原因，而不能作为感情破裂的认定依据而准予离婚。如"一方患有法定禁止结婚疾病"、"一方欺骗对方，或者在结婚登记时弄虚作假，通过欺骗手段获得《结婚证》的"、"包办、买卖婚姻"等；有 4 条属于一方过错行为或违法犯罪，例如"一方与他人通奸、非法同居"、"一方重婚"、"一方被判长期徒刑"等。另外 5 条为其他情形。14 条中仅有一条与感情有关，即"因感情不和分居已满三年，确无和好可能的，或者经人民法院判决不准离婚后又分居满一年，互不履行夫妻义务的"。

以婚姻关系破裂作为准予离婚的法定条件，将更加科学、更加符合实际，也更具有可操作性。

经过广泛征求意见、反复论证，2001 年修正《婚姻法》还是以"夫妻感情破裂"作为裁判离婚的标准。因为，以"婚姻关系破裂"代替"夫妻感情破裂"作为离婚的法定条件，尽管对于个别特殊家庭的离婚可以起法律的支持作用，但这种情况在司法实践中并不多见，所以并无突破性的进步或十分必要的意义。既然如此，维持原《婚姻法》的提法既可以保持延续性，也不至于在公众中造成认识上的混乱。

2001 年颁布的《婚姻法》，虽然维持了"感情破裂"说，但没有局限于"感情破裂"，而是与"婚姻关系破裂"一些情况结合起来，采用例示主义的方式列举了 5 条准予离婚的法定理由。与 1980 年《婚姻法》相比，新增部分少了法官的随意性，多了公开、规范和可操作性。

2001 年修正《婚姻法》在征求意见时，第三十二条是这样规定的："有下列情形之一，调解无效的，应准予离婚：（一）实施家庭暴力或以其他行为虐待家庭成员、遗弃家庭成员的；（二）一方重婚或有其他违背一夫一妻制行为的；（三）一方有赌博、吸毒等恶习屡教不改的；（四）一方被追究刑事责任，严重伤害夫妻感情的；（五）婚后患有医学上认为不应当结婚的疾病的；（六）因感情不和分居满两年的；（七）其他导致夫妻感情破裂的情形。"

其中的第四、第五项即"一方被追究刑事责任，严重伤害夫妻感情的""婚后患有医学上认为不应当结婚的疾病的"提交人大常委会第三次审议时，有的委员认为，这两种情形可以包括在第七项"其他导致夫妻感情破裂的情形"之中，以不专门突出为好。因此，新《婚姻法》上便没有了这一项。同时，将"重婚或有配偶者与他人同居"放在了第一项的位置，予以强调。

正式颁布的 2001 年修正《婚姻法》第三十二条规定："男女一方要求离婚的，可由有关部门进行调解或直接向人民法院提出离婚诉讼。

"人民法院审理离婚案件，应当进行调解；如感情确已破裂，调解无效，应准予离婚。

"有下列情形之一，调解无效的，应准予离婚：

"（一）重婚或有配偶者与他人同居的；

"（二）实施家庭暴力或虐待、遗弃家庭成员的；

"（三）有赌博、吸毒等恶习屡教不改的；

"（四）因感情不和分居满两年的；

"（五）其他导致夫妻感情破裂的情形。

"一方被宣告失踪，另一方提出离婚诉讼的，应准予离婚。"

2001 年修正《婚姻法》颁布后，社会上有人以为只有符合上述 5 种情形的，法院才会判处离婚，其他情形则不准离婚。这是一种误解。现实生活中，导致离婚的因素很多，法律条文根本无法将其全部包罗其内。为此，新《婚姻法》认定"感情确已破裂"的第五种情形是"其他导致夫妻感情破裂的情形"，为司法实践预留了广阔的可操作空间。另外，还必须说明的是，判决离婚的唯一标准不是必须符合上述5种情形，而是看夫妻感情是否真正破裂。一对夫妻提起离婚，并非都得分居两年才可离婚，只要双方确已无法在一起生活，哪怕分居只有三个月，法院照样可以判离。

有记者在采访社会学者徐安琪时，问："修改《婚姻法》时，有些专家建议将现行离婚法定条件从'感情确已破裂'改为'婚姻关系确已破裂'，为什么人大法工委的修改案仍沿用'感情确已破裂'？"

徐安琪回答："我也觉得用'婚姻关系确已破裂'更加确切些，因为个别出于利他主义目的的离婚如本人有生理缺陷、绝症等，为配偶着想而要求离婚并非是感情破裂。一些法学专家提出将离婚条件从'感情确已破裂'改为'婚姻关系确已破裂'的主要理由为：感情是个人内心感受，法院难以识别和认定。还有，比如一方有生理缺陷、精神病或下落不明等，也并非表明是夫妻感情破裂。

"实际上现行《婚姻法》虽仅在法律上对离婚的法定条件只作了概括性规定，但最高人民法院提出了14条具体认定标准的司法解释，10多年来，基层法院就是以这14条具体条件来判断夫妻感情是否破裂，并作为审理离婚案的依据。因此，原《婚姻法》中的'夫妻感情破裂'并非难以确定。即使改为'婚姻关系破裂'，如对其概念的内涵、外延没有科学的可操作化的界定的话，在审判实践中仍难以对各执一词的离婚作出正确的判断。"

"严了"还是"松了"

2001年修正《婚姻法》还在修订之中，南方一些城市便悄悄传开了："马上就要出台的新《婚姻法》，要加大离婚的难度，将来离婚严了，像现在的计划生育一样，得有指标才允许离婚……"

于是，那些正在酝酿着冲破婚姻家庭"笼子"的男士女士们急了，纷纷加快了离婚的步伐；

于是，在一些基层法院，上诉离婚的状子突然增加……

离婚成了东方的"黑色幽默"！

2001年修正《婚姻法》准予离婚的条件，到底是严了？还是松了？

让我们先来参照一下世界其他一些国家和我国香港、台湾地区准予离婚的条件。

日本民法典

第770条

①夫妻一方，限于下列情形，可以提起离婚之诉：

一、配偶有不贞行为时；

二、被配偶恶意遗弃时；

三、配偶生死不明在三年以上时；

四、配偶患强度精神病没有康复希望时；

五、有其他难以继续婚姻的重大事由时。

②虽有前项第一号至第四号事由，法院在考虑了一切事项后，认为婚姻应当继续时，可以驳回离婚请求。

德国民法典

离婚仅能由夫妻的一方或双方提出申请，经法院判决后生效。下列各条可作为请求离婚的理由：

1.婚姻破裂时，如夫妻共同生活关系不复存在，且已不能期待恢复共同生活关系时，得离婚。

2.夫妻别居，即夫妻之间不存在共同家庭关系，且夫妻的一方拒绝夫妻共同生活关系，显然不愿建立共同家庭关系时，即使夫妻在其住宅别居，亦不再存在共同家庭关系。当夫妻别居已一年，双方申请离婚，或申请人的他方也同意离婚时，或夫妻别居3年时，推定为婚姻破裂，准予离婚。

美国统一结婚离婚法

第302条：离婚；合法分居

甲 具备下列情况时法庭判决离婚：

（1）法庭确定在诉讼提出时，配偶一方居住本州，或以武装部队成员的身份驻在本州，而且这种居住或驻扎在法庭确定之前已持续 90 天；

（2）法庭认为第 305 条的调解条款或是不适用，或是已经做过这方面的努力；

（3）法庭确认婚姻已无可挽回地破裂；

（4）法庭在自己的司法权限之内，已经考虑同意或作出有关规定，以解决子女监护、有被抚养权的婚生子女的抚养，配偶的扶养及财产分配的问题。

第 305 条：无可挽回地破裂

甲　如果当事人双方通过诉请，或通过宣誓书或正式证词表明婚姻已无可挽回地破裂，或一方如此表示而另一方不否认，法庭在进行审问后，要调查婚姻是否确已无可挽回地破裂。

乙　如果当事人一方通过宣誓书或正式证词否认婚姻已无可挽回地破裂，法庭要考虑所有的有关因素，包括诉请是在何种条件下提出的以及调解的可能性，而且要：

（1）调查婚姻是否已无可挽回地破裂；

（2）在 30 天以后 60 天之内，或在此案可被提到法庭的议事日程上的最短时间内，就诉讼作进一步审理。可以建议双方延聘辩护律师。如一方提出请求，法庭要任命调解委员会。法庭也可以自己提议这样做。在审问被推迟期间，法庭要调查婚姻是否已无可挽回地破裂。

丙　所谓认为婚姻已无可挽回地破裂也就是裁定婚姻已确实没有调解好的希望。

香港婚姻诉讼条例

11. 呈请理由

婚姻的任何一方可向法院提出离婚呈请的唯一理由，是婚姻已破裂至无可挽救。

11A. 就呈请理由而提出的证明

（1）除非呈请人使聆讯离婚呈请的法院信纳下列一项或多于一项事实，否则法院不得裁定该婚姻已破裂至无可挽救——

（a）答辩人曾与人通奸，而呈请人认为无法忍受与答辩人共同生活；

（b）因答辩人的行为而无法合理期望呈请人与其共同生活；

（c）答辩人在紧接呈请提出前，已遗弃呈请人最少连续2年；

（d）婚姻双方在紧接呈请提出前，已分开居住最少连续2年，而答辩人亦同意由法院批出判令；

（e）婚姻双方在紧接呈请提出前，已分开居住最少连续5年。

台湾民法亲属编

第一千零五十二条 夫妻之一方，有下列情形之一者，他方得向法院请求离婚：

一、重婚者。

二、与人通奸者。

三、夫妻之一方受他方不堪同居之虐待者。

四、夫妻之一方对于他方之直系尊亲属为虐待，或受他方之直系尊亲属之虐待，致不堪为共同生活者。

五、夫妻之一方以恶意遗弃他方在继续状态中者。

六、夫妻之一方意图杀害他方者。

七、有不治之恶疾者。

八、有重大不治之精神病者。

九、生死不明已逾三年者。

十、被处三年以上徒刑或因犯不名誉之罪被处徒刑者。

有前项以外之重大事由，难以维持婚姻者，夫妻之一方得请求离婚。但其事由应由夫妻之一方负责者，仅他方得请求离婚。

第一千零五十三条 对于前条第一款、第二款之情事，有请求权之一于事前同意，或事后宥恕或知悉后已逾六个月，或自其情事发生后逾二年者，不得请求离婚。

第一千零五十四条 对于第一千零五十二条第六款及第十款之情事，有请求权之一方，自知悉后已逾一年，或自其情事发生后已逾五年者，不得请求离婚。

从以上资料我们不难发现，东西方发达的资本主义国家也好，我国港台也好，政府在保障公民个人离婚自由权的过程中，并没有放弃对个人离婚行为的公共干预。例如，美国至今仍有 30 个州实行无过错加其他传统理由的离婚裁决标准，在实行无过错唯一标准的 18 个州中，分别有一个州和两个州还要求分居至少两年和一年以上；另外，92% 的州都有诉后分居期限或考虑期的司法要求，其中限时一年方能依法正式离婚的有 10 个州，半年的有 25 个州。用法律手段对离婚进行干预，它表明各国政府对家庭稳定的重视。正如密歇根州的众议员杰西·达尔曼所说的那样："我们的离婚法，不应该让那些逃避个人责任和为父母的义务的人轻易走出围墙。"

即便是双方自愿的协议离婚，为了防止轻率离婚、防止对协议离婚制度的滥用，各国在立法时也十分慎重。其最明显的规定是夫妻提出协议离婚请求后必须届满一定日期（称考虑期、考验期或调整期）才能办理离婚手续。考虑期的时间各国规定不尽一致，有的国家 3 个月，有的国家半年。有的国家进一步规定，在考虑期内或考虑期后一定时间内双方必须重新提出协议离婚请求才能被确认。除此之外，有的国家法律还规定，夫妻双方协议离婚必须从结婚起满一定期限才能提出请求，有的为 6 个月（法国），有的为一年（墨西哥），有的为两年（比利时），还有三年的（保加利亚）。

张贤钰教授曾经在德国做过访问学者，谈到德国的离婚法律时，他介绍说："为了避免触及离婚当事人的隐私，法律确定以一定期限的'分居'作为婚姻关系破裂的证据或标志。规定分居满一年，双方都同意离婚，或者一方提出离婚对方也同意，可以推定为婚姻破裂，即可判决离婚；分居已满三年，只要一方提出离婚，在通常情况下无须对方同意也可获准离婚。法律还规定了例外的限制和法官据以驳回离婚起诉的情况，不过如双方分居已满 5 年，无论有何种情况，一律准予离婚。以下情况不属于'分居'，例如夫妻一方被派往国外工作，因病长期住院，被判处长期徒刑，丈夫应征长期服兵役等。"

根据各国确立裁决离婚理由的法律依据，归纳起来有三种基本立法原则：过错主义、目的主义、破裂主义。过错主义又称有责主义，指夫妻一方须以他方有违背婚姻义务或其他足以导致婚姻解体的过错为理由而诉请离婚，如配偶一方有通奸行为等。目的主义，是指夫妻一方须以婚姻生活中发生违背婚姻目的的事实为由而诉告离婚，如配偶一方患有精神病、传染性疾病，或婚后出现无法治愈的性无能等。破裂主义也称无责主义、无过错主义，是指夫妻一方或双方可以婚姻关系破裂、夫妻共同生活不能且无须继续维持为由诉请离婚。

20世纪70年代以前，世界各国离婚制度中占主流地位的是"过错主义"原则。一方提出离婚，必须以对方有过错行为为前提，法院才会判处离婚，离婚成为惩罚有过错方、保护受害一方的手段。随着社会的变革和观念的更新，人们发现"过错主义"丝毫挽救不了已经濒临死亡的婚姻，反而压抑了人性的正常需求，成为社会的不安定因素。此后，越来越多的国家在离婚立法中采纳了"破裂主义"或相近的原则。

确立离婚法定条件的基本原则，从"过错主义"（或有责主义）逐步到"自由主义"（无责主义或破裂主义）是时代的进步。

我国2001年修正《婚姻法》，在离婚自由的立法理念指导下，摈弃了以往实际存在的"部分限制主义"的立法理念和"政治——道德一体化"的价值判断标准，其条文的表述更加接近无过错离婚的立法原则，朝着离婚自由的方向迈进了一大步。

分居多长时间算作婚姻关系破裂，可以离婚？"14条司法解释"的规定是必须满3年。

据有关部门对法官的一次问卷调查结果看，尽管仍有赞成"分居3年"的（占24%），但更多的主张"分居两年"（占31%）或"一年"（占45%，其中包括"6个月"），也就是说，主张分居两年以下可认为双方关系确已破裂的高达76%。全国妇联2000年进行的一次4000份抽样调查中，公众普遍认为，夫妻分居约15—16个月（平均值）即可判决离婚。

人大常委会在讨论时，多数委员认为分居两年可以离婚比较合理。它一方面减少了对离婚行为诸多不必要的限制，体现了《婚姻法》"结婚自由、离婚自由"的原则；另一方面，也可以防止人们一时冲动、草率离婚。两年的时间不算短，大家可以借这个机会"冷处理"一下，看感情有无修复的可能。如果一方经过两年还坚持要离婚，说明这桩婚姻确已经死亡了。

2001年修正《婚姻法》将分居时间由3年缩短到2年。

按照以前的"14条司法解释"，一方重婚、与他人通奸、非法同居的，无过错方起诉离婚的可以判离，而过错方要求离婚则往往会得到不准予离婚的判决，只有再次起诉或多次起诉才可能判离。

2001年修正《婚姻法》坚持无过错离婚的原则，把夫妻感情破裂作为准予离婚的一般标准。其第三十二条规定，重婚或有配偶与他人同居的，不管谁提出离婚，都可认定为夫妻感情破裂而准予离婚。

今天，随着社会的发展，随着人们观念发生的变化，离婚已经不再被看做一件完全悲剧性事件，但离婚毕竟是婚姻的失败，毕竟是要伤身劳神的。

有婚姻法专家对上百对离异夫妻进行了调查研究，发现有10类人婚姻容易失败：

1.过度浪漫的人。他（她）们对婚姻生活的期望过高，对伴侣要求过高。

2.过分依赖父母的人。这类人在心态上尚未成熟，婚姻生活中一出现问题，就向自己的父母求援，不会和伴侣一起设法解决。

3.过度戏剧化的人。此类人对喜怒哀乐都作出剧烈的反应，不但令对方感到"咄咄逼人"的压力，而且往往在问题发生之后，由于反应过激而失去挽回的余地，导致婚姻失败。

4.过度迁就的人，这类人对伴侣过度迁就、宠溺，事无巨细样样代劳，唯恐伺奉不周。长年累月之后，另一方理所当然形成颐指气使的习惯，偶尔的"伺奉不周"便会成为冲突摩擦的导火索。

5.喋喋不休的人。这类人无法让对方有相对安静的环境，久而久之使对方产生厌倦情绪。

6.过分懒惰的人。这类人对伴侣的依赖性太大，凡事都由对方去做，自己心安理得地享受，时间久了会让对方觉得是一种累赘，体味不到生活的温馨。

7.过分挑剔的人。这类人对伴侣的任何思想行为，都不断作出尖锐的批评，令对方无法接受。

8.过分吝惜的人。这类人不但自奉甚俭，亦不能容忍伴侣做稍超常规的消费，生活上应有的娱乐或享受都被剥夺，自然乐趣全无。

9.多愁善"病"的人。这类人多见于女性，她们不断为一些想象出来的"疾病"向丈夫诉苦、抱怨，希望引起丈夫的关怀注意，但往往弄巧成拙，使丈夫无法忍受。

10.苛求完美的人。这类人对一切事物，都要求达到自己心目中的最高标准，致使婚姻双方身心均需承受重大压力，良好的婚姻关系不易维持。

如果这项调查，经过实践检验具有它的普遍意义的话，那么，衷心地提醒这10类人，请关注自己婚姻家庭的安全性。

随着社会的不断发展，传统的婚姻模式已经不能与人们对婚姻质量不断提高的要求相适应。2001 年修正《婚姻法》颁布至今不过 10 年，由于人们生活水平的不断提升和社会文化的日趋开放，传承已久的婚姻模式经受了越来越多的挑战。

目前正是"80 后"发展的鼎盛时期，"80 后"婚恋观在相当程度上折射出我国的社会现状。

"80 后"，指的是那些 1980—1989 年出生的年轻人。随着新世纪的第一个 10 年尾声的临近，作为我国的第一代独生子女，"80 后"人群已经到了谈论婚恋嫁娶的年龄了。

中国社会正处于转型期，在中西文化的相互融合和碰撞中，一些令人眼花缭乱的前卫概念和时尚元素纷纷"粉墨登场"："网恋"、"试婚"、"闪婚"、"急婚"、"隐婚"、"不婚"、"晚婚不育"……"80 后"婚恋新现象，更直接地反映了转型期社会的现状。

华北航天工业学院助理政工师杜洁认为：

社会的多元化发展带来多种意识的碰撞，尤其是物欲的膨胀，开始渗透到人们生活的方方面面。在"玫瑰"与"面包"的博弈中，"面包"越来越占据上风位置，随之而起的是一群爱情投机分子，婚姻不再是爱情的归宿，而是利益的交换。"急婚族"现象，是一种世俗社会典型的感情、婚姻和良心的现金交易，家庭已不是温馨的港湾，而仅仅是停留在物质层面，这是社会转型期出现的金钱崇拜和家庭婚姻关系的异化。在某种程度上，这也和当前就业压力、生活节奏等社会原因有关。

"闪婚"者盲目而快速地寻求感情上的慰藉，使得婚恋过程就像吃快餐一样，饱了就行，营养的事就顾不得了。随着社会的快速发展，快餐式的爱情和婚姻会将婚姻家庭卷入缺乏理性的漩涡。闪婚已经导致"短高快"（认识时间短、激情高、离婚快）婚姻产生，说明闪婚的支点不稳固。婚姻的成功和稳定，需要感性、理性双轨发展，爱情列车才能行驶得稳定持久。婚姻毕竟不是游戏，两人一旦缔结婚姻就要承担生育、相互扶持、照顾等责任和义务，更要增加一份对家庭和社会的关注和责任。

杜洁对"80 后"婚恋状况的走向作了预测：

1. 开放又传统的性困惑可能导致一些心理问题。"80 后"对性问题已经可以侃侃而谈了，但在自己的生活里做得就不像说得那么轻松了。"80 后"从小接受的教育，就是"半开半不开的"，但因自诩为潮人，所以总觉得自己该大胆地做点出格的事，比如试婚。试完了不成功，脑子里的传统思想又会跳出来对自己的心灵不断谴责，最后产生比较严重的心理冲突。

2. 相爱容易相处难。"80后"因为独生独处，同时受到了家庭和社会的最大的关爱，于是形成了他们独特的文化性格：孤傲、自私、利己、责任感不强。因此，与独生子女谈恋爱或者独生子女之间谈恋爱，常常会出现对对方的期望值过高、自负和理想主义的倾向，导致矛盾丛生和感情的不稳定，最后容易走上分道扬镳的道路。

3. 婚姻中的功利性因素仍然是择偶的重要因素。辛辛苦苦读完大学却只能找到一个勉强糊口的工作；想结婚了却买不起房子；快节奏的生活让他们整天忙得焦头烂额；时刻面临被炒鱿鱼的压力（何建芬，《马克思的婚恋观对"80后"的启示》法制与社会，2008.11）。因此，在诸多无奈的社会现实面前，学历、职业、住房、个人收入等经济因素在青年择偶中仍将长期占有重要地位。

4. 后童年时期的"80后"将成为晚婚晚育的楷模。"80后"中的大多数人往往是被爱泡大的，在心理学上有个词，叫"儿童自我当权"，是说在一个成人的外壳下，有一个儿童的灵魂，于是所做的事都像是3岁小孩的行为。孩子是不会希望有更小的孩子和他争宠的，所以，"80后"在愿意长大之前，会一直拖延生育下一代的时间。同时在婚姻与事业"冲突"的夹击之下，"80后"的婚期将越来越长，晚婚晚育甚至不育的人将会越来越多。

"80后"的婚恋价值取向已从单一价值、单一模式向多元化转变。这一变化一方面与青年人追求个性的特征契合，同时也能够满足人们对婚姻关系的不同理解和期望。但是，无论是怎样的形式，都应以情感和两情相悦为基础。马克思说过："没有爱情的婚姻是不道德的。"如果是基于不良的婚恋动机，缺乏认真负责的态度，就会引起更多的继发性的社会问题。我们已经进入一个充满机遇和希望，同时又充满挑战和困惑的时代。在新的时代背景下，"80后"作为当代青年人，更多的还是要学会辨别是非，以一颗真诚的心来面对现在或以后的婚恋问题。

在浙江，每逢8、6、9的日子，婚姻登记处就要爆棚。不过好兆头不等于好现实。

2008年8月8日吉日，杭州登记结婚的3000对夫妻中，2009年就有37对离了婚，从结婚到离婚，不到半年，够"闪"！

据"搜狐女人社区"责任编辑付冬梅报道：

上海某区民政部门的一份资料显示，最近来办理离婚手续者，近五分之一既不是因为性格不合，也不是因为某方有了外遇，双方对分手表现得平静而友好，完全没有以往离异者哭哭啼啼、苦大仇深的样子。

有人把这种婚姻生活中慢慢凸显出来的新现象称为"无理由离婚"。

造成"无理由离婚"的原因有三：

原因之一："审美反差"让爱失落——

从事平面设计的吴女士（28岁）自述：

恋爱时，我曾经那么地爱他，爱得死去活来。可结婚4年后，生活的琐碎彻底磨去了我们的激情。加上两人工作都很忙碌，在一起吃顿饭都难，甚至连在同一张床上睡觉，也是我来了你走，你来了我去，无形中我们的距离拉大了，他的形象在我心中也变得越来越模糊。

更可怕的是，我变得吹毛求疵了。他看电视的时候把腿翘在茶几上，我骂他。他吃饭的时候，拿起一个馒头又放下，我说，你想找个钻石出来啊？他看报纸的时候抖动着腿，我说你抽风啊！他当我的面打哈欠，我扔下一句，有点素质好不好？

这天，我依旧说着他，当我说到他是一个没用的男人时，他终于爆发了，像一头雄狮一样红着眼睛问我，你到底想怎样？我当时气得说不出话来，好半天终于蹦出两个字：离婚！

几天后，他真的心平气和地和我去办了离婚手续。

对我的婚姻突然死亡，闺中密友都很惊讶，当她们问我离婚的原因时，我真的又答不上来。是呀，为什么离婚呢？他没有外遇，收入稳定，客观来讲，脾气也不错——直到现在，我也不能为自己找到一个确凿的理由。

原因之二："婚后沉默"让家崩溃——

某 IT 公司业务总监章先生（36 岁）自述：

　　我和王某结婚已经 8 年了，经历了从一开始卿卿我我，继而吵吵闹闹，而今既无风雨也无晴空的过程。婚后的生活平静而安逸，我的小肚腩开始鼓起来，头发慢慢脱落。而在我眼里曾经娇艳的妻子，也越来越不修边幅，不化妆不打扮，经常穿一身松松垮垮的棉衫。每天千篇一律的生活仿佛在提醒我们：婚姻不过如此，生活不过如此。

　　我每天下班回家的第一件事就是不假思索地打开电脑。吃完饭，端坐在电脑前看新闻玩游戏；妻子则沉浸在冗长的电视剧情节里。家里的两台电器，垄断了我们之间的时间和空间。除了全托的女儿偶尔回来制造"爆破音"之外，我们之间安静极了，就像屋里头两张摆在一起的沉默的沙发，日复一日。

　　好几次，我从刺激的网络游戏里回过神来，发现妻子已经蜷缩在电视机前的沙发上睡着了，看着妻子那张既熟悉又陌生的脸，一种莫名的惆怅涌上我的心头。共同生活 8 年了，我差点儿忘了妻子当初是多么清丽明媚的纯情女孩，两个人在一起总有说不完的话。但现在，我们分明是婚姻刻度盘上的两根呆板指针，寂寞地相伴，而又对寂寞浑然不觉，对彼此的交代只剩下循规蹈矩。

　　如此这般枯燥乏味的婚姻，终于在一个炎热的夏日走到了终点。那天没有空调、没有电视、没有电脑游戏，我和妻子坐在沙发上，闷热的天气和令人窒息的沉寂，使两人都有一种想冲出"围城"的冲动。还是妻子一声"闷雷"先打破了沉默："我们还是分开过吧。"没有任何铺垫，没说任何的理由。面对妻子的这样一颗"重磅炸弹"，似乎早在我的预料之中，我没有惊讶，倒觉得是一种解脱。我平静而坦然："我也有这个想法，看来是不谋而合了。"

　　两个星期后，我们平静地结束了 8 年的婚姻。

原因之三："同'性'相斥"让爱停顿——
画师林先生（29 岁）自述：

　　我妻子是大学时候的同学，学生时代的浪漫爱情曾经是一段刻骨铭心的回忆。

　　戒指套在了妻的手上，油盐酱醋茶的平凡日子便开始了。起初，两人还饶有兴趣地过着二人世界，但由于我们的性格、爱好等基本相同，日子久了，彼此就感觉对方太透明了，随着往日美好恋情的渐渐淡去，相互间的吸引力也随之消失，慢慢地都有腻了的感觉。就连我们以前的共同爱好——旅游，也不再一起同行。妻子甚至开玩笑说："年年相同的路线，一路上相同的人说相同的话，实在没有新鲜感。倒不如租个异性陪游来得刺激。"我们也许还谈不上所谓的"貌合神离"、"同床异梦"，但我们不再彼此关注对方已是心照不宣的事实，我们对爱情都有相同的态度和取向：当爱的激情不再，宁愿保持自我也不要白开水般的婚姻。所以在我们怀疑我们的爱情是否存在的时候，我们选择了分手。我们在西餐厅共进了一次最后的晚餐，然后平静地到民政部门办妥了离婚手续。

　　与很多劳燕分飞的伴侣不同的是，我们尽管分了手，但还是朋友，在很多的时候和场合还常常会见面，彼此的客气如初，互致问候，不像有些离婚者那样形同陌路。

　　无理由离婚并不是没有原因，而是离婚者有太多的理由，只是不能自己思考清楚到底是为了什么而已。

　　有专家称"无理由离婚"兴起，至少从以下三个方面说明了现代人的心理：

　　1.对婚姻爱情的放任心态和爱情中我行我素的心理，把结婚和离婚都当成一场游戏一场梦。

　　2.由于社会生活节奏的加快，也由于人的生存变得越来越复杂化和多元化，两人长期生活在一个屋檐下，家的单调无聊致使外面世界的五彩缤纷，给婚姻中的人很大的诱惑和刺激。在这种刺激的长期诱惑下，人就如巴甫洛夫心理实验室里的那条狗，一见"离婚"肉骨头就"条件反射"地流口水。于是"离婚"便成了他们没有理由时最大的理由，为了离婚而离婚。

　　3.心理学告诉我们，人类的一切行为都是由精神活动开始的，人天生就是爱情的奴隶。在此现代人对爱情抱有愈来愈大的期望、愈来愈强烈的欢乐要求的时候，婚姻哪怕只是无过错的婚姻，在某一些人眼里往往也会成为他（她）赢得"爱情"的障碍。"爱没了，就是一种离婚理由"，"为了寻找新的爱情本身就是最大的离婚理由"。抽离了容忍、责任的爱情最终只能变成一场无言的结局，这难道不是现代人的悲哀吗？

2010年3月，在全国政协十一届三次会议期间，全国政协委员、《中国妇女》杂志社主编尚绍华提交了一份关于"建立离婚冷静期，培养婚姻咨询师"的提案。尚绍华接受《中国青年报》记者专访时说："简化的离婚程序，让很多因一时不合冲动离婚的夫妻很快办理完手续，事后后悔也来不及了。不少冲动的年轻夫妇晚上吵架，第二天早上离婚，下午就后悔了。"

尚绍华在调研中发现，20世纪80年代出生的独生子女已开始进入婚恋期，夫妻都是独生子女的"双独婚姻"现象逐渐显现。很多"80后"夫妻结婚仅一年左右，就因为锅碗瓢盆、油盐酱醋、家长里短等小事打得不可开交，直至闹离婚。"双独婚姻"家庭，夫妻双方都是独生子女，往往缺少宽容，婚后双方又缺乏对婚姻磨合的耐心，因此，草率离婚越来越多。有的虽然没有草率离婚，但在婚姻中问题较多，女方就回娘家了。

以前，出现离婚的情况，法院第一次都会把当事人给"驳回"去，半年以后才能起诉。由于2003年颁布的《婚姻登记条例》取消了审批期的规定，随着协议离婚的越来越多，夫妻双方可以直接到婚姻登记部门办理，我国成为世界上离婚手续最简便、离婚最快捷的国家之一。

尚绍华建议，我国立法机关、民政部门应仔细研究我国离婚率逐年攀升的现状，参考我国一些城市和其他国家设立离婚冷静期的先进经验，修改离婚程序，在夫妻提交离婚申请后，设立3—6个月的冷静期，让夫妻双方慎重考虑后，再批准离婚。

一个完整的社会是由无数个家庭组成的。

要组成家庭必然要结婚。

只要有人结婚，肯定也会有人要离婚。

但愿结婚变得更幸福一些！

但愿离婚变得更慎重一些！

第八章

——

屋檐下的暴力

400 名乡亲为杀人犯求情

2003 年 3 月 18 日上午，北风一阵紧似一阵，天空不时地飘着雨点。

河北省宁晋县检察院起诉科副科长王永敏，带着两名干警，正在苏家庄乡东马庄村刘拴霞家调查案情。突然，院子里传来了一阵异常的声音，王永敏走到门口一看，院子里不知什么时候已聚集起几十人。还没等他开口，只听见"哗啦"一声，几十人同时跪了下来。王永敏几步迎出屋外，这时候，一位长者将一份材料用双手递给他，王永敏连忙接过，只见上面写着："张军水罪孽深重，死有余辜。希望宽大处理勤劳贤惠的刘拴霞……"材料结尾是 400 名乡亲密密麻麻红色的印章和指印。

刘拴霞，该村妇女，一个多月前，因投毒将她丈夫张军水毒死而被捕。几百名乡亲，为什么要为一个杀人犯求情？

事情还得从 12 年前说起……

1990 年 6 月，刘拴霞与东马庄村的张军水结婚，当时她 21 岁，婚前他们不认识，是媒人介绍的，婚后的第二年，刘拴霞生下了第一个儿子。

张军水的父亲张清瑞，那几年一直在山西平定做面粉生意。1991 年秋天，张军水见种地也种不出什么名堂，便带着妻子和刚出生不久的孩子，到山西同父亲一起做生意。

有一天，张军水外出拉面粉，半路遇到大雨，一车的面粉全被雨浇湿了，一车面粉几千元钱都损失了，这对于张家来说如同天塌下来似的。

当晚，张军水靠在床头，像个木头人似的怎么劝也不睡。半夜，他突然一把掀开刘拴霞身上的被子，对刘拴霞一阵拳打脚踢，嘴里还大声地嚷着："都是娶了你这个丧门星，我才这么倒霉……"张军水把因雨造成的损失全记在刘拴霞身上，认为她是祸水。从此后，张军水做生意一有不顺心就不断地暴打刘拴霞，她过上了无休止的、被暴打的悲惨日子。

此时的张军水不是喝酒、下棋，就是到处闲逛，整天无所事事。生意上的事情全由父亲张清瑞和刘拴霞张罗。

张军水不论什么时候，只要不顺心便对刘拴霞拳打脚踢，手脚不够用，他就用板凳、木棍、木叉、皮带，抓起什么用什么。刘拴霞身上是青一片紫一片，而且，张军水打她的时候还不准她哭，不许她叫，只要她一哭、一叫，他就会打得更狠。

山西的生意做不下去了，2000年冬天，他们一家人又回到老家宁晋。

张军水旧病不改，回来后，依然是什么事也不干。而刘拴霞成了个干活儿的工具，白天在地里忙乎，晚上还得帮助公公压面条，洗衣做饭。

有一天傍晚，刘拴霞在地里锄了半天草，刚回到家里准备和面做饭，张军水从外面回来，见饭还没做熟，就骂开了："养你这么个女人，我还不如养只猪呢！到哪儿疯去了，到现在还不做饭？"刘拴霞轻轻应了声："我这不刚从地里回来吗……""什么？你还敢顶嘴？"张军水拿起墙上挂着的皮带，狠狠地抽开了……

当时，张军水的弟弟张军坡站在窗外默默地数着，数到四十多下时，才听到嫂子哀求道："不能再打了，你再打，我实在是扛不住了……"

每逢张军水打她时，不论是家里人还是外边的人，谁也不能劝、谁也不能拉，谁劝他骂谁，谁拉他打谁。十几年来，父亲、弟弟、妹妹都因为劝架没少挨骂，因为拉架没少挨打，身上至今还留着伤痕。有一次，他父亲实在看不过去，说了几句，张军水抓起身边的一只秤砣，就朝他头上砸过去，至今，张清瑞左眉骨上还留着疤痕。

张军水打刘拴霞的理由简直是令人不可思议：饭做晚了；菜做咸了；同邻居多说几句话；孩子没考好……都可以成为她挨打的理由。

邻居刘焕芳无意间看见刘拴霞身上伤疤叠伤疤，腰部以下全都是一片一片的淤血，她吃惊地问："这是怎么了？"当听说是被张军水折磨而成时，刘焕芳急了，"这些年你是怎么过来的？这种日子你怎么还过得下去？"

张军水的暴行慢慢在村里传开了，亲戚朋友劝过，没用，村委会调解过，也没用。村委会主任张军元说："张军水这小子，从小就脾气暴躁，无恶不作，我们做了多少工作了，一点都不见效。"就连张军水的亲弟弟、亲妹妹都让嫂子赶快离开这个魔鬼似的家。

刘拴霞牛马不如，在带血的皮鞭下默默生活了十几年。好几次，她动过离开这个家的念头，但一看到三个孩子，她就犹豫了。公公也劝她："你一走，娃儿怎么办？再忍忍吧，说不定娃儿大了，他会变好的。"

2002年农历十一月廿九，刘拴霞被张军水用铁锨砍破了脑门，当场晕了过去。她醒过来之后说："这一次我彻底死心了。为了三个孩子，我也得杀了这个畜生……"

第二天，刘拴霞到集市上买了14包"毒鼠强"。但真要下手时，她又有些犹豫。当时快过年了，她仍然幻想着，也许过了年他会变好的……

腊月十三，刘拴霞再一次被张军水用斧头砍伤，她的精神彻底崩溃了。

傍晚做饭，刘拴霞将14包"毒鼠强"全部掺入杂面糊里。张军水回家后，刚刚吃了两口就全身抽搐，一头栽倒在地上。

晚上8时，张军水的遗体从乡卫生院拉回了家。

第二天，刘拴霞被警察带走了。

在看守所里，刘拴霞神色呆滞，但却显得很从容。她说："下毒药时我就想好了，不管张军水死不死，我都在监狱里待一辈子。"

刘拴霞被捕后，东马庄村的乡亲们开始了拯救刘拴霞的行动。于是，便有了本文开头的那一幕。

2003年3月27日，刘拴霞被宁晋县检察院以故意杀人罪提起公诉。考虑到她长期受严重家庭暴力侵害的特殊因素，宁晋县人民法院给予从轻处理，判处其有期徒刑12年。

刘拴霞本应该通过法律手段解决问题，解救自己，然而她没有那样做，因而受到法律的制裁。我们不排除她走法律途径的艰难，但法律毕竟是法律，它是一条不允许任何人触犯的"高压线"。我们多么希望政府的各个部门尽职尽责，多为需要政府帮助的弱势群体提供有力、有效的保护，让"刘拴霞事件"今后不再发生。

2000年3、4月间，武汉大学社会学系主任罗萍，主持组织了一个"湖北农村离婚与丧偶妇女权利保护"的项目。他们分别在黄冈、咸宁、黄石三个地级市的所有县市和钟祥、孝昌、潜江三个县级市，共计21个县市，进行了全面深入的问卷调查和入户访谈，6次召开了地、县、乡（镇）妇联干部调查会，总共有73人参加，历时两个月。

尽管从事社会学研究的罗萍和她的同事们，经常有机会接触社会底层，但是，当一份份问卷答案和访谈记录，摆在项目组成员面前时，他们依然被深深地震撼了。

罗萍在"湖北农村离婚与丧偶妇女权利保护"项目专题报告的导论里这样写道：

"……当我们听说赌博丈夫砍下妻子的头，当我们听到家族势力准备将提出离婚的妇女沉塘，当我们看到丈夫将妻子砍成痴呆人，当我们看到某女被丈夫一连打了30多个耳光致耳膜破损听觉丧失，当我们看到受尽婚外恋折磨的妇女成了精神病流浪街头，当我们听到13岁换亲女受尽性虐待妇科伤累累，当我们看到酒鬼、赌徒折磨妻子，当我们看到妇女离婚时被扫地出门在破庙里过年……我们的心越来越沉重，我们的眼眶湿润了，我们拿笔的手颤抖了，我们的眼前一片模糊！我们何曾想到她们的权利遭到这么严重的侵犯？！农村离婚与丧偶妇女这些弱势群体中的最弱者，她们生活得如此艰难！社会应该向她们伸出援助之手，法律应该保护她们！"

这是接受问卷调查的310名妇女中的几例个案：

红安县陈某某，1963年生，初中文化，农民。1989年结婚，1996年离婚。
其夫怀疑她对他不忠，在外有不轨行为，往往酒后回家不问青红皂白就是打骂。为了孩子，为了维持这个家，陈某某忍气吞声。丈夫不干活，全家负担都压在她一个女人身上，孩子没钱上学，丈夫都不过问。有一天晚上，陈某某想起了许多辛酸的往事，冲着丈夫大喊："我受够了，你不是人哪！""什么，你敢顶嘴！"丈夫顺手就是一举，把陈某某打倒在地，跟着就是一阵拳打脚踢，陈某某毫无还手之力，哀求道："你把我打死算了。""好，我让你死，让你死！"丈夫跑进里屋，拿出一瓶肠虫清，倒出几粒，直往陈某某口里塞，又将盆里的肥皂水，往陈女士口里灌，朝她脸上倒，幸亏婆婆赶来，她才保住了生命。

英山县勇某某，29岁，初中文化，农民。1991年结婚，1994年离婚。

其丈夫是个赌鬼，输红了眼，回家就打她。勇某某生下女儿后，他更不把她当人，动不动就打。她在月子里有一天，下着雨，他输红了眼，见她正在喝小米粥，碗里有两个鸡蛋，便大骂："生下丫头片子，还吃鸡蛋！"说罢便把她从床上倒拖到地下，打得她浑身是血。女儿六个月时，勇某某戴环受孕，丈夫非要她生，她坚决不生，为这事两人争执不休，他又大打出手。陈某某做了引产手术，医生告诉她术后夫妻暂时不能过性生活。他不听，引产几天就强行过性生活，以致她两个月后又做人流，身心受到极大的摧残。

钟祥市陈某某，高中文化，22岁结婚，33岁离婚。

其丈夫没有文化，性格粗暴，经常对她拳打脚踢，而且性欲过于强烈，一天要求几次，白天也不放过。陈某某受不了，不答应他，他就打她，剥去她的衣裤，强行做爱，用毛巾塞住她的嘴，不让她喊叫。

1995年第四次世界妇女大会通过的《行动纲领》，对"家庭暴力"作出了界定：对妇女的暴力，系公共或私人生活中发生的基于社会性别原因的任何暴力行为。也就是指：男性滥用自己所占的智力、体力或经济上的优势，对妇女的生理、心理和性造成伤害的任何行为。它包括生理暴力（杀害、拳打脚踢、使用凶器对妇女身体上任何部位的伤害）、心理暴力（以威胁、恐吓、辱骂等方式造成妇女心理的恐惧）、性暴力（伤害妇女性器官、强迫与妇女发生性行为、性接触等）。

关于"家庭暴力"，目前，在我国司法界比较通用的解释是：家庭暴力是指发生在家庭成员之间的一切不法侵害行为,即以辱骂、殴打、捆绑、禁闭或者其他强制手段,对家庭成员的身体、精神、性等方面进行折磨、摧残、压迫的行为,它包括对肉体的伤害和对精神的伤害两类。家庭暴力可以发生在丈夫对妻子身上,也可以发生在父母对子女或子女对父母身上,也可以发生在兄弟姐妹之间,甚至发生在妻子对丈夫身上,但一般以丈夫对妻子为多。

1999 年上半年,全国 29 个省、自治区、直辖市妇联接到 112976 件次来信来访,婚姻家庭类占 49%,为 55892 件次,其中,反映家庭暴力的有 8862 件次,占 15.86%。同年下半年,接到的来信来访猛增至 220338 件次,婚姻家庭类占 39.26%,为 110070 件次,其中,控诉家庭暴力的有 20148 件次,占 18.3%。

辽宁省对 922 名遭暴力虐待的妇女进行了调查,轻伤的 445 人,占 49%,重伤的 87 人,占 9.4%,致残死亡的 7 人,占 1.8%。

湖南省妇联调查了 254 起家庭暴力事件,165 名妇女被鉴定为轻微伤,占 65%,48 人鉴定为轻伤,占 18.9%,27 人为重伤,占 10.6%,8 名妇女惨遭杀害,6 名妇女不堪凌辱自杀身亡,占 5.5%,8 名妇女有孕在身,仍惨遭毒打导致流产。

家庭暴力不仅发生在农村,同样存在于城市家庭之中。

1999 年,广东省妇联在广州等 11 个城市对 1589 个家庭进行入户抽样调查,有 29.2% 的家庭存在家庭暴力现象,其中 79.4% 是丈夫对妻子施暴,受暴妻子中,阵发性(平均每月一次)受丈夫施暴的占 39%,经常性(平均每月 4 次)受丈夫施暴的占 32.1%。沈阳市的一项问卷调查表明,有 18% 的群众反映周围的妇女经常被虐待,50% 的妇女承认自己经常遭丈夫打骂。到上海市妇联信访室反映家庭暴力的人数,从 1998 年至 2000 年,分别占婚姻家庭类问题的 14.7%、16%、13.4%。

据江苏省妇联权益部对南通监狱女子分监 1477 名女犯所作的问卷调查显示,237 个女犯家庭存在家庭暴力问题,其中 125 人的犯罪直接与家庭暴力有关;93 人长期受丈夫的殴打、虐待,62 人因抗拒家庭暴力犯故意杀人罪。1996 年,陕西省妇女理论婚姻家庭研究会的一项抽样调查表明:女性杀人犯中,杀夫者已占 63.3%,其中就有 45.3% 是女性因不堪忍受家庭暴力折磨,成了惨剧的导火索。

10 年前,《中国青年报》记者卢跃刚的长篇报告文学《大国寡民》,震撼文坛。文中所描述的那起毁容案令人悲愤万分。

陕西礼泉县北二村女青年武芳，14 岁时奉父母之命，媒妁之言，与烽火村的王茂新订婚。对于一个情窦初开的农村姑娘来说，她是怀着世事不明的憧憬和无可奈何的迷惑来接受这个现实的。

进入 20 世纪 80 年代，中国人长期被禁锢、被封闭、被压抑的灵魂开始苏醒。武芳也慢慢长大了，长成了个争强好胜的大姑娘。她不喜欢烽火村这个小伙子，她认为他们之间的差距太大了，她试图改变和把握自己的命运，但都失败了。

1982 年，23 岁的武芳嫁给了王茂新。丈夫其貌不扬，但只要本本分分倒也罢了，没想到丈夫还有小偷小摸、赌博等恶习惯，又屡劝不改。武芳绝望了。然后就是闹，然后就是打，跑，抓，又跑。受欺负，受凌辱，成了武芳嫁到烽火村做王家媳妇的无限循环的生活内容。那哪是人过的日子？武芳决心改变自己的命运，她提出离婚。

离婚？这还了得！在当地农村看来，女方提出离婚，伤风败俗，是对男方的挑战。王茂新坚决反对。村里也不给开离婚证明——组织不给开离婚证明，就办不了离婚手续。在这个村，结婚、离婚必须经过组织的审核批准证明。实际上，村里的审核批准已经凌驾于法律之上。摆在武芳面前的是：要么逆来顺受，俯首听命；要么跑，离家出走。

1987 年的一天，武芳从烽火村消失了，她选择了离家出走这条路。

1988 年 4 月 26 日，王茂新与村干部密谋，动用了公安力量，将武芳从外地骗回了烽火村，软禁在村接待站里。当夜，王茂新来了，要和她睡觉，武芳不从，他便又骂又打。骂够了，打累了，天快亮了他才走。武芳说："你打不死我，我就要离婚！"

三天后的又一个黑夜，武芳还在似睡非睡之中，忽听得一阵敲门声，她还来不及开门，门便被几个人踢开了。随即，一场惨绝人寰的硫酸毁容案拉开了序幕——

当时的惨状惨不忍睹——大片颅骨烧伤外露，左眼失明，右眼几乎失明，右耳烧焦，乳房严重烧伤，右手残疾……武芳成了一个全身被烧焦的"炭人"！

对这场暴力案，卢跃刚用 16 个字来形容：多人参与！集体围观！危害惨烈！闻所未闻！

这已经从普通的家庭暴力案，变成了严重的伤害案。

有人把家庭暴力，称为是家庭之"癌"！

清官难断家务事

关于"家庭暴力"，1950年《婚姻法》和1980年《婚姻法》都没有确立这一概念。只有当家庭暴力达到一定的程度（虐待），或造成严重的后果（杀人、伤害）时，有关法律、法规如《刑法》、《治安处罚条例》等，才加以干预。

《刑法》第二百六十条规定："虐待家庭成员，情节恶劣的，处二年以下有期徒刑、拘役或者管制。犯前款罪，致使被害人重伤、死亡的，处二年以上七年以下有期徒刑。第一款罪，告诉的才处理。"

《治安处罚条例》第二十二条规定："有下列侵犯他人人身权利行为之一、尚不够刑事处罚的，处15日以下拘留、200元以下罚款或者警告。这些行为是：一、殴打他人造成轻微伤害的；……四、虐待家庭成员，受虐人要求处理的……"

这便意味着，大量存在于家庭之中的程度较轻的家庭暴力，逃避了法律的制裁，换句话说，家庭暴力的受害者，并不能全部得到法律的保护。

河北涞源县青年农民谢子民，初中毕业，在家种了两年地后，跟着父亲到石家庄打工，后来，家里自己办了一个小砖瓦厂，家境开始慢慢变得好了起来。

1993年春节，谢子民经人介绍与邻村姑娘温香叶结婚。婚后，夫妻感情尚好。

半年后，温香叶有了身孕，谢子民乐得合不拢嘴。在农村最大的有两件事：一是盖房，二是生孩子。盖房意味着安居乐业，生孩子则为了传宗接代。那些日子，一家人都围着温香叶转，一天让她吃五顿，什么活儿都不让她沾手。那些日子，嘴里没说出，谢子民的心里却期盼着妻子能生个儿子。在乡下人看来，支撑家业和传宗接代的使命只有儿子才能完成。温香叶分娩了，生下的偏偏是个女孩儿。

女儿两岁时，谢子民说："我们再要个孩子吧！"温香叶有些担心："上头整天在喊计划生育，让他们抓住了怎么办？"谢子民说："他们喊他们的，最坏罚点钱。"

温香叶又怀上了。谢子民说："这回该是个儿子吧？"温香叶说："这谁知道？"谢子民问："你自己感觉怎么样？"温香叶说："好像比上回难受一些。"谢子民两眼一亮："难受好，听说反应难受的往往是男孩儿。"温香叶笑了笑："我也喜欢男孩儿。"

又到了分娩的日子，温香叶生下的又是一个女儿。

当夜，谢子民喝了一夜的闷酒。

温香叶发现丈夫变了，变得脾气暴躁，动不动就发火，摔东西，甚至还动手打人。

二女儿刚刚满周岁，谢子民要温香叶再生，温香叶回了句："还生？谁敢保证就生个儿子？"谢子民一个耳光扇了过来："你要是不生孩子，我还养你干什么？"

温香叶再次怀孕，或许是老天有意要捉弄人，第三胎温香叶生的还是女儿。

谢子民彻底失望了，从此后，温香叶成了他的出气筒，他想骂就骂，想打就打。

那天，温香叶买回来一筐鸡蛋，正好谢子民也回家，他一见鸡蛋，不阴不阳地说了句："你他妈不会下蛋光知道吃蛋！"温香叶觉得受了极大的侮辱，顶了句："你会下蛋？"谢子民没料到她敢顶嘴，说了声"你反了"，抓起整筐鸡蛋朝她砸去，一时，温香叶被砸蒙了，满脸满身都流着鸡蛋黄。

开始，温香叶受到丈夫侮辱和虐待时，一味地忍让。最多也就是跑回娘家诉诉苦，善良的母亲除了陪女儿流流泪，还能说什么？然而，温香叶的忍让和屈从，更加助长了谢子民的气焰。

这种无穷无尽的苦日子实在无法忍受，1998年，温香叶开始向有关部门反映。她先是找到村长，村长说："一日夫妻百日恩，两口了吵架算什么？睡一觉就好了！"她又到派出所求救，派出所所长说："现在社会这么乱，我们连治安都管不过来，你就别再添乱了。"

侮辱和虐待没有休止，温香叶不得不将谢子民告上了法院。法院的法官坦言相告："两口子打架，这种官司谁说得清楚？《刑法》上是有虐待罪这一说，但必须要有五到六张医院的验伤证明，说明你已经不止一次受到暴力的伤害，你能拿出这种证明吗？你这属于小打小闹，回家后再好好做做工作，好好过日子吧！"

温香叶无路可走，只能是继续忍受丈夫的折磨……

从家庭暴力的案例看，真正达到《刑法》规定构成的轻伤和重伤程度、够上犯罪行为的暴力案件不太多，更多的是受到丈夫的殴打和虐待，比如，头被打破了缝了几针，脸被打肿了，腿被踢青了。《人体轻伤鉴定标准试行条例》第二条规定，轻伤是指物理、化学及生物等各种外界因素作用于人体，造成组织器官结构一定程度的损害或者是部分功能障碍的损伤。许多遭受虐待的妇女，尽管身上青一块、紫一片，但达不到《刑法》定罪的最低标准。有的恶丈夫很了解这一点，打妻子时有恃无恐。

还有另一种更加隐蔽的家庭暴力——性暴力。

中国人羞于谈性，中国妇女更是羞于谈性。于是，许多女性对于来自丈夫的性暴力，难以启齿。

据王行娟对北京一家妇女热线所作的调查，妇女热线投诉的性暴力，一般有以下几个特点：1.丈夫的性要求过多过频，每天不管妻子身体好坏、疲倦与否，是否来月经，也无论在什么环境和场合，妻子必须随时伺候，否则就要遭受毒打；2.丈夫在殴打完妻子之后，强行过性生活；3.强迫妻子接受不愿接受的性交体位；4.患有性功能障碍的丈夫对性功能正常的妻子进行性虐待，包括用工具伤害妻子的性器官，撕咬妻子的性敏感部位；5.因不堪忍受丈夫暴力已经离异的女性，仍然遭受前夫性暴力侵害，强迫与之过性生活。

殷小鹃是北京某家具厂的出纳，苗条的身材，瓜子脸，见人总是淡淡一笑，从来没听她大声说过话。谁能想到，就是这么个平静如水、善良乖巧的弱女子，却长期受到丈夫性暴力的虐待。

殷小鹃老家在河北保定，1988年，在北京某家具厂当木工的父亲到了退休的年龄，按照当时的政策，她顶替父亲进了厂。

从一位农村姑娘，一下子成为北京一名国企职工，对于殷小鹃来说，这简直像做梦似的。从进厂第一天起，除了好好干活，她没有其他任何想法。先在油漆车间当喷漆工，那是全厂最累的工种，油漆的气味既刺眼，又熏鼻。刚开始，一个班干下来，两眼肿得像小桃子似的。好在从小在农村长大，吃苦吃惯了，这点困难根本不算啥。每天脸上总是带着笑容，哪个师傅都夸她："这孩子行，能吃苦！"

一晃三年过去了。当初刚进厂那个又小又瘦的小女孩，如今长成个标致的大姑娘。那天，下了中班，班长通知她，车间赵主任有事找她。一进赵主任办公室，赵主任又是让座，又是倒茶，把殷小鹃弄得十分不自然。

赵主任问："怎么样？挺好的吧？平时我关心你不够，活儿累吗？"殷小鹃忙说："不累，挺好的。"

赵主任笑着说："今天找你来，想问你一件事，你今年是21，还是22来着？年龄也不小了，找对象了吗？"

殷小鹃说："还没呢，不着急。"

"没找，正好。"赵主任说，"给你介绍个对象吧，不过，我也是受人之托。"

殷小鹃的脸"腾"地红了起来："主任，我真的不着急呢！"

"有合适的干嘛不着急？"赵主任说，"咱们厂的王副厂长让我帮他儿子找个对象，我一想，你不正合适吗？你的情况王副厂长也了解，人家那边对你挺满意的。"

容不得殷小鹃推辞，赵主任说："这个星期天，我安排你们见一面。"

王副厂长的儿子叫王国新，在一家三星级宾馆当厨师。第一次见面，殷小鹃对这个长得虎背熊腰、两眼有些眯眯、话语中时不时还带粗话的小伙子，似乎没有一点的好感。但碍于赵主任的情面，又加上他爸的权势，她不敢说什么，只答应做一般的朋友先处着。

开始，王国新是一个星期来找一次殷小鹃，慢慢地，三天两头找上门来。当时，殷小鹃住在厂里的单身宿舍，王国新来了，也没有更多的话可说，总是有些心神不定地看着她，看得她直发慌。有时还动手动脚，殷小鹃不得不说："你再这样，我可急了。"

那是个星期六的晚上，天下着蒙蒙细雨，王国新又来了，还带来一大兜吃的，说是他妈让带的。一集的电视剧还没看完，王国新又有些心神不定了，殷小鹃说："下雨天，车不好乘，你还是早些走吧！"这时，只见他两眼发直，大口大口地喘着粗气，殷小鹃以为他突然发病，忙问："怎么啦？你怎么啦？"说话间，王国新一下将她抱住，紧紧搂进怀里，嘴里断断续续地说着："……想死我了……我实在受不了了……"殷小鹃拼命挣扎着，可哪是他的对手。王国新将她连抱带拽拥倒在床上，开始撕扯她的衣服，她拼力反抗着，只觉得浑身发麻，一阵天旋地转过后，便什么知觉也没有了……待她醒来时，他已经走了。天依然在下着小雨……

第二天，正好她母亲进城来看她，她抱着母亲痛哭了一场。母亲知道了事情的原委后，反倒劝她："人家条件那么好，看上你是你的福分。那种事是迟早的事，你也别太放在心上……"

1992年五一节，在王家的一再催促下，殷小鹃和王国新登记结婚。后来，殷小鹃对她的贴心小姐妹说，当夜，她差点没让王国新给折磨死，他一共要了她5次，第二天，她只觉得下身辣辣地疼，连床都下不了了，只好说自己感冒发烧起不来。

婚前的那场"强暴"，加上新婚之夜的那番折磨，使殷小鹃对性生活产生了一种恐怖感。而王国新却恰恰对性生活有着强烈的欲望，几乎是每天夜里都要，甚至发展到白天也要，她来例假都要。王国新一要，殷小鹃就高度紧张，全身发麻。

殷小鹃也反抗过，开始王国新嘴里不干不净、骂骂咧咧；后来，只要殷小鹃稍作反抗，他就拳打脚踢。殷小鹃哪是他的对手，十几年来，被他打得身上伤痕遍布。

殷小鹃跟贴心小姐妹诉过苦，小姐妹骂王国新是猪，要她去告他，殷小鹃说："这种事怎么说得出口？还不把人给羞死？"

至今，殷小鹃依然生活在这种苦海之中。白天，见人还是淡淡一笑，夜间，照常受王国新折磨……

一些妇女表示，性的虐待比躯体的虐待更使她们受到伤害。

性暴力是指违反妻子的意愿，强迫妻子发生性行为或有性虐待行为。我国《刑法》规定的性犯罪，主要有强奸、轮奸、奸淫幼女，强迫、引诱、容留妇女卖淫、强制猥亵妇女、拐卖妇女儿童等等，这些都不涉及婚内的性暴力问题。我国的法律还没有婚内强奸的规定。

当法律不能保障自己的利益时，一些长期遭受家庭暴力的受害女性，在忍无可忍之下，最终踏上了极端血腥的解脱之路——杀夫。

辽宁省营口市有个叫毛社青的搬运工，嗜酒成性，每天必喝，每喝必醉，每醉必发酒疯。打妻子，打女儿，闹得左邻右舍也不得安宁。妻子李燕子为了孩子的学习，一忍再忍。

1999年五六月间，女儿正在准备高考，妻子让他少喝点酒，别影响孩子复习。可他依然故我，每天喝得醉醺醺回家，回家后又吵又闹，折腾得孩子根本没法学习。7月初，再过3天孩子就要考试。晚上，毛社青摇摇晃晃回来，打开电视，声音放得几里外都能听见。他先是要女儿为他沏茶喝，过了片刻，又要女儿上街为他买烟。李燕子说："孩子正在复习，我给你去买吧！"他骂开了："不行，我他妈的辛辛苦苦把你养大，现在连买包烟都不行，我还不如养只狗呢！"女儿说："我把这道题做完马上给你去买。"他忽地喊了起来："你他妈反了？你给我跪下、跪下……"女儿眼里含着泪水，不得不跪在地下。

眼前这一幕差点没让李燕子气晕过去，一股热血从心头涌了上来，她抓起桌上的一把菜刀，朝毛社青的后脑勺砍去，由于用力过大，毛社青"噗"的一声倒地，当即死亡。

李燕子因过失杀人罪被捕。全街道联名上书法院，为李燕子鸣不平。最后，她被判处5年有期徒刑。

2002年，浙江临安市发生了一起轰动一时的"妻子雇凶杀夫案"。

43岁的章友谊是临安市森林派出所所长，这个多次被评为"优秀民警"的男人，在家却是个恶丈夫。他的妻子叶玲成了他的"出气筒"，稍不顺心便是拳脚相加。一次，叶玲顶了他几句，他竟一耳光将她的一只耳朵打聋。实在无法忍受的叶玲，不得不向章友谊的上级组织反映，有关人员要么是和和稀泥，要么就是双方各打50大板，不了了之。

投诉无门、走投无路的叶玲，最终采取了非理性的手段——出资3000元，雇用3个打手，要求"教训教训"章友谊，让他痛改前非。谁知这一"教训"，竟将章友谊活活打死。

叶玲为此也付出了惨重的代价！

她叫乔水清，今年32岁，正在江西的一所女子监狱服刑。23岁那年，她与同乡的一位农民结婚。婚后才发现，丈夫游手好闲、酗酒成性，每次酒后，便动手打她。乔水清实在无法忍受这种虐待，提出离婚，但丈夫说，你要离婚，我就杀了你全家。两年后的一天晚上，乔水清被丈夫打得遍体鳞伤，待丈夫睡了之后，用刀将丈夫杀死。乔水清被判处死刑缓期执行。

已经度过7年的监狱生活了，当年一时的冲动，换来的是终生的痛苦。不过，乔水清并不后悔，她说："我一个人在这里服刑，家里人却得到了平安的生活。

如果他当时真把我们全家人给杀了，我活着还有什么意思？"

陕西省妇女理论婚姻家庭研究会的一项抽样调查表明：女性杀人案件中，因家庭暴力引起的占案件的63.3%，其中有45.3%是女性长期遭受家庭暴力折磨，成了惨剧的导火索。

辽宁省的一项调查显示：全省的女性犯罪中，50%以上与长期饱受家庭暴力有关，犯杀人罪和伤害罪的，80%以上因家庭暴力所致。辽宁女子监狱的1000多名女犯中，就有100多名是由最初的家庭暴力受害者演变成杀夫的罪犯。这些受害者妇女的过激行为，成为社会最畸形的犯罪。

从深层次分析，家庭暴力的产生有着一定的社会根源和现实基础。我国有着几千年的封建社会历史，男性从来就占据统治地位。对丈夫来说，妻子是自己的从属物，不能拥有思想、语言、行动的自主权，必须"唯我是从"。这种封建思想延续至今仍大有市场，不少丈夫要求妻子绝对顺从他们，稍有不从，便武力相向。

施暴者综合素质差是原因之二。伴随着改革开放而来的西方生活方式和价值观、人生观对人们的思想观念产生巨大冲击，一些人道德观念错位或沦丧，以婚外恋、婚外情为夸耀的资本，引以为荣。这种对婚姻的不忠必然刺伤妻子的自尊，造成家庭暴力的发生。一些施暴者自身素质差，自我控制能力低，赌博，酗酒，稍有不顺心的事，便以拳脚相加。

现行法律法规的缺陷导致对家庭暴力打击不力，是家庭暴力得不到有效遏制的最重要的原因。我国的《宪法》、《刑法》、《婚姻法》、《妇女权益保障法》、《治安管理处罚条例》等法律法规对家庭暴力虽然有禁止性条款，但没有认定和制裁条款，这些规定原则性太强，缺乏可操作性，况且在司法实践中还存在有法不依的现象。"清官难断家务事"，如果受害妇女不愿向外人诉说，别人也不愿去打探，即使碰到暴力场面，碍于情面劝架，也往往采取息事宁人的态度。

中国法学会反家庭暴力项目专家陈敏认为，对受虐妇女的心理特点缺乏了解，是造成以暴抗暴的受虐妇女得不到社会同情和法律公正处理的原因之一。我国法律界和心理学界都尚未注意到这个问题，但是发达国家早在20世纪70年代就开始研究这一问题，并形成了一整套理论，其中，著名的受虐妇女综合征突破了刑法在传统意义上对正当防卫条件的严格要求。

受虐妇女综合征，可以解释受虐妇女由于长期遭受丈夫或同居男友的暴力侵害，在心理上产生了一种无法摆脱施暴者的无助感，以及她们对施暴者的暴力行为或暴力威胁作出过激反应的合理性。这一理论在发达国家被专家证人普遍采用，作为证明受虐妇女杀人是正当防卫的证据。这一理论还从心理方面说明，当受虐妇女奋起反抗时，为什么使用致命的武器是她们与施暴者对抗时能获胜的唯一方式，为什么受虐妇女会觉得只有杀死施暴者才能保护自己。

陈敏感到遗憾的是，我国《刑法》规定正当防卫时，没有充分考虑受虐妇女的长期受虐史和因长期受虐而产生的特殊心理状态。她认为，司法实践中，家庭暴力案件的取证对司法机关和当事人来说，都是一大难题。这方面，应当考虑借鉴国际上的通行做法，视情节依法减轻或免除她们的刑事责任，使她们获得公正的审判。否则，受虐妇女就会陷入一个两难境地：遭受严重暴力侵害时得不到法律和社会的救助，采取私力过激行为救助自己时，却受到原本袖手旁观的法律的严惩。

愿家庭成为一个安宁的港湾

家庭暴力是个世界性的问题。

美国司法部估计，美国每年要发生 420 万宗家庭暴力犯罪案件，其中 95% 的受害者是妇女。

俄罗斯国家杜马《关于预防家庭暴力》材料中的数据表明，俄罗斯全国 30%—40% 的暴力犯罪案件发生在家里，平均每 4 个家庭就有一个发生此类犯罪。

1994 年，加拿人的魁北克大学在学生中曾作过一次问卷调查，在 2000 名被调查的青少年中，有 8%—10% 的人承认自己对父母有过暴力或暴力倾向。

对于家庭暴力的危害，全世界都经历了一个由肤浅到深刻的认识过程。

英国的早期法律，曾经有过一个十分荒诞的"大拇指原则"，允许丈夫对其妻子和子女有"适度的惩戒"，只要他所使用的棍子不超过大拇指粗，即不算违法。

20 世纪四五十年代，美国当时的法律规定，警察署和房管部门无权介入家庭暴力问题的治理工作，受害的妇女只能去向妇女组织求救。

绝大多数的第三世界国家，由于经济落后，"老公打老婆"习以为常，无法可依。

然而，当家庭暴力像瘟疫般蔓延，给家庭和社会的稳定带来极大的威胁时，不得不引起各国政府的关注和重视。

1993年，联合国大会通过了《消除对妇女的暴力行为的宣言》，1995年，联合国第四次世界妇女大会通过的《行动纲领》将家庭暴力问题列入12个重点关注的问题之一；

1999年3月，联合国妇女发展基金会召开了"给妇女一个没有暴力的世界"的全球电视盛会；

同年11月，联合国大会正式通过了由多米尼加共和国提出、60多个国家支持的建议，将每年的11月25日定为"国际消除对妇女的暴力日"；

2000年6月，联合国召开了关于妇女问题的特别联大，会议通过的成果文件，其中显著的进展体现在妇女人权和对妇女的暴力方面，它要求改善环境，决不容忍侵犯妇女和女童权益，并要求改善立法；

2000年9月，第五届国际反家庭暴力大会在美国举行；

……

这一系列举措表明了世界各国对于治理家庭暴力的决心！

如何遏制家庭暴力，同时也成为2000年修订《婚姻法》时重要的立法目标。

广东省妇联最先提出"应在新《婚姻法》中增加禁止家庭暴力的规定"的建议：

我们认为，《婚姻法》应增加禁止家庭暴力的规定，主要理由是：一是现行《婚姻法》"禁止家庭成员间的虐待和遗弃"的规定包括不了家庭暴力的全部内容，虐待有别于家庭暴力，家庭暴力还应该包括伤害、故意杀人等非法暴力；二是家庭暴力的提法是全世界广泛使用的提法，也是全世界妇女最瞩目的问题，增加此条规定有利于与国际接轨；三是家庭暴力是我国也是我省当前突出的问题；四是现行涉及家庭暴力的法律法规没有充分发挥应有的作用，法律法规不完善。在执法实践中，对家庭暴力构成犯罪的往往难以认定，受虐待的妇女即使起诉到法院，法院或者认为暴力不够严重达不到虐待罪，或者认为证据不足不予认定，因而多年以来，我省因虐待家庭成员而被判虐待罪的少之又少，通过治安管理处罚家庭暴力的施暴者也很少。据统计，在比较典型的暴力案件中，丈夫施暴而受到治安处罚、刑事制裁或负担民事赔偿责任的只有 16.5%。广州市中级人民法院家庭暴力法医鉴定室从 1998 年 5 月至今已对 73 宗丈夫打妻子的案件进行鉴定，其中 7 例是轻伤，其他是轻微伤，绝大部分都没有得到刑事或行政处罚，不少仅仅以离婚作为了结。达到刑事或行政处罚条件的尚且如此，那么，大量没有达到《治安处罚条例》处罚条件的家庭暴力案件，对妇女身心健康损害也很大，该怎样制止暴力，惩处施暴者，如何保护因暴力而起诉离婚的受害妇女及其子女的权利，家庭暴力发生后，妻子的经济赔偿、精神赔偿如何实现，需要完善立法。《婚姻法》增加此规定有利于加大禁止家庭暴力的力度。

全国人大法制工作委员会和全国妇联在上海征集《婚姻法》修改的意见时，有关部门及法律专家就家庭暴力问题发表了自己的建议：

一些同志认为，家庭暴力是家庭成员对对方身体、心理及性方面造成伤害或痛苦的暴力侵权行为。家庭暴力应当既包括暴力打架，也包括精神暴力。

有些同志建议，在《婚姻法》总则中作禁止家庭暴力的原则性规定，具体处罚由《治安管理处罚条例》、《刑法》等相关法律规定。《婚姻法》增加一条禁止家庭暴力的规定，有利于地方立法，采取具体的制裁措施。

有些同志说，《婚姻法》应当明确有关部门如居（村）委会、派出所等部门的法律职责，110 报警系统应当将家庭暴力列入干预范围，并建议赋予家庭暴力的受害人要求别居的权利或要求某一部门颁布某种禁令，禁止加害人在一定时间内与受害人接触。

一些同志说，《宪法》、《婚姻法》、《治安管理处罚条例》、《刑法》等法律都有禁止和制裁家庭暴力的规定，目前主要是执法问题，特别是受害人自我保护意识不强，有的甚至不知道有上述法律的规定，应该加大宣传。有的同志说，现行法律规定的都是禁止家庭成员间的虐待，《婚姻法》要写明禁止家庭成员间的暴力等虐待行为。

一些深受其害的妇女纷纷给立法部门和妇联来函、来电：

面对一些恶男人的铁拳头，法律为什么显得如此的柔弱？法律为什么不能保护我们这些弱女子？

我的丈夫是县里的一名局长，白天，他在上级和部下面前，冠冕堂皇，正人君子，谁都夸他是个好局长、好公仆；晚上，在家里，他是"太上皇"，衣来伸手，饭来张口，稍不如意，动辄拳头。深夜，我常常是以泪洗面。我认为《婚姻法》修改，应该有制裁像他这样的"大丈夫"的条文。

我的丈夫为了达到与我离婚，和"第三者"结婚的目的，变着手段折磨我，我的身上青一块，紫一块，只要他吼一声，我会吓得胆战心惊。我找过派出所，他们说两口子打架不属他们管。我找过妇联，她们说，妇联说话人家不理睬。我应该再找谁？

我成了丈夫的"性工具"了，就像他抽烟一样，什么时候想抽就抽，什么时候想要就要，十次有九次是违背我的意愿的。《婚姻法》应该有"婚内强奸"的规定。

2000年4月，有关部门就修改《婚姻法》对全国31个省、自治区、直辖市的民意抽样调查结果显示，96.1%的人认为修改后的婚姻法对家庭暴力应加以制裁，94.1%的人认为尽管已有"禁止家庭成员间的虐待和遗弃"的规定，仍有必要规定"禁止家庭暴力"。随着社会的发展、人们思想观念的变化和社会成员基本素质的提高，人们开始注重个人在家庭中的地位、权利和尊严，注重生活质量，已经意识到家庭暴力同样是违法的，有关部门应该制止，对发生在自家和其他人家中的家庭暴力提出需要社会重视和依法制止的需求。

2001年修正《婚姻法》首次启用了"家庭暴力"这一概念，并在一些条款中作了规定：一、在总则中明确强调："禁止家庭暴力。禁止家庭成员间的虐待和遗弃。"二、第四十三条、第四十五条赋予家庭暴力或家庭虐待行为受害者请求帮助的权利，并要求居委会、村以及所在单位应当予以劝阻、调解的职责，公安机关履行制止和依法行政处罚的职责。由于家庭暴力构成犯罪的，可以通过受害者的自诉和司法机关的公诉两条途径予以追究。三、为了帮助受害者解脱家庭暴力阴影下的不幸婚姻，第三十二条将"实施家庭暴力或虐待、遗弃家庭成员"的行为作为判决离婚的认定条件。四、通过设立离婚过错赔偿制度，为受害者提供实质性的帮助，其第四十六条规定，因家庭暴力、虐待、遗弃行为导致离婚的，无过错方有权请求赔偿。

用"家庭暴力"替代 1980 年《婚姻法》中的"虐待"这一概念，是我国婚姻家庭法立法史上的一次突破，它意味着现实生活中大量存在的那些、昔日逍遥法外的家庭暴力，从此有法可依。

任何法律都不是十全十美，2001 年修正《婚姻法》也是如此。尽管立法者对制止家庭暴力、保护受害者的权益作了一系列的考虑，但对一些问题依然没有明确的界定。家庭暴力的特点是频繁性、复杂性和反复性，比如，打几次、打到什么程度才构成家庭暴力？辱骂是不是家庭暴力？强迫过性生活算不算家庭暴力？

2001 年修正《婚姻法》公布以后，家庭暴力现象并没有得到有力的遏制。

据中国妇联统计，2004 年至 2008 年，妇联系统受理的家庭暴力的投诉数量年均达 4 万件至 5 万件左右，占全部投诉的十分之一，并且仍有增长的趋势。全国妇联维权热线接到的反映老年人遭受子女暴力和对儿童家庭暴力的投诉也在增多，中国法学反家庭暴力网络的抽样调查也显示，家庭暴力在普通人群中的发生率为 34.7%。

第八届全国人大会议以来，每年两会都有代表、委员提出关于家庭暴力立法问题的议案、提案。近年来，全国妇联已多次向全国人大常委会和国务院法制办建议出台预防和制止家庭暴力的专门立法，并且主动开展了一系列立法准备工作。在 2009 年的两会上，全国妇联已将法律草案的建议稿提交给全国人大。

全国妇联党组副书记、副主席陈秀榕介绍：

目前，全国已有 27 个省区市出台了预防和制止家庭暴力地方性法规或政策，一些地级市也制定了地方性法规。有的对家庭暴力的概念作出了更加明确的界定，有的规定了处理家庭暴力投诉案件的职责，有的设置了专门的预防和制止家庭暴力工作机构。

我国已建立了专门针对家庭暴力案件的司法审判制度。最高法院中国应用法研究所已制定《涉及婚姻家庭案件审理指南》，并在全国9个地方法院开展试点工作，试行针对家庭暴力行为的民事保护裁定，收到了比较好的效果。湖南省高院出台了法院系统第一个关于家庭暴力案件的专门指导意见——《关于加强对家庭暴力受害妇女司法保护的指导意见》。这些都为反家暴法的出台奠定了基础。

我们期待着全国人大常委会尽快将反对家庭暴力法列入立法计划，维护好包括广大妇女在内的全体家庭成员的权益，促进家庭和睦，社会和谐稳定。

　　　我想有个家
　　　一个不需要华丽的地方
　　　在我疲倦的时候
　　　我会想到它
　　　我想有个家
　　　一个不需要多大的地方
　　　在我受惊吓的时候
　　　我才不会害怕……

远离家庭暴力，像这首曾经风靡一时的流行歌曲《我想有个家》所唱的那样，愿每一个家庭都成为一个安宁的港湾！

第九章

——

你们家"蛋糕"怎么分

丑话说在前头

20 年前，陈晨是西城区法院民庭一名助理审判员。

在她的记忆中，民庭接的案子中离婚案占多数。

而离婚案中"死离死不离"的又占多数。

陈晨说，那时候处理一起离婚案，短的一两年，长则三五年、甚至七八年。好不容易把双方工作做通了，都同意离婚了，法院还得帮助分割财产。那时候工资低，生活不富裕，人们把财产看得比什么都重要。存折上就两百元存款，一人一百。为一把筷子、几个碗、一张床，甚至一只热水瓶什么的，都要争得面红耳赤。一家人一共有三床被子，离婚了，两个大人加一个孩子，正好每人一床。可女的说，那三床被子是结婚时娘家的陪嫁品，我得带走。男的一听急了，你都拿走，我们盖什么？还有一家打离婚，为一辆旧的"飞鸽牌"自行车闹得不可开交。那时候，自行车算家庭大件之一，男的说，这辆车是用我们单位发的票买的，我已经骑了好几年了，应该属于我。女的说，正因为过去都是你骑的，这下子也应该让我骑骑了……

20 年后，陈晨离开了法院，成了一名律师。

　　陈晨说，我不大接离婚案，清官难断家务事，离婚案太麻烦。

　　一次朋友介绍来了一起离婚案，朋友的面子不好推辞，只好接了。

　　委托人是一位白领。她原来在国家机关工作，7 年前，与从部队转业回城的丈夫一起创办了一家贸易公司。凭着原来的资源，生意做得有声有色。她告诉陈晨，那时候自己真有钱，公司的户头上每年都有几十万元的进账，她穿的都是顶级的名牌，光进口的皮鞋就有几十双。谁知"天有不测风云，人有旦夕祸福"，两年前，一场突然而至的疾病将她击倒。为了保命，她不得不四处求医寻药，公司的业务只好全部交由她的丈夫一人负责。病慢慢好了，夫妻之间的感情却出现了危机。就在她生病期间，丈夫竟然与公司的女秘书悄悄好上了。她表现得很冷静，既然感情没了，婚姻还有什么存在的价值？她同意协议离婚。然而在谈到财产分割时，她禁不住吓了一跳，她清楚记得生病前，公司账上还有近 300 万元的盈利，这时候只剩下不到 20 万元。问丈夫，他支支吾吾说不出个所以然来，光强调这两年生意一直不顺，因为她正在病中，所以一直没讲。她知道其中必定有诈，为了保护自己的合法利益，她向法院提出离婚诉讼，并要求男方赔偿 150 万元的经济损失。

　　陈晨是作为女方的律师走进这起离婚案的。

　　夫妻双方的感情已经消亡，女方对男方的婚外恋也无意追究，认为他既然不爱她了，愿意爱谁可以爱谁。现在关键的是财产问题。按照女方的判定，在她生病期间，男方起码转移了 200 万元资金。陈晨问女方："你们过去对家庭财产有过约定吗？"女方回答："没有，那时候谁有这个心眼。"陈晨又问："你认为男方转移了资金，拿得出确凿证据吗？"女方说："我这两年一直在病中，哪还顾得上这些。"

　　尽管法院和律师费了很大的精力，但由于找不到有力的证据，女方的赔偿要求无法得到满足……

　　任何法律都无法摆脱经济制度的约束。我国 1980 年在计划经济环境里制定的《婚姻法》，有关夫妻财产制的内容，只有第十三条用简略的一句话来表述："夫妻在婚姻关系存续期间所得的财产，归夫妻共同所有，双方另有约定的除外。"

　　20 世纪 80 年代初期，改革开放的大门刚刚打开，经济体制单一，全民所有制和城镇集体所有制成为最重要的所有制形式，个体经济仅限于小摊、小贩。

截至 1981 年底，全民所有制单位职工年平均工资为 812 元，城镇集体所有制单位职工年平均工资为 642 元，全国人均储蓄存款余额仅为 525 元。据统计，1980 年全国每户每月生活消费品支出为 190.81 元，其中食品为 113.83 元，约占 60%，可以看出当时居民收入支付日常生活费用以后所剩无几。以至于，手表、自行车和缝纫机成为当时人们梦寐以求的"三大件"。所以，尽管当时离婚时，夫妻双方常常要出现财产纠纷，但一般数额小，牵涉面简单。

苦涩的岁月终于结束了，中国百姓的命运之舟已从 20 年前贫穷的海峡驶入温饱的港湾。

摆脱贫穷的标志，不仅仅体现在彩电、冰箱、洗衣机新"三大件"取代了老"三大件"，更重要的是家庭收入来源日益多元化，家庭财产的构成日益丰富。除了住房、汽车、高档家具、家用电器等实物财产外，还有了股票、债券、彩票、外币、邮品、著作权和知识产权等财产形式。而个体工商户、承包经营户、私营企业的老板，还拥有相当数量的生产资料和债权、资本收入等，其价值远远超过通常概念的夫妻财产。

当夫妻和睦相处时，这些财产是富裕的象征，而当夫妻离异时，这些财产便成为纠纷的焦点，成为民事审判中一个新问题。

王某与易某，是大学同班同学，毕业后一起分配到北京某局机关，1992 年结婚。王某长得细小柔弱，却泼泼辣辣；易某性格内向，平时寡言少语。尽管是同班同学，结婚后双方才发现脾气是如此的不同。

"话不投机半句多"，秉性不合难生活。结婚第三年，两人开始分居。

分居后，易某索性辞职"下海"。在商海中，他如鱼得水，事业有成，不仅注册了一个中等规模的公司，还添置了汽车、房产。

1999 年，易某提出离婚，王某表示：离婚可以，但有一点必须声明在先，易某的财产应该有她一半。易某说，那些财产都是他们分居之后，他呕心沥血创造的，与她无关。王某说，《婚姻法》上规定，只要没有离婚，双方的财产应该属于共同所有。

协商不成，王某便将易某告上法庭……

还有一对夫妇双方都在一家家具公司做推销员，每年有四五万元的收入。有了一些积蓄后，男的开始炒股票。有个十万元左右的本吧，有时候赚个几千，有时候又赔个几千。赚了添两件衣服，赔了也没什么心疼的。

后来，夫妻的感情出现危机，女方提出离婚，男方也表示同意。不过，男方告诉女方，前些日子炒股赔了十几万元，这笔钱款应由双方分摊。女的不同意，说你炒股赔了是你自己的事，凭什么要我帮你分摊？男的说夫妻的债务应该由夫妻共同承担。

双方不得不走进法院……

"第三者"插足中的"第三者"，能不能参与分割夫妻财产？

画家何某与康某已是20年的夫妻，但双方感情一直不好。后来，何某与初中时的同学胡某（已离异）悄悄好上。1998年何某得了肺癌，临终前，他立下字据，将自己最得意的一部分作品赠与胡某。何某去世后，胡某找到康某，索要何某的作品，康某说："你搞'第三者'插足，我还没找你算账，现在还想来分财产，没门！"

胡某哪能罢休，拿着字据，要与康某打官司……

诸如此类，夫妻之间关于财产的纠纷问题还有很多。

1980年《婚姻法》里关于财产问题简单的一句话规定，已经不能解决日趋复杂化、多样化的家庭财产状况。

"夫妻在婚姻关系存续期间所得的财产，归夫妻共同所有，双方另有约定的除外。"从1980年《婚姻法》里的这条规定，可以看出，我国以前的夫妻财产制采用双轨制，即法定财产制和约定财产制。

法定制，是指法律明文确定的夫妻财产制形式；约定制，是指法律允许夫妻双方以协议的方式确定使用的财产制形式。我国以前基本是以法定财产制为主、约定财产制为辅。如果婚姻当事人之间未订立关于财产的约定，或其约定无效，则适用法定夫妻财产制。从这一点上看，夫妻财产约定制的法律效力高于法定夫妻财产制。

婚前财产公证，是指公证机关依法对将要结婚的男女双方，就各自婚前财产和债务的范围、权利归属问题所达成的协议的真实性、合法性给予证明的活动。其包括两种形式：一是未婚夫妻在结婚登记前达成协议，办理公证；二是夫妻双方在婚姻关系存续期间达成协议，办理公证。财产公证，具有最高法定证明效力。

进行婚前财产公证，在西方国家已有悠久的历史，且影响广泛。

8年前，德国网球名将贝克尔与巴尔芭拉结婚时，双方签订了一份长达15页的婚姻契约。其中规定：一旦离婚时，贝克尔应该付给巴尔芭拉500万马克的赔偿费，而且孩子的住处要与母亲的住处一起，甚至连在慕尼黑法院打官司，契约里也作了明确的说明。

2001年初，美国著名影星迈克尔·道格拉斯和泽塔·琼斯结婚前，在契约中双方约定：在婚姻关系存续期间，如果道格拉斯在外头出现了"婚外恋"而欺骗了泽塔·琼斯，道格拉斯必须付给她500万英镑的赔偿费。而一旦由于道格拉斯因"婚外恋"和泽塔·琼斯离婚，则须按他们婚姻的持续时间确定赔偿金，每一年赔偿泽塔·琼斯100万英镑。

鲁迅先生写过一篇小品《立论》，说的是有一户人家生了个男孩，满月时，亲朋好友前来贺喜。有人当着孩子的父母夸道：这孩子将来会当官的。众人都说说得好。有人夸道：这孩子将来会发财的。众人又是一阵欢呼声。有人犹豫了片刻，说了句：这孩子将来会死的。话音刚落，遭到主人一顿打。说这孩子将来会当官、会发财，只不过是一种假设而已。说这孩子会死，符合自然规律，再长寿的人，也免不了一死。然而，对喜欢图吉利的中国人来说，宁肯信其假，不肯信其真。

进行婚前财产公证也是如此，明确夫妻财产的归属，说穿了就是为离婚时夫妻财产的清算和分割做准备的。刚打算结婚就要为离婚提前做准备，这多不吉利！对于大多数中国人来说，心理上接受不了。

1988年以来，河北、天津、黑龙江、江苏等省、市公证部门，先后开办了婚前财产公证业务。据上海司法局公证处统计，1993年该处办理了7件婚前财产公证，1999年增加到163件，6年尽管增长了23倍，但对于这个每年有数十万对登记结婚的夫妇来说，这个数字实在少得可怜。北京1988年至2000年8月，进行婚前财产公证的不过两百多对夫妇，其中数量最少的1999年，仅有20对。

全国妇联曾经就夫妻婚前财产公证作过一次调查，被调查者中有57.4%的人表示反对。一些被调查者在反对原因一栏里这样写道：

> 对于即将步入婚姻殿堂、对未来的美好生活充满着幸福幻想的男女青年来说，进行婚前财产公证实在是太残酷了。

婚前财产公证，完全是受西方生活方式的影响。它反映了当代人婚姻观念的物化与婚姻的脆弱。进行婚前财产公证，实际上是将夫妻之间的关系变成了一种契约关系和赤裸裸的金钱关系。

外国有外国的习惯，中国有中国的感情。婚前财产公证与中国传统家庭观念相违背，亵渎了男女双方共结连理的感情氛围。

婚前财产可以进行公证，夫妻之间美好的情感可以进行公证吗？

那些赞成进行夫妻婚前财产公证的，其实也只是理论上赞成而已，没有什么实际的行动。

高先生是"海归"派，学识渊博，观念新潮，很多事情都能与国际"接轨"，现任北京一家外企的主管。未婚妻是个外语教师，也是时尚一族。结婚登记前，想赶一回时髦，去做婚前财产公证。乐呵呵到了公证处，一看《公证书》上"如果婚姻关系发生破裂，财产归属之类"的字样，不免有些出汗。高先生望了未婚妻一眼，问："还签吗？"未婚妻迟疑了一下，反问他："你说呢？"高先生说："再考虑考虑吧！"

回到家，跟双方的父母一说，老人不干了："你们这不有病吗？谁结婚时先为离婚做准备？"

吓得两人再也不敢提公证一事。

一对经商多年，家有资产千万的老夫妇，膝下有一独生女，视若掌上明珠。女儿大学一毕业，父母便用300万元为她注册了一家公司。不久，女儿爱上了公司招聘来的一位小伙子。对于女儿的婚事，父母没有过多干涉，只是建议女儿在婚前做财产公证。"害人之心不可有，防人之心不可无。"老人怕小伙子是冲着他们的资产来的，万一将来婚姻有个闪失，也好补救。

女儿旁敲侧击，将老人的建议告诉了小伙子，小伙子一下急了，认为是对自己人格的极大侮辱，提出与她分手。这下轮到女方着急了，在父母面前哭哭啼啼，表示非他不嫁。

最后，婚是结了，两代人心理上却都留下了阴影……

但是，既然是新生事物，必定有它的生命力。随着社会的进步和观念的更新，近几年来，婚前夫妻财产公证这一新生事物，已经开始走进一些勇敢者的家庭。

感情是感情，婚姻是婚姻，不能因为建立了夫妻关系而改变了财产的归属。一些文化素质比较高的年轻人认为，婚前财产公证体现了法律人本位的进步观念，有利于树立私法的观念。

小卢与小温同在上海一家外企工作，朝夕相处，双方萌生了爱情。小卢的父亲是个著名的民营企业家，当女儿与未来的女婿准备登记结婚时，他提出赠送他们一套房子和一辆汽车，作为陪嫁。

小温家在农村，每月还得寄钱接济父母。得知这个消息后，首先想到的是去公证处做婚前财产公证。

"婚前财产公证？有这个必要吗？"小卢有些疑惑不解。

"你爸爸送的房子和汽车，是属于你的财产，尽管我们即将成为夫妻，但这种归属权不应该改变。"小温说。

小卢说："都成夫妻了，干吗还分得这样清楚？"

小温说："我这样做是对你的尊重，也说明我爱你并不是奔着你们家的经济条件来的。"

小两口愉快地到公证部门办理了财产公证。小温的举措，赢得了小卢全家的钦佩。

办理婚前财产公证的，还有一部分是再婚的老年人。老年人再婚后最容易引起的矛盾，是双方子女对自己家长原有财产的继承权的分歧。在组成新家庭之前，将婚前财产及婚后财产的归属提前做好公证，可以有效避免双方或双方子女日后在财产上的纠纷。

赵老是海军后勤部一位正师职离休干部，丧偶两年后，认识了北京某中学的李老师（也已丧偶），经过一段时间的了解，准备组成新的家庭，双方的子女也十分赞成。尽管子女们没有要求，赵老和李老师还是去公证处办理了公证，约定：双方婚前的财产（包括房子、存款、个人贵重物品等），婚后依然归各人所有；婚后添置的贵重财产属双方共同所有……

赵老说："我们干休所有些再婚的老同志，婚后生活不是很幸福，一个很主要的原因是子女对父母财产的争执，有的子女三天两头上门闹，要分家产，搞得大家都不愉快。现在，我们提前做了公证，该属谁的属谁，一清二楚，谁都没意见。"

"第三者"有继承权吗

一个男人在他临终前立下遗嘱，决定将他生前的财产馈赠给他的情人。于是，这个男人的妻子与他的情人为此走上了法庭。

2000年10月11日，四川省泸州市纳溪区人民法院公开开庭审理原告张学英要求被告蒋伦芳返还黄永彬遗产案。1500名泸州市民从四面八方赶来参加旁听。

事情还得从黄永彬的婚外恋说起。

黄永彬是泸州市某化工厂职工，1963年和蒋伦芳结婚，婚后蒋伦芳一直没有生育，后来只得抱养了一个儿子，这给家庭笼罩上了一层阴影。

1994年，黄永彬认识了张学英，张是一家烧烤店的店主，离异独身带着10岁的女儿度日。黄永彬十分同情张学英的身世，频频光顾小店，帮助张学英打理门面。对于黄永彬的古道心肠，张学英感激不尽。尽管两人年龄相差22岁，依然无法摆脱感情的力量。1997年，两人开始非法同居，一年后，张学英生了一个女孩。

纸是包不住火的，黄永彬在外头搞婚外恋，很快让蒋伦芳知道了，她闹过打过，都无济于事。想想这么一把年纪了，上有老，下有小，家丑不可外扬，慢慢地便也就随他去了。

还是应了那句老话：天有不测风云。1999年底，黄永彬忽然感到右腹部疼痛难忍，到医院一检查，已是肝癌晚期。马上住院，很快花掉张学英积蓄的一万多元钱。

黄永彬住院期间，蒋伦芳也到医院照顾过，但由于平日积怨太深，即便在病床边，两人也是争吵不休。

那段日子，面对旁人的白眼，张学英顶着巨大的压力，依然坚持到黄永彬身边嘘寒问暖，细心照料。

黄永彬意识到自己即将走到人生的终点站，便将韩凤喜等几位好友邀到医院，他说自己还有两件事急需办理：一是离婚问题，二是财产问题，请大家帮忙。韩凤喜认为眼前离婚是不可能的，建议他抓紧处理好财产问题。黄永彬表示同意，并授意韩凤喜为他起草了一份遗嘱。

为了保证遗嘱的法律效力，2000年4月18日，黄永彬又让朋友请来了区公证处的公证员和律师，向他们口述了自己的遗嘱："我决定将自己依法所得的住房补贴金、公积金、抚恤金、一套住房的出售款的一半以及一部手机，全部赠送给我的朋友张学英。我死后的骨灰也由张学英负责安葬。"

4 天后，黄永彬逝世。

当韩凤喜将遗嘱交给张学英时，她在惊异之中又有些矛盾：不收这笔遗产，岂不辜负了黄永彬的一片心意，收下吧，蒋伦芳岂能罢休？

蒋伦芳果然没有罢休，她对这份遗嘱的真实性和法律效力表示怀疑。而韩凤喜认为，黄永彬在立遗嘱时，头脑清醒，且是当着公证员和律师的面立下的，完全是出于本人的意愿。

张学英向律师咨询了有关遗产继承问题，得知我国在有关法律中规定，遗产继承分法定继承和遗嘱继承两种。如果有遗嘱的，应按照遗嘱的规定继承。

2000 年 4 月，张学英以扣押黄永彬遗产、侵犯原告权利的罪行，将蒋伦芳告上法庭，同时对遗产申请诉前保全。

此案一经披露，备受关注。

多数市民站在蒋伦芳一边，认为张学英道德败坏，勾引有妻之夫，破坏他人家庭幸福不说，还想分割遗产，简直是无法无天。黄永彬的朋友却认为，黄永彬与张学英的婚外恋，应该受到道德批判，但这并不影响张学英对这笔遗产的继承。道德与继承遗产是两码事，不应混为一谈。

10 月 11 日，纳溪区人民法院公开开庭审理张学英诉蒋伦芳一案。

法院认为，尽管黄永彬的遗嘱是真实的，《继承法》也有明确的法律条文，但黄永彬把遗产赠送给"第三者"这种民事行为，违反了《民法通则》中《基本原则》的第七条"民事活动应当遵守社会公德"的规定，因此驳回了原告张学英的诉讼请求，本案受理费 2300 元由原告负担。

顿时，1500 名旁听者报以雷鸣般的掌声。

纳溪区人民法院副院长刘波在接受记者采访时认为："《继承法》、《婚姻法》这些特别的规定都不能离开《民法通则》的指导思想。执法机关、审判机关不能机械地引用法律，而应该在充分领会立法本意的前提下运用法律。在判决本案时，我们直接引用《民法通则》的《基本原则》，而没有机械地引用《继承法》的规定，是合情合理的。如果我们按照《继承法》的规定，支持了原告张学英的诉讼主张，那么也就滋长了'第三者'、'包二奶'等不良社会风气，从而违背了法律应体现公平、公正的精神。"

张学英不服一审判决，上诉。

泸州市中级人民法院重新开庭，当庭宣布：驳回上诉，维持原判。此案为终审判决。法庭内再次响起一片欢呼声。

这起奇特的遗产纠纷案判决后，在司法界引发了强烈的反响，一些法律专家和学者纷纷表示了自己的不同看法。

别以道德的名义

武汉市人大常委会法规工作室 刘江

对于这个判决，我感到一丝隐忧：如果一个人因道德上的过错而承担法律上的责任，那么"法无明文禁止不为过"以及"罪刑法定"这些法律基本原则又该如何保障？

道德一旦成为法院判案的依据，法官岂不是变成道德的裁判者？对于道德法庭，我们并不陌生，在一些宗教国家，神职人员可以将有奸情的男女用乱石砸死；在中国古代，族长可以对私奔和不孝的子孙施以"沉塘"的残酷家法。而此类判决都是以"道德"的名义进行的，并曾经为民众所拥护。但是，当人类树起民主与自由的大旗，我们再去审视这些道德的宣判，感到的却是一种对人性的压抑和窒息。

英国1947年公布的《关于杀人犯罪和卖淫的沃尔登委员会报告》指出，法律虽然必须与社会中的普遍道德观念相一致，但同时必须给私人的道德和不道德留下一点余地。用简单而有点冒犯的话来说：有些事情，关法律什么事？

在任何一个时期，人们对道德都会有不同的理解，为部分人"不合时宜"的道德留下空间，为道德自身的发展提供机遇，这正是现代法律为人们提供最大限度自由的要求。如果道德具有"法外之法"的强制力，如果人类将道德的篱笆扎得一紧再紧，将每一个离经叛道者都扼杀的话，那么，在人类的文明史上，恐怕只会有少数几个绝无错误的"正人君子"能活下来。

不道德者的权利

北京大学法学院博士生　邓子滨

张学英败诉了。这个结果可能会在一时一地取得预期的效果，但在长远而广泛的时空里，却必然损害法律的统一和尊严。因为道德水准的提高，是不能以破坏法制为代价的。"变通"法律所带来的好处，远远抵偿不了它所衍生的恶害。

法官不能用法律的总则性规定来对抗法律的具体规定，解决法律冲突的解释权属于立法机关，这是一般的法律常识。如果允许法官任意解释法律，那将为最终架空法律大开方便之门。毋庸讳言，法律在执行过程中可能会与民意相脱节乃至相抵触，在难以两全的情况下，法官不应曲解法律以屈从民意，而应引导民意，使民众理解：严格遵循法律才是民众最大的利益，才是最崇高的社会公德。法官是护法使者，而不是道德卫士；法庭是法律殿堂，而不是道德裁判所。

法的要义在于给每个人以平等保护，不因其品行和声誉的不同而有所区别。即使是处于少数、弱势甚至是不道德的群体和个人，也有不可剥夺的受法律保护的权利。张学英走进法庭，是带着她对法的期待而来，她要的是自己法律上的权利，而法庭却给了她另一个东西。行使司法权的法庭所能够裁决的，仅限于法律是否赋予她某种权利，从而应否依法保障这种权利。至于她的行为是否符合社会公德，那是公众舆论品评的事情，法庭不应越俎代庖。

就张学英行为的道德性而言，也应进行冷静的分析。当她介入他人婚姻的时候，我们面对的是那个有关第三者的千古难题，她的道德是有缺陷的。但当她日夜侍候在病榻前的时候，我们没有理由说那是不道德的。假定这次判决得以维持，那么下一次，当某个人得到某道德高尚的外人照顾，受人恩惠后却希望自己的财产留给冷漠的家人时，法庭应否像这次一样，以道德的名义，剥夺家人的继承权呢？

我们可以进一步追问：那个死去的男人不道德，为什么没有导致法律在他死前剥夺他的财产所有权呢？法律不能那么做。同理，法律也不能因为一个人"不道德"就剥夺他对自己财产的处分权，即使他将财产处分给另一个不道德的人。只要这种处分是合法有效的法庭就应无条件地依法予以保护。

保护一个不道德者的权利，正是为了维护法律；而只有坚守法律，才能使法律造福于广大的民众。

正因法律有空子可钻，近些年来，社会上频频出现的女性"傍大款"现象，多数女性都是奔着"大款"们的财产而去的。四川一位年轻貌美的女子，几年间，先后插足4个家庭，都是私营企业老板、包工头之类的"大款"，长则数年，短的几个月，每次都"依法"瓜分走对方数量可观的财产，总共骗到3座豪宅、数百万元存款。这位富姐借用当年贫雇农"打土豪、分田地"的说法，洋洋得意地吹嘘自己是"打离婚、分财产"。

1999年，浙江温州发生了一起奇特的婚内财产分割案。

郎月秋高中毕业后，跟着做生意的姐姐学做了两年皮鞋生意，1995年夏天，她筹借了一些资金，自己在市区小南门附近开了一家"秋月亮"皮鞋店。

郎月秋有副苗条的身材，一双水灵灵的眼睛，加上脑瓜灵活，嘴甜，生意做得红红火火。1997年春节前，她的同学给她带来了一个叫江海山的井巷公司老板。江海山出手大方，一下子要了200双皮鞋，说是要给公司的员工作为年终的奖品。

一来二去，两人成了朋友。江海山有事没事便往"秋月亮"跑，有时帮她照料生意，有时又请她出去吃饭。郎月秋也在暗暗观察着他，她觉得江海山事业干得很成功，手中有好几个工地，人也很豪爽。当年国庆，两人结为夫妻。

婚后，江海山需要外出管理工地，不巧的是这时他的母亲患病，他与郎月秋商量，索性将"秋月亮"盘出去算了，一来可以帮助照顾母亲，二来自己资金周转有些困难，可以救一下急。郎月秋一想都是一家人了，还有什么可说的，一个星期便将店面盘了出去，把20万元全部交给了江海山，自己回家做起了全职太太。

"知人知面不知心"，原来这江海山并不是一个本分之人，特别是对于女色有一种特殊的爱好。1998年过了春节，江海山在云南又承包了一个工地，郎月秋提出和他一起去云南，他以她已经怀孕为理由，让她留在家里。江海山这一去，半年没有回家，这期间，他又与一位云南姑娘打得火热。回温州时，竟然悄悄将她带回温州，并为她在市郊找了一套房子，安顿了下来。这一切，邬月秋都蒙在鼓里。

9月，邬月秋生下了一个儿子，江海山大喜。在家里抱抱儿子的感觉尽管十分美好，但每当到郊区，云南姑娘一投入他的怀抱，则又是另一种滋味。

经常夜不归宿，时间一长，邬月秋起了疑心，她觉得江海山在外面一定有其他女人，可又苦于抓不到把柄。于是，她拿钱雇人专门到丈夫的工地、朋友和客户那里去调查。事情很快被江海山发现，他觉得很失面子，回家后大闹了一场。邬月秋也不示弱，第二天跑到公司大吵大闹，要求江海山给她一个名分。这下江海山火了，认为妻子败坏了他这个做老板的身份，回家把东西一收拾，索性和"二奶"住到一起了。

邬月秋又气又恨，还得在家照看孩子。家里的钱很快就花完了，邬月秋托人找江海山要，他一个子儿也不给，说是有了钱她又要四处搜集他"包二奶"的证据。她要求把那20万元店面的钱还给她，也被他拒绝了。

1999年4月，绝望之中的邬月秋，一纸诉状将江海山告上法庭，要求与丈夫离婚并分割家庭财产。江海山没想到她会来这一手，让朋友转告她："我这些年搞工程都亏了，还有一百多万元的债没还，她要离婚可以，这些债得一起还。"邬月秋一听急了，认为这是江海山使出的一招"黑手"。不过，结婚3年，她从来没有插手公司的经济，她觉得公司起码有二三百万元的资产，可又没有一点证据，要是丈夫乘机将资产转移了呢，岂不鸡飞蛋打一场空！有人给她出点子：先不离婚，先把家庭财产搞清楚。她想想也有道理，于是又到法院提出变更诉讼请求，要求不和丈夫离婚，只要夫妻之间共同财产的占有和使用权，也就是她和丈夫的婚内财产进行分割。

邬月秋的诉讼请求，却让法院为难了。按照当时的法律规定，夫妻关系存续期间所得的财产，一般情况下为夫妻共同财产。另外，夫妻可以约定婚姻关系存续期间所得的财产以及婚前财产的归属。因此，如要分割夫妻共同财产，只能以离婚为前提，或是在夫妻关系存续的前提下，双方进行协商分割。邬月秋要在维持夫妻关系的前提下，由法院来分割财产，显然是无法可依。

邬月秋期盼着新出台的《婚姻法》能给她以法律依靠……

恩爱夫妻明算账

中国有句老话：亲兄弟，明算账。那么，恩爱夫妻是不是也应该明算账呢？

尽管 1980 年《婚姻法》作了如下规定："夫妻在婚姻关系存续期间所得的财产，归夫妻共同所有，双方另有约定的除外。"从字面上看，法律条文已经包含共同财产制和约定财产制，但由于约定财产制语焉不详，不仅在实践中难以操作，在现实中也鲜有所闻，法官也好，老百姓也好，人们的习惯思维和做法是：夫妻财产，一人一半。所以，总体而言，我国法定的夫妻财产制只有一种——共同财产制。

但是，用一句话来对夫妻间的财产进行规范，未免过于简单。为了弥补法律的不足，最高人民法院不断出台一些司法解释，对夫妻共同财产的范围作了明确的规定。1993 年 11 月，最高人民法院公布的《关于人民法院审理离婚案件处理财产分割问题的若干具体意见》规定，以下财产直接成为夫妻共同财产：

一、一方或双方劳动所得的收入和购置的财产；

二、一方或双方继承、受赠的财产；

三、一方或双方由知识产权取得的经济利益；

四、一方或双方从事承包、租赁等生产、经营活动的收益；

五、一方或双方取得的债权；

六、一方或双方的其他合法取得。

《意见》还规定：

一、在婚姻关系存续期间，复员、转业军人所得的复员费、转业费，结婚时间为 10 年以上的，应按夫妻共同财产进行分割；

二、夫妻分居两地分别管理、使用的婚后所得财产，应认定夫妻共同财产；

三、已登记结婚，尚未共同生活，一方或双方受赠的礼金、礼物应认定为夫妻共同财产；

四、一方婚前个人所有的财产，婚后双方共同使用、经营、管理的，房屋和其他价值较大的生产资料经过 8 年，贵重的生活资料经过 4 年，可视为夫妻共同财产；

五、对个人财产还是夫妻共同财产难以确定的，主张权利的一方有责任举证。当事人举不出有力证据，人民法院又无法查实的，按夫妻共同财产处理；

六、婚前房产经修缮、装修后其增值部分，经扩建后其扩建部分；

七、一方或双方投资经营的尚无收益的养殖业种植业上的投资收入。

不可否认，这些司法解释，为解决现实生活中出现的一些家庭财产纠纷，发挥了很好的规范性作用。但是，健全法律仅仅靠"司法解释"是远远不够的。

一些法学专家指出："长期以来，中国一直比较重视法定财产制度，以共同财产制作为法定财产制是符合我国传统的文化伦理观念的。但是，婚后所得共同财产制将婚姻存续期间的一切财产都界定为夫妻共同财产则很不科学，夫妻共同财产的扩大，不仅在实践中产生大量问题，而且引起相关法律规范的互相冲突。因此，对夫妻共同财产有必要加以限制。"

中央人民广播电台政法记者阿计认为，2001 年修正《婚姻法》更新观念，拾遗补缺。以"三足鼎立"的多元化夫妻财产制，替代了原来"一统天下"的夫妻财产制。使夫妻财产制更加科学，更加全面。其体现为：

第一，全面规范夫妻共同财产制：

新《婚姻法》第十七条规定，夫妻在婚姻关系存续期间所得的五种财产，归夫妻共同所有：工资、奖金，生产、经营的收益；知识产权的收益；继承或赠与所得的财产（但一方单独继承或获赠的财产除外），其他应当归共同所有的财产。

夫妻对共同所有的财产，有平等的处理权。

第二，建立夫妻个人特有财产权：

个人特有财产权在以往的《婚姻法》中，是个空白。个人特有财产范围的过于狭窄，使得大量应为夫妻个人所有的财产最后被当做共同财产平分了事，极大地伤害了个人的权益。

为了尊重个人的财产利益，新《婚姻法》第十八条规定五类财产为夫妻一方的财产：一方的婚前财产；一方因身体受到伤害获得的医疗费、残疾人生活补助费等费用；遗嘱或赠与合同中确定只归夫妻一方的财产；一方专用的生活日用品；其他应当归一方的财产。

第三，完善了夫妻约定财产制：

传统的婚姻法律，尽管对约定财产制有所涉及，但由于没有对约定的时间、范围、条件、程序、效力等一系列重大问题作出明确的规范，因而在发生争议时极难处理，等于虚设。

新《婚姻法》设计了一套完整系统的约定财产制：夫妻可以约定婚姻关系存续所得的财产以及婚前财产归各自所有、共同所有或部分各自所有、部分共同所有。约定应当采用书面形式。采用约定财产制的，夫妻中一方对外所负的债务，第三人知道该约定的，以夫或妻一方所有的财产清偿。

需要指出的是，新《婚姻法》所指的夫妻财产约定制，完全是取决于夫妻双方自觉自愿的，即可以约定，也允许不约定。在修改《婚姻法》时，有专家建议"强行"要求夫妻对婚前和婚后的财产进行规范约定，以减少婚内或离婚时对财产的纠纷。但全国人大没有采纳这个建议。

广东省妇联认为，在我国农民占大多数以及城乡差别、贫富差别、妇女文化和经济普遍低于男子的情况下，不宜大力提倡约定制。实行约定制尽管有一定好处，但在现阶段弊端也是显而易见的，如低收入的家庭难以实现家庭功能，难以保证夫妻中低收入一方的经济利益，对养老育幼和保护丧失劳动能力者的利益不利。同时，由于妇女文化和法律水平低，在约定财产时往往会吃亏。所以，要引导公民慎重选择夫妻财产约定制。

上海社科院徐安琪研究员也反对这种"强行"的做法，她认为："根据我国的国情，不宜要求所有的当事人必须对财产进行约定而应当由他们自己决定。首先，因为大多数人目前尚不习惯在婚前就进行财产公证，刚结婚就考虑今后离婚时的财产分割，似乎对配偶不信任或对自己的婚姻没有信心，甚至认为是亵渎了爱情的纯洁性；其次，财产公证也要考虑成本问题（约需400元），目前在内地贫困地区农村连婚前检查（检查成本高）也难以推行，甚至连结婚都不登记（登记成本高），假如统一要求当事人在婚前进行财产公证，无疑更难以实现；再次，社会资源目前仍向男性倾斜，高收入的男性明显多于女性，提倡婚后财产归各自所有，往往不利于维护弱势妇女的合法权益。因此，在一段时期内，当事人按照各自的意愿选择约定制或共同制，是合适的。"

2001年修正《婚姻法》在夫妻财产约定制规范方面最具突破意义的，是在法律上首次承认了家务劳动的无形资产。

男女双方组成家庭后，共同负有使这个家庭正常有序运转的责任。运转的费用需要有人到市场上通过自己的劳动去获得，家庭内部的运转消费也需要有人操持，即家务劳动。比如抚育孩子、照料老人、做饭洗衣等。随着社会的发展，妇女的地位不断得到提高，但在现实生活中，依然是大多数男人主要承担在外挣钱，而妇女则承担大部分家务劳动。即便是可以通过找保姆来替代这部分劳动，但许多特殊的家务是保姆所替代不了的，比如怀孕、哺乳、生育等。而且，这些家务的价值不是用一般数字能算得清的。

但是，在离婚分割财产时，家务劳动的特殊价值往往被忽视了，有些男人气势汹汹地说："我们的全部家产都是我挣来的，从结婚的第一天起，她就在家待着，现在凭什么分走一半家产？"

2001 年修正《婚姻法》第四十条规定："夫妻书面约定婚姻关系存续期间财产归各自所有，一方因抚育子女、照料老人、协助另一方工作等付出较多义务的，离婚时有权向另一方请求补偿，另一方应当予以补偿。"此规定的意义在于：将"抚育子女、照料老人"等家务劳动认定为是对婚姻投入的无形资产，家庭的资源和贡献既有有形的和具体的，同时还有无形的持家贡献和家务劳动付出。

承认家务劳动的无形资产，既体现了法律的公正性，同时在维护女性合法权益方面也实现了质的飞跃。

2001 年修正《婚姻法》颁布至今已经 10 年了，它使得夫妻财产制更加科学，更加全面。但夫妻财产制依旧是个说不完的话题。

2010 年 3 月 5 日，《解放日报》刊登了一位读者来信，反映了一种困惑、一种心态……

这份婚前协议我该不该签

编辑同志：

你好！

这个春节对我来说，真是喜忧参半。喜的是我到月儿的老家拜见了未来的岳父岳母，他们对我非常满意，甚至开始催促我商量婚期。担忧的是，回来之后，月儿要我起草并签订一份婚前协议。

我和女友月儿是通过相亲认识的，也可以说一见钟情。我对她的印象是稳重而不失活泼，自重而不显高傲，说话有礼有节。我自己是 70 后，看到过很多 80 后的物质女孩，开口闭口都是房子车子，所以遇到这样一个清新脱俗的 80 后女孩觉得很不一般，立刻就有了好感。后来她也说，原来以为会遇到一个古板的"大叔"，谁知道是个很有亲和力的大哥哥，而且还很会照顾女生，所以也动心了。

相亲能有这样的"奇遇"，自然很难得，所以我倍加珍惜，认认真真地和月儿谈起了恋爱。我们感觉两个人很有共同语言，也很有默契，于是半年之后，我们开始谈婚论嫁。我的父母对月儿也很认可，认为她不张扬，很懂事。同时，他们高兴地作出了他们这一生最重大的决定：拿出半生的积蓄为我们的婚房交了首付款。虽说每个月的按揭由我自己来还，但因为房价高，每月还按揭的费用也不是个小数目，所以，父母另外每月还补贴我一定的生活费。按说，等我们结婚后，加上女友的收入，我们的生活还是比较轻松的。

可是，就在我欢天喜地地从月儿的老家回来后，月儿却很认真地跟我谈起了一个让我意想不到的话题：婚前协议。

开始我没有搞清楚，以为她想把婚前的财产明晰一下，心想她难道还有大笔的财产没告诉我不成？后来听她吞吞吐吐地说了半天才明白，原来她想签的是一份类似于婚姻忠诚协议的东西，简单说，就是万一一方有外遇出轨，另一方有权得到属于双方的全部财产，出轨方自愿净身出户。

我们还没有结婚，还没有属于双方的财产，我觉得签这个协议没什么疑问，无非是对双方的一种约束。可是，女友的一番解释却让我陷入了尴尬，因为她眼里的全部财产，除了婚后共同创造的财产，还包括这套我父母交了首付、我正在还按揭的婚房。换句话说，万一哪天我跟别人好上了，等于我的结局是人财两空。当然，事情是不能这么假设的，我也不是那种花心的人。但不知为什么，从那天开始我有点郁闷，进而开始害怕和女友谈这件事，更害怕把这件事透露给父母，不知道他们会怎么想。

百无聊赖地在网上浏览，发现有一则八卦也是关于这档子事的。有报道说，出轨的高尔夫明星伍兹有可能面临妻子"孩子监护权＋一半财产"的离婚诉求，而他们的婚前忠诚协议却是说结婚满 10 年妻子才能得到 2000 万美元的离婚补偿。我突然很有感触，人家是名人，有万贯家财，即使去掉一半，另一半也数目可观，而且有钱的名人自然有美女围绕，想不受诱惑也难。而我一个普通人，哪会有那么多艳遇的机会？而且，我所有的财产也就只有这么一套房子，一个不当心说不定就血本无归，这也太离谱了。再说了，看女友的意思，好像这份协议就是防着我的，万一她出轨了呢？我能得到什么？如果可以的话，她也应该拿出一个价值相当物业来抵押才对，这样我也有点安全感。咦，都想到哪儿去了？我觉得，虽然签婚姻忠诚协议的做法很时尚，但无形中却把即将走入婚姻殿堂的好心情给搅乱了。

女友害怕我变心想对我有个约束的想法我能理解，她婚后和我一起供楼、一起养家，万一出了什么状况连房子也得不到，她只是想有个保障，这我也明白。但这事说得太直白了，反而让人感觉怪怪的，我们真的对自己的爱人就那么没有信心吗？

请你务必给我一个答案。

忠实读者 薛成

薛成的来信刊出后，在读者中引起了强烈的反响，一些和薛成有着相似烦恼的读者纷纷来信，诉说自己因为婚房问题而让婚事卡壳的遭遇。另一些读者对这种婚前协议明确表示反对。

一纸协议难保忠诚

孙维国

现实生活中，类似薛成这样的事情不在少数。为了让自己离婚后不至于落得人财两空，女方希望用签订婚前协议的办法保护自己，在其看来，这样做一方面使自己的利益有了保障，另一方面也能提高婚姻的忠诚度，使婚姻更加稳固。然而，当真要签这样的协议时，当事双方会发现，这实在让人尴尬。因为，刚刚开始的婚姻，好像已经在为结束做"准备"了。

且不说协议的操作性有许多现实障碍，仅是协议本身便已经使婚姻的质量大大下降。这样的协议给双方的暗示是：反正我不怕，如果一方有外遇出轨，将"自愿净身出户"。试想，有了这样的"思想基础"，当婚姻产生矛盾甚至激烈的冲突时，双方还会竭力忍让吗？

况且，这个协议还显然有不公平、不规范之嫌。夫妻双方，财产有多有少，有的还相差巨大，如果签订了一份像薛成这样的婚前协议，必定让财产多的一方难以接受，这也是薛成拿不定主意的重要原因之一。此外，婚前协议不是双方协商签字即可，必须要通过专业机构的公证，才能具备法律效力，真正保护双方的利益。所以，若其要签订婚前协议，就要签得公平、签得规范、签得有效。

客观地说，一份公平、规范、健全的婚前协议，不但可以保护双方的利益，而且可以避免诸如子女抚养教育、老人赡养等一系列可能带来的问题。但需要强调的是，寄希望于用一纸协议来保证婚姻忠诚，这显然是不切实际，即便在签订婚前协议已非常普遍的西方，也很少有人将婚姻忠诚与婚前协议"挂钩"。许多事实已经证明，一纸协议难保婚姻忠诚。

"假如你爱我，结婚前就要房产证上加上我的名字。"这样的"爱情测试题目"，如今正准备步入婚姻殿堂的许多年轻人都遇到过。

到底是爱情至上还是理性处理？它无疑成了考验"准新人"及其父母的一道新考题。

如果把家庭财产比作一只"蛋糕"的话，那么，每个家庭都有这么一只"蛋糕"。

想过吗，你们家的"蛋糕"怎么分？

第十章

——

保护军婚：一道坚固的"防波堤"

诞生于战火中的法规

军婚，亦称"革命军人婚姻"或"现役军人婚姻"。夫妻一方为中国人民解放军现役军人的婚姻。

有人把革命军人家属称为"军用品"，那是神圣不可侵犯的；

有人把军婚看做是一根"高压线"，谁胆敢伸手触摸，下场可悲！

对军人婚姻实行特殊的保护，成了中国婚姻家庭法的一种特色。

> 一送（哩格）红军，
>
> （介支格）下了山，
>
> 秋雨（哩格）绵绵，
>
> （介支格）秋风寒。
>
> （索索哩格）梧桐叶落净，
>
> 红军（哩格）团结挂在心间，
>
> 问一声亲人红军呀，
>
> 几时（哩格）人马（介支格）再回山……

这首耳熟能详的江西民歌，仿佛又把我们带进了那个风雨如磐的艰难岁月，带到了如火如荼的战争年代……

当时，在红色根据地和陕甘宁边区，革命的婚姻观点一直是主导时尚，红军指战员成了姑娘们选择丈夫的首选目标；已婚的妇女如果自己的丈夫不是红军，则动员、鼓励丈夫参加红军。她们无不以当一名红军的妻子为荣。在川陕革命根据地，还流行着这样一首民歌："要脑袋，你就取，姑娘怎能对你把头低？山前山后去打听，谁不知姑娘我是红军妻！"

于是，带着妻子的嘱托，带着父老乡亲的期望，一批一批的热血青年加入红军队伍，走上抗敌前线……

难能可贵的是，早在建国之前，党和人民政权就已经十分重视依法保护革命军人的婚姻。

1931年7月由鄂豫皖边区第二次苏维埃代表大会通过的《婚姻问题决议案》，可以说是人民民主政权第一部包含有保护革命军人婚姻的规范性法律文件。其第十二条、第十三条规定："提高红色战士政治地位，加紧对红军家属的教育工作，在这种条件之下，动员群众力量，从政治上教育上使红军家属自觉地免除与红军战士离婚。相反，要使一般妇女自愿地同红军战士结婚，苏维埃政府须积极帮助红军家属改良生活状况。""目前苏区男女关系，已经形成了相当混乱的现象，代表大会根据上列各条反对（以下）倾向：甲必须坚决反对对红军家属的勾引行为。"

湘赣苏区1932年颁布的《婚姻条例》规定："男女有一方患有残疾、精神病或其他带传染性的花柳病的，以及有妨碍生育不能做事的，对方可以提出离婚，但红军官兵因带花而残疾者不在此限。""男子出外两年没有音信回家的，女子可宣布与其出外之丈夫离婚。但当红军官兵者，须在4年以上没信回家者，方许宣布离婚。"

1934年4月8日，中华苏维埃共和国颁布的《中华苏维埃共和国婚姻法》，是第二次国内革命战争时期人民民主政权婚姻立法的代表作。其第十一条规定："红军战士之妻要求离婚，须得其夫同意。但在通信便利的地方，经过两年其夫无信回家者，其妻可向当地政府请求登记离婚。在通信困难的地方，经过4年其夫无信回家者，其妻可向当地政府请求登记离婚。"

抗战时期，各地的抗日民主政权，对保护革命军人婚姻作了许多具体规定。

如《陕甘宁边区抗属离婚处理办法》规定："抗日战士之妻5年以上不得其夫音讯者，得提出离婚之请求，经当地政府查明属实或无下落者，由请求人书具亲属凭证允其离婚。""政府应认真实行优抗办法，保证抗属物质生活，并在政治上提高其爱护抗日军人之认识，帮助抗属与战士通讯，当发生抗属请求离婚时，必须尽力说服，如坚决不同意时，依照规定年限手续准予离婚。""抗日战士与女方订立之婚约，如该战士3年无音讯，或虽有音讯而女方已超过结婚年龄5年仍不能结婚者，经查明属实，女方得以解除婚约，但须经由当地政府登记之。"

解放战争期间，各解放区人民民主政权，在其颁布的婚姻法律文件中，如《陕甘宁边区婚姻条例》、《晋绥边区关于保障革命军人婚姻问题的命令》、《华北人民政府关于婚姻问题的解答》、《修正山东省婚姻暂行条例》等，都对保护革命军人婚姻作出规定。

在那战事频繁、通讯落后的战争年代，这些条例法规，对于正在前线浴血奋战、英勇杀敌的革命军人，是个极大的激励！

我们来看看60年前陕甘宁边区高等法院的一份民事判决书：

上诉人：田某某，女性，21岁，现住边区医校。

被上诉人：霍某某，地址不详。

当事人因婚姻涉讼一案，上诉人不服延安地方法院于1942年12月30日所为第一审判决，提起上诉，本院判决如下：

主文：上诉驳回。

事实：

田某某在1939年正月与霍某某结婚，同年3、4月间霍某某即离开了家庭出外至86师当兵，至今年3月杳无音信。田某某以空房难守，要求离婚，经延安市地方法院判决驳回其诉，田某某不服来院上诉，仍要求离婚。

理由：

查霍某某乃抗日军人，为国服务，对于婚姻关系应予保护，以安军心而励士气，依边区抗日军人家属离婚办法之规定，应于5年后不通音信，方得提起离婚之诉，原判尚无不合，据上论结本案上诉为无理，故判决如主文。

1943 年 1 月 21 日

民事法庭 庭长 任某某

推事 王某某

书记员 海某

田某某提起上诉时，正是陕甘宁边区政府关于《陕甘宁边区抗属离婚处理办法》公布的第六天。《陕甘宁边区抗属离婚处理办法》主要内容为：一、抗日战士之妻 5 年以上不得其夫音信者，得提出离婚之请求，经当地政府查明属实或无下落者，由请求人书具亲属凭证允其离婚；二、政府应认真实行优抗办法，保证抗属物质生活，并在政治上提高其爱护抗日军人之认识，帮助抗属与战士通讯，当发生抗属请求离婚时，必须尽力说服，如坚决不同意时，依照规定年限手续准予离婚；三、抗日战士与女方订立之婚约，如该战士 3 年无音信，或虽有音信而女方已超过结婚年龄 5 年仍不能结婚者，经查明属实，女方得以解除婚约，但须经由当地政府登记之。

陕甘宁边区高等法院对 86 师战士霍某某婚姻关系的保护，是陕甘宁边区政府保护抗日将士婚姻的一个缩影。

据不完全统计，从 1930 年 3 月 25 日闽西第一次工农兵代表大会通过的《婚姻法》，到 1949 年 8 月 6 日绥远省《关于干部战士之解除婚约及离婚手续一律到被告所在地之县政府办理的通令》，苏区、抗日根据地和解放区的人民民主政权共颁布了 39 部婚姻法律规范性文件。其中，有 20 部包含有保护革命军人婚姻的条款，有 6 部是保护革命军人婚姻的专门性法律文件。

这 26 部诞生于战火中的条例法规，组成了革命军人婚姻的保护伞。

一位从战火中走过来的老同志告诉我："在战争年代，对于那些已经成家的官兵来说，最怕的是什么？是'后院'起火，怕自己戴'绿帽子'。渡江战役前夕，我们连队正在长江北岸待命，做渡江的最后准备。谁也没有想到，一排长这时候突然失踪了。一排是突击排，这仗马上就要打响，排长不见了，谁不着急？一了解，原来是营部的一位老乡告诉他，他在老家的老婆，春节后被一位小商人拐走了。他头脑一热，没请假就跑回家。一排长家就在镇江郊区，离部队驻地不远。后来，部队专门派人把他找回来，他自己受了处分不说，关键是影响了整个部队的士气……"

全军优秀律师、北京军区法律顾问处主任荀恒栋，在谈到这些法律法规的意义时说："在'一切为了前线'、'战争高于一切'的思想指导下，当时的人民民主政权，对革命军人婚姻的特别保护制度的实施，稳定了部队，稳定了军心，也极大地鼓舞了前线将士的士气，为赢得革命战争的胜利发挥了重要作用！同时，这些保护军人婚姻的法律制度，也为新中国在制定法律制度时提供了参考。比如，《中华苏维埃共和国婚姻法》规定：'红军战士之妻子要求离婚，须得其夫同意。'新中国成立后1950年《婚姻法》和1980年《婚姻法》都规定：'现役军人的配偶要求离婚，须得军人同意。'两者相比，除了'红军'改为'现役军人'、'之妻'改为'配偶'外，其他意思完全相同。还有一个例子，抗战时期发布的《修正淮海区抗日军人配偶及婚约保障条例》第七条规定：'娶抗日军人配偶者，处3年以下有期徒刑。'而我们今天现行的《刑法》第一百八十一条规定：'明知是现役军人的配偶而与之同居或者结婚的，处3年以下有期徒刑。'后者除了强调主观明知条件及增加一个'同居'行为外，也无二致。"

一根"高压线"

我在翻阅历史资料时，读到了一则短文：《婚姻法为水兵撑腰》。

1954年9月，当兵5年的许新工第一次回家乡河北唐县探亲。许新工入伍不久便参加了解放万山群岛的海战。1951年5月，作为战斗骨干，他被选调到刚刚组建的新中国第一支海军潜艇学习队学习。在旅顺口开始跟苏联专家学习的一年多时间里，几乎处于全封闭状态，不许外出，不许通信。后来可以通信了，但也不允许家属来队探亲。

许新工是入伍前三天与同村姑娘张桂花结婚的，妻子留给他最深印象的是那双像清水一般明净的大眼睛。5年来，许新工把对"大眼睛"的思念，全部化作战斗和学习的动力。经过三年一千多个日日夜夜的刻苦学习，他终于成为一名合格的潜艇兵。

回家几天后，许新工发现父母脸上笼罩着愁云，老在悄悄叹气。而妻子那双大眼睛目光木然，且总是在躲着自己似的。他有些疑惑不解，不知家里发生了什么事。

那天傍晚，堂哥悄悄把他叫到村后小河旁，犹豫了片刻，堂哥还是开口了：

"兄弟啊，这件事我们要是再瞒着你，你可是太吃亏了……"

原来，许新工入伍不久，村长张又根便盯上了张桂花，软硬兼施，两人很快勾搭成奸。这两年更是肆无忌惮，只要张又根想要，光天化日之下，都敢睡在张桂花屋里。一村之长，有权有势，又是村里的大姓，谁也惹不起啊！

许新工听后如五雷轰顶，恨不得拿刀将村长宰了。不过，经过苦苦思考，他没有蛮干，而是决定向法院起诉：一是离婚；二是追究张又根的刑事责任。

法院根据有关法律很快作出判决：准予许新工与张桂花离婚；判处张又根监禁一年。

……

1950年5月1日，新中国成立后公布实施的第一部法律——《中华人民共和国婚姻法》，便对军人民事特别保护作出明确规定："现役革命军人与家庭有通讯联系的，其配偶提出离婚，须得革命军人同意。"同年7月25日，中央人民政府法制委员会在向全国下发的《中华人民共和国刑法大纲（草案）》第一百五十二条规定："明知他人有配偶而与之通奸者，处6个月以下监禁或批评教育。""与革命现役军人家属通奸者，加重处罚。"

中央人民政府法制委员会主任陈绍禹在《关于中华人民共和国婚姻法起草经过和起草理由的报告》中指出："……第十九条第一款规定：'现役革命军人与家庭有通讯联系的，其配偶提出离婚，须得革命军人同意。'这是为了使现役革命军人在前方安心杀敌的规定。多年的实际经验证明过去各解放区实行的婚姻条例中关于这类的规定，都收到了安定前方军心保证后方动员以争取解放战争胜利的重大成果。同时，也表现了革命军人的配偶，正如现役革命军人一样，能够牺牲个人的暂时的利益去服从民族、社会和国家的公共的永久的利益。现在当人民解放军已经差不多完全解放了中国大陆领土的时候，当中国人民解放战争完全胜利已经为期不远的时候，《中华人民共和国婚姻法》作这种规定，更会得到一切革命军人的配偶和整个社会舆论的同情的。"

刘少奇还对这一条作了专门的解释："这是一个让步，是带原则性的让步。因为男的在前方打垮蒋介石，对她们的解放及长久利益有好处，即为了长久利益而牺牲暂时利益。"

1953年元月，第二届赴朝慰问团回国时带回了一些志愿军官兵的信，信中反映，某些地方法院在处理一些志愿军官兵的婚姻问题中存在着违反《婚姻法》

第十九条规定的现象，以致造成在前线作战的一些官兵情绪不稳。最高法院和司法部立即研究解决办法，下发通知，明确要求各地人民法院从维护《婚姻法》关于保护军婚的法律规定和志愿军官兵的合法婚姻权益出发，认真、严肃地依法审理破坏军婚的案件，以减少前线官兵的后顾之忧。

20世纪50年代，革命军人家属被称为"军用品"，那是神圣不可侵犯的！罗瑞卿身边的工作人员曾披露了这样一件事：

60年代初，我国一些地区发生了一些破坏军人婚姻的情况。1962年11月27日，时任中国人民解放军总参谋长的罗瑞卿，看到总政治部上报的一份《关于破坏军人婚姻的两个材料》后，拍案而起，愤慨地说："我们的军人舍家忘家保卫国家，可谁来保卫他们的家？"他当即批示："据我看，情况是严重的！这种情况如不加制止，任其发展下去，不仅会动摇军心，而且还可能出一些人命案。"并将材料上报中央政法小组组长彭真。

中央政法小组对此高度重视，召开专门会议进行研究。最高人民法院遵照中央政法小组的指示，立即要求各级法院统一认识，切实担负起保护革命军人婚姻的任务。据统计，仅1963年上半年，全国各地法院共判处了破坏军婚犯罪分子7590名。

应该指出的是，在这一时期的司法实践中，各地法院对破坏军人婚姻罪的定罪量刑的掌握幅度，基本上都是"处罚从严"。不仅把奸污、诱奸、霸占军人妻子的一律视为"破坏军婚罪"，而且把与军人妻子或未婚妻通奸的，也一律作为破坏军婚犯罪的性质加以处理。

破坏军婚成了一根"高压线"，谁胆敢伸手触摸，下场可悲！

"文化大革命"中，处理破坏军婚案件更是严上加严。

北京经纬律师事务所的左衍云告诉我，"文革"期间她在崇文区法院当书记员，当时的口号是砸烂"公、检、法"，区法院除了"工宣队"两个师傅和三个办案人员，其他人一律下放"五七"干校劳动。有一天，区属一家电子厂的造反派来反映，说是厂里一位大学生与一位军人的妻子悄悄好上了，破坏军婚，问题严重。"工宣队"的师傅一听说是破坏军婚，立即带着左衍云到了厂里。经过调查，实际情况并非像说的那么严重。大学生是一年前分到厂里设计科的，是上海人，未婚，长得白白净净，大伙儿都很喜欢他，有的还张罗着给他介绍对象。那位军人的妻子也在设计科，是杭州人，比大学生大5岁，也是大学毕業分来的。由于都是南方人，又都是大学生，平时自然接触多一些，说得来一些，女的家里烧了什么南方菜，有时还带到厂里让大学生尝尝，据说两人还一起看过一两场电影。调查了半天，没有发现其他什么越轨行为。"工宣队"师傅说，我们不能被表面现象迷糊住，而要上升到阶级斗争的高度来看待这个问题，随即宣布对大学生进行隔离审查。"工宣队"师傅和造反派亲自坐镇，要求大学生承认与女方的"性关系"。大学生死不承认。"工宣队"师傅无奈，便问他对女方是不是有好感，大学生承认有好感。就因为承认了这个"好感"，大学生付出了被判一年徒刑（缓刑一年）的惨痛代价……

当时，司法机关不仅对与军人配偶通奸者一概治罪，而且对调戏、猥亵，甚至与军人未婚妻"关系暧昧"、"谈情说爱"者也动辄上刑，绳之以法。有的还把这些案件作为"反革命案件"、"政治案件"来定性。这种对军人婚姻关系畸形的"保护"方法，不仅破坏了社会主义法制的尊严和公正，而且也无助于对军人权益的依法保护。

1979年7月1日，全国人大批准通过《中华人民共和国刑法》，其第一百八十一条规定："明知是现役军人的配偶而与之同居或者结婚的，处3年以下有期徒刑。"这是当时惩治破坏军人婚姻犯罪的法律依据。

经过几年的司法实践，一些地方法院反映，在处理破坏军人婚姻案件时，对如何具体应用《刑法》第一百八十一条规定在理解上不够明确，遇到一些困难。为适应破坏军人婚姻行为的新变化，1985年7月18日，最高人民法院下发了《关于破坏军人婚姻罪的四个案例》，供各地参照办理。

这4个案例分别为徐旭清破坏军人婚姻案、宋印生破坏军人婚姻案、熊贤辉破坏军人婚姻案、赵松祥破坏军人婚姻案。

徐旭清破坏军人婚姻案

自诉人曹某某，男，39岁，中国人民解放军驻青海省格尔木89027部队军医。

被告人徐旭清，男，28岁，原系湖南省株洲市塑料8厂工人，后调市人防办公室石峰山服务部任采购员。

自诉人曹某某与孙某某（女，36岁，湖南省株洲市塑料8厂出纳员），于1974年2月建立恋爱关系，同年10月27日结婚，婚后感情尚好。1976年1月，孙生一男孩。后因家庭琐事，夫妻发生过争吵。

被告人徐旭清与孙某某原在塑料8厂同一班组工作。1980年4月，徐、孙先后调到本厂供销股工作。孙因不熟悉业务，常向徐咨询，两人关系日渐密切，并一起看电影、逛马路。1981年初，孙从原住地搬到建宁新村16栋104号居住后，两人来往更为频繁。2月的一天，孙打电话让徐帮助买煤，又留徐在家里午休，主动与徐发生两性关系。此后，徐经常到孙的家中，给孙买煤、买米、买菜、做饭等，帮助孙料理家务事。两人多次发生两性关系，致孙怀孕堕胎。7月，孙骑自行车不慎摔伤，就把徐叫到家中住了多日。邻居都以为他俩是夫妻，有的人问孙："他是小曹吗？"孙默认；有的人问徐："你姓曹吗？"徐答："是。"同年9月，徐与孙一起到武汉市，以旅行结婚的名义，在江汉区团结旅社同居两夜。10月初，曹、孙在上海市孙的母亲家探亲期间，孙多次吵闹，要与曹离婚，拒绝与曹同居，并独自返回株洲。11月22日，曹带着5岁男孩从上海市到株洲市。当曹到建宁新村16栋104号找孙时，群众对曹说："她丈夫天天在家，怎么会是你呢？"后群众向曹揭发了徐、孙同居的事实。12月2日，曹向株洲市东区法院自诉。

1982年2月6日，湖南省株洲市东区人民法院审理认定，被告人徐旭清明知孙某某是现役军人之妻而与之同居，已构成破坏军人婚姻罪。依照刑法第一百八十一条规定，对被告人徐旭清予以刑事处罚。徐没有提出上诉。

最高人民法院对每个案例均附加按语：

［案例一］按：被告人徐旭清与现役军人的配偶同居，原审人民法院认定其行为构成破坏军人婚姻罪，依照刑法第一百八十一条的规定予以判处，是正确的。

［案例二］按：被告人宋印生与现役军人的配偶长期通奸，经教育不改，并将女方带到外地姘居，共同生活，如同夫妻。原审人民法院认定其行为构成破坏军人婚姻罪，依照刑法第一百八十一条的规定予以判处，是正确的。

［案例三］按：被告人熊贤辉明知严某某是现役军人的配偶而与之长期通奸，并挑拨、唆使女方与军人离婚，以便与他结婚。其行为破坏了军人的婚姻家庭，造成军人夫妻关系破裂的严重后果，已构成破坏军人婚姻

罪。由于过去在审判实践中对属于这种情况的案件可否适用适合刑法第一百八十一条在理解上不够明确，当时未予定罪的，现在不必重新追究刑事责任。今后在办理破坏军人婚姻案件中遇到类似情况的，应当适合刑法第一百八十一条的规定予以判处。

　　［案例四］按：被告人赵松祥明知马某某是现役军人的配偶而与之长期通奸，破坏军人的婚姻家庭，造成军人夫妻关系破裂的严重后果，已构成破坏军人婚姻罪。……应当适用刑法第一百八十一条的规定予以判处。

有了这4个案例，在司法实践中遇到破坏军人婚姻案，便有了一种参照。比如说，通奸的"长期性"如何把握？什么情况才属于对军人婚姻关系的严重破坏？对以通奸的方式破坏军人婚姻的行为，应如何确定罪与非罪的界限？都可以通过参照这4个案例，找出正确的答案。对于准确打击破坏军人婚姻的犯罪行为，发挥了重要的作用。

沸沸扬扬"第二十六条"

"第二十六条"，指的是1980年第二部《婚姻法》中的第26条规定："现役军人的配偶提出离婚，须得军人同意。"

为了妥善处理和掌握"第二十六条"的立法精神，1984年最高人民法院曾在《关于贯彻执行民事政策法律若干问题的意见》中，对具体适用该条款作出解释："现役军人的配偶提出离婚，应按《婚姻法》第二十六条规定审理。军人不同意离婚时，应教育原告珍惜与军人的夫妻关系，尽量调解和好或判决不准离婚。对夫妻感情已破裂，经过做和好工作无效，确实不能继续维持夫妻关系的，应通过军人所在团以上的政治机关，做好军人的思想工作，准予离婚。"

这一司法解释既维护了对军婚特殊保护的法律原则，也为军人离婚个案中需要维护军人配偶离婚自由的问题提供了司法解决的依据，有助于维护双方当事人的合法权益。

但是，地方上对"第二十六条"一直存有不同看法，认为按照这条规定，如军人一方不同意离婚，非军人一方就离不了，这对军人配偶一方不公平。

1991年初，全国人大着手制定《中华人民共和国妇女儿童权益保障法（草案）》。该《草案》第三十三条规定："一方为现役军人婚姻，非军人一方为妇女，确因男方有遗弃、虐待、重婚等重大过错，造成夫妻感情破裂，女方提出离婚的，经调解无效，可准予离婚。"

有关部门在征求军队意见时，军队认为该《草案》第三十三条，无论在立法上、司法上都与现法规存在较大冲突，实施后还可能产生争议，建议删除。

同年 5 月 9 日，在人大内务司法委员会召开的会议上，军委法制局再次阐明了建议删除《草案》第三十三条的四点理由：一、与现行《婚姻法》第二十六条冲突；二、1984 年最高人民法院下发的《关于贯彻执行民事政策法律若干问题的意见》中的有关司法解释，已经解决了这个问题；三、据统计，从 1983 年到 1990 年，全军各级军事法院审理军人重婚、遗弃、虐待妇女案件总共才 75 件、75 人，平均下来每年不到 11 件、11 人，《草案》第 33 条所列举的现象是个别的，不带普遍性，且容易产生负面影响。与此相反，军人配偶过错，导致夫妻感情不和，女方提出离婚，而军人为了保全家庭，委曲求全，占大多数；四、这条法规如果正式出台，会误导人们以为国家对保护军人婚姻的政策发生变化。

人大内务司法委员会接受军队建议，删除《草案》中的第 33 条，留待修改《婚姻法》时一起考虑。

2000 年修改《婚姻法》时，"第二十六条"再次成为争论焦点之一：一方主张"除废""第二十六条"，一方主张"保留""第二十六条"。

"除废"派的代表观点：

有的建议，关于军婚一条，应当在原有内容上加上"军人有重大过错的除外"，因为现在也有军人违反一夫一妻制和家庭暴力等行为，如果一味地强调军人一方的权利，势必会损害另一方的合法权益，这和我国宪法规定法律面前人人平等的原则不符。

有的建议取消军人的离婚特权。表面上看，军人的离婚特权有利于保护军婚，实则不然：（1）因军人的配偶与军人离婚难，有时可能导致军人找对象难、结婚难；（2）既然军人的配偶已决定同军人离婚，说明彼此感情已经破裂。用法律强制维系军婚的外壳，既对军人无益，又有害于其配偶。这种"损人不利己"的规定否定了军人配偶在婚姻关系中的平等权，也是不人道的。

——摘自《婚姻法修改案向社会公布征求意见的情况》

与会专家一致认为，"现役军人的配偶要求离婚，须得军人同意"的规定，与婚姻法第二条"婚姻自由"的基本原则矛盾。现在是非战争时期，特别是城市兵、机关兵等与普通人的生活没有什么区别。军人只是社会的一种职业，目前没有任何理由对现役军人的离婚予以特殊的保护。现役军人中也有过错的，建议删去草案这条的规定或开一个口子。

——摘自《部分法律专家、社会学者对婚姻法修改案的意见》

……我最希望改变的是关于军婚保护的规定。修改案仍然保留"现役军人的配偶要求离婚，须得军人同意"的条款，但学术界几乎没有认同者。其实，该条款是解放战争时期为了现役军人在前方安心杀敌而在各解放区婚姻条例中所作出的特殊规定。然而，50年来的情况发生了极大的变化，该规定却依然故我，没有任何改变。我们认为，保护军婚和鼓励现役军人的配偶为国防事业献身固然必要，但高尚的道德情操将依赖于个人的自觉履约而不是法律的强制执行，"军嫂"的无私献身自然也应出于当事人的自愿。按照现在的规定，即使军人有重婚、"包二奶"、虐待、遗弃、赌博、嫖娼、犯罪等过错的，配偶也不能离婚。如果现役军人的配偶没有离婚自由，必将使许多年轻人在选择时对军人敬而远之，反而加剧军人的择偶难。

——摘自《李银河：婚姻法修改八问》

一种观点是，对军婚的特殊保护违背了婚姻自由的基本原则，这次修改应删掉这条规定。军人驻守在边疆为国家效力，国家应该给军人提供良好的待遇，该给多少补贴就给多少补贴，而不能在婚姻关系中以牺牲另一方的利益为代价。有人说得很形象："保护军婚的规定是把一部分妇女的婚姻自由权利拥了军。"夫妻之间已经没有感情，却要被法律绳索捆在一起，外在的婚姻形式保存下来，就能保证军人后院不起火？军人可以休妻、休夫，而非军人一方想离婚却必须征得军人同意，这种限制没有道理，军婚与其他婚姻应该一视同仁。从国外的法律看，一般没有保护军婚的规定，我国的法律应考虑与国际接轨。

——摘自《吴晓芳：军婚与其他婚姻应一视同仁》

"保留"派的代表观点：

对现役军人的婚姻实行特别的保护，是《国防法》确立的一项重要原则，它为通过民事、刑事、行政等手段维护军人婚姻关系的稳定，促进军队建设，提供了明确的立法导向和法律依据。

——摘自《婚姻法修改案向社会公布征求意见的情况》

另一种观点是，婚姻法"第二十六条"关于保护军婚的规定，是我国的优良传统，早在苏维埃红军时期就有类似的规定，这是稳定军心的需要。从我国的实际情况来看，军人一般守卫在边防哨所，条件非常艰苦，很少能见到女人。而军人的配偶所处环境相对而言精彩得多，容易发生外遇。环境限制了军人，军队比较严格，而地方则比较宽松。从这个角度来讲，军人处于相对弱势。婚姻法既然能保护妇女的权益，也就能保护军人的权益。这次我们国家抗洪救灾，军人的作用有目共睹，对军婚予以特殊保护是完全必要的。故修改婚姻法时，对这条保护军婚的规定应继续保留下来。

——摘自《吴晓芳：军婚与其他婚姻应一视同仁》

有些同志认为，现在是和平年代，军人只是社会的一种职业，大多数现役军人实行的是上下班制，特别是城市兵、机关兵的工作形式与普通公民没有什么差异。因此，没有任何理由对现役军人的婚姻"网开一面"，实行特殊保护。我认为这种以偏概全的说法是很不妥当的，也是十分错误的。在我国现有的几百万现役军人（含武警部队人员）中，由于担负着履行宪法赋予的保卫祖国、抵抗侵略的神圣职责，绝大多数军人都是在紧张而艰苦的作战、边防部队服役，日夜守护着祖国的每一寸土地，他们的工作性质与任务，决定了军人职业决不是社会普通职业的一类，他们承担的重任及其工作形式也与普通公民截然不同。正是由于军人的恪尽职守，无私奉献，才有人民的安康生活。如果看不到和平时代与军人的牺牲和奉献之间的因果关系，认为在非战时情况下，对军人权益的保护可有可无，甚至漠然置之，那将可能导致国家的灾难和人民的不幸。

——摘自《张建田：正确认识保留婚姻法第二十六条必要性》

"一石激起千层浪"，修改《婚姻法》尤其是保护军婚的问题，同样引起了部队广大官兵的关注。

济南军区某装甲团政委张顺华认为，军人从事的特殊职业决定了军人在婚姻家庭中扮演着特殊的角色。有的军人与配偶长期两地分居，不仅影响夫妻感情的交流，而且难以承担在家庭中的许多责任。这样，赡养父母、照顾孩子等家庭重担势必主要落在其配偶一方的身上。长此以往，军人配偶就难免会产生埋怨军人一方的心理，这会影响夫妻感情。因此，《婚姻法》如果不对军婚加以特殊保护，不利于军人安心服役。当然，对军婚的保护也不得违背婚姻自由的原则，在夫妻感情确已破裂的情况下，部队应做好军人一方的思想工作，使其同意解除已名存实亡的婚姻关系。

海军某部雷达连连长李健说，《婚姻法》征求意见稿里规定："因感情不和分居满两年的夫妻，男女一方提出离婚，调解无效，应准予离婚。"这条对于一方是军人的就不一定适合。我们的许多军人驻守在偏远的高山海岛，或从事国防科研工作，特殊的工作性质和特殊的工作环境，他们不可能经常回家，反而常常有较长时间与配偶处于"分居"状态。在这种状况下，如果军人配偶以"感情不和分居两年"为理由提出离婚，对军人一方显然是不公平的。

某边防团副政委吴颂歌不无忧虑地说："干部、战士的婚姻保护问题，是最困扰我们的事情。有的干部说'不怕苦，不怕愁，就怕老婆被人偷'。处理这些事情，不仅要耗费大量的人力、财力，而且还常常得不到及时、公正的处理，搅得我们食不甘味，夜不能眠！"

军队本身也有对"保护军婚"持不同意见的。空军某导弹营教导员李青春说："我是一名军人，我代表我们军人中的一部分，谈谈对'第二十六条'的看法。这一条其实并没有对军人婚姻起到什么保护作用，内容是空虚的。假如非军人一方坚决要求离婚，军人一方又以这条规定死守阵地，非军人一方往往采取个人极端行为逼军人就范，并长时间地以自己的行为干扰军人的工作和生活，军人一方往往是被耗得筋疲力尽，最终还是一个鸡飞蛋打的结果。我们建议，这条规定应作修改，军人婚姻不需要特殊保护，即使保护，这个规定也是不妥的。"

军人，是个特殊的群体。

有人认为："现在是和平年代，军人只是社会的一种职业，大多数现役军人实行的是上下班制，特别是城市兵、机关兵的工作形式与普通公民没有什么差异。"而实际情况是，我们这支军队的绝大多数成员，都是长年累月战斗在高山、海岛、边疆，担负着保卫祖国、抵抗侵略这一艰难而又神圣的使命，他们的工作性质和工作环境的特殊性，决定了他们婚姻的特殊性。

海军某舰艇支队驻守在某岛上，由于海岛交通不便，生活设施缺乏，他们便在海岛附近的大陆某市郊建了后勤生活基地。随军家属不上岛，就住在基地，孩子也在基地附近的小学上学。

10年前，基地附近成了经济开发区，家属院四周到处都是合资、独资和民营企业。这下帮助部队解决了一个大问题，原先为工作发愁的"军嫂"们，几乎全部找到了工作。有的进了总经理办公室，有的成了推销员，最差的也可以到生产线当一名工人。

而她们的丈夫，依然守卫在那个岛上，除了一年一次短暂的休假，与妻子依然处于分居状态。

日子虽然过得平静，问题却慢慢来了。先是一位机电长的妻子提出离婚。机电长的妻子在湖北老家原是一位小学音乐教师，不仅人长得漂亮，还能歌善舞。为了结束"牛郎织女"生活，随军来到基地，很快应聘到开发区一家民营鞋业公司工作。三年时间，从一个一般推销员，晋升为总经理助理。年薪6万，还不包括年终奖。离婚是她主动提出来的，她说当年辞去了小学教师工作，随军到部队，是为了早日结束两地分居生活。她没有想到，随军后还要继续过分居生活。她说自己是有些自私，但她忍受不了一年中10个月守空房的日子。她想让丈夫转业，丈夫告诉她自己是舰上的技术骨干，5年内根本不可能转业。她等不及了，不得不提出离婚……

像是受到传染似的，3年里，有6位"军嫂"主动要求离婚。有的是因为忍受不了常年分居的寂寞生活，有的是嫌弃丈夫工资太低；有一位是经不起地方老板的诱惑，移情别恋。

6 位"军嫂"闹离婚，对支队的官兵是个极大的震动。支队领导在反思这个现象时，认识到有些是因为分内的工作没有做好，比如思想政治工作如何跟上社会变化、形势发展的需要，如何给军人家属更多的关心等。但有些问题不是说解决就能解决的，比如军人的工资待遇；还有些问题则是由于军队的特殊性所造成的，比如两地分居、军人的假期等。

在婚姻问题上，可以说，军人是个"特殊群体"，甚至是个"弱势群体"。

保护军婚，直接关系到军人的尊严和价值，关系到军队的稳定，关系到军队的战斗力。

保护军婚，同时又是一个非常复杂的问题，既要考虑到军人的权益，又不能违背"婚姻自由"的原则，需要谨慎对待。

中央军委法制局法制员张建田，一直在从事军事立法工作，一直在关注着《婚姻法》的修改。他也是"保留"派之一。

"我反对将'第二十六条'修改为'现役军人的配偶提出离婚，须得军人同意。人民法院查明婚姻关系确已破裂是出于军人一方重大过错的，不在此限'。"张建田的态度非常鲜明，"如果作出这样的修改，将可能出现下列问题：一是将司法机关执行法律的具体程序问题上升为立法问题是否恰当，有无实际意义，二是何谓'婚姻关系确已破裂'？'重大过错'？这些概念本身含糊不清，立法不好界定，司法也难有一个评判的标准；三是在国家法律中专门出现'军人一方重大过错'的表述，好不好？是否有利于维护军队和军人的形象？凡此等等，都应当加以认真考虑。应该看到，即便在军人配偶提出离婚问题上，确实出现个别军人有虐待、遗弃、重婚等过错行为甚至违法犯罪行为的，部队都会进行严肃处理，会支持和同情无过错一方的正当理由和做法。此外，长期以来处理军人离婚问题的一个重要经验，就是人民法院与部队政治机关的密切配合，如果立法上只强调'人民法院查明'，不同时明确部队应当承担的责任和义务，那么人民法院在办案中将遇到诸多困难。因此，在保留现行《婚姻法》'第二十六条'规定之外，再附加其他限制条件，都是不宜的，不仅影响《婚姻法》的执行效果，而且可能影响部队的管理秩序，在司法实践中还将带来诸多问题。"

中央军委法制局于 2000 年 8 月 30 日，专门复函全国人大法律委员会，就《婚姻法》修改有关保护军婚问题，阐明了军队的观点：一、对军婚的保护是党和国家的一贯政策；二、保护军婚是军队稳定的需要；三、现行《婚姻法》"第二十六条"与婚姻自由并没有矛盾，1984年的司法解释已经解决了这个问题。不能删除，也无须修改，建议维持原状。

2001年4月18日，在全国人大常委会第二十一次会议上，全国人大法律委员会认为，《婚姻法》修改案（草案）经过常委会两次审议和修改，已经基本成熟，同时提出12点修改意见。其中关于保护军婚问题的表述为：《婚姻法》第二十六条规定：'现役军人的配偶要求离婚，须得军人同意。'法律委员会认为，对军婚予以特别保护是必要的。同时，根据有的常委委员和一些地方、部门、专家的意见，建议在'现役军人的配偶要求离婚，须得军人同意'之后增加规定：'但军人一方有重大过错的除外。'"

2001年4月28日，新《婚姻法》颁布，其第三十三条规定："现役军人的配偶要求离婚，须得军人同意，但军人一方有重大过错的除外。"有人认为，这次修改，增加了这个"但"，对于军人和非军人都合情合理，有人认为，增加这个"但"，没有什么实质性的意义，过去如果"军人一方有重大过错的"，其配偶要求离婚也是肯定可以离成的。

同年12月24日，最高人民法院审判委员会颁发《关于适用〈中华人民共和国婚姻法〉若干问题的解释（一）》，对修改后的《婚姻法》实施以来公众所关心的诸多问题，以司法解释的形式作出了明确规定。其中关于"军人一方有重大过错"的解释为：《婚姻法》第三十三条所称的"军人一方有重大过错"，可以依据《婚姻法》第三十二条第二款前三项（即重婚或有配偶者与他人同居的，实施家庭暴力或虐待、遗弃家庭成员的；有赌博、吸毒等恶习屡教不改的）的规定，及军人有其他重大过错，致使夫妻感情破裂情形，予以判断。

这是3月的一个夜晚，我采访了张建田。

2001年修正《婚姻法》颁布已近两年，我请他谈谈部队的反应。

"原来，我担心新《婚姻法》颁布后，特别是由于对原'第二十六条'的修改，会引起部队官兵强烈的反响，但实际情况并非如此，能够接受，比较平静。"张建田说。

"为什么会比较平静呢？"

张建田认为有这样几方面的原因：新《婚姻法》规定"现役军人的配偶要

求离婚，须得军人同意，但军人一方有重大过错的除外"。尽管原来的《婚姻法》里没有这个"但书"，但1984年的司法解释以及总部的有关规定，已经解决了这个问题。这么些年，还没有发现一例军人有重大过错，其配偶要求离婚而不准许离婚的。无非原来没写上这个"但书"，新《婚姻法》写上了，其内容没有实质性的变化。社会在进步，军人的观念也在改变，现在对离婚的态度宽容多了，既然双方没有了感情，何必还死守在一起，好合好散嘛，随着人们法制观念在增强，保护军婚的意识也在增强。这些年社会上"包二奶"、"第三者"插足、重婚、同居现象严重，但涉及到军婚的极少，破坏军婚毕竟"成本"太高，谁也不愿意往这个"枪口"上撞！

张建田强调，保护军人婚姻除了靠法律法规，同时还得靠军人自身素质的完善。

是的，当我们在港湾里筑起坚固的"防波堤"后，并非万事大吉，我们还得继续打造"军舰"的质量，还得不断提高驾驭"军舰"的本领……

附　录

中华人民共和国婚姻法

（1950年3月3日政务院第二十二次政务会议通过 1950年4月13日中央人民政府委员会第七次会议通过）

第一章　原　则

第一条 废除包办强迫、男尊女卑、漠视子女利益的封建主义婚姻制度。实行男女婚姻自由、一夫一妻、男女权利平等、保护妇女和子女合法权益的新民主主义婚姻制度。

第二条 禁止重婚、纳妾。禁止童养媳。禁止干涉寡妇婚姻自由。禁止任何人藉婚姻关系问题索取财物。

第二章　结　婚

第三条 结婚须男女双方本人完全自愿，不许任何一方对他方加以强迫或任何第三者加以干涉。

第四条 男二十岁，女十八岁，始得结婚。

第五条 男女有下列情形之一者，禁止结婚：

一、为直系血亲，或为同胞的兄弟姊妹和同父异母或同母异父的兄弟姊妹者；

其他五代内的旁系血亲间禁止结婚的问题，从习惯。

二、有生理缺陷不能发生性行为者。

三、患花柳病或精神失常未经治愈，患麻风或其他在医学上认为不应结婚之疾病者。

第六条 结婚应男女双方亲到所在地（区、乡）人民政府登记。凡合于本法规定的结婚，所在地人民政府应即发给结婚证。

凡不合于本法规定的结婚，不予登记。

第三章 夫妻间的权利和义务

第七条 夫妻为共同生活的伴侣，在家庭中地位平等。

第八条 夫妻有互爱互敬、互相帮助、互相扶养、和睦团结、劳动生产、抚育子女，为家庭幸福和新社会建设而共同奋斗的义务。

第九条 夫妻双方均有选择职业、参加工作和参加社会活动的自由。

第十条 夫妻双方对于家庭财产有平等的所有权与处理权。

第十一条 夫妻有各用自己姓名的权利。

第十二条 夫妻有互相继承遗产的权利。

第四章 父母子女间的关系

第十三条 父母对于子女有抚养教育的义务；子女对于父母有赡养扶助的义务；双方均不得虐待或遗弃。

养父母与养子女相互间的关系，适用前项规定。

溺婴或其他类似的犯罪行为，严加禁止。

第十四条 父母子女有互相继承遗产的权利。

第十五条 非婚生子女享受与婚生子女同等的权利，任何人不得加以危害或歧视。

非婚生子女经生母或其他人证物证证明其生父者，其生父应负担子女必需的生活费和教育费全部或一部；直至子女十八岁为止。如经生母同意，生父可将子女领回抚养。

生母和他人结婚，原生子女的抚养，适用第二十二条的规定。

第十六条 夫对于其妻所抚养与前夫所生的子女或妻对于其夫所抚养与前妻所生的子女，不得虐待或歧视。

第五章　离　婚

第十七条 男女双方自愿离婚的，准予离婚。男女一方坚决要求离婚的，经区人民政府和司法机关调解无效时，亦准予离婚。

男女双方自愿离婚的，双方应向区人民政府登记，领取离婚证；区人民政府查明确系双方自愿并对子女和财产问题确有适当处理时，应即发给离婚证。男女一方坚决要求离婚的，得由区人民政府调解；如调解无效时，应即转报县或市人民法院处理；区人民政府并不得阻止或妨碍男女任何一方向县或市人民法院申诉。县或市人民法院对离婚案件，也应首先进行调解；如调解无效时，即行判决。

离婚后，如男女双方自愿恢复夫妻关系，应向区人民政府进行恢复结婚的登记；区人民政府应予以登记，并发给恢复结婚证。

第十八条 女方怀孕期间，男方不得提出离婚；男方要求离婚，须于女方分娩一年后，始得提出。但女方提出离婚的，不在此限。

第十九条 现役革命军人与家庭有通讯关系的，其配偶提出离婚，须得革命军人的同意。

自本法公布之日起，如革命军人与家庭两年无通讯关系，其配偶要求离婚，得准予离婚。在本法公布前，如革命军人与家庭已有两年以上无通讯关系，而在本法公布后，又与家庭有一年无通讯关系，其配偶要求离婚，也得准予离婚。

第六章 离婚后子女的抚养和教育

第二十条 父母与子女间的血亲关系，不因父母离婚而消灭。离婚后，子女无论由父方或母方抚养，仍是父母双方的子女。

离婚后父母对于所生的子女，仍有抚养和教育的责任。

离婚后，哺乳期内的子女，以随哺乳的母亲为原则。哺乳期后的子女，如双方均愿抚养发生争执不能达成协议时，由人民法院根据子女的利益判决。

第二十一条 离婚后，女方抚养的子女，男方应负担必需的生活费和教育费全部或一部，负担费用的多寡及期限的长短，由双方协议；协议不成时，由人民法院判决。费用支付的办法，为付现金或实物或代小孩耕种分得的田地等。

离婚时，关于子女生活费和教育费的协议或判决，不妨碍子女向父母任何一方提出超过协议或判决原定数额的请求。

第二十二条 女方再行结婚后，新夫如愿负担女方原生子女的生活费和教育费全部或一部，则子女的生父的负担可酌情减少或免除。

第七章 离婚后的财产和生活

第二十三条 离婚时，除女方婚前财产归女方所有外，其他家庭财产如何处理，由双方协议；协议不成时，由人民法院根据家庭财产具体情况、照顾女方及子女利益和有利发展生产的原则判决。

如女方及子女分得的财产足以维持子女的生活费和教育费时，则男方可不再负担子女的生活费和教育费。

第二十四条 离婚时，原为夫妻共同生活所负担的债务，以共同生活时所得财产偿还；如无共同生活时所得财产或共同生活时所得财产不足清偿时，由男方清偿。男女一方单独所负的债务，由本人偿还。

第二十五条 离婚后，一方如未再行结婚而生活困难，他方应帮助维持其生活；帮助的办法及期限，由双方协议；协议不成时，由人民法院判决。

第八章 附则

第二十六条 违反本法者，依法制裁。

凡因干涉婚姻自由而引起被干涉者的死亡或伤害者，干涉者一律应并负刑事的责任。

第二十七条 本法自公布之日起施行。

在少数民族聚居的地区，大行政区人民政府（或军政委员会）或省人民政府得依据当地少数民族婚姻问题的具体情况，对本法制定某些变通的或补充的规定，提请政务院批准施行。

中华人民共和国婚姻法

（1980 年 9 月 10 日第五届全国人民代表大会第三次会议通过　1980 年 9 月 10 日全国人民代表大会常务委员会委员长令第九号公布　自 1981 年 1 月 1 日起施行）

第一章　总　则

第一条 本法是婚姻家庭关系的基本准则。

第二条 实行婚姻自由、一夫一妻、男女平等的婚姻制度。

保护妇女、儿童和老人的合法权益。

实行计划生育。

第三条 禁止包办、买卖婚姻和其他干涉婚姻自由的行为。禁止借婚姻索取财物。

禁止重婚。禁止家庭成员间的虐待和遗弃。

第二章　结　婚

第四条 结婚必须男女双方完全自愿，不许任何一方对他方加以强迫或任何第三者加以干涉。

第五条 结婚年龄，男不得早于二十二周岁，女不得早于二十周岁。晚婚晚育应予鼓励。

第六条 有下列情形之一的，禁止结婚：

一、直系血亲和三代以内的旁系血亲；

二、患麻风病未经治愈或患其他在医学上认为不应当结婚的疾病。

第七条 要求结婚的男女双方必须亲自到婚姻登记机关进行结婚登记。符合本法规定的，予以登记，发给结婚证，取得结婚证，即确立夫妻关系。

第八条 登记结婚后，根据男女双方约定，女方可以成为男方家庭的成员，男方也可以成为女方家庭的成员。

第三章　家庭关系

第九条 夫妻在家庭中地位平等。

第十条 夫妻双方都有各用自己姓名的权利。

第十一条 夫妻双方都有参加生产、工作、学习和社会活动的自由，一方不得对他方加以限制或干涉。

第十二条 夫妻双方都有实行计划生育的义务。

第十三条 夫妻在婚姻关系存续期间所得的财产，归夫妻共同所有，双方另有约定的除外。

夫妻对共同所有的财产，有平等的处理权。

第十四条 夫妻有互相扶养的义务。

一方不履行扶养义务时，需要扶养的一方，有要求对方付给扶养费的权利。

第十五条 父母对子女有抚养教育的义务；子女对父母有赡养扶助的义务。

父母不履行抚养义务时，未成年的或不能独立生活的子女，有要求父母付给抚养费的权利。

子女不履行赡养义务时，无劳动能力的或生活困难的父母，有要求子女付给赡养费的权利。

禁止溺婴和其他残害婴儿的行为。

第十六条 子女可以随父姓，也可以随母姓。

第十七条 父母有管教和保护未成年子女的权利和义务。在未成年子女对国家、集体或他人造成损害时，父母有赔偿经济损失的义务。

第十八条 夫妻有相互继承遗产的权利。

父母和子女有相互继承遗产的权利。

第十九条 非婚生子女享有与婚生子女同等的权利，任何人不得加以危害和歧视。

非婚生子女的生父，应负担子女必要的生活费和教育费的一部或全部，直至子女能独立生活为止。

第二十条 国家保护合法的收养关系。养父母和养子女间的权利和义务，适用本法对父母子女关系的有关规定。

养子女和生父母间的权利和义务，因收养关系的成立而消除。

第二十一条 继父母与继子女之间，不得虐待或歧视。

继父或继母和受其抚养教育的继子女间的权利和义务，适用本法对父母子女关系的有关规定。

第二十二条 有负担能力的祖父母、外祖父母，对于父母已经死亡的未成年的孙子女、外孙子女，有抚养的义务。有负担能力的孙子女、外孙子女，对于子女已经死亡的祖父母、外祖父母，有赡养的义务。

第二十三条　有负担能力的兄、姊，对于父母已经死亡或父母无力抚养的未成年的弟、妹，有抚养的义务。

第四章　离　婚

第二十四条　男女双方自愿离婚的，准予离婚。双方须到婚姻登记机关申请离婚。婚姻登记机关查明双方确实是自愿并对子女和财产问题已有适当处理时，应即发给离婚证。

第二十五条　男女一方要求离婚的，可由有关部门进行调解或直接向人民法院提出离婚诉讼。

第二十六条　现役军人的配偶要求离婚，须得军人同意。

第二十七条　女方在怀孕期间和分娩后一年内，男方不得提出离婚。女方提出离婚的，或人民法院认为确有必要受理男方离婚请求的，不在此限。

第二十八条　离婚后，男女双方自愿恢复夫妻关系的，应到婚姻登记机关进行复婚登记。婚姻登记机关应予以登记。

第二十九条　父母与子女间的关系，不因父母离婚而消除。离婚后，子女无论由父方或母方抚养，仍是父母双方的子女。

离婚后，父母对于子女仍有抚养和教育的权利和义务。

离婚后，哺乳期内的子女，以随哺乳的母亲抚养为原则。哺乳期后的子女，如双方因抚养问题发生争执不能达成协议时，由人民法院根据子女的权益和双方的具体情况判决。

第三十条　离婚后，一方抚养的子女，另一方应负担必要的生活费和教育费的一部或全部，负责费用的多少和期限的长短，由双方协议；协议不成时，由人民法院判决。

关于子女生活费和教育费的协议或判决，不妨碍子女在必要时向父母任何一方提出超过协议或判决原定数额的合理要求。

第三十一条　离婚时，夫妻的共同财产由双方协议处理；协议不成时，由人民法院根据财产的具体情况，照顾女方和子女权益的原则判决。

第三十二条　离婚时，原为夫妻共同生活所负的债务，以共同财产偿还。如该项财产不足清偿时，由双方协议清偿；协议不成时，由人民法院判决。男女一方单独所负债务，由本人偿还。

第三十三条 离婚时，如一方生活困难，另一方应给予适当的经济帮助。具体办法由双方协议；协议不成时，由人民法院判决。

第五章　附　则

第三十四条 违反本法者，得分别情况，依法予以行政处分或法律制裁。

第三十五条 对拒不执行有关扶养费、抚养费、赡养费、财产分割和遗产继承等判决或裁定的，人民法院得依法强制执行。有关单位应负协助执行的责任。

第三十六条 民族自治地方人民代表大会和它的常务委员会可以依据本法的原则，结合当地民族婚姻家庭的具体情况，制定某些变通的或补充的规定。自治州、自治县制定的规定，须报请省、自治区人民代表大会常务委员会批准。自治区制定的规定，须报全国人民代表大会常务委员会备案。

第三十七条 本法自 1981 年 1 月 1 日起施行。

1950 年 5 月 1 日颁行的《中华人民共和国婚姻法》，自本法施行之日起废止。

中华人民共和国婚姻法

（1980 年 9 月 10 日第五届全国人民代表大会第三次会议通过 根据 2001 年 4 月 28 日第九届全国人民代表大会常务委员会第二十一次会议《关于修改〈中华人民共和国婚姻法〉的决定》修正）

第一章　总　则

第一条 本法是婚姻家庭关系的基本准则。

第二条 实行婚姻自由、一夫一妻、男女平等的婚姻制度。

保护妇女、儿童和老人的合法权益。

实行计划生育。

第三条 禁止包办、买卖婚姻和其他干涉婚姻自由的行为。禁止借婚姻索取财物。

禁止重婚。禁止有配偶者与他人同居。禁止家庭暴力。禁止家庭成员间的虐待和遗弃。

第四条 夫妻应当互相忠实，互相尊重；家庭成员间应当敬老爱幼，互相帮助，维护平等、和睦、文明的婚姻家庭关系。

第二章　结　婚

第五条 结婚必须男女双方完全自愿，不许任何一方对他方加以强迫或任何第三者加以干涉。

第六条 结婚年龄，男不得早于二十二周岁，女不得早于二十周岁。晚婚晚育应予鼓励。

第七条 有下列情形之一的，禁止结婚：

（一）直系血亲和三代以内的旁系血亲；

（二）患有医学上认为不应当结婚的疾病。

第八条 要求结婚的男女双方必须亲自到婚姻登记机关进行结婚登记。符合本法规定的，予以登记，发给结婚证。取得结婚证，即确立夫妻关系。未办理结婚登记的，应当补办登记。

第九条 登记结婚后，根据男女双方约定，女方可以成为男方家庭的成员，男方可以成为女方家庭的成员。

第十条　有下列情形之一的，婚姻无效：

（一）重婚的；

（二）有禁止结婚的亲属关系的；

（三）婚前患有医学上认为不应当结婚的疾病，婚后尚未治愈的；

（四）未到法定婚龄的。

第十一条　因胁迫结婚的，受胁迫的一方可以向婚姻登记机关或人民法院请求撤销该婚姻。受胁迫的一方撤销婚姻的请求，应当自结婚登记之日起一年内提出。被非法限制人身自由的当事人请求撤销婚姻的，应当自恢复人身自由之日起一年内提出。

第十二条　无效或被撤销的婚姻，自始无效。当事人不具有夫妻的权利和义务。同居期间所得的财产，由当事人协议处理；协议不成时，由人民法院根据照顾无过错方的原则判决。对重婚导致的婚姻无效的财产处理，不得侵害合法婚姻当事人的财产权益。当事人所生的子女，适用本法有关父母子女的规定。

第三章　家庭关系

第十三条　夫妻在家庭中地位平等。

第十四条　夫妻双方都有各用自己姓名的权利。

第十五条　夫妻双方都有参加生产、工作、学习和社会活动的自由，一方不得对他方加以限制或干涉。

第十六条　夫妻双方都有实行计划生育的义务。

第十七条　夫妻在婚姻关系存续期间所得的下列财产，归夫妻共同所有：

（一）工资、奖金；

（二）生产、经营的收益；

（三）知识产权的收益；

（四）继承或赠与所得的财产，但本法第十八条第三项规定除外；

（五）其他应当归共同所有的财产。

夫妻对共同所有的财产，有平等的处理权。

第十八条　有下列情形之一的，为夫妻一方的财产：

（一）一方的婚前财产；

（二）一方因身体受到伤害获得的医疗费、残疾人生活补助费等费用；

（三）遗嘱或赠与合同中确定只归夫或妻一方的财产；

（四）一方专用的生活用品；

（五）其他应当归一方的财产。

第十九条 夫妻可以约定婚姻关系存续期间所得的财产以及婚前财产归各自所有、共同所有或部分各自所有、部分共同所有。约定应当采用书面形式。没有约定或约定不明确的，适用本法第十七条、第十八条的规定。

夫妻对婚姻关系存续期间得的财产以及婚前财产的约定，对双方具有约束力。

夫妻对婚姻关系存续期间所得的财产约定归各自所有的，夫或妻一方对外所负的债务，第三人知道该约定的，以夫或妻一方所有的财产清偿。

第二十条 夫妻有互相扶养的义务。

一方不履行扶养义务时，需要扶养的一方，有要求对方付给扶养费的权利。

第二十一条 父母对子女有抚养教育的义务；子女对父母有赡养扶助的义务。

父母不履行抚养义务时，未成年的或不能独立生活的子女，有要求父母付给抚养费的权利。

子女不履行赡养义务时，无劳动能力的或生活困难的父母，有要求子女付给赡养费的权利。

禁止溺婴、弃婴和其他残害婴儿的行为。

第二十二条 子女可以随父姓，可以随母姓。

第二十三条 父母有保护和教育未成年子女的权利和义务。在未成年子女对国家、集体或他人造成损害时，父母有承担民事责任的义务。

第二十四条 夫妻有相互继承遗产的权利。

父母和子女有相互继承遗产的权利。

第二十五条 非婚生子女享有与婚生子女同等的权利，任何人不得加以危害和歧视。

不直接抚养非婚生子女的生父或生母，应当负担子女的生活费和教育费，直至子女能独立生活为止。

第二十六条 国家保护合法的收养关系。养父母和养子女间的权利和义务，适用本法对父母子女关系的有关规定。

养子女和生父母间的权利和义务，因收养关系的成立而消除。

第二十七条 继父母与继子女间，不得虐待或歧视。

继父或继母和受其抚养教育的继子女间的权利和义务，适用本法对父母子女关系的有关规定。

第二十八条 有负担能力的祖父母、外祖父母，对于父母已经死亡或父母无力抚养的未成年的孙子女、外孙子女，有抚养的义务。有负担能力的孙子女、外孙子女，对于子女已经死亡或子女无力赡养的祖父母、外祖父母，有赡养的义务。

第二十九条 有负担能力的兄、姐，对于父母已经死亡或父母无力抚养的未成年的弟、妹，有扶养的义务。由兄、姐扶养长大的有负担能力的弟、妹，对于缺乏劳动能力又缺乏生活来源的兄、姐，有扶养的义务。

第三十条 子女应当尊重父母的婚姻权利，不得干涉父母再婚以及婚后的生活。子女对父母的赡养义务，不因父母的婚姻关系变化而终止。

第四章 离 婚

第三十一条 男女双方自愿离婚的，准予离婚。双方必须到婚姻登记机关申请离婚。婚姻登记机关查明双方确实是自愿并对子女和财产问题已有适当处理时，发给离婚证。

第三十二条 男女一方要求离婚的，可由有关部门进行调解或直接向人民法院提出离婚诉讼。

人民法院审理离婚案件，应当进行调解；如感情确已破裂，调解无效，应准予离婚。

有下列情形之一，调解无效的，应准予离婚：

（一）重婚或有配偶者与他人同居的；

（二）实施家庭暴力或虐待、遗弃家庭成员的；

（三）有赌博、吸毒等恶习屡教不改的；

（四）因感情不和分居满二年的；

（五）其他导致夫妻感情破裂的情形。

一方被宣告失踪，另一方提出离婚诉讼的，应准予离婚。

第三十三条 现役军人的配偶要求离婚，须得军人同意，但军人一方有重大过错的除外。

第三十四条 女方在怀孕期间、分娩后一年内或中止妊娠后六个月内，男方不得提出离婚。女方提出离婚的，或人民法院认为确有必要受理男方离婚请求的，不在此限。

第三十五条 离婚后，男女双方自愿恢复夫妻关系的，必须到婚姻登记机关进行复婚登记。

第三十六条 父母与子女间的关系，不因父母离婚而消除。离婚后，子女无论由父或母直接抚养，仍是父母双方的子女。

离婚后，父母对于子女仍有抚养和教育的权利和义务。

离婚后，哺乳期内的子女，以随哺乳的母亲抚养为原则。哺乳期后的子女，如双方因抚养问题发生争执不能达成协议时，由人民法院根据子女的权益和双方的具体情况判决。

第三十七条 离婚后，一方抚养的子女，另一方应负担必要的生活费和教育费的一部或全部，负担费用的多少和期限的长短，由双方协议；协议不成时，由人民法院判决。

关于子女生活费和教育费的协议或判决，不妨碍子女在必要时向父母任何一方提出超过协议或判决原定数额的合理要求。

第三十八条 离婚后，不直接抚养子女的父或母，有探望子女的权利，另一方有协助的义务。

行使探望权利的方式、时间由当事人协议；协议不成时，由人民法院判决。

父或母探望子女，不利于子女身心健康的，由人民法院依法中止探望的权利；中止的事由消失后，应当恢复探望的权利。

第三十九条 离婚时，夫妻的共同财产由双方协议处理；协议不成时，由人民法院根据财产的具体情况，照顾子女和女方权益的原则判决。

夫或妻在家庭土地承包经营中享有的权益等，应当依法予以保护。

第四十条 夫妻书面约定婚姻关系存续期间所得的财产归各自所有，一方因抚育子女、照料老人、协助另一方工作等付出较多义务的，离婚时有权向另一方请求补偿，另一方应当予以补偿。

第四十一条 离婚时，原为夫妻共同生活所负的债务，应当共同偿还。共同财产不足清偿的，或财产归各自所有的，由双方协议清偿；协议不成时，由人民法院判决。

第四十二条 离婚时，如一方生活困难，另一方应从其住房等个人财产中给予适当帮助。具体办法由双方协议；协议不成时，由人民法院判决。

第五章　救助措施与法律责任

第四十三条 实施家庭暴力或虐待家庭成员，受害人有权提出请求，居民委员会、村民委员会以及所在单位应当予以劝阻、调解。

对正在实施的家庭暴力，受害人有权提出请求，居民委员会、村民委员会应当予以劝阻；公安机关应当予以制止。

实施家庭暴力或虐待家庭成员，受害人提出请求的，公安机关应当依照治安管理处罚的法律规定予以行政处罚。

第四十四条 对遗弃家庭成员，受害人有权提出请求，居民委员会、村民委员会以及所有单位应当予以劝阻、调解。

对遗弃家庭成员，受害人提出请求的，人民法院应当依法作出支付扶养费、抚养费、赡养费的判决。

第四十五条 对重婚的，对实施家庭暴力或虐待、遗弃家庭成员构成犯罪的，依法追究刑事责任。受害人可以依照刑事诉讼法的有关规定，向人民法院自诉；公安机关应当依法侦查，人民检察院应当依法提起公诉。

第四十六条 有下列情形之一，导致离婚的，无过错方有权请求损害赔偿：

（一）重婚的；

（二）有配偶者与他人同居的；

（三）实施家庭暴力的；

（四）虐待、遗弃家庭成员的。

第四十七条 离婚时，一方隐藏、转移、变卖、毁损夫妻共同财产，或伪造债务企图侵占另一方财产的，分割夫妻共同财产时，对隐藏、转移、变卖、毁损夫妻共同财产或伪造债务的一方，可以少分或不分。离婚后，另一方发现有上述行为的，可以向人民法院提起诉讼，请求再次分割夫妻共同财产。

人民法院对前款规定的妨害民事诉讼的行为，依照民事诉讼法的规定予以制裁。

第四十八条 对拒不执行有关扶养费、抚养费、赡养费、财产分割、遗产继承、探望子女等判决或裁定的，由人民法院依法强制执行。有关个人和单位应负协助执行的责任。

第四十九条 其他法律对有关婚姻家庭的违法行为和法律责任另有规定的，依照其规定。

第六章　附　则

第五十条 民族自治地方的人民代表大会有权结合当地民族婚姻家庭的具体情况，制定变通规定。自治州、自治县制定的变通规定，报省、自治区、直辖市人民代表大会常务委员会批准后生效。自治区制定的变通规定，报全国人民代表大会常务委员会批准后生效。

第五十一条 本法自 1981 年 1 月 1 日起施行。

1950 年 5 月 1 日颁行的《中华人民共和国婚姻法》，自本法施行之日起废止。